DROEMER ★

M. W. CRAVEN

DER GOURMET

KRIMINALROMAN

Aus dem Englischen von
Marie-Luise Bezzenberger

Die englische Originalausgabe erschien 2019 unter dem Titel »Black Summer« bei Constable, einem Imprint der Little, Brown Book Group, London.

Besuchen Sie uns im Internet:
www.droemer-knaur.de

Deutsche Erstausgabe Februar 2025
© M. W. Craven 2019
© 2025 der deutschsprachigen Ausgabe Droemer Verlag
Ein Imprint der Verlagsgruppe
Droemer Knaur GmbH & Co. KG
Maria-Luiko-Straße 54, 80636 München
Alle Rechte vorbehalten. Das Werk darf – auch teilweise – nur
mit Genehmigung des Verlags wiedergegeben werden.
Die Nutzung unserer Werke für Text- und Data-Mining
im Sinne von § 44b UrhG behalten wir uns explizit vor.
Redaktion: Peter Hammans
Covergestaltung: © SO YEAH DESIGN, Gabi Braun,
nach einem Design von Sean Garrehy – LBBG
Coverabbildung: Andrzej Kwolek / Arcangel Images, Shutterstock.com
Satz und Layout: Adobe InDesign im Verlag
Druck und Bindung: CPI books GmbH, Leck
ISBN 978-3-426-28454-4

Kontaktadresse nach EU-Produktsicherheitsverordnung:
produktsicherheit@droemer-knaur.de

2 4 5 3

*Für Jo.
Meine beste Freundin,
meine Seelenverwandte.*

Mein Körper verzehrt sich selbst.
Ich kann es nicht verhindern.
Ich bin zu schwach, um mich zu bewegen. Meine Muskeln sind in die Aminosäuren zerfallen, die mein Körper braucht, um am Leben zu bleiben. Meine Gelenke versteifen und schmerzen, weil sie nicht mehr geschmiert werden. Meine Hände und Füße kribbeln und brennen, weil sich die Blutgefäße unter der Haut zusammenziehen, um die größeren Organe zu schützen. Meine Zähne lockern sich, weil das Zahnfleisch schrumpft.
Das Ende ist nahe.
Ich kann es spüren.
Mein Atem geht schnell und flach. Mir ist schwindlig. Zum ersten Mal seit Tagen möchte ich schlafen. Ein Schlaf, aus dem ich nie erwachen werde.
Ich bin nicht mehr wütend. Tagelang habe ich geschrien und gebrüllt, weil das alles so unfair ist. Dass mir, gerade als ich im Begriff war, mir einen Namen zu machen, alles weggenommen wurde, von dem Mann mit den Haifischaugen.
Jetzt habe ich es akzeptiert.
Schließlich ist es ja meine Schuld. Ich bin freiwillig hier heruntergestiegen, wollte unbedingt damit angeben, was ich gefunden hatte.
Ich hätte wissen müssen, dass es ihm egal war. Meine Entdeckung hat ihn nicht interessiert. Ihm war nur das andere wichtig.
Also lege ich mich jetzt hin und gönne meinen Augen etwas Ruhe.
Eine Minute.
Vielleicht auch ein bisschen länger …

1. KAPITEL

In Südfrankreich gibt es einen Singvogel, die Gartenammer. Sie ist fünfzehn Zentimeter lang und wiegt nicht einmal dreißig Gramm. Ihr Kopf ist grau, die Kehle blassgelb und das Gefieder von entzückendem Orange. Sie hat einen kurzen rosafarbenen Schnabel, und ihre Augen glänzen wie gläserne Pfefferkörner. Ihr Stakkato-Gezwitscher zaubert ein Lächeln auf das Gesicht jedes Menschen, der es hört.

Sie ist ein Wesen von bemerkenswerter Schönheit.

Die meisten Menschen hätten die Gartenammer gern als Haustier, wenn sie eine zu Gesicht bekommen.

Nicht alle.

Manche Menschen sehen ihre Schönheit nicht.

Manche Menschen sehen etwas anderes.

Denn das *zweite* Bemerkenswerte an der Gartenammer ist, dass sie Hauptzutat zum sadistischsten Gericht der Welt ist. Ein Gericht, für das der winzige Singvogel nicht nur getötet, sondern auch gefoltert werden muss …

Die Chefköchin hatte vor einem Monat zwei Stück erstanden. Gartenammern kann man nicht schießen, ohne sie völlig zu zerfetzen, also hatte sie einen Mann dafür bezahlt, die Vögel mit dem Netz zu fangen. Hundert Euro pro Stück hatte er dafür verlangt. Ein stolzer Preis, doch hätte man ihn erwischt, wäre die Strafe sehr viel höher gewesen.

Sie hatte die Vögel mit nach Hause genommen und sie gemästet, so, wie die Köche es damals für die römischen Bankette getan hatten: indem sie ihnen die Augen ausgestochen hatte. Für die Gartenammern wurde der Tag zur ewigen Nacht.

Und nachts fraßen sie.

Einen Monat lang stopften sie Hirse, Trauben und Feigen in

sich hinein. Ihr Leibesumfang vervierfachte sich. Dick genug, um gegessen zu werden.

Ein Gericht für einen König.

Oder für einen alten Freund.

Als der Anruf kam, war sie persönlich mit den Tieren über den Kanal gefahren.

In Dover war sie von Bord gegangen und die ganze Nacht durchgefahren, zu einem Restaurant namens Bullace & Sloe in Cumbria.

Ihre beiden Gäste hätten gegensätzlicher nicht sein können.

Der eine Mann trug einen edlen Anzug mit hohem Kragen, allem Anschein nach von orientalischer Machart. Sein Hemd war weiß und gestärkt, die Manschettenknöpfe aus purem Gold. Er wirkte kultiviert und gelassen. Sein Lächeln war leutselig, und er hätte das Niveau jedes Speisesaals auf der ganzen Welt gehoben.

Der andere Mann war mit schlammbespritzten Jeans und einer nassen Jacke bekleidet. Von seinen Stiefeln tropfte schmutziges Wasser auf den Boden des Speisesaals. Er sah aus, als sei er rückwärts durch ein Ginstergebüsch gezerrt worden. Selbst im gedämpften Licht der flackernden Kerzen wirkte er nervös und zappelig. Verzweifelt.

Ein Kellner trat an den Tisch und präsentierte die beiden Vögel in den Kupfertöpfen, in denen sie gebraten worden waren.

»Ich denke, dieses Gericht wird Ihnen munden«, sagte der Mann im Anzug. »Das ist ein Singvogel namens Gartenammer. Chef Jégado hat sie selbst aus Paris hergebracht, und vor noch nicht einmal fünfzehn Minuten hat sie sie in Brandy ertränkt ...«

Sein Tischgenosse starrte den Vogel an: Er war so groß wie ein großer Zeh und brutzelte im eigenen Fett. Dann blickte er auf. »Wie meinen Sie das, ›ertränkt‹?«

»So füllt sich die Lunge mit Brandy.«
»Das ist barbarisch.«
Der Mann im Anzug lächelte. Das hatte er alles schon oft gehört, als er in Frankreich tätig gewesen war. »Wir werfen lebende Hummer in kochendes Wasser. Wir reißen lebenden Krabben die Scheren aus. Wir stopfen Gänse für Foie gras. In jedem Bissen Tier, den wir essen, steckt Leid, nicht wahr?«
»Dann ist es illegal«, entgegnete der Mann in Jeans.
»Wir haben alle Probleme mit dem Gesetz. Ihre sind größer als meine, glaube ich. Essen Sie den Vogel oder essen Sie ihn nicht, mir ist es gleich. Aber wenn Sie sich dazu entschließen, dann machen Sie es wie ich. So schafft man ein Duftzelt und verbirgt seine Völlerei vor Gott.«
Der Mann im Anzug legte sich eine gestärkte blutrote Serviette über den Kopf und schob sich den Vogel in den Mund. Nur der Kopf blieb draußen. Er biss zu, und der Kopf fiel auf seinen Teller.
Die Gartenammer war brühend heiß. Eine Minute lang tat der Mann im Anzug nichts anderes, als sie auf seiner Zunge ruhen zu lassen und kurz und schnell zu atmen, um sie abzukühlen. Das köstliche Fett rann ihm allmählich die Kehle hinunter.
Er seufzte zufrieden. Sechs Jahre war es her, dass er so hatte dinieren können. Er begann, den Vogel zu kauen. Eine Explosion aus Fett, Eingeweiden, Knochen und Blut füllte seinen Mund. Das süße Fleisch und die bitteren Gedärme waren unvergleichlich. Das Fett, das seinen Gaumen überzog, war atemberaubend. Scharfe Knöchelchen bohrten sich in sein Zahnfleisch, und sein eigenes Blut würzte das Fleisch des Vogels.
Es war beinahe überwältigend.
Und endlich drangen seine Zähne in die Lunge der Grasammer. Der köstliche Armagnac ergoss sich in seinen Mund.
Der Mann in Jeans rührte seinen Vogel nicht an. Er konnte

das Gesicht des Mannes im Anzug nicht sehen – es war noch immer unter der Serviette verborgen –, doch er hörte das Knirschen von Knochen und die verzückten Seufzer.

Es dauerte eine Viertelstunde, bis der Mann im Anzug fertig war. Als er unter der Serviette hervorkam, wischte er das Blut weg, das ihm übers Kinn lief, und lächelte seinen Gast an.

Der Mann in den nassen Jeans sprach, und der Mann im Anzug hörte zu. Nach einer Weile, und zum ersten Mal an diesem Abend, war dem Mann im Anzug ein ganz klein wenig Verdruss anzumerken. Furcht zuckte über sein ansonsten gefasstes Gesicht.

»Das ist eine interessante Geschichte«, meinte der Mann im Anzug. »Aber leider eine, die wir nicht fortsetzen können, fürchte ich. Es sieht aus, als bekämen wir Gesellschaft.«

Der Mann in den nassen Jeans drehte sich um. Eine Gestalt in einem ganz gewöhnlichen Büroanzug stand vor der Tür, neben sich einen Polizisten in Uniform.

»So knapp.« Der Mann in dem orientalischen Anzug schüttelte den Kopf und winkte die Polizeibeamten herein.

Der Zivilpolizist kam auf den Tisch zu. »Sir, würden Sie bitte mitkommen?«

Der Mann in Jeans suchte nach einem Ausweg. Sein Blick huschte wild hierhin und dorthin. Der Kellner und die Köchin waren in der Küche; sie würden seine Flucht verhindern.

Der Streifenpolizist fuhr seinen Schlagstock aus.

»Machen Sie keine Dummheiten, Sir«, sagte sein Kollege in Zivil.

»Dafür ist es jetzt zu spät«, knurrte der Mann in Jeans. Er packte eine halb volle Weinflasche am Hals und hielt sie vor sich wie eine Keule. Der Inhalt ergoss sich auf sein noch immer feuchtes Hemd.

Eine Pattsituation.

Der Mann im Anzug sah zu, das Lächeln wich nicht aus seinem Gesicht.

Die Küchentür öffnete sich. Der Kellner kam mit einer Platte mit Austern heraus. Er sah, was im Speisesaal vorging, und ließ verblüfft die Platte fallen. Eiswürfel und Krustentiere schlitterten über den Fliesenboden.

Das war die Ablenkung, die sie brauchten. Der Polizist in Uniform setzte unten an, der in Zivil oben. Der Schlagstock erwischte den Mann in den Kniekehlen, und der Schwinger des Zivilbeamten traf ihn am Unterkiefer.

Der Mann in Jeans ging zu Boden. Der Streifenpolizist kniete sich auf seinen Rücken, drückte ihm den Kopf auf die Steinfliesen und legte ihm Handschellen an.

»Washington Poe«, sagte der Zivilpolizist, »ich verhafte Sie wegen Mordverdachts. Sie brauchen sich nicht zu äußern, aber es könnte sich nachteilig auf Ihre Verteidigung auswirken, wenn Sie etwas verschweigen, worauf Sie sich später vor Gericht berufen wollen. Alles, was Sie sagen, kann als Beweis verwendet werden.«

VOR ZWEI WOCHEN: ERSTER TAG

2. KAPITEL

Im ländlichen England ist das Blaulicht ausgegangen. Prachtvolle alte Polizeireviere aus der Zeit von Queen Victoria sind der Geschichte überantwortet worden. Ihre Anzahl wurde reduziert, und viele sind durch moderne, gut ausgestattete, seelenlose Exzellenz-Center ersetzt worden.

Und verschwunden ist auch der Bobby auf Streife. Der existiert jetzt nur noch im Kopf derer, die sich nach einem ländlichen Idyll sehnen. Heutzutage sehen Polizisten ihren Zuständigkeitsbereich größtenteils durch die Fenster ihrer Streifenwagen.

Tesco hat doppelt so viele rund um die Uhr geöffnete Supermärkte wie die Polizei rund um die Uhr geöffnete Dienststellen.

Keine Grafschaft hat es schlimmer getroffen als Cumbria. Fast viertausendachthundert Quadratkilometer groß – geografisch die drittgrößte Grafschaft Englands –, verfügt sie nur über fünf Vollzeit-Polizeidienststellen.

Alston in den North Pennines, die am höchsten gelegene Marktgemeinde im ganzen Land, hatte keine Chance. Das dortige Polizeirevier, ein großes und schönes frei stehendes Gebäude, war 2012 verkauft und durch einen Polizei*tisch* ersetzt worden. An jedem vierten Mittwoch des Monats fuhr ein Mitglied der Gemeindepolizei des Eden District – als »Problemlöser« deklariert – den ganzen Weg bis dort hinauf, saß an einem Tisch in der Bibliothek und hörte sich die Beschwerden der Leute an.

Problemlöser Constable Graham Alsop fand den vierten Mittwoch des Monats zum Kotzen. Außerdem fand er es zum Kotzen, als Problemlöser bezeichnet zu werden. Manche der Zwistigkeiten, die er sich anhören musste, waren so unfassbar kleinlich, so niederschmetternd unlösbar, dass er manchmal den Eindruck hatte, die kollektive Intelligenz des Ortes entspräche der eines Fischköders.

Er brauchte nicht weiter als einen Monat zurückzudenken, um ein gutes Beispiel für das zu finden, womit er sich herumschlagen musste. Ein älterer Mann war gekommen und hatte ihm eine Einkaufstüte voller Hundekacke auf den Tisch geknallt. Er sei es leid, die zwischen seinen preisgekrönten Lady-Penzance-Rosen zu finden, hatte er gesagt. Hatte behauptet, seine Nachbarin ließe ihren pfotenlahmen Dackel seine Rosen volldefäkieren, als Rache dafür, dass er sie bei der Dorfblumenschau übertrumpft hatte. Alsop solle die Köttel »ins Labor« bringen lassen, hatte er verlangt, für einen DNA-Test. Anscheinend war er sehr verblüfft, als er erfuhr, dass es hier kein »Labor« gab, und auch keine Hunde-DNA-Datenbank, um eine Kackwurst mit der anderen zu vergleichen. Das Ganze war eine Zivilrechtssache, und dementsprechend sagte ihm der Constable, er solle sich an einen Anwalt wenden. Und seine Tüte Hundescheiße wieder mitnehmen. Sollte die Angelegenheit eskalieren und es zu einem infamen Hundekacke-Mord kommen, dann hätte Problemlöser Alsop natürlich einiges zu erklären, aber manche Risiken musste man eben eingehen.

Abgesehen davon schob er hier eine ziemlich ruhige Kugel. Die Bibliothek öffnete um neun, und bis eine Stunde später die erste Lesegruppe eintrudelte, hatten Alsop und die Bibliotheksangestellten sie meistens für sich allein. Reichlich Zeit für Tee und Toast, bevor die Irren aufkreuzten.

Und an diesem Morgen hatte er sogar einen Plan. Er würde seine Zeitung lesen, dann zum Feinschmeckerladen hinüberschlendern und sich ein Stück guten Käse holen. Eine der Bibliothekarinnen wollte ihm zeigen, wie man ein Soufflé macht. Und seiner leidgeprüften Frau ein Käsesoufflé zu kredenzen, dachte Alsop, wäre genau das Richtige, um sie milde zu stimmen, ehe er ihr von der Golfreise nach Portugal erzählte, die er vorhatte.

Es war ein guter Plan.

Doch das Problem bei Plänen ist, dass sie sich binnen eines Wimpernschlags in eine Tüte voller Kacke verwandeln können.

Zuerst dachte er, die junge Frau sei gerade dabei, sich nach einer Nacht in einem fremden Bett nach Hause zu schleichen. Sie trug eine Wollmütze, ein schlichtes, langärmeliges T-Shirt und schwarze Leggins. Und sie hinkte, kam nur stockend und unsicher voran. Ihre billigen Turnschuhe schlurften über den Teppichboden.

Mitten in der Bibliothek blieb sie stehen und blickte sich um. Anscheinend stand ihr der Sinn nicht nach einem speziellen Buch. Ihr Blick wanderte über die Kinderabteilung, dann über die Stadtgeschichte und dann über die Autobiografien. Wahrscheinlich ein Täuschungsmanöver, damit sie die Toilette benutzen konnte. Eine schnelle Katzenwäsche, vielleicht eine Linie Koks, und dann ein Taxi zurück nach Carlisle. Alston war keine Studentenstadt, doch Partys gab es trotzdem ab und zu.

Aber ... Alsop war den größten Teil seiner Berufslaufbahn Streifenpolizist im Stadtzentrum von Carlisle gewesen, und er hatte noch immer den nötigen Instinkt.

Irgendetwas war hier ein bisschen komisch.

Seine erste Einschätzung war falsch gewesen. Die junge Frau sah nicht aus, als schäme sie sich, sie sah aus, als hätte sie Angst. Ihre Augen huschten hin und her, als suche sie nach etwas. Mit zusammengekniffenen Lidern spähte sie durch den Staub, der träge in der Luft schwebte, und ihr Blick verweilte nie länger als eine Sekunde irgendwo. Die Bücher jedoch, ordentlich mit dem Rücken nach außen in alphabetischer Reihenfolge aufgereiht, interessierten sie nicht. Prüfend musterte sie die Bibliothekarinnen und hakte anscheinend im Geiste jede von ihnen auf den ersten Blick ab.

Als sie ihn erblickte, wusste Alsop, dass es heute Vormittag nicht mehr darum gehen würde, das perfekte Soufflé zu backen. Sie war seinetwegen hier. Rasch kam sie zu seinem Tisch herübergehumpelt, das Gesicht verzerrt vor Anstrengung. Dann stand sie vor ihm, schlang den linken Arm um den dürren Brustkorb und umfasste ihren rechten Ellbogen. Es hätte neckisch gewirkt, wenn es nicht so verstörend gewesen wäre.

»Sind Sie die Polizei?« Ihre Stimme war ausdruckslos.

»Nicht die ganze, nein«, antwortete er.

Sie lächelte nicht über seine flapsige Bemerkung. Reagierte überhaupt nicht. Alsop betrachtete sie, suchte nach einem Hinweis, einem Warnzeichen, was gleich passieren würde. Er machte sich nämlich keinerlei Illusionen: Irgendetwas würde gleich passieren.

Das Mädchen war völlig erschöpft. Ihre müden braunen Augen lagen tief in dunkel umschatteten, eingesunkenen Höhlen. Das Haar, das unter der Mütze hervorschaute, war wirr, schlaff und leblos. Es umrahmte ein verhärmtes Gesicht. Die Wangenknochen ragten unter der bleichen Haut hervor, und durch die Schmutzschicht auf ihrem Gesicht zogen sich Tränenspuren. Weiße Krusten hatten sich um einen von Pickeln umgebenen Mund gebildet. Und sie war dünn. Nicht gertenschlank wie ein Model. Ausgezehrt. Unterernährt.

Alsop ging um den Schreibtisch herum, zog einen Stuhl darunter hervor und bot ihn ihr an. Dankbar ließ sie sich darauf sinken. Er kehrte zu seinem Platz zurück, legte die Fingerspitzen aneinander und stützte das Kinn darauf. »Also, Schätzchen, was kann ich für Sie tun?« Er war ein Cop der alten Schule und hatte für die genderneutrale Sprache nichts übrig, die er eigentlich verwenden sollte.

Sie antwortete nicht. Starrte einfach durch ihn hindurch. Er hätte genauso gut gar nicht da sein können.

Aber das war okay. Er war den Umgang mit anderen Menschen gewöhnt und wusste, dass die schon mit der Sprache herausrückten, wenn die Zeit gekommen war.

»Ich sage Ihnen mal was, warum fangen wir nicht mit was ganz Einfachem an? Warum fangen wir nicht mit Ihrem Namen an?«

Sie blinzelte und schien aus irgendeiner Trance aufzuschrecken, doch es hatte den Anschein, als sei das Konzept eines eigenen Namens ihr völlig fremd.

»Sie wissen doch, was ein Name ist, oder? So was hat doch jeder, stimmt's?«

Sie lächelte noch immer nicht.

Aber sie sagte ihm, wie sie hieß.

Und Alsop wurde klar, dass er ein Riesenproblem hatte.

Sie alle hatten ein Riesenproblem.

VIERTER TAG

3. KAPITEL

Ein alter Cherokee sagte einmal zu seinem Enkel, der voller Hass auf irgendjemanden zu ihm gekommen war: »Lass mich dir eine Geschichte erzählen. Auch ich habe Hass auf jene empfunden, die mir unrecht getan haben. Aber Hass zermürbt dich und schadet denen nicht, die dir geschadet haben. Es ist, als würdest du Gift nehmen und dir wünschen, dein Feind möge sterben. Ich habe viele Male gegen diese Gefühle angekämpft. Es ist, als wären zwei Wölfe in mir und kämpften darum, meinen Geist zu beherrschen. Ein Wolf ist gut und schadet niemandem. Er lebt im Einklang mit allen um sich herum und empfindet keine Kränkung, wo keine beabsichtigt ist.«

»Was ist mit dem anderen Wolf, Großvater?«

»Ah«, erwiderte der alte Mann. »Der andere Wolf ist böse. Er ist voller Zorn. Bei der kleinsten Kleinigkeit bekommt er Wutanfälle. Er kann nicht richtig denken, weil sein Zorn und sein Hass so groß sind. Und es ist eine hilflose Wut, denn sie kann nichts ändern.«

Der Junge sah seinem Großvater in die Augen. »Und welcher Wolf gewinnt, Großvater?«

Der alte Mann lächelte. »Der, dem ich Futter gebe.«

Detective Sergeant Washington Poe hatte in letzter Zeit oft an die alte Fabel der Cherokee gedacht. Sein ganzes Leben lang hatte er den bösen Wolf gefüttert. Er hatte gedacht, er wisse, wieso. Dass seine Mutter fortgegangen war, als er noch ganz klein gewesen war, hatte ihn zu einem zornigen Kind gemacht, und das Gefühl des Verlassenseins war nie vergangen. Gelegentlich war es schwächer geworden, aber nur selten lange genug, dass er eine ganze Nacht durchschlief, ohne zitternd aus dem Schlaf aufzufahren.

Und jetzt wusste er, dass sein Zorn auf einer Lüge beruht hatte.

Poe war gezeugt worden, als seine Mutter auf einer Diplomatenparty in Washington D. C. vergewaltigt worden war. Sie hatte ihn nicht mutwillig verlassen. Und sie hatte ihn Washington genannt, wie einen Warnhinweis, damit sie den Mut haben würde, fortzugehen. Denn sie hatte furchtbare Angst gehabt, dass sie ihre Abscheu nicht würde verbergen können, wenn das Gesicht des Vergewaltigers in den Zügen ihres Sohns zum Vorschein kam.

Der Mann, der ihn großgezogen hatte, der Mann, den er fast vierzig Jahre lang Dad genannt hatte, war nicht sein leiblicher Vater. Diese Ehre gebührte jemand anderem.

Seit er die Wahrheit erfahren hatte, waren sein Zorn und sein Groll zu weißglühender Wut mutiert, zu einem brennenden Verlangen nach Vergeltung. Dass seine Mutter ums Leben gekommen war, bevor er die Wahrheit herausgefunden hatte, verstärkte das Gefühl schreiender Ungerechtigkeit noch. Irgendetwas in ihm war vor Kurzem zu Staub zerfallen.

Eine Weile hatte er sich mit dem Brandopferer-Fall abgelenkt. Er war einer der Hauptzeugen gewesen und hatte ganze Tage damit zugebracht, vor Komitees und bei öffentlichen Anhörungen auszusagen. Doch jetzt war es vorbei. Poes Zeugenaussage, zusammen mit den Beweisen, die er und alle anderen Beteiligten an dem Fall gefunden hatten, hatten für das richtige Resultat gesorgt: Die Geschichte des Brandopferers war verifiziert und öffentlich gemacht worden. Poe hatte gewonnen, doch es war ein wertloser Sieg. Was er über seine Mutter herausgefunden hatte, hatte jegliche Befriedigung angesichts einer gut gelösten Aufgabe überlagert.

Jemand fragte ihn etwas, und er kehrte mit einem Ruck in die Gegenwart zurück. Poe versuchte, sich darauf zu konzentrieren, was um ihn herum geschah. Er vertrat die Serious Crime Analysis Section bei einer Abteilungsbudgetbesprechung. Die fand alle drei Monate statt, und zwar aus längst vergessenen Gründen immer an einem Samstag. Normalerweise nahmen die Leiter der Abteilungen daran teil, doch als er vorübergehend Detective Inspector gewesen war, hatte er diese Aufgabe an seinen Detective Sergeant Stephanie Flynn delegiert. Als diese auf die Stelle des DI aufgerückt war und sie die Rollen getauscht hatten, hatte es ihr geradezu abartigen Spaß gemacht, ihm dasselbe anzutun. Jetzt musste *er* einmal im Quartal nach London fahren, nicht sie. Der Ironie daran konnte er nichts abgewinnen, obwohl er gern wieder Sergeant war. Der Rang stellte die optimale Balance zwischen Macht und Verantwortung dar. Und Inspector zu sein, hatte ihm nie zugesagt. Das hörte sich immer so an, als sollte »Ticket« oder »Sanitäts« vor dem Dienstgrad stehen.

»Entschuldigung, was?«

»Wir sprechen gerade über die Quartalsvorausberechnungen, Sergeant Poe. DI Flynn hat um drei Prozent mehr Budget für die Überstunden der SCAS gebeten. Wissen Sie, warum?«

Poe wusste es. Normalerweise wusste er so etwas nicht. Normalerweise hielt er den Mund und verließ sich darauf, dass Flynn den Papierkram so gründlich erledigt hatte, dass man sich nicht näher damit befassen musste. Er nahm den Dokumentenstapel zur Hand. Er fiel auseinander. Im Stillen verfluchte Poe den Verwaltungsmitarbeiter, der die Unterlagen für ihn vorbereitet hatte. Wenn Papiere zusammengehörten, dann tackerte man sie aneinander. Büroklammern waren etwas für Hippies und für Leute mit Bindungsproblemen. Er raffte sie zusammen, konnte jedoch nicht sagen, ob sie in der richtigen Reihenfolge lagen. Worte und Seitenzahlen waren ein verschwommenes Durcheinander. Er zog seine Lesebrille aus der Brusttasche. Die war etwas Neues; eine Erinnerung daran, dass er kein junger Mann mehr war. Nicht, dass man ihn daran erinnern musste – in letzter Zeit knackte er beim Gehen. Als er sich dabei ertappt hatte, wie er Schriftstücke immer weiter von seinen Augen weghielt, hatte er beschlossen, den Sprung ins kalte Wasser zu wagen und einen Sehtest zu machen. Jetzt konnte er nicht mehr Kaffee trinken, ohne dass seine Brille beschlug. Er konnte beim Lesen im Bett nicht auf der Seite liegen. Ständig vergaß er, dass sie da war, und wischte sie herunter. Er vergaß, dass sie *nicht* da war, und stach sich ins Auge, wenn er versuchte, sie zurechtzurücken. Und ganz gleich, wie sehr er sich bemühte, sie blieb einfach nicht sauber.

Jetzt rieb er sie an seiner Krawatte. Ebenso gut hätte er sie mit Pommes abrubbeln können. Mit zusammengekniffenen Augen spähte er durch die Schlieren und machte sich mit dem richtigen Dokument vertraut.

»Wegen des Brandopferer-Falls. Ich, Analystin Bradshaw und DI Flynn waren eine Zeit lang in Cumbria, und der größte Teil des Überstundenbudgets ist verbraucht worden. Sie wollte die Kosten lieber strecken, als Ihnen am Ende des Finanzjahres ein großes Defizit hinzuknallen.«

»Das leuchtet ein«, sagte der Leiter der Besprechung. »Möchte noch jemand etwas hinzufügen? Ich denke, wir können sagen, das fällt unter die LOOB-Bestimmungen.«

Bis Poe LOOB vergeblich in seiner inneren Datenbank unsinniger Akronyme gesucht hatte, ging es bereits um einen Antrag auf zusätzliche Mittel der Abteilung für Transnationale Organisierte Kriminalität. Die hatten Schwierigkeiten, der Bedrohung durch Entity B angemessen zu begegnen. Viel war nicht über diese Organisation bekannt. Sie beschäftigten keine Türsteher und schickten keine Frauen auf den Strich. Sie hatten keine Dealer an den Straßenecken stehen. Aber sie kontrollierten die Nachschubwege, derer sich die Unterwelt bediente. Wenn eine illegale Einwanderin aus China ihre Schulden in einem Bordell in Südlondon abarbeitete, war es aller Wahrscheinlichkeit nach Entity B, die den größten Teil ihres Verdienstes einkassierte. Wenn ein Heroinlieferant in Arbroath seine Ware mit Ziegelstaub verschnitt, dann stammte das reine Zeug wahrscheinlich aus einer Lieferkette von Entity B. Wenn es wieder einmal einen vom russischen Staat gesponserten Mordanschlag auf britischem Boden gab, war der Killer wahrscheinlich von Entity B ins Land und wieder hinausgeschmuggelt worden.

Aber … sich um Entity B zu kümmern, war nicht sein Job. Sein Job war, Serienmörder zu schnappen und dabei zu helfen, Verbrechen aufzuklären, für die es anscheinend keinerlei Motiv gab. Etwas, womit er sich in letzter Zeit nicht allzu viel befasst hatte. Poe verbot sich, von Neuem in Gedanken an Rache und Vergeltung zu versinken. Er wollte den bösen Wolf nicht weiter füttern. Stattdessen schaltete er sein Handy ein, um zu sehen, ob es neue Meldungen über Hurrikan Wendy gab. Die Medien hatten kein anderes Thema. Ein Sturm im Sommer war selten. Ein Sturm von dieser angeblichen Riesengröße einmalig.

Während er darauf wartete, dass sein BlackBerry zum Leben erwachte, betrachtete er sein Spiegelbild in dem dunklen Display. Ein mürrisches Gesicht mit angegrauten Bartstoppeln und trüben, blutunterlaufenen Augen starrte zurück – das unvermeidliche Nebenerzeugnis von Vernachlässigung, Schlaflosigkeit und Selbstmitleid.

Aus dem schwarzen Spiegel des Displays wurde eine Sammlung bunter Apps, von denen er die meisten nicht kannte und, selbst wenn, nicht benutzen würde. Drei verpasste Anrufe und eine SMS, alle von Flynn. Er hatte Rufbereitschaft, also hätte er sein BlackBerry anlassen sollen. Doch wenn man bei der National Crime Agency den Ruf weghatte, dass man ans Telefon ging, hörte das Ding nie auf zu klingeln. Er las die SMS: *Rufen Sie mich an, sobald Sie das hier bekommen haben.*

Das hörte sich nicht gut an. Poe entschuldigte sich und verließ den Raum. Der Büroleiter lotste ihn zu einem leeren Schreibtisch. Er wählte Flynns Nummer, und sie nahm gleich nach dem ersten Klingeln ab.

»Poe, Sie müssen sofort Detective Superintendent Gamble anrufen. Er wartet auf Ihren Anruf.«

»Gamble? Was will er denn?«

Gamble arbeitet für die Cumbria Constabulary und war Ermittlungsleiter bei dem Brandopferer-Fall gewesen. Er war um einen Rang degradiert worden, als sich der Staub gelegt hatte und das Schwarzer-Peter-Spiel begann. Poe wusste, dass Gamble sich glücklich schätzte, noch einen Job zu haben. Obwohl sie sich nicht immer einig gewesen waren, hatten sie sich im Guten getrennt. Während des Prozesses hatten sich ihre Wege gelegentlich gekreuzt, doch der war jetzt vorbei. Es gab keinen offenkundigen Grund für sie, miteinander zu reden.

»Das wollte er mir nicht sagen, deshalb glaube ich, es geht vielleicht nicht um den Brandopferer«, antwortete Flynn.

Poe hatte die Cumbria Constabulary vor fünf Jahren verlassen. Er wohnte immer noch dort, doch wenn irgendetwas mit seinem Haus passiert wäre, würde sich ein Polizist vom Revier in Kendal melden, nicht der Superintendent von der Abteilung für Schwerverbrechen. Und außerdem bestand sein Zuhause aus vier soliden Mauern aus unbehauenen Lakeland-Steinen, einem Schieferdach und nicht viel mehr. Es gab eigentlich nichts, was ihm passieren könnte.

»Okay, ich rufe ihn an.«

Sie gab ihm Gambles Nummer. »Sagen Sie mir Bescheid?«

»Mach ich.«

Poe legte auf und rief Gamble an. Genau wie Flynn meldete er sich sofort.

»Sir, hier ist DS Poe. Ich sollte Sie anrufen.«

»Poe, wir haben ein Problem.«

4. KAPITEL

Poe, wir haben ein Problem. Fünf Worte, die zu hören er niemals leid wurde.

Flynn hatte es so arrangiert, dass er den ersten Zug nach Cumbria nehmen konnte. Er hatte noch eine Stunde Zeit bis dahin. Die Fahrkarte würde in der Euston Station für ihn hinterlegt sein. Er hatte keine Ahnung, was los war; Gamble hatte ihm am Telefon nichts sagen wollen.

Poe war fünfzehn Minuten zu früh am Zug. Von London nach Penrith brauchte man knapp drei Stunden, und er verbrachte die Zeit am Handy, suchte nach irgendetwas in den Nachrichten, das ihm einen Hinweis darauf geben könnte, was ihn erwartete. Er fand nichts Außergewöhnliches. Hurrikan Wendy beherrschte weiterhin die nationale und internationale Presse. Er war noch eine Woche entfernt, hatte jedoch auf der anderen Seite des Atlantiks bereits Verwüstungen angerichtet.

Ein Polizist in Uniform wartete in Penrith auf ihn, und er wurde auf kürzestem Weg zur Carlton Hall gefahren, dem Hauptquartier der Polizei von Cumbria. Zehn Minuten später wurde er in Konferenzraum B geführt. Es war ein großer Raum voller Charakter. Poe dachte im Stillen, dass es vielleicht einmal das Esszimmer der Familie Carlton gewesen sein könnte, denn es gab noch den großen, verzierten Originalkamin mit kunstvoll gearbeitetem Sims und hohe, unpraktische Fenster. Der Raum wurde von einem großen Konferenztisch beherrscht.

Detective Superintendent Gamble war bereits da. Ein Detective, an den Poe sich von seiner Zeit bei der Polizei hier zu erinnern glaubte, saß neben ihm.

Beide blickten auf. Poe hatte den Eindruck, bei irgendetwas

gestört zu haben. Die Miene des Detective war ausdruckslos und neutral. Vor ihm lag eine dicke Akte. Er schloss sie und legte sie mit dem Deckblatt nach unten auf den Tisch.

Poe nickte zur Begrüßung. Gamble erwiderte das Nicken, der andere Mann nicht. Dann erhob sich Gamble und gab ihm die Hand. Poe fiel auf, dass er dabei ganz kurz nach unten schaute.

»Wie geht's damit?«, erkundigte sich Gamble.

Die Haut auf Poes rechter Hand war vernarbt und glänzte. Eine bleibende Erinnerung daran, was passiert, wenn man in einem brennenden Haus einen gusseisernen Heizkörper anfasst. Er beugte und streckte die Finger. »Gar nicht schlecht. Das Gefühl ist größtenteils wieder da.«

»Kaffee?«

Poe lehnte ab. Er hatte schon zu viel Kaffee getrunken und war ganz hippelig.

»Ich glaube, Sie kennen DC Andrew Rigg bereits«, meinte Gamble. »Er hat ein paar Fragen zu einem Ihrer früheren Fälle.«

Rigg hatte noch Uniform getragen, als Poe beim CID gewesen war, der Abteilung für Schwerverbrechen. Er war groß und schlaksig und hatte vorstehende Schneidezähne, die ihm gelegentlich den Spitznamen Plug eingetragen hatten – nach der Comicfigur aus *The Beano*. Poe hatte ihn als guten, bodenständigen Cop in Erinnerung.

»Was ist denn los?«

Rigg wich seinem Blick aus; das war merkwürdig. Freunde waren sie nie gewesen, aber es hatte auch nie Feindschaft zwischen ihnen geherrscht.

»Erzählen Sie mir von den Ermittlungen im Fall Elizabeth Keaton, Sergeant Poe«, sagte er.

Elizabeth Keaton ...

Warum überraschte ihn das nicht?

»Das war der letzte große Fall, an dem ich hier oben gearbeitet habe«, sagte Poe. »Hat als Vermisstenfall angefangen, eine gefährdete vermisste Person. Ihr Vater hatte von seinem Restaurant aus die Notrufzentrale angerufen. Er war völlig hysterisch, hat gesagt, seine Tochter wäre nicht nach Hause gekommen.«

Rigg blickte auf seine Notizen. »Eine mutmaßliche Entführung?«

»Nicht von Anfang an.«

»Das steht hier aber nicht. Laut der Akte wurde eine Entführung schon sehr früh in Betracht gezogen.«

Poe nickte. »Das steht in der Akte, weil es das war, was Jared Keaton gesagt hat.«

Gamble furchte die Stirn. »Ich war damals bei der Londoner Polizei, und ich will hier nicht im Nachhinein herumkritisieren, aber gab's da vielleicht irgendwelche Begünstigungen? Wir lassen uns doch normalerweise von den Angehörigen nicht unsere Ermittlungsansätze vorschreiben.«

Poe zuckte die Achseln. »Die meisten Angehörigen kochen auch nicht für den Premierminister.«

Als seine Tochter verschwunden war, war Jared Keaton der Besitzer von Bullace & Sloe, Cumbrias einzigem Dreisternerestaurant. Ein berühmter Chefkoch, der Filmstars, Rock-Ikonen und Ex-Präsidenten zu seinen Kunden zählte. Er hatte für die Queen gekocht, und er hatte für Nelson Mandela gekocht. Wenn ein Chefkoch mit drei Michelin-Sternen etwas sagte, hörten wichtige Personen zu.

»Also doch Begünstigung?«

»Nein. In der Akte steht, was Keaton wollte. Wir haben Elizabeth Keatons Verschwinden genauso untersucht, wie wir es bei jedem anderen jungen Mädchen tun würden: ernsthaft und unvoreingenommen.«

Gamble nickte. Poes Erklärung hatte ihn zufriedengestellt. »Weiter.«

»Sie hätte ihn anrufen sollen, damit er sie vom Restaurant

abholt, aber er war beim Fernsehen eingeschlafen und erst in den frühen Morgenstunden aufgewacht. Da hat er dann gemerkt, dass sie nicht nach Hause gekommen war.«

»Sie hat im Restaurant gearbeitet?«

»Hat im Foyer die Gäste empfangen und die Buchhaltung gemacht. Sich mit den Lieferanten und mit der Lohnabrechnung beschäftigt, so was in der Art. Außerdem war sie dafür verantwortlich, abends zuzumachen.«

»Sie war doch noch ein Teenager. War sie nicht ein bisschen jung für so viel Verantwortung?«

»Sie wissen, dass ihre Mutter bei einem Autounfall umgekommen ist?«

Rigg nickte.

»Sie hat ihre Aufgaben übernommen.«

»Sie hat also nicht angerufen, um sich abholen zu lassen?«

Poe wusste, dass die Akte dies alles ausführlich auflistete. Wusste, dass Rigg tat, was jeder gute Cop tat: Fragen stellen, auf die er die Antworten bereits kannte. Trotzdem ging es ihm gegen den Strich. Die Ermittlungen mochten ja zuerst die falsche Richtung genommen haben, aber sie hatten schnell den Kurs gewechselt.

»Laut Keaton nicht. Er hat gesagt, das Telefon hätte ihn geweckt.«

»Vom Bullace & Sloe bis zum Haus der Keatons war es doch nur ein kurzes Stück zu Fuß. Warum hätte er sie abholen müssen?«

Wieder zuckte Poe die Achseln. »Ein junges Mädchen spätabends, nehme ich an.«

»Und da wurden Sie hinzugezogen.«

»Ja. Es wundert mich, dass Sie nicht auch involviert waren. Hunderte haben nach ihr gesucht.«

»War ich auch«, gab Rigg zu. »Ich habe zu denen gehört, die den ganzen Weg vom Restaurant bis zur M6 abgelaufen sind und nach Anzeichen eines Kampfes gesucht haben.«

Die M6 war das Rückgrat Cumbrias und teilte die Grafschaft sauber in zwei Hälften. Poe erinnerte sich, dass er gesehen hatte, wie Cops die Straßenränder abgesucht, Autofahrer angehalten und ihnen Fotos gezeigt hatten.

»Auch wenn die M6 für die wahrscheinlichste Route des Entführers gehalten wurde«, fuhr Poe fort, »haben wir unseren Job gemacht und *sämtliche* Blickwinkel in Betracht gezogen.«

Rigg sah abermals auf seine Notizen hinunter. »Sie waren derjenige, der verlangt hat, dass die Küche forensisch untersucht wird.«

Poe nickte.

»Die Detectives, die den Fall bearbeitet haben, hatten sie zwar durchsucht und nichts gefunden, aber ich wollte, dass die Spurensicherung da durchgeht und noch einmal überprüft, ob Elizabeth nicht Opfer eines Gewaltverbrechens geworden war. Ich wollte das zumindest ausschließen.«

»Warum waren Sie anderer Meinung? Sonst hatte doch niemand den Verdacht, dass es etwas anderes sein könnte als das, wonach es ausgesehen hat.«

»Immer die nächsten Angehörigen in Betracht ziehen, bis das Gegenteil bewiesen ist«, erwiderte Poe. »Ich fand, irgendjemand sollte wenigstens die Frage stellen.«

»Und da sind die Tatortermittler fündig geworden?«

»Damals hieß das noch Spurensicherung, aber ja, da sind sie fündig geworden«, bestätigte Poe. »In der Küche.«

5. KAPITEL

Mit »fündig geworden« waren Blutflecke gemeint. Nicht viele, doch als die Männer von der Spurensicherung die ersten Blutspuren fanden, verwandelte sich die Küche des Bullace & Sloe von einer Stätte preisgekrönter gastronomischer Exzellenz in einen Tatort. Poe berichtete, was als Nächstes passiert war, und dabei fluteten die Einzelheiten des Falls in einem gewaltigen Schwall in sein Gedächtnis zurück.

»Die anfängliche forensische Strategie bestand darin, herauszufinden, was genau in der Küche passiert war. Die Kollegen haben Luminol benutzt und noch mehr Blut gefunden. An der Decke und einigen tiefer liegenden Einbauten. Der Blutverlust wurde so eingeschätzt, dass ein Überleben nicht vorstellbar war.« Poe hielt inne und trank einen kleinen Schluck aus dem Wasserglas vor ihm. »Nachdem der Blutfund bestätigt war, haben sie 360-Grad-Rundumaufnahmen gemacht und die Blutspritzer analysiert, um sich ein Bild zu machen.«

»Und was ist dabei rausgekommen?«

»Dort hatte eine brutale, kontinuierliche Attacke stattgefunden, es gab mehr als einen Kampfort, und es war versucht worden, das Verbrechen zu vertuschen.«

»Der Täter hat sauber gemacht?«

»Nicht besonders geschickt. Genug, um eine visuelle Überprüfung zu überstehen, aber nicht annähernd gut genug für eine wissenschaftliche Untersuchung. Eigentlich nicht viel mehr als einmal drüberwischen.«

»Und das Blut hat mit dem von Elizabeth übereingestimmt?«

Poe nickte.

»Und von da an war es keine Vermisstensuche mehr, sondern eine Mordermittlung?«, wollte Rigg wissen.

»Richtig. Zusätzliche Mittel wurden bewilligt, Überstunden genehmigt, und sämtlicher Urlaub in der Abteilung wurde für alle gestrichen.«

»Arbeitshypothese?«

»Der erste Ansatz war, dass es entweder ein Landstreicher gewesen war, der an die Hintertür gekommen ist und auf etwas zu essen oder ein bisschen Kleingeld spekuliert hat, oder ein Stalker, von dem wir bis dahin noch nichts gewusst hatten.«

»Und was haben Sie gedacht?«

»Ich war mir nicht sicher. Dass es ein Landstreicher war, habe ich bezweifelt. Nicht in Cotehill – da wäre so einer aufgefallen wie Scheiße auf einer Torte. Irgendjemand hätte ihn gesehen.«

»Ein Stalker?«

»Das war auf jeden Fall das, was der Ermittlungsleiter geglaubt hat. Elizabeth war achtzehn und sah aus wie die junge Audrey Hepburn. Sie war beliebt und hatte ein aktives Sozialleben. Wir haben all ihre Habseligkeiten untersucht. Telefone, Computer, Tagebücher. Nichts gefunden. Wir haben passive Datensuchen durchgeführt und uns die Überwachungsaufnahmen von den Tagen noch mal angesehen, als sie die letzten paar Male in Carlisle unterwegs war. Wieder nichts. Der Ermittlungsleiter hat die Suche auf einen Mann ausgeweitet, mit dem sie Kontakt gehabt hatte. Ehemalige Schulfreunde, Männer aus ihrem sozialen Umfeld – ganz gleich, wie flüchtig die Bekanntschaft war –, Mitarbeiter vom Bullace & Sloe. Im Grunde also auf jeden.«

»Und Sie?«

»Ich habe angefangen, mir Jared Keaton näher anzuschauen.«

6. KAPITEL

»Und wieso, Sergeant Poe?«, fragte Rigg.

Poe sammelte seine Gedanken. Die Wahrheit war, dass Keaton anfangs nicht verdächtigt worden war. Nicht einmal von ihm. Nicht so richtig. Es war ein Unbehagen gewesen, ein Gefühl, dass irgendetwas nicht ganz stimmte.

»In seiner Aussage gab es Unstimmigkeiten.«

»Weiter.«

»Jemand aus dem Dorf war auf dem Rückweg vom Flughafen in Manchester an dem Restaurant vorbeigefahren. Er hat behauptet, Keatons Auto hätte um zwei Uhr früh noch davorgestanden.«

»Augenzeugen sind extrem unzuverlässig«, wandte Rigg ein.

Poe nickte. Das stimmte. Laut dem Innocent Project waren Augenzeugenberichte zu fünfundsiebzig Prozent nicht korrekt.

»Das war aber nicht alles«, fuhr er fort. »Keaton hatte gesagt, er sei nach Hause gefahren, um sich *Match of the Day* anzuschauen. Aber das war ein Länderspiel-Wochenende. *Match of the Day* lief an dem Abend gar nicht.«

»Da kann man sich ja nun leicht mal vertun.«

»Stimmt. Das kommt fast jeden Samstagabend, also kann man davon ausgehen, dass es läuft. Aber man würde ja wohl kaum vergessen, dass es nicht gelaufen ist, wenn man dafür extra nach Hause gefahren ist.«

»Ist das alles?«

»Er hatte die ganze Nacht Zeit. Tatsächlich hat er erst zwanzig Minuten vor dem Eintreffen der Frühschicht angerufen, die den Lunch vorbereiten musste.«

»Er hat gesagt, da wäre er aufgewacht.«

»Wenn dem so *wäre*, wenn er aufgewacht wäre und festgestellt hätte, dass seine Tochter verschwunden war, sieben Stunden nachdem sie zu Hause hätte sein sollen, wieso wäre er dann sofort zum Restaurant gefahren? Wieso hat er nicht zuerst ihre Freundinnen angerufen?«

»Also haben Sie ihn verdächtigt?«

»Genug, um ihn nicht auszuschließen.«

»Aber wenn er der Täter war, wo hat er sie dann versteckt?«, fragte Gamble. »Sie haben nicht geglaubt, dass er sie vergraben hat, das weiß ich.«

Poe schüttelte den Kopf. »Nein. Wir hatten gerade eine lange Kältewelle, die Temperaturen lagen seit fast einem Monat ständig unter null Grad. Der Experte für Geophysik, den wir konsultierten, hat gesagt, die Frosttiefe – das ist die Tiefe, bis in die das Grundwasser im Boden gefroren ist – läge bei über einem Meter. Er hätte schweres Gerät gebraucht, um sie zu verscharren.«

»Und er hätte sie nicht mit dem Auto irgendwo hinbringen können, um sie später zu entsorgen?«

Wieder schüttelte Poe den Kopf. »Wir haben seinen Range Rover genau untersucht. Nicht eine einzige Blutspur, und, glauben Sie mir, Elizabeth Keaton hatte keinen leichten Tod. Sie hätte in jedem Transportmittel eine Riesenschweinerei hinterlassen. Selbst wenn er sie in Müllsäcke gepackt und mit Klebeband verschnürt hätte, hätte es forensische Spuren gegeben. Der Leichnam wäre viel zu nass gewesen.«

»Aber Sie haben trotzdem gesucht?«

Poe nickte. »Ja, das haben wir. Eine Geowissenschaftlerin ist aus Preston raufgekommen und hat uns die wahrscheinlichsten Stellen gezeigt. Sie hat Luftaufnahmen ausgewertet, um zu sehen, ob der Boden irgendwo vor Kurzem aufgebrochen worden war, und sie hat Proben von allen umliegenden Seen und Wasserläufen genommen, nur für den Fall, dass Elizabeth irgendwo in direkter Nähe zum Grundwasser vergraben worden war. Nichts davon hat etwas ergeben. Wir haben gesucht, aber nichts gefunden.«

»Also«, meinte Gamble, »ich sage das ja nicht gern, aber wenn Sie dachten, der Mord sei in der Küche passiert, haben Sie dann in Erwägung gezogen, dass sie vielleicht irgendwie verarbeitet worden ist? Durch die Müllzerkleinerungsanlage geschoben und als Küchenabfall entsorgt?«

»Das haben wir getan. Jedes Gerät und jede Maschine in der Küche, mit denen man Tiere zerlegen könnte, ist unters Mikroskop gelegt worden. Wir haben die ganze Küche auf den Kopf gestellt. Das Fleisch in der Tiefkühltruhe überprüft. Und nichts gefunden, was darauf hingewiesen hätte, dass irgendwas dazu benutzt worden war, eine Leiche zu beseitigen.«

»Also …«

»Wenn er das also nicht hätte tun können, warum habe ich ihn immer noch für den Täter gehalten?«

Gamble nickte. Unausgesprochene Worte hingen schwer in der Luft. Poe überlegte, ob Keaton endlich die Erlaubnis bekommen hatte, Berufung gegen seine Verurteilung einzulegen.

»Weil ich mich da schon nicht mehr darauf konzentriert habe, *wer* Jared Keaton war, sondern angefangen hatte, mich damit zu befassen, *was* er war.«

»Nämlich?«, wollte Rigg wissen.

Eine lange Pause entstand, bevor Poe antwortete. »Haben Sie sich schon mal die Liste der Berufe angesehen, die bei Psychopathen am beliebtesten sind, DC Rigg?«

Rigg schüttelte den Kopf.

»Nein? Sollten Sie vielleicht mal tun. Ich kann Ihnen sagen, dass Platz drei ›Medien‹ ist. Ist ja auch irgendwie klar, oder? Man kann ja keinen Fernseher anmachen oder eine Zeitung aufschlagen, ohne Leute zu sehen, die glauben, sie wären so wichtig, dass alles, was sie sagen oder tun, der Öffentlichkeit unterbreitet werden müsste. Leuchtet ein.«

»Stimmt, aber was hat das mit …«

»Raten Sie mal, was auf Platz neun steht.«

Rigg, der nicht in der richtigen Stimmung für Ratespiele war, antwortete nicht.

»Koch«, sagte Poe. »Nummer neun auf der Liste ist Koch.«

Es herrschte Stille im Raum.

»Und Jared Keaton war nicht nur Koch, er war ein *prominenter Chefkoch*. Nummer drei *und* Nummer neun auf der Liste. Und eigentlich war er auch noch Geschäftsführer eines Unternehmens. Nummer eins auf der Liste. Eine toxische Dreifaltigkeit. Also habe ich mir den Mann mal gründlich angesehen. Komplettes Persönlichkeitsprofil. Habe mit seinen Freunden und Kollegen gesprochen, alten und neuen. Habe sein Leben auseinandergenommen, Stück für Stück. Und bin zu folgendem Schluss gekommen, Gentlemen: Jared Keaton hat vielleicht keine Hörner, aber in jeder anderen Hinsicht ist er die vollkommene Manifestation des Bösen.«

7. KAPITEL

Wie in aller Welt beschrieb man jemandem, der ihn nicht kannte, Jared Keaton?

Charmant. Charismatisch. Hochintelligent. Als Koch ein Genie. Keinerlei Gewissen. Der gefährlichste Mann, dem Poe je begegnet war. Er hatte ihn auf Anhieb nicht leiden können. Der Mann war zu oberflächlich, zu gepflegt, zu glatt. Er erinnerte Poe an eine moderne Kneipe, die auf Irish Pub machte. Hübsch, aber ohne echte Substanz.

»Ich bin auf einen ganz anderen Menschen gestoßen als den, den wir alle schon mal in den Kochshows am Samstagvormittag gesehen haben«, sagte Poe. »Der fröhliche, verspielte, freche Koch, das war nur gespielt. Eine Rolle, die zu spielen er für seine Pflicht gehalten hat. Wenn er nicht vor der Kamera gestanden hat, war er kaltschnäuzig und unnachgiebig und hat andere manipuliert. Ich glaube nicht, dass ihm das Promileben Spaß gemacht hat, aber als Koch war er der Hammer. Jeder, mit dem ich gesprochen habe, hat gesagt, Keaton wäre fokussiert und brillant. Ein enormes Gespür für kommende Trends, seinen Kollegen in Sachen neue Techniken weit voraus, und ein Perfektionist, wenn es um die richtige Weinbegleitung ging. Sein Umgang mit Gästen war einzigartig. Nach allem, was ich gehört habe, war er der beste, den das Land je hervorgebracht hat. Er hat dem UK zu kulinarischem Ansehen verholfen. Chefköche, Prominente und Restaurantkritiker aus der ganzen Welt essen noch immer im Bullace & Sloe.«

»Das steht hier auch so.« Rigg las gerade eine Seite, auf der Abschnitte in Pink hervorgehoben waren. »Hier heißt es, er war geistreich, klug, genial, engagiert und sehr attraktiv.«

»Aber niemand hat je gesagt, dass er nett wäre«, erwiderte Poe. »Und zwar, weil er nicht nett war. Er war ein grausamer

Mensch. Hatte sadistische Freude daran, anderen Schmerzen zuzufügen. Konnte unheimlich nachtragend sein, hat sich für eingebildete Kränkungen exzessiv gerächt und Köche, die Fehler gemacht haben, hart bestraft.«

»Wie meinen Sie das?«, wollte Gamble wissen.

»Ein Koch hat mir erzählt, er hätte mal Brühe zu stark gewürzt. Keaton hat ihn gezwungen, den ganzen Rest des Tages ständig Salzwasser zu trinken. Er hat drei Tage mit einem Nierenschaden im Krankenhaus gelegen.«

Stirnrunzelnd blätterte Rigg in der Akte. »Davon steht hier nichts, Sergeant Poe.«

»Nein. Da steht vieles nicht drin. Sie müssen verstehen, fast jeder Koch im ganzen Land hatte einen Heidenrespekt vor Jared Keaton. Ein Wort von ihm konnte eine Karriere vernichten. Niemand wollte sich offiziell äußern.«

»Gab's sonst noch etwas?«, fragte Gamble.

»Jede Menge, Sir, aber ich erzähle Ihnen mal die Geschichte, die wirklich zeigt, was für ein Mensch er war. Ich habe das aus drei verschiedenen Quellen gehört, also ist es, was mich angeht, glaubwürdig. Jared Keaton hat seine Küche auf traditionelle Art und Weise geführt, und das heißt, sie war in mehrere Abteilungen gegliedert. In Warmspeisen, also Fisch, Suppe oder Soßen und so, und in kalte Küche, also zum Beispiel Vorspeisen, Salate und Ausstellungsgerichte. Gebäck und Dessert. Abwiegen und überprüfen, Gemüse vorbereiten, abwaschen, anrichten.«

»Und?«, fragte Rigg.

»In einer Küche ist es wie an jedem anderen Arbeitsplatz. Bestimmte Aufgaben sind begehrter. Sie sind angesehener, und man bekommt mehr bezahlt. Mit anderen Worten, Köche und Küchenhelfer können sich um Beförderung bemühen.«

Rigg und Gamble warteten darauf, dass er das näher ausführte.

»Also, bei der Polizei haben wir Promotion Boards. Man

macht die nötigen Fortbildungen und bewirbt sich auf frei werdende Stellen. Jared Keaton hat das anders gemacht. Bei ihm gab es die Herdplatten-Challenge. Wenn zwei oder mehr Leute denselben Posten wollten, hat er sie die Hand auf die heiße Herdplatte legen lassen. Derjenige, der sie am längsten draufgelassen hat – der bereit war, für seine Arbeit schwere Verbrennungen in Kauf zu nehmen –, wurde befördert.«

»Das ist doch eine typische urbane Legende«, wehrte Rigg ab.

»Die drei Leute, mit denen ich gesprochen habe, hatten alle Hände wie meine.« Er drehte die Handfläche nach oben, zeigte auf seine Narbe und wartete, bis das, was er gesagt hatte, angekommen war. »Das war's, womit wir es zu tun hatten, meine Herren. Sie werden niemals einem intelligenteren und böseren Menschen begegnen.«

Er hielt inne. Trank noch einen Schluck Wasser.

»Aber seine Intelligenz war zugleich auch seine größte Schwäche. Ich denke, er konnte sich überhaupt nicht vorstellen, dass jemand ihm nicht glauben könnte. Sein ganzes Leben hatte er damit verbracht, andere Menschen nach Belieben zu brechen und zu formen, er war also gar nicht auf die Idee gekommen, dass jemand immun dagegen sein könnte. Als ich seine Ausgaben überprüfte, habe ich festgestellt, dass er vor Kurzem mehrere Gegenstände gekauft hatte.«

»Als da wären?«

»Eine Metzgersäge, ein schweres und ein leichtes Fleischerbeil und ein Ausbeinmesser.«

»Ich nehme an, das, was Sie da beschreiben, ist das Handwerkszeug eines Kochs?«

»Ja. Und das Bullace & Sloe kauft ganze frisch geschlachtete Tiere, um sie direkt vor Ort zu zerlegen. Ist günstiger. Aber Sie müssen sich über zwei Dinge im Klaren sein: Jared Keaton würde sich normalerweise nicht die Hände mit Werkzeugbestellungen schmutzig machen – das war Elizabeths Job –, und die Messer und Beile, die er bestellt hat, waren vom selben Hersteller wie die, die in der Küche verwendet worden sind.«

»Und?«

»Ich war der Ansicht, dass er Elizabeth mit diesen Küchenwerkzeugen umgebracht hat.«

»Mit allen?«

Poe zuckte die Schultern. »Wir wissen, dass es einen Kampf gegeben hat. Vielleicht ist ja nicht alles so gelaufen, wie er wollte. Abwehrverletzungen hatte er nicht, aber das heißt ja nicht, dass sich Elizabeth nicht irgendetwas geschnappt hat, um sich zu wehren. Ich glaube, die eigentlichen *Tatwerkzeuge* sind da, wo sie ist.«

»Und trotzdem hatten Sie noch immer keine Ahnung, wie er ihren Leichnam transportiert hat, und Sie haben keine Ahnung, wie er sie entsorgt hat«, sagte Rigg. »Nicht gerade ein perfekter Kriminalfall, Poe.«

»Kein Fall ist je perfekt. Und außerdem ist perfekt der Feind von gut.«

»Haben Sie je ein Motiv entwickelt?«, erkundigte sich Rigg. »Und sei es eins, das Sie nicht anführen konnten?«

»Außer dass er ein Psychopath ist, hatte ich absolut nichts«, gab Poe zu.

»Ihre beste Einschätzung?«

»Schätzen ist gefährlich für Detectives. Ich bemühe mich, derlei zu vermeiden.«

Rigg lief bei dieser Zurechtweisung rot an. Er wandte sich wieder seiner Akte zu. »Glauben Sie, er hatte das geplant?«

Poe wartete einen Augenblick lang. »Er ist ganz sicher intelligent genug, um mit einem Mord davonzukommen. Angesichts der Tatsache, dass er nicht damit davongekommen ist, denke ich, nein, er hatte das nicht geplant.«

»Also ein spontaner Entschluss?«

»Wahrscheinlich. Aber wenn man die Denkweise eines

normalen Menschen anwendet, um zu hinterfragen, was Jared Keaton unter Druck getan haben könnte, dann wird man immer falschliegen.«

»Also keine Mittel, kein Motiv und lediglich ein äußerst fragliches Zeitfenster«, stellte Rigg fest. »Wundert mich ja, dass die Staatsanwaltschaft Anklage erhoben hat.«

Das war keine Frage, also sagte Poe nichts. Die Entscheidung der Staatsanwaltschaft, Keaton wegen Mordes anzuklagen, hatte auf zwei Dingen beruht: auf seiner kategorischen Weigerung, auch nur zu versuchen, die Diskrepanzen zu erklären, und auf der Tatsache, dass mit an Sicherheit grenzender Wahrscheinlichkeit ein Mord geschehen war.

Rigg machte ein finsteres Gesicht, als Poe nicht antwortete.

»Mich wundert, dass er verurteilt worden ist«, bemerkte Gamble. Er sah müde aus.

»Mich nicht«, sagte Poe. »Der Staatsanwalt hat die Geschworenen gut bearbeitet, aber letzten Endes ist Keaton sein eigenes Ego zum Verhängnis geworden.«

»Sein Ego?«, fragte Rigg.

»Sein Anwalt wollte nicht, dass er als Zeuge auftritt, aber er hat darauf bestanden. Ich glaube, er hat gedacht, er braucht nur zu lächeln und den beiden Frauen in der Jury zuzuzwinkern.«

»Da waren nur zwei Frauen dabei?«, erkundigte sich Rigg. »Das ist statistisch unwahrscheinlich.«

»War so eine Laune des Schicksals. Und sein umwerfender Charme hat bei Männern aus Cumbrias Arbeiterschicht nicht so richtig gewirkt.«

»Aber wenn zwei Geschworene für ›nicht schuldig‹ stimmen, reicht das.«

»Der Geschworenensprecher war ein sehr starker Charakter«, entgegnete Poe. »Und sie haben lange gebraucht. Fast zwei Tage. Als das Urteil verlesen wurde, war Keaton empört. Er konnte es nicht fassen, dass er für schuldig befunden worden war. Aber es war die richtige Entscheidung, und ich habe damals nachts gut geschlafen. Man bringt nicht alle Tage einen Psychopathen hinter Gitter.«

Rigg antwortete nicht. Stattdessen sah er Gamble fragend an. »Sir?«

Gamble nickte.

»Was würden Sie also sagen, Sergeant Poe, wenn ich Sie davon in Kenntnis setzen würde, dass Elizabeth Keaton vor drei Tagen quicklebendig die Bibliothek von Alston betreten hat?«

8. KAPITEL

Poe erstarrte. Die Sommerbräune wich aus seinem Gesicht. Schweiß brach ihm im Nacken aus. Schweigen hatte sich über Konferenzraum B gesenkt.

»Unmöglich«, flüsterte Poe. Das Blut dröhnte in seinen Ohren; er konnte sich selbst kaum hören. Das konnte nicht wahr sein. Elizabeth Keaton war tot. Jared Keaton hatte sie umgebracht. Das wusste er ganz tief in seinem Innersten. Irgendjemand zog hier eine linke Nummer ab. Aber ... Gamble hätte ihn doch nicht nach Cumbria zurückgeholt, wenn er nicht schon unterm Bett nachgesehen hätte.

Was wurde ihm hier verschwiegen?

»Sagen Sie mir, was Sie wissen«, knurrte er.

»Die Ermittlungen waren von Anfang an unter aller Kanone, Sergeant Poe«, verkündete Rigg. »Sie hatten keine Leiche, keine Erklärung dafür, wie Keaton den Leichnam hätte beseitigen können, und kein Motiv. Aber anstatt zu tun, was Sie hätten tun sollen, nämlich nach einem entführten jungen Mädchen suchen, haben Sie sich auf die erstbeste Lösung fixiert, die Ihnen in den Sinn gekommen ist.« Er rammte den Finger in Poes Richtung. »Nur weil Sie ihn nicht leiden konnten.«

Poe starrte den hochgewachsenen Detective an. Riggs Blick war zornig.

Rigg blätterte in der Akte, holte eine Fotografie heraus und schob sie über den Tisch. Es war ein Screenshot von einer jungen Frau in einem Vernehmungszimmer. Wahrscheinlich ein Standbild aus einer Videoaufnahme.

Poe rieb die Lesebrille an der Manschette seines Hemdes und setzte sie auf. Dann studierte er die Frau auf dem Foto. In seinem Magen begann die Säure zu brennen. Das Alter schien wirklich zu passen. Elizabeth Keaton war achtzehn gewesen, als sie ermordet worden war, und das Mädchen auf dem Foto war Mitte zwanzig. Und obgleich sie verhärmt und verwahrlost war, sah sie wirklich so aus, wie Elizabeth vielleicht ausgesehen hätte, wenn sie noch sechs Jahre länger gelebt hätte.

»Elizabeth Keaton ist von einem Mann entführt worden, der durch die Kellnertür in die Küche gekommen ist«, sagte Rigg. »Sie meint, es könnte ein Restaurantgast gewesen sein, der sich auf der Behindertentoilette versteckt hatte, bis alle außer ihr weg waren.«

Poe konnte den Blick nicht von dem Foto losreißen.

»Mit einem hatten Sie recht: Es hat wirklich eine gewaltsame Auseinandersetzung gegeben. Der Mann – und nach sechs Jahren haben wir endlich eine Beschreibung – hat sie gefesselt und dann eines ihrer großen Blutgefäße mit einem Messer angeritzt. Laut Elizabeth hat er eine Sauteuse mit ihrem Blut gefüllt und es dann überall herumgespritzt, sodass es aussah wie in einem Schlachthaus. Dann hat er sich darangemacht, es wegzuputzen.«

»Aber ... aber warum?«

»Warum? Das möchte ich ihn auch gern fragen. Wir gehen davon aus, dass er einen Mord vorgetäuscht hat, damit Sie ... Entschuldigung, die *Ermittlung* sich auf das Falsche konzentriert. Nach einem Leichnam zu suchen ist etwas vollkommen anderes, als nach einem lebenden Menschen zu suchen. Die Medienstrategie ist anders, die technischen Hilfsmittel sind anders, die Fachleute, die man hinzuzieht, sind andere. Während Sie damit beschäftigt waren, Jared Keaton des Mordes zu bezichtigen, ist Elizabeth Keaton in einem Keller vergewaltigt worden.«

Poe zuckte zurück. Wenn das stimmte, war er für einen katastrophalen Fehler verantwortlich. Einen Fehler, von dem er nie wieder loskommen würde, das wusste er.

»Erzählen Sie mir ganz genau, wie Sie damals das Blut, das

in der Küche gefunden wurde, als das von Elizabeth Keaton identifiziert haben«, wies Rigg ihn an.

»Wir haben Abstriche genommen und ein DNA-Profil erstellen lassen. Dann haben wir aus verschiedenen Quellen weitere Proben genommen, um zu überprüfen, ob es Elizabeths Blut ist. Wir haben Haare aus ihrem Schlafzimmer und von ihrer Arbeitskleidung verwendet. Speichel von ihrer Zahnbürste und einer Coladose, die wir im Müll gefunden hatten. Alles hat gepasst. Das Blut in der Küche stammte von Elizabeth Keaton.«

»Sind Sie sicher?«

»Absolut.«

»Als wir sie nach Penrith gebracht hatten, wurde ein Force Medical Examiner angefordert, Sergeant Poe«, sagte Rigg. »Elizabeth hat sich von niemandem anfassen lassen – wer könnte es ihr auch verdenken? –, und wir mussten wissen, ob sie im Krankenhaus behandelt werden musste. Es hat eine Weile gedauert, aber schließlich hat Elizabeth sich bereit erklärt, sich von Dr. Jakeman Blut abnehmen zu lassen.«

Poe antwortete nicht. FMEs waren approbierte Ärzte mit einer forensischen Zusatzausbildung. Weil Cumbria so groß und so dünn besiedelt war, waren sie nicht fest bei der Grafschaft angestellt, sondern es gab ein Rufbereitschaftssystem.

»Sie wollen sich bestimmt das Video ansehen, aber die Beweismittelkette ist makellos. Dr. Jakeman hat vier Blutproben genommen. Wir haben die Blutabnahme gefilmt, und die Röhrchen sind sofort in Asservatentüten eingesiegelt worden. Eine der Proben haben wir in unser Labor geschickt.«

Poe wusste, was Rigg gleich sagen würde, doch er fragte trotzdem. »Und?«

»Und das Blut hat mit dem von damals übereingestimmt, Poe. Es gibt keinen Zweifel – die Frau auf dem Foto *ist* Elizabeth Keaton. Sie haben vor sechs Jahren einen Unschuldigen ins Gefängnis gebracht.«

9. KAPITEL

»Sie werden die Aufnahmen sehen wollen«, sagte Gamble und erhob sich. »DC Rigg besorgt Ihnen einen Computer.« Er wusste offensichtlich, dass der Wandel vom Ungläubigen zum Konvertiten nicht augenblicklich erfolgt, wenn einem plötzlich eine fundamentale Überzeugung wegbricht.

Der Superintendent ließ Poe allein, während Rigg einen Laptop holen ging. Poe trank den Rest seines Wassers. Es war lauwarm und mit einem Staubfilm bedeckt, doch das war ihm egal – sein Mund war knochentrocken. In seinem Magen rumorte es, und sein rechtes Bein wippte unaufhörlich. Alles Anzeichen dafür, dass er nervös war. Das ergab doch überhaupt keinen Sinn. Elizabeth Keaton war *tot*. Dessen war er sich sicher.

Aber war er sich wirklich sicher?

Er war sich sicher gewesen. So viel wusste er. Doch er erinnerte sich auch noch, dass er eine sofortige heftige Abneigung gegen Jared Keaton empfunden hatte. Schon bei ihrer ersten Begegnung hatte er gewusst, dass Keaton ein unaufrichtiger Manipulator war. Doch ihm war auch klar, dass man überall Täuschungsmanöver sah, wenn man mit Unehrlichkeit rechnete. War es so gewesen? Hatte seine Abneigung gegen Keaton ihn Dinge sehen lassen, die gar nicht da waren? Ihn Hinweise auf eine einzige Art und Weise interpretieren lassen, ein Narrativ entwickeln lassen, das nur die Fakten in Betracht zog, die es bestärkten, ihn alles Widersprüchliche als unwichtig abtun ließ? Seiner Ansicht nach nicht, aber das war es ja gerade: Niemand glaubt, dass er unter Bestätigungsverzerrung leidet – jenem verlässlichsten aller mentalen Stolpersteine.

Und die Tatsache, dass Keaton Elizabeths Leichnam nicht hätte beseitigen können, hatte ihm immer zu schaffen gemacht. Er hatte sich eingeredet, dass Keaton zu clever für sie gewesen sei. Dass man Elizabeths Leiche eines Tages irgendwo entdecken würde. Das Gesetz erlaubte Schuldsprüche ohne Leichnam doch für genau solche Situationen.

Sein Verstand raste. Er war ein guter Cop, unfehlbar jedoch war er nicht. Wenn ohne Zweifel, ohne *seine* Zweifel nachgewiesen wurde, dass er sich geirrt hatte, dann war er maßgeblich dafür verantwortlich, dass Elizabeth Keaton sechs Jahre in der Hölle verbracht hatte. Und Jared sechs Jahre an einem nicht sehr viel besseren Ort.

Wie konnte man sich für so etwas entschuldigen? Wie konnte solches Unrecht wiedergutgemacht werden?

Rigg kam mit einem Laptop herein. Er stellte ihn vor Poe auf den Tisch und klappte ihn auf. Die richtige Datei war bereits aufgerufen.

»Die Befragungen laufen in chronologischer Reihenfolge ab. Die erste Datei ist die Aufnahme der Überwachungskamera in der Bibliothek von Alston. Sie können sehen, wie sie Kontakt aufnimmt.«

Poe rührte sich nicht. »Wenn ich mich geirrt habe, gebe ich es zu, Rigg. Ich werde mich hier nicht wegducken.«

Rigg verließ den Raum, ohne zu antworten.

Die Aufnahmen aus der Bibliothek von Alston waren nicht besonders hilfreich. Das Bild war gut, aber es gab keine Tonspur. Man sah, wie die junge Frau die Bibliothek betrat, wie sie zögerte, als raffe sie allen Mut zusammen, und wie sie dann auf den Polizeitisch zuging, wo ein augenscheinlich gelangweilter Cop in Uniform saß

Er musste es ehrlich zugeben – sie sah wirklich aus wie Elizabeth Keaton. Klapperdürr und verdreckt, doch die Ähnlichkeit war geradezu unheimlich.

Nachdem sie sich hingesetzt hatte, sagte sie etwas. Bestimmt ihren Namen, denn der Polizist reagierte sofort. Er griff nach seinem Funkgerät, sprach hinein und eilte dann um den Schreibtisch herum, um sie zu trösten. Er brüllte irgendetwas. Irgendwo im Off war Tee gekocht worden, denn ein paar Minuten später brachte eine Frau eine Tasse und einen Teller mit Keksen. Der Cop schickte sie weg, nachdem sie das Tablett abgestellt hatte.

Das Mädchen machte keinerlei Anstalten, nach der Tasse oder den Keksen zu greifen.

Während der nächsten halben Stunde passierte nicht viel, doch Poe war nicht versucht, vorzuspulen. Der Cop und die junge Frau warteten, ohne miteinander zu sprechen. Poe griff nach der Akte, die für ihn dagelassen worden war. Er fand die Notizen, die Problemlöser Constable Alsop gemacht hatte – und wenn man Cops heutzutage Problemlöser nannte, war die Welt wirklich und wahrhaftig am Arsch. Sie waren in aller Eile hingekritzelt worden, doch man bekam einen Eindruck davon, was geschehen war. Sie hatte Elizabeth Keaton als Namen angegeben, und er hatte sie von diesem Moment an wie ein potenzielles Verbrechensopfer behandelt. Er hatte seinen Sergeant angerufen und war angewiesen worden, bei ihr sitzen zu bleiben und keine Fragen zu stellen, aber alles, was sie sagte, schriftlich festzuhalten. Er sollte warten, bis Unterstützung eintraf.

Die erschien in Gestalt von zwei Detectives. Einer von ihnen war Rigg. Kein Wunder, dass er so wütend war; er war von Anfang an involviert gewesen. Rigg und der andere Detective saßen eine Weile mit Elizabeth an dem Tisch. Dann führten sie die junge Frau aus der Bibliothek hinaus und waren weg.

Poe öffnete den Ordner namens »Polizeiliche Befragungen«. Darin waren insgesamt drei Videodateien.

Laut dem Wasserzeichen waren die Videos im Polizeirevier von Penrith aufgenommen worden. Sie waren von guter Qualität – gerichtsverwertbar –, und Poe sah zu, wie die Geschichte ihren Lauf nahm.

Bei der ersten Besprechung trug sie noch immer die Sachen, in denen sie die Bibliothek von Alston betreten hatte. Poe war überrascht, dass man sie nicht in einen Papieroverall gesteckt hatte, aber Rigg hatte ja gesagt, sie hätte sich nicht anfassen lassen. Sie vor Wildfremden nackt auszuziehen, wäre für sie sogar noch schlimmer gewesen. Trotz der Sommerhitze hatte sie sich ihre Wollmütze fest über den Kopf gezogen. Das Kinn hatte sie auf die Brust gesenkt, die Arme fest um den Oberkörper geschlungen. Sie sah völlig verängstigt aus.

Ungeachtet seiner Schroffheit eben gerade wusste Rigg, was er tat. Er war mitfühlend, aber fokussiert. Wenn das Mädchen abschweifte, brachte er sie sanft wieder auf Kurs. Im Laufe einer Stunde setzte er einen vollständigen Tathergang zusammen – vom Verschwinden bis zum Wiederauftauchen. Die Details würden später folgen. Bei der ersten Befragung ging es immer darum, das Geschehen in groben Zügen zu umreißen.

Sie schilderte ihnen die Nacht ihrer Entführung. Der Mann war vom Restaurant aus in die Küche gekommen. Sie war überrascht gewesen, hatte jedoch keine Angst gehabt. Es war nicht das erste Mal, dass ein Gast sich ihrer ausgezeichneten Weinliste erfreut hatte und auf der Toilette eingeschlafen war. Nach einem kurzen Handgemenge hatte er sie überwältigt und mit Metzgergarn gefesselt. Dann war genau das passiert, was Rigg vorhin beschrieben hatte. Der Mann hatte Blut von ihr in einem Gefäß aufgefangen, es in der Küche verspritzt und dann einige Zeit damit zugebracht, es wegzuwischen.

Sie war zu einem Lieferwagen gebracht und hinten hineingestoßen worden. Dann hatte der Mann ihr etwas aufs Gesicht gedrückt, und sie war in einem unterirdischen Raum wieder aufgewacht. Ein Keller, glaubte sie, doch sie war sich nicht sicher.

Es war eine emotional sehr aufreibende Schilderung, und Rigg hatte richtigerweise darauf bestanden, dass sie alle eine Pause machten. Die Kamera wurde nicht ausgeschaltet, und

Poe schaute weiter auf den Bildschirm – er wollte alles sehen. Das Mädchen saß fast zwanzig Minuten da und starrte ins Leere. Sie rührte nichts um sich herum an.

Schließlich begann die Befragung erneut, und Rigg kam auf den Mann zu sprechen, der sie entführt hatte. Sie glaubte nicht, dass er schon einmal im Bullace & Sloe gegessen hatte. Sie gab den Detectives eine Beschreibung – nach der man später zweifellos ein Phantombild anfertigen würde – und schilderte dann ihre letzten sechs Jahre. Es war grauenhaft, wie erwartet. Als sie an ihrem ersten Morgen in Gefangenschaft aufgewacht war, hatte sie ein heftiges Verlangen nach etwas verspürt, aber nicht gewusst, wonach. Als der Mann mit Essen und einer Spritze hereingekommen war, hatte sie zuerst Letztere haben wollen; instinktiv hatte sie gewusst, dass es das war, was sie brauchte. Innerhalb eines Tages war sie süchtig gewesen. So hatte der Mann sie unter Kontrolle gehalten und dafür gesorgt, dass sie tat, was er wollte, wenn er zu ihr kam.

Tu, was ich will, und du kriegst einen Schuss. Widersetz dich, und du kriegst nichts ...

An dieser Stelle war sie in Tränen ausgebrochen. Die Befragung wurde unterbrochen, die Ärztin hereingerufen. Poe sah in der Akte nach. Sie hieß Felicity Jakeman und hatte Rufbereitschaft gehabt, als die junge Frau auf dem Revier von Penrith ankam. Dr. Jakeman sah aus, als wäre sie Anfang vierzig, und hatte das nüchterne, gestresste Aussehen aller Ärzte. Sie überprüfte die Vitalzeichen der Zeugin – Puls, Blutdruck und Temperatur – und erklärte die Befragung für beendet. Dann verkündete sie den Detectives, dass sie die Patientin zur gründlichen medizinischen Untersuchung ins Krankenhaus einweisen würde. Rigg war einverstanden. Er schaute kurz in die Kamera, und seine Beklommenheit war ihm deutlich anzumerken. Es war eindeutig, dass er ihre Geschichte glaubte.

Um der Wahrheit die Ehre zu geben, Poe glaubte sie auch.

Das nächste Video war später am selben Abend aufgenommen worden. Noch immer stellte Rigg die Fragen. Die Ärztin war nicht dabei, doch man wies die junge Frau darauf hin, dass sie sich draußen bereithielt. Rigg erklärte für die Aufnahme, dass die Zeugin schließlich doch nicht im Krankenhaus gewesen war. Sie hatte sich geweigert, das Revier zu verlassen; sie fühlte sich noch nicht sicher genug. Als Kompromiss hatte die Ärztin sie auf dem Revier untersucht.

Die junge Frau fuhr mit ihrer Aussage fort. Die sechs Jahre ihrer Gefangenschaft wurden mit ausdrucksloser, lebloser Stimme geschildert. Es war keine schöne Geschichte. Als sie fertig war, legte Rigg vernünftigerweise wieder eine Pause ein.

Als die Detectives zurückkamen, erzählte sie ihnen von ihrer Flucht. Wie der größte Teil ihres Martyriums warf auch dies mehr Fragen auf, als es Antworten lieferte. Die Besuche des Mannes hätten unerklärlicherweise aufgehört, und nach vier Tagen, als das Verlangen nach Heroin sie zum Handeln gezwungen hatte, habe sie schließlich die Tür aufgebrochen und sei entkommen. Sie hätte sich in einem Haus irgendwo im Nirgendwo befunden. Irgendwo, wo es hügelig war.

Dann sei sie die ganze Nacht marschiert und hätte sich von Straßen ferngehalten, für den Fall, dass der Mann zurückgekommen war und nach ihr suchte. Ihrer Schätzung nach war sie fünfzehn Kilometer gelaufen, bevor es hell genug wurde, sodass sie sehen konnte, wo sie war. Sie hatte das Hinweisschild für Alston gesehen und sich daran erinnert, dass sie als Kind einmal dort gewesen war. Sie wusste, dass es dort ein Polizeirevier gab. Als sie nach dem Weg dorthin fragte, hatte man ihr gesagt, dass das Revier schon vor Jahren geschlossen worden sei. Jetzt sei jeden Monat ein Polizeitisch für die Leute da, aber sie hätte Glück: Heute sei der vierte Mittwoch im Monat ...

Rigg bremste sie ein wenig und fragte sie, was ihrer Meinung nach aus dem Mann geworden sei, der sie gefangen gehalten hatte. Sie hatte keine Ahnung.

»Glauben Sie, er könnte gestorben sein?«

Nein, das glaubte sie nicht. Er war kein alter Mann, und seinen sexuellen Gelüsten nach sei er durchaus gesund gewesen.

Rigg flüsterte der Polizistin neben ihm etwas zu. Sie nickte und verließ den Raum. Poe sah in den Aufzeichnungen nach und fand, was er gesucht hatte. Rigg hatte die Idee geäußert, dass der Mann möglicherweise wegen etwas so Ernsthaftem festgenommen worden war, dass er in Polizeigewahrsam verblieben war. Daraus ergab sich der Ermittlungsansatz, die Wohn- und bekannten Aufenthaltsorte jedes Mannes aus der Gegend zu überprüfen, der während der letzten Woche verhaftet oder zu einer Freiheitsstrafe verurteilt worden war.

Poe brummte zustimmend. Genau das hätte er auch getan. Er sah sich den Rest des Videos an, doch da ging es eigentlich nur noch ums Aufräumen. Er machte eine Pause und vertrat sich die Beine, ging zur Kantine hinüber. Einen Besucherausweis hatte er zwar, doch den Zahlencode für die Tür hatte er nicht bekommen. Also zeigte er ein paar kichernden Polizistinnen seinen Dienstausweis von der National Crime Agency und wurde hineingelassen. An der Kasse bezahlte er für ein trockenes Thunfisch-Sandwich und zog sich eine Dose Cola und eine Tüte Chips aus dem Automaten.

Beim Essen ließ er sich durch den Kopf gehen, was er bisher gesehen hatte. Nichts, was man ihm nicht bereits gesagt hatte, beschloss er. Die Frau sah aus wie Elizabeth Keaton – na und? Das traf bestimmt auf viele junge Frauen zu. Noch hatte er das letzte Video nicht gesehen – das, in dem Rigg ohne Zweifel sanft nachhaken würde, wie sie denn beweisen könne, dass sie *wirklich* Elizabeth Keaton war. Doch eigentlich war nur eins wichtig. War beim Umgang mit der Blutprobe alles korrekt verlaufen? Gamble hatte gesagt, die Beweiskette – mit der vor Gericht demonstrativ nachgewiesen wurde, dass es sich bei einem vorgelegten Beweis um dasselbe Beweisstück handelt, das am Tatort sichergestellt worden war – sei makellos, doch Poe musste das mit eigenen Augen sehen.

Der erste Teil der Beweiskette war immer der schwächste; dort waren Personen beteiligt, die am wenigsten mit dem Prozedere vertraut waren.

Rigg wartete auf Poe, als er zurückkam.

»Erste Ideen?« Er wirkte ein bisschen weniger gereizt.

»Noch zu früh«, antwortete Poe und nahm wieder vor dem Laptop Platz. »Ich habe Elizabeth Keaton nicht so dünn in Erinnerung, aber wenn sie sechs Jahre in einem Keller eingesperrt war ...«

Rigg erwiderte nichts.

Poe klickte auf PLAY.

Genau wie Poe es sich gedacht hatte, stellte Rigg der jungen Frau Fragen zu ihrer Identität. Er entschuldigte sich dafür. Sagte, ihm sei klar, dass sie Furchtbares durchgemacht habe, aber ihr Vater sei wegen Mordes an ihr verurteilt worden, und damit die Criminal Cases Review Commission – die Behörde, die Justizirrtümer untersuchte – den Fall ans Berufungsgericht überweisen könne, müsste ihre Identität zweifelsfrei nachgewiesen worden sein.

Die junge Frau nickte. Sie wirkte nicht beunruhigt und machte sich offenbar keinerlei Illusionen darüber, dass man ihren Vater erst auf freien Fuß setzen würde, wenn sie tat, was von ihr verlangt wurde. Sie lieferte so viele Details über ihr früheres Leben, wie sie nur konnte: Wer ihre Freunde gewesen waren, was für Hobbys sie gehabt hatte, was zu ihrem Job im Bullace & Sloe gehört hatte. Sie gab Anekdoten über das Leben in der Küche zum Besten und erzählte von den Leuten, die dort arbeiteten. Sie berichtete ausführlich davon, wie sie mit einem berühmten Vater aufgewachsen war und wie ihre Mutter bei einem Autounfall ums Leben gekommen war.

Es war überzeugend. Manches von dem, was sie sagte,

konnte jemand anderes unmöglich wissen, und Rigg hatte bestätigt, dass die Aussagen inzwischen verifiziert worden waren. Entweder sagte sie die Wahrheit, oder sie war extrem gut vorbereitet worden. Während sie sprach und ihr dünnes Stimmchen die Zuhörer in den Bann zog, wurden Poes Selbstzweifel immer stärker. Er hatte sich stets etwas auf sein Geschick eingebildet, Lügner zu erkennen, und er sah hier keine Lügnerin vor sich. Alles, was er sah, war ein Opfer.

Und dann kam das Blut.

Kein Indizienbeweis. Kein unterstützender Beweis.

Ein *unumstößlicher* Beweis.

10. KAPITEL

Rigg rief die FME Felicity Jakeman herein. Eine Blutabnahme war eine medizinische Prozedur, und die Polizeivorschriften sind eindeutig: So etwas muss ein Arzt machen. Das war kein Problem; Jakeman hatte das Gebäude nicht verlassen, seit die junge Frau hier eingetroffen war. Sie bemutterte sie zwar nicht direkt, doch es war klar, dass sie ihre Patientin war und ihre Betreuung für sie an erster Stelle stand.

Poe fragte Rigg, warum sie eine Blutprobe für das DNA-Profil benutzt hatten und keinen Wangenschleimhaut-Abstrich.

»Damit sie gleichzeitig auf sexuell übertragbare Krankheiten und auf hämatogene Infektionen untersucht werden konnte. Da Elizabeth nicht ins Krankenhaus oder ins Sexual Assault Referral Centre wollte, wollte die Ärztin das überprüfen, ohne dass sie es merkt.«

Clever, dachte Poe. *Wieso jemandem damit Angst machen, was sein könnte, wenn's nicht sein muss?*

»Und um sicherzustellen, dass sie nicht schwanger ist«, fügte Rigg hinzu. »Mit dem Baby ihres Vergewaltigers schwanger zu sein, ist mit das Traumatischste, was ein Opfer durchmachen kann.«

Poe zuckte zusammen. Seine Mutter *war* dieses Opfer. Er *war* dieses Baby. Ein Baby, das in den meisten Kulturkreisen abgetrieben worden wäre. Die Hälfte seiner Gene stammte von dem Ungeheuer, das ihm seine Kindheit gestohlen hatte. Er ertappte sich dabei, dass er auf sein Handy schauen wollte, um zu sehen, ob sein Dad – sein richtiger Dad, der Mann, der ihn großgezogen hatte, der Mann, der mit seiner Mutter verheiratet gewesen war und all die Jahre ihr Geheimnis bewahrt hatte – sich schon gemeldet hatte. Poe hatte ihm vor ein paar

Wochen eine E-Mail geschickt, aber noch keine Antwort erhalten.

Poes Unterkiefer verspannte sich. Er beugte sich vor und sah zu, wie Felicity Jakeman den rechten Ärmel der jungen Frau hochschob. Neben Einstichstellen kamen auch ein paar dünne Striche zum Vorschein. Manche waren frisch und rot, andere verblasst und rosig. Poe klickte auf PAUSE.

»Selbstverletzungen?«

Rigg nickte. »Laut Flick auch am Oberkörper.«

»Flick?«

»Die Ärztin. Sie mag Felicity nicht; sie sagt, das klingt so alt.«

Poe klickte wieder auf PLAY. Aus Rücksicht auf die selbst zugefügten Verletzungen hatte die FME den Ärmel der jungen Frau nur so weit hochgeschoben, dass eine Vene freilag. Nachdem sie die Einstichstelle desinfiziert und eine Druckmanschette angelegt hatte, fand sie eine brauchbare Vene und füllte vier Röhrchen, die sie auf den Tisch legte.

Sobald sie die Druckmanschette gelöst und die Nadel herausgezogen hatte, riss die junge Frau den Ärmel wieder herunter. Dann zog sie die Knie an die Brust und umschlang sie mit den Armen. Klassische defensive Körpersprache. Poe konnte es ihr nicht verdenken – invasive medizinische Maßnahmen wie Blutabnahmen werden normalerweise unter Ausschluss der Öffentlichkeit durchgeführt. Aus offensichtlichen Gründen ist das bei einer Blutentnahme zum Zweck der DNA-Bestimmung nicht möglich. Die Polizistin machte einen dürftigen Witz, von wegen, jetzt hätte sie sich aber Tee und Kekse verdient. Die junge Frau lachte nicht. Niemand lachte.

Poe starrte den Bildschirm des Laptops an. Wie ein Mann, der den Becher, unter dem die Erbse ist, nicht aus den Augen lässt, fixierte sich sein Blick auf die Blutproben. Zu keiner Zeit war eines der Röhrchen nicht auf dem Bildschirm zu sehen. Sie wurden nicht kurz von irgendjemandes Ärmel verborgen und gerieten nie aus dem Blickfeld der Kamera. Gutes forensisches Prozedere. Weniger hatte Poe auch nicht erwartet. Der Vorgang der Blutentnahme wurde vor Gericht oft angefochten, daher war das Prozedere simpel und ließ keinen Raum für Interpretationen. Wäre da ein Taschenspielertrick praktiziert worden, dann durch Mikromagie auf allerhöchstem Niveau.

Doch die Beweiskette endete damit nicht. Die Ärztin hielt ein DIN-A4-Blatt mit Klebeetiketten in die Kamera. Auf den Etiketten war der Name der jungen Frau aufgedruckt – fürs Erste wurde sie als weibliche Unbekannte geführt –, und sie waren fortlaufend nummeriert. Poe sah zu, wie sie ein Etikett auf jedes der Röhrchen klebte. Wieder waren die Röhrchen die ganze Zeit zu sehen.

Der dritte und letzte Schritt bestand darin, die Röhrchen einzeln in Asservatentüten einzusiegeln. Wie zuvor wurde jede individuell nummerierte Tüte in die Kamera gehalten, bevor ein Röhrchen hineingelegt wurde. Die Tüten, die die Polizei von Cumbria benutzte, waren die Standardvariante, die überall in Gebrauch war. Aus festem, durchsichtigem Plastik mit einem nach dem Öffnen nicht spurlos wiederverschließbaren Verschluss und einem Beweiskettenetikett vorne drauf. Rigg setzte auf allen vieren das Datum und seine Unterschrift in die erste Reihe.

Eines würde in das Labor geschickt werden, das die Polizei gegenwärtig nutzte, ein zweites würde ohne Zweifel an ein Labor gehen, das Jared Keatons Anwälte ausgewählt hatten, und zwei würden im Beweismittelfach eingeschlossen werden, für den Fall, dass sie später noch gebraucht wurden.

Poe notierte sich die vier Seriennummern.

Als er das Ende des Videos erreichte, waren seine Gedanken abgedriftet. Das Einzige, was zählte, war das Blut. Wenn es das Blut von Elizabeth Keaton war, dann *war* die junge Frau

Elizabeth Keaton. Das war die einzig mögliche Erklärung. Und das hieß, dass Jared Keaton sie nicht ermordet hatte. An dieser Tatsache führte kein Weg vorbei.

Vor sechs Jahren hatte er dafür gesorgt, dass ein Unschuldiger verurteilt worden war.

Poe begann wieder von vorn und sah sich die Videos noch einmal an.

Nach dem zweiten Mal stand Poe auf und reckte sich. Vom Kauern vor dem Laptop war sein Nacken steif geworden, die Schultern schmerzten. Er hatte alles genau studiert, bis sich seine Augen wie Sandpapier angefühlt hatten, doch er hatte nichts Unbotmäßiges entdeckt. Überhaupt nichts.

Er wollte trotzdem noch andere Glieder in der Beweiskette überprüfen, doch ihm war klar, dass er sich hier an Strohhalme klammerte. Ins Aluhut-Territorium vorstieß. Sobald das Blut abgenommen worden war, wäre eine Verschwörung von epischen Ausmaßen und unfassbarer Komplexität notwendig gewesen, um alle vier Proben auszutauschen. Es waren einfach zu viele Leute involviert.

»Und?«, fragte Rigg.

Poe hatte ganz vergessen, dass er noch im Raum war. Rigg hatte still in einer Akte gelesen. Oder jedenfalls so getan. Poe griff nach seinem Becher, doch der Kaffee war kalt. Er verzog das Gesicht und trank ihn trotzdem.

»Scheint eindeutig zu sein«, knurrte er.

Rigg kam zu Poes Platz herüber, griff über ihn hinweg und schaltete den Laptop aus. »Sie haben sich über den Tisch ziehen lassen, Poe. So einfach ist das.« Es klang gepresst und beherrscht. »Der Täter war weitsichtig genug, die Entführung wie einen Mord aussehen zu lassen, und Sie sind darauf reingefallen. Ihr seid alle darauf reingefallen.«

Poe schluckte. Derselbe Gedanke war ihm auch schon durch den Kopf gegangen, und die Worte trafen ihn hart. Rigg ging zur Tür. Ehe er hinausging, drehte er sich noch einmal um. Der Zorn war wieder da.

»Ihr solltet euch alle in Grund und Boden schämen.«

Und damit machte er das Licht aus und tauchte den Raum in Finsternis.

11. KAPITEL

Poe saß lange im Dunkeln. Es half beim Nachdenken, stellte er fest.

Wie hatte er sich dermaßen in jemandem täuschen können?

In all seinen Berufsjahren war er nie so überzeugt von irgendetwas gewesen wie von Jared Keatons Schuld. Und doch ... das Blut war nicht gefälscht worden. Elizabeth Keaton war am Leben.

Seit Jahren wusste Poe etwas Interessantes über Reiterstatuen. Hatte das Pferd einen Huf in der Luft, so war der Reiter in einer Schlacht verwundet worden und später seinen Verletzungen erlegen. Hatte es zwei Hufe in der Luft, war der Reiter in der Schlacht gefallen. Und wenn alle vier Hufe am Boden waren, war der Reiter an etwas anderem gestorben. Es war eine Belanglosigkeit, und er hatte sie im Laufe der Zeit unzählige Male zum Besten gegeben. Die Analystin Tilly Bradshaw, seine Kollegin und beste Freundin, hatte ihm vor Kurzem erklärt, dass das totaler Blödsinn sei. Selbst als er die Wahrheit mit eigenen Augen gelesen hatte, fiel es im trotzdem schwer, sich von diesem lange gehegten und gepflegten Glauben zu lösen. Er hatte seine Sichtweise sogar verteidigt, ohne auch nur einen Fakt anbringen zu können, der sie stützte.

So fühlte er sich jetzt – er brauchte dringend eine gründliche mentale Rekalibrierung. Nach all diesen Jahren war Keaton doch unschuldig.

Er erwog, sich noch einen Kaffee zu holen, während er überlegte, was er als Nächstes tun sollte, doch er bekam allmählich Kopfschmerzen vom exzessiven Koffeinkonsum. In dem vergeblichen Versuch, den Schmerz woanders hinzuschieben, rieb er sich die Schläfen. Dann schaute er kurz auf sein BlackBerry und sah, dass er einen Anruf von Flynn verpasst hatte. Er rief zurück, aber es meldete sich nur ihre Mailbox. Er hinterließ nur sehr ungern Sprachnachrichten. Dabei stotterte er immer irgendetwas zusammen, als sei Englisch nicht seine Muttersprache. Stattdessen schickte er ihr eine SMS.

Kurz darauf antwortete sie: *Wir machen das jetzt nicht mit 200 SMS, Poe.* Außerdem hatte sie einen Videokonferenz-Link mitgeschickt. Er fuhr den Laptop wieder hoch, den Rigg ausgemacht hatte, und tippte die URL ein.

Ein Telefon-Icon begann zu pulsieren. Irgendjemand in Hampshire musste darauf geklickt haben, denn der Konferenzraum der SCAS erschien auf seinem Bildschirm. Flynn saß am Tisch. Glücklich sah sie nicht aus.

»Steph.«

»Poe, ich kann Sie nicht sehen.«

In der oberen rechten Ecke des Bildschirms war ein kleines schwarzes Rechteck. Von früheren Erfahrungen mit Videokonferenzen her wusste er, dass da eigentlich ein Bild von ihm sein sollte.

»Ich versuch mal, die Adresse neu einzugeben«, sagte er.

Sie funkelte ihn durch den Cyberspace hindurch an. »Fassen Sie ja nichts an. Tilly kommt gleich. Sie kriegt das schon hin.«

Zwei Minuten später kam Bradshaw, eine zierliche Frau mit feinem braunem Haar und einer Haut, die nie das Sonnenlicht sah. Eine dicke Harry-Potter-Brille ließ ihre grauen Augen riesengroß erscheinen. Sie trug ein T-Shirt mit dem Et-Zeichen; darunter stand »Phone Home«. Das hatte er schon mal gesehen. Anscheinend war das ein Wortspiel mit ET – Lateinisch »und« – und einem Film über einen Raumfahrer oder so ähnlich. Oder zumindest glaubte er, dass sie das gesagt hatte. Nach einer Weile hatte er nicht mehr zugehört ...

»Entschuldigung, DI Flynn, ich war auf der Toilette«, sagte sie.

Flynn ignorierte das Übermaß an Information.

Poe lächelte. Bradshaw hatte den größten Teil ihres Arbeitslebens sowie einen großen Teil ihrer Kindheit im akademischen Elfenbeinturm verbracht und mathematische Forschung betrieben. So brillant sie auch war – bis sie bei der SCAS angefangen hatte, war es nie nötig gewesen, sich die Sozialkompetenz anzueignen, die für alle selbstverständlich war. Kompetenzen, die jeder auf dem Schulhof zu lernen begann.

Und da Mathematik eine binäre Wissenschaft mit wenig Raum für selektive Interpretation war, hatte sie nie gelernt, wie man ein Argument vorbringt. Mathe war nicht subtil. Für Mathe brauchte man keine Diskretion, und man brauchte auch keine Empathie. Mathematik sagte die Wahrheit, also tat sie das auch. Nie würde sie auf die Idee kommen, etwas anderes zu tun.

Trotzdem, allmählich wurde es besser ... Vor ein paar Monaten hätte sie ihnen erklärt, was sie auf der Toilette gemacht hatte.

»Wo ist Poe?«, wollte Bradshaw wissen.

»Er kann uns sehen, aber wir ihn nicht.«

Bradshaw übernahm das Kommando. Unter ihrer Anleitung führte er eine Reihe Checks und Neustarts durch. Schließlich verlor sie die Geduld. »Du hast doch den Webcam-Deckel abgemacht, oder?«

»Ja, natürlich habe ich den Webcam-Deckel abgemacht.« Poe schaute auf den oberen Rand des Laptops. Ein kleiner Plastik-Clip verdeckte die Kameralinse. Er nahm ihn ab. Das kleine schwarze Rechteck verschwand, und Konferenzraum B erschien.

»Trottel«, sagte Bradshaw halblaut und packte ihre Tasche aus. Dabei schielte sie rasch zu Flynn hinüber und ahmte ganz genau nach, wie die ihre Stifte und ihr Notizbuch zurechtgelegt hatte.

Flynn verschränkte die Arme und sah ihr zu. Ein Lächeln spielte um ihre Mundwinkel. Einen Monat nach dem Brandopferer-Fall hatte Bradshaw sie alle damit überrascht, dass sie sich um eine interne Beförderung beworben hatte. Daraufhin hatten alle anderen Bewerber sofort einen Rückzieher gemacht. Als ihre neue Stellung bestätigt worden war, hatte sie Poe um Rat gefragt, wie man ein Team leitet. Er hatte gesagt, sich Flynn zum Vorbild zu nehmen, sei bei Weitem nicht das Dümmste, was sie tun könne. Sie hatte seinen Rat mehr als beherzigt und machte jetzt alles nach, was Flynn tat. Wenn Flynn sich etwas aufschrieb, machte Bradshaw sich eine Notiz. Wenn Flynn auf ihr Handy schaute, sah Bradshaw auf ihres. Sogar Stift und Notizbuch legte sie genauso hin.

Poe fand das niedlich. Flynn fand es nervig.

»Sind wir so weit?«, fragte Flynn.

Bradshaw verglich ihren Teil des Tisches mit dem von Flynn und nickte dann.

»Poe, was ist los?«

»Ich möchte Ihnen keinen Kummer machen, Boss.«

»Versuchen Sie doch mal, die nötige Willenskraft aufzubringen«, blaffte sie.

Poe verbiss sich eine pampige Antwort. Seit Wochen war Flynn jetzt schon mies drauf und schlug verbal um sich. Niemand wusste, warum. Stattdessen brachte er sie auf den neuesten Stand. Sie hörte zu, ohne ihn zu unterbrechen.

»Brauchst du meine Hilfe, Poe?«, fragte Bradshaw, als er geendet hatte. Sie machte ein beklommenes Gesicht. Das tat sie immer, wenn sie dachte, er hätte Ärger.

»Die rollen einfach nur die Ermittlung von damals neu auf, Tilly. Und sie wollen bestimmt nicht, dass ich ihnen hier oben in die Quere komme. Ich bin bald wieder da.«

»Okay. Aber schick mir alles, was du hast. Ich seh's mir mal an.«

»Das geht nicht. Wir sind offiziell gar nicht beteiligt.«

»Und was wollen *Sie* tun?«, erkundigte sich Flynn. Sie kannte ihn gut genug, um zu wissen, dass er einen Fehler, den er gemacht hatte, korrigieren wollte.

Poe zögerte. Das war hier die Frage, nicht wahr? Was *konnte* er tun? Eine unbeholfene Antwort blieb ihm erspart, als die Tür des Konferenzraums sich öffnete und das Licht anging. Poe blinzelte und schirmte die Augen mit der Hand ab.

Es war Gamble. Er sah nicht verärgert aus. Er sah resigniert aus, und er sah besorgt aus.

»Geben Sie mir fünf Minuten, Boss?«, fragte er. »Ich glaube, Superintendent Gamble will mich sprechen.«

Flynn streckte die Hand aus und drückte irgendwo drauf. Der Bildschirm wurde dunkel.

»War das DI Flynn?«

»Ja.«

»Ich rufe sie nachher an.«

Gamble ging zur Kaffeemaschine hinüber. Er schenkte sich einen Becher ein, nahm dann einen leeren und hielt ihn Poe hin.

Wider besseres Wissen nickte Poe. Gamble brachte beide Becher an den Tisch, zog sich einen Stuhl heran, sackte darauf und reichte Poe den Becher. Der nippte daran. Der Kaffee war abgestanden und bitter und passte perfekt zu seiner Stimmung. Der Dampf ließ Poes Lesebrille beschlagen. Er nahm sie ab und steckte sie wieder ein. Eine Zeit lang pusteten sie beide in ihre Becher und tranken kleine Schlucke.

»Wie geht's DI Flynn?«

»Gut, Sir. Die feste Stelle als DI, das passt gut zu ihr.«

Gamble lächelte. »Und Tilly?«

»Auch gut. Ehrlich gesagt, besser als gut. Der Brandopferer-Fall hat gezeigt, was sie wirklich draufhat, aber sie hat sich nicht darauf ausgeruht. Sie hat den Führerschein gemacht und sich einen Ford Ka gekauft. Inzwischen hat sie ihr eigenes Analystenteam, und wenn Sie Tilly schräg finden, dann warten Sie mal ab, bis Sie die sehen. Die müssten eigentlich alle Warnwesten tragen, mit der Aufschrift: ›Vorsicht, bin noch in Ausbildung im Umgang mit Menschen‹, vorn und hinten drauf. Nennen sich die Scooby Gang, das ist aus irgend so einer Jugend-Vampirfilm-Serie, die sie alle dauernd gucken. *Buffy im Bann der Dämonen* oder so. Alle anderen nennen sie die Maulwürfe. Aber die haben's echt drauf. Haben Sie von dem Mann in Scarborough gehört?«

»Die Messerangriffe, die angeblich nichts miteinander zu tun hatten?«

Poe nickte. »Das haben die allein anhand von Gang- und Bewegungsanalysen geknackt. Haben sich die Überwachungsvideos genau angeschaut und gemerkt, dass es bei allen drei Angriffen ein und derselbe Täter war.«

»Das war Tilly? Wow, gut gemacht. Der Täter hatte sich als Frau verkleidet, stimmt's?«

»Als verschiedene Frauen«, bestätigte Poe. »Das war wirklich tolle Arbeit. Sie haben ein Profil erstellt, und die Kollegen in Yorkshire haben ihn noch am selben Tag einkassiert.«

Sie verstummten. Poe trank seinen Kaffee aus und ging beide Becher nachfüllen. Als er zurückkam, war Gamble bereit, zu reden.

»Was halten Sie von dem Ganzen, Poe?«, wollte er wissen. »*War* das Elizabeth Keaton?«

Poe betrachtete den alternden Superintendent. Er sah völlig fertig aus. Seit er ihn das letzte Mal gesehen hatte, waren die Furchen um seine Augen tiefer und länger geworden. Sein Haar war von hellerem Grau. Poe wusste, dass er nicht mehr lange bis zur Pensionierung hatte. Eigentlich ging er davon aus, dass Gamble nach seiner Degradierung gleich nach dem Brandopferer-Fall streng auf Linie bleiben würde. Aber … wenn überhaupt, wirkte er trotzig.

Es dämmerte Poe. Gamble wollte etwas von ihm.

»Warum bin ich wirklich hier, Sir?«

Gamble sagte nichts.

»Ich hätte doch auch mit Rigg telefonieren können«, fuhr Poe fort. »Ich hätte nicht nach Norden raufkommen müssen.«

Wieder blieb Gamble stumm. Er nippte an seinem Kaffee und schloss die Augen.

»Sie sind sich nicht sicher, stimmt's, Sir?«, fragte Poe.

Gamble stieß einen langen, leisen Seufzer aus. Es hörte sich an, als ginge ihm die Luft aus. »Ich weiß nicht, was ich denken soll, Poe. Vielleicht kämpfe ich hier ja gegen Windmühlen, aber ich weiß, wenn ich bei dem Brandopferer-Fall auf Sie gehört hätte, wäre das Ganze vielleicht anders ausgegangen.«

Poe antwortete nicht. Gamble war unfair sich selbst gegenüber. Der Brandopferer-Fall war in der Geschichte der Polizei beispiellos gewesen. Vom ersten Augenblick an hatte Gamble keine Chance gehabt. Kein Ermittlungsleiter hätte eine Chance gehabt.

»Ich rufe nachher DI Flynn an und bitte um Unterstützung durch die Serious Crime Analysis Section«, verkündete Gamble. »Offiziell um bei den Ermittlungen zur Entführung von Elizabeth Keaton zu helfen, und da Sie ja bei dem ursprünglichen Fall sehr involviert waren, fordere ich Sie als meinen Kontaktmann an.«

»Und inoffiziell?«

»Ich will sicher sein. Ich will sicher sein, dass diese junge Frau wirklich Elizabeth Keaton ist. Ich will nicht, dass meine letzte Amtshandlung als Polizist darin besteht, dazu beizutragen, dass ein Mörder freikommt.«

Gamble erhob sich, stellte seinen Becher auf den Tisch und streckte die Hand aus. Poe stand auf und schlug ein. Sie sahen sich in die Augen.

»Und ich bin erst sicher, wenn Sie sicher sind, Poe.«

12. KAPITEL

Poe stellte die Verbindung zu der Videokonferenz wieder her. Gamble blieb im Raum.

Ein wenig Small Talk folgte, dann kam Gamble zur Sache. »Ich bitte hiermit in aller Form um die Beteiligung der SCAS an den Ermittlungen zur Entführung und Freiheitsberaubung von Elizabeth Keaton. Sie bekommen noch heute Abend die nötigen Unterlagen.«

Am anderen Ende der Leitung entstand eine Pause.

Schließlich erwiderte Flynn: »Sir, die SCAS kann doch nicht dazu benutzt werden, Poes Schuld zu mindern.«

»Darum geht's auch nicht, DI Flynn. Sollten wir einen Fehler gemacht haben, akzeptieren wir die Konsequenzen. Ich bin sicher, Poe wird das auch tun.«

»Wie meinen Sie das, ›sollten‹ Sie einen Fehler gemacht haben?«, fragte Flynn. »Ist diese junge Frau Elizabeth Keaton oder nicht?«

»Ich denke, mit an Sicherheit grenzender Wahrscheinlichkeit ist sie es, Boss«, sagte Poe. Es hatte doch keinen Sinn, zu lügen.

»Aber?«

»Aber Jared Keaton ist der intelligenteste Mann, dem ich je begegnet bin. Wenn irgendjemand so etwas hinkriegt, dann er.«

Er führte das nicht weiter aus. Entweder würde Flynn zustimmen, oder sie würde es nicht tun. Vor einiger Zeit hatten sie sich mal über Keaton unterhalten – so eine spätabendliche »Welches war Ihr schlimmster Fall?«-Unterhaltung –, sie wusste also, wie er über ihn dachte.

Volle dreißig Sekunden vergingen, bevor sie antwortete. Wie Poe erwartet hatte, traf sie eine pragmatische, vertretbare

Entscheidung. »Okay, Sir. Eine Entführung durch einen Fremden fällt wirklich in den Zuständigkeitsbereich der SCAS. Ich genehmige unsere Beteiligung so lange, wie Sie uns brauchen. Fürs Erste wird nur DS Poe zur Verfügung stehen, aber er kann nach Belieben auf alle unsere Ressourcen zugreifen.«

Sie besprachen ein paar verwaltungstechnische Themen und beendeten die Konferenz.

Gamble sah Poe an. »Wo wollen Sie anfangen?«

»Mit dem Blut. Ich möchte wissen, ob der DNA-Test wirklich so unfehlbar ist, wie man uns glauben gemacht hat.«

»Nach dem, was ich gehört habe, ja.«

Poe nickte. So hatte er das auch verstanden. Man konnte einem Menschen nicht einfach Blut von jemand anderem »verabreichen«, um seine DNA zu verändern. So funktionierte das nicht. Aber er wusste auch, dass ständig neue medizinische Fortschritte erzielt wurden. Seit seiner letzten Unterweisung in Sachen DNA könnte sich etwas getan haben.

»Ich prüf's trotzdem nach«, sagte er. »Ich kenne da eine Pathologin, die mir das definitiv beantworten kann.«

»Sie sehen nicht gerade glücklich aus. Wo ist das Problem?«

Poe seufzte. »Die ist echt seltsam drauf.«

FÜNFTER TAG

13. KAPITEL

Obwohl biologisches Beweismaterial in den Kühlschränken und Gefriertruhen jeder CID-Asservatenkammer gelagert werden konnte, landete alles schließlich doch in Carlton Hall. Das Blut der jungen Frau – abgenommen im nahe gelegenen Revier von Penrith – war bereits dort. Poe hatte sich für den nächsten Morgen um neun mit Gamble vor der Asservatenkammer verabredet.

Es war spät geworden, doch er war trotzdem versucht gewesen, zu seiner Schäferhütte auf dem Shap Fell zurückzufahren. Es sah so aus, als würde er einige Zeit in Cumbria bleiben, und da er mehrere Wochen nicht zu Hause gewesen war, würde das eine oder andere zu erledigen sein, damit die Hütte wieder bewohnbar war. Der Generator würde einen Ölwechsel und einen neuen Filter brauchen, die Wasserpumpe müsste auf den im Sommer niedrigeren Grundwasserpegel eingestellt und alles andere gründlich sauber gemacht werden.

Viel Arbeit, doch um die Wahrheit zu sagen – er vermisste die Hütte. Sie war sein Zuhause. Sie war bis auf den letzten Penny bezahlt, und das Land darum herum gehörte ihm. Bevor der Brandopferer-Fall ihn wieder zur SCAS zurückgezwungen hatte, hatte er sich dort ein Leben aufgebaut. Außerdem vermisste er seinen Springer Spaniel Edgar. Wenn er unten im Süden war, blieb Edgar bei seinem Nachbarn Thomas Hume, doch in letzter Zeit hatte Poe schon Überlegungen angestellt, wie er ihn auf Dauer bei sich haben könnte.

Am Schluss hatte der gesunde Menschenverstand gesiegt, und er hatte sich ein Zimmer im North Lakes Hotel and Spa in Penrith genommen. Der Gedanke an ein Doppelbett, frische Bettwäsche und ein spätes Abendessen in der Bar war doch zu verlockend gewesen.

Eine Viertelstunde bevor die Asservatenkammer öffnete, stand Poe schon davor. Gamble traf fünf Minuten später ein. Er kam direkt von einer Besprechung mit dem neuen Chief Constable – der vorige war nach dem Vertuschungsversuch bei dem Brandopferer-Fall in der Versenkung verschwunden –, und seine neue Vorgesetzte war nicht gerade erbaut. Und das nicht nur, weil sie sonntags arbeiten musste.

»Fünf Minuten davon entfernt, sich vor die größte Fernsehkamera zu stellen, die sie auftreiben kann, um die ursprüngliche Ermittlung öffentlich in Grund und Boden zu verdammen«, so hatte sie ihre Stimmung beschrieben.

»Macht sie das?«, erkundigte sich Poe. Er kannte die neue Vorgesetzte nicht; sie war während seiner Zeit in Cumbria Superintendent im Westen des Landes gewesen. Sie wurde allgemein respektiert und ließ sich vom Police and Crime Commissioner nichts gefallen.

Gamble schüttelte den Kopf. »Ich bezweifle es. Sie muss ein bisschen politisch agieren, aber wenn's hart auf hart kommt, steht sie hinter ihren Leuten.«

Die Leiterin der Asservatenkammer, eine junge Frau namens Angie Morrison, unterbrach ihr Gespräch. Sie schloss die Tür auf und lotste die beiden Männer in einen käfigartigen Empfangsraum. Dann schloss sie für sich die Tür der eigentlichen Asservatenkammer auf. Gamble erklärte, dass sie die beiden noch verbliebenen Blutproben holen wollten.

Nachdem er den Entnahmeschein unterschrieben hatte, verabschiedete sich Poe auf dem Parkplatz von Gamble und stieg in den Wagen, den die SCAS ihm zur Verfügung gestellt hatte – sein BMW X1 war noch unten in Hampshire. Zwei Minuten später war er auf der M6 und zwanzig Minuten danach auf der A69 und auf dem Weg nach Newcastle.

Poe wand sich mit der Gelassenheit eines nervösen Touristen durch die Straßen von Newcastle. Das kompakte Stadtzentrum hatte massenweise komplizierte Einbahnstraßensysteme und eine unerschöpfliche Menge hupender Einheimischer zu bieten. Erst als er das Radio ausmachte – das tat Poe nämlich immer, wenn er sich verfahren hatte –, stellte er fest, dass der Mietwagen ein eingebautes Navigationsgerät hatte. Bald war er auf der richtigen Straße und fuhr in die richtige Richtung.

Dann stieg er in die Parkplatz-Lotterie des Royal Victoria Infirmary ein, hatte jedoch Glück und fand eine gerade frei gewordene Lücke. Ein suchend umherfahrendes Auto hupte zornig, doch Poe achtete nicht darauf.

Das RVI ist das Lehrkrankenhaus der University of Newcastle, und die Person, die Poe hier aufsuchen wollte, war abwechselnd dort, im Vorlesungssaal und bei Newcastle Laboratories. Estelle Doyle war nicht nur eine vom Innenministerium für den Nordosten Englands eingesetzte Pathologin, sie war auch *die* Dozentin für forensische Pathologie. Pathologen aus der ganzen Welt saßen in ihren heiß begehrten Vorlesungen. Wenn sie keine Vorlesungen hielt, war sie für gewöhnlich tief in den Eingeweiden des RVI zu finden.

Als er seinen Parkschein bezahlte, begannen Poes Nerven zu vibrieren.

Das löste Estelle Doyle immer bei ihm aus.

Sie war in jeder Hinsicht brillant. Aber ... es gab noch eine andere Seite von Estelle Doyle.

Poe war klar, dass Menschen, die sich ihren Lebensunterhalt damit verdienten, Leichen aufzuschneiden, im Allgemeinen nicht auf der Sonnenseite der Straße dahinschlenderten, doch selbst nach deren Maßstäben war Estelle Doyle ein bisschen gruselig. Als er in den Keller hinunterging und die Pathologie ansteuerte, dachte er an ihre früheren beruflichen Begegnungen zurück.

Einmal hatte sie ihm Wein aus einer Flasche angeboten, die in der Kinder-Kühlkammer gekühlt worden war – die mit dem deprimierenden Schild mit Comic-Sans-MS-Buchstaben an der Tür. Das sei der beste Kühlschrank des ganzen Krankenhauses, hatte sie gesagt. Er hatte höflich abgelehnt. Ein anderes Mal hatte sie ihn gebeten, den Arm eines übergewichtigen Mannes zu halten, den sie gerade sezierte. »Ziehen Sie mal an der Sehne da«, hatte sie ihn angewiesen und ihm eine Pinzette in die Hand gedrückt. Er hatte getan, was sie verlangte. Der Leichnam hatte ihm den Mittelfinger gezeigt. Poe war vor Schreck umgekippt. Estelle Doyle hatte nicht einmal gelächelt.

An der Tür der Leichenhalle war mit Klebestreifen ein Blatt DIN-A4-Papier befestigt. *Pathologen haben die coolsten Patienten,* stand darauf. Poe seufzte und atmete tief durch, dann klopfte er und trat ein.

Estelle Doyle war über eine Leiche gebeugt. Ohne sich anmerken zu lassen, dass sie ihn gesehen hatte, sagte sie: »Ah, Poe, gut, dass Sie hier sind. Wie finden Sie die hier?«

Poe blieb vor ungläubiger Verblüffung der Mund offen stehen.

14. KAPITEL

Der Leichnam auf dem Tisch sah in dem grellen Licht bleich und fleckig aus. Es war eine alte Frau: dünn und verdorrt, mit krummen, gelblichen Fingernägeln. Ihr Gesicht war runzelig, die Augen geschrumpft und trübe.

Estelle Doyle lackierte der Toten gerade die Zehennägel.

Jeden Nagel in einer anderen Schattierung von Lila. Der Kontrast zwischen den Goth-Farben und dem farblosen Fleisch war krass.

Poe glotzte.

»Ich habe heute eine Verabredung zum Abendessen. Da dachte ich, ich probiere die hier mal aus. Sagen Sie's mir, Poe, welcher Farbton passt am besten zu meinen Schuhen?«

Sie zog ihren langen, engen Rock hoch und enthüllte ein paar hochhackige Schuhe. Glänzend schwarz, mit roten Sohlen. Sie sahen teuer aus.

»Äh … der da«, stotterte Poe und zeigte auf den Zeh, der ihm am nächsten war.

»Ah, Frosted Tulip. Gute Wahl. Also, was kann ich diesmal für Sie tun, Poe? Ich freue mich ja immer so über Ihre Kurzbesuche.«

Sie lackierte den letzten Nagel fertig, hob den Fuß der Toten an und pustete sachte auf die Zehen. Es war intim und gruselig zugleich.

Poe war sicher, dass sie gewartet hatte, damit er sie dabei sehen konnte.

Sie drehte sich zu ihm um. Musterte ihn von oben bis unten. Ihre Zunge glitt über ihre Unterlippe. Poe wand sich unter ihrem Blick.

Er fand Estelle Doyle unfassbar sexy und absolut Furcht einflößend. Selbst ohne die hohen Absätze war sie so groß wie er. Ihre dunkelblauen Augen wurden durch schwarzen Eyeliner und roten Lidschatten betont. Das hell gepuderte Gesicht bildete einen scharfen Kontrast zu den tiefrot geschminkten Lippen. Pechschwarzes Haar floss wie Tinte an ihrem langen, weißen Hals hinab. Ihre Arme waren über und über tätowiert, Sleeve-Tattoos bis zu den Handgelenken hinunter.

»Sie haben abgenommen, Poe. Steht Ihnen gut.«

»Ich habe ein hartes Jahr hinter mir.«

»Davon habe ich in der Zeitung gelesen. Aber Ihre capraesken Qualitäten haben sich am Ende doch durchgesetzt, oder?«

»Äh … was?« Jedes Mal, wenn er vor Estelle Doyle stand, hatte Poe Mühe, zusammenhängende Sätze zu bilden.

»Sie sind der ständige Außenseiter, Poe. Das treibt Sie an, bringt Sie dazu, zu tun, wozu andere nicht bereit sind.«

Poe antwortete nicht. Er hatte keinen blassen Schimmer, wovon sie redete.

Doyle seufzte. »Der Brandopferer-Fall ist abgeschlossen, richtig?«

Er nickte.

»Aber jetzt haben Sie ein neues Problem?«

Poe nickte abermals. Er brauchte Zeit, um sich zu sammeln. Also zeigte er auf den frisch pedikürten Leichnam. »Dürfen Sie das überhaupt?«

Sie zuckte die Achseln. »Ich lackiere die Nägel alle in derselben Farbe, bevor sie abgeholt wird.«

Poe sagte nichts. Auf der Estelle-Doyle-Skala der Absonderlichkeiten fiel so etwas kaum ins Gewicht.

Sie hob den Arm der Toten an, sodass er die Innenseite des Handgelenks sehen konnte. »Sehen Sie das?«

Misstrauisch beugte er sich vor. Ein kleines, altmodisches Tattoo. Es war ein Symbol, das er nicht kannte: ein Labyrinth innerhalb eines Kreises. »Was ist das?«

»Das Rad der Hekate. Es repräsentiert die drei Aspekte der Göttin: die Jungfrau, die Mutter und die Greisin«, antwortete

Doyle und streichelte liebevoll das Haar der alten Frau. »Mit an Sicherheit grenzender Wahrscheinlichkeit war sie eine Wicca. Ich denke, sie hätte sich über ihre neuen Fußnägel gefreut.«

Wieder schaute sie auf den Leichnam hinunter. »Können Sie sich vorstellen, was für ein Leben sie geführt hat? Wie viel Ärger ihr dieses Tattoo eingebracht hat?«

Poe studierte die Tätowierung eingehend; seine angeborene Neugier übernahm die Regie. Es sah selbst gemacht aus. Mindestens fünfzig Jahre alt, schätzte er. »Mehr als nur ein paar Problemchen.«

»Meister der Untertreibung, wie immer, Poe.« Doyle zog ein Laken über die alte Frau. »Also, was ist es diesmal?«

»Ich habe ein Problem. Ein unlösbares Problem.«

»Oh, ein Rätsel.« Ihre Stimme war ausdruckslos und hypnotisch. »Ich mag Rätsel. Bitte fahren Sie fort.«

Poe wurde rot. Er konnte nicht glauben, dass er sie das jetzt fragen würde. »Ich muss wissen, wie die Toten wieder lebendig werden können.«

»Na, endlich mal etwas Interessantes.«

Poe erzählte ihr, was geschehen war. Sie bat ihn, noch weiter zurückzugehen und den Tatort im Bullace & Sloe zu beschreiben. Er erläuterte, dass der geschätzte Blutverlust ein Überleben unmöglich erscheinen ließ.

»Und genau da ist Ihr erster Fehler. Sie haben meine Nummer, Sie hätten mich fragen sollen. Eure Forensiker überschätzen die Blutmenge am Tatort immer. Schon ganz wenig lässt einen Tatort aussehen wie ein Schlachthaus, vor allem, wenn es auf Oberflächen wie Küchenfliesen verspritzt wird, die das Blut nicht absorbieren. Man kann nie sagen, wie viel vergossen worden ist, es sei denn, das Blut ist *in situ*. Jeder, der Ihnen etwas anderes erzählt, ist entweder ein Lügner oder inkompetent. Ich habe vor ein paar Jahren mal etwas darüber veröffentlicht. Das sollten Sie lesen.«

»Mach ich«, versprach Poe. Er wünschte, er hätte die Weitsicht besessen, eine Kopie der Akte mitzubringen. Wenn Estelle Doyle sich Tatortfotos ansah, war das von größerem Wert, als wenn die meisten anderen Pathologen tatsächlich vor Ort anwesend waren.

»Und diese junge Frau sieht aus wie Elizabeth Keaton?«

»Ja.«

»Und sie ist keine Zwillingsschwester? Entweder ein- oder zweieiig?«

»Soweit wir wissen, nicht.«

Sie zog eine rasierklingendünne Augenbraue hoch.

»Nein, Estelle, sie ist nicht die Zwillingsschwester.« In seiner ganzen Zeit als Polizist hatte er noch nie ein Verbrechen bearbeitet, bei dem ein Zwilling involviert gewesen war.

»Und Sie haben gesehen, wie das Blut abgenommen worden ist?«

»Ich war nicht dabei, aber ich habe das Video gesehen, und die Beweiskette ist nicht kompromittiert worden. Die Ärztin und die Ermittlungsbeamten waren sich über die Bedeutung im Klaren, und von der Vene bis zur Asservatentüte war das Blut die ganze Zeit für alle sichtbar.«

»Und es sind nicht manipulierbare Tüten verwendet worden?«

Poe nickte.

»Und die Tüte, die im Labor angekommen ist, war auch dieselbe?«

Diesmal zuckte Poe die Achseln. »Ich werd's überprüfen, aber es erscheint nicht plausibel, dass es nicht so sein sollte. Das übliche Kurierunternehmen hat es abgeliefert, und sämtliche Vorschriften wurden eingehalten. Es ist ein betrugssicheres System.«

»Mit welchem Labor arbeitet die Polizei von Cumbria?«

Poe nannte ihr den Namen. Das Labor bearbeitete die Polizeiaufträge des gesamten Nordostens.

Sie nickte beifällig. »Die haben einen guten Ruf. Kennen sich aus. Ich nehme doch an, Sie glauben nicht, dass ein paar Individuen, die nichts miteinander zu tun haben, sich irgendwie zusammengetan und eine Probe gegen eine andere ausgetauscht haben?«

Poe schüttelte den Kopf.

»Und die ursprüngliche DNA-Probe, die, mit der das Blut verglichen wird, die ist zuverlässig?«

»Ja. Ich habe sie selbst als Beweismittel aufgenommen.«

Doyle nickte. Das war das Gute an ihr; wenn sie darauf vertraute, dass man seine Arbeit gut machte, brauchte man sein Handeln nie zu rechtfertigen.

»Dann ist es gut, dass Sie zu mir gekommen sind.« Sie deutete auf ihr Büro. »Ich muss noch ein paar Dinge erledigen, dann gehöre ich ganz Ihnen, Poe. Warum nehmen Sie nicht da drinnen Platz?«

Poe tat wie geheißen. Dann sah er ihr bei der Arbeit zu, solange er es aushielt, doch als sie anfing, Blutgerinnsel aus den Adern der alten Frau zu polken, wandte er sich ab. Doyles Leichenhalle wurde zu Schulungszwecken genutzt, deshalb befand sich oberhalb des Tisches, an dem sie arbeitete, eine durch eine Plexiglasscheibe geschützte Galerie. Doch am heutigen Sonntag war sie leer. Der Rest des Raumes war so ziemlich das Übliche. Ein bisschen moderner, aber im Großen und Ganzen wie jede andere Leichenhalle, in der er bisher gewesen war. Die Kühlkammern summten wie Stimmgabeln. Ein paar davon dürften auf minus zwanzig Grad eingestellt sein: die Temperatur, bei der Leichen für unbegrenzte Zeit gelagert werden konnten. Die Klimaanlage, die man wohlwollend als »emsig« bezeichnen konnte, kühlte den Schweiß auf seiner Stirn. Ein zitroniger, chemischer Geruch hing in der Luft; er war nicht unangenehm, kribbelte aber in der Nase und ließ die Augen tränen. Große Spülbecken, Abflüsse und Waschrinnen waren an gekachelten Wänden angebracht, die von laminierten Arbeitsschutz-Aushängen geziert wurden. Ein Raum, der den Toten Respekt zollte, jedoch nicht um den Preis der Wahrheit. Poe hasste Leichenhallen. Hatte sie schon immer gehasst. Jedes Mal, wenn er eine betreten musste, hatte die Polizei jemandem gegenüber versagt.

Schließlich kam Doyle zu ihm ins Büro. Sie verschwendete keine Zeit mit Small Talk.

»Mir ist nicht ganz klar, was Sie von mir wollen, Poe. Es hört sich an, als wüssten Sie, was passiert ist.«

»Ich will Ihnen einfach nur Löcher in den Bauch fragen, Estelle. Ich weiß, das hört sich jetzt dämlich an, aber ist es möglich, dass jemand die DNA von jemand anderem hat? So etwas so hinzukriegen, dass die im Labor nichts merken?«

Zu seiner Überraschung lachte sie ihn nicht aus. Oder zog – schlimmer noch! – eine Augenbraue hoch.

»Ein Forscherteam in Israel hat vor Kurzem bewiesen, dass es technisch gesehen möglich ist, einen Tatort zu manipulieren. Es ist ihnen gelungen, sämtliche DNA-Spuren aus einer Blutprobe zu entfernen und sie durch die DNA von jemand anderem zu ersetzen.«

Poe starrte sie an. Was sie gerade gesagt hatte, war ein echter Hammer.

»Und das Resultat war gut genug, um Forensiker zu täuschen«, fügte sie als krönenden Abschluss hinzu.

Seine Augen wurden noch größer. Die National Crime Agency sollte in Sachen Rechtsdurchsetzung eigentlich einsame Spitze sein – wieso hatte er das nicht gewusst? Er nahm sich vor, Flynn davon zu erzählen.

»Und in einem komplett ausgestatteten Molekularbiologielabor kann jeder halbwegs gute Biologe DNA synthetisieren.«

Poe überlegte kurz. Obgleich die Wissenschaft sich anscheinend rasch der Welt annäherte, die in *Blade Runner* beschrieben wurde, schien das für den vorliegenden Fall nicht relevant zu sein. »Ich gehe mal davon aus, dass das bei einem lebenden Menschen nicht funktionieren würde – dass man DNA in einem Lebewesen nicht synthetisieren kann?«

»Noch nicht, nein. Ich wollte etwas klarstellen, Poe. Sie müssen Blut verstehen.«

Doyle gab nie leere Phrasen von sich: Wenn sie der Ansicht war, dass er Blut verstehen musste, dann musste er Blut verstehen.

»Blut ist Leben. Es ist die perfekteste und spezialisierteste Flüssigkeit, die je existiert hat. Bioengineering vom absolut Feinsten. Es tut alles, was es tun muss. Es ernährt uns und schützt uns. Es transportiert Sauerstoff durch unseren Körper und entfernt Kohlendioxid. Es reguliert unsere Körpertemperatur, und es hilft uns, uns fortzupflanzen.«

Poe schwieg.

»Schon wenn wir die Farbe Rot sehen, schlägt unser Herz schneller. Und zwar weil wir die Farbe mit Blut assoziieren. Wenn wir Blut sehen, ist etwas Schlimmes passiert.«

Das hatte Poe nicht gewusst. Ihm war nicht klar gewesen, dass er so wenig Kontrolle über seinen eigenen Körper hatte. Das sagte er auch.

»Keine Angst, Poe. Es gibt bestimmt einen Punkt, wo jemand so viel Blut gesehen hat, dass er nicht mehr so viszeral darauf reagiert. Eigentlich könnte ich das bei meiner nächsten Vorlesung mal als Hypothese aufstellen, die es zu beweisen oder zu widerlegen gilt.« Sie griff nach einem Stift und machte sich eine Notiz.

»Mal angenommen, jemand hat eine Menge Blut von Elizabeth Keaton – wäre es möglich, das in einen Wirtskörper zu übertragen und die DNA zu ändern?«

Doyle schüttelte den Kopf. »So funktioniert das nicht. Die DNA entsteht durch die Fusion der elterlichen Gameten.«

Poe seufzte. Doyle zuzuhören war ein bisschen so, als höre man Bradshaw zu – sie hatte dasselbe Talent, Kompliziertes noch komplizierter klingen zu lassen. Doyle war Professorin der Medizin, und er war beim Mittelschulabschluss in Biologie durchgefallen. Es gab keine Verständigungsgrundlage. Seine Verwirrung musste deutlich sichtbar gewesen sein.

»Gameten sind unsere Fortpflanzungszellen, Poe. Wir erben ...« Angesichts seiner verständnislosen Miene stockte sie. »Hören Sie, ich kann es Ihnen erklären, aber *verstehen* müssen Sie es schon selber.«

Korrigiere. Es war *genauso,* als höre man Bradshaw zu.

»Entschuldigung.« Er konzentrierte sich und tat sein Bestes, zu erfassen, was ihm erklärt wurde.

»Das Blut eines Menschen entstammt seinem Knochenmark, nicht andersherum. Selbst wenn bei jemandem ein kompletter Blutaustausch gemacht wird, ändert sich seine DNA nicht. Und weil der Körper jede Stunde hundert Milliarden rote Blutkörperchen und vierhundert Milliarden weiße Blutkörperchen produziert, müsste eine Blutprobe, die einen guten DNA-Test austrickst, fast zeitgleich mit der Transfusion genommen werden.«

»Sie sagen also ... so etwas ist nicht möglich.«

»Nicht einmal annähernd.«

Erster Versuch gescheitert.

Poe griff etwas auf, das Doyle gesagt hatte. Auch um zu zeigen, dass er aufgepasst hatte, meinte er: »Was ist mit einer Knochenmarktransplantation? Kann so was das Blut eines Menschen durcheinanderbringen?«

»Sie sprechen von einer Chimäre. Davon, dass jemand zwei verschiedene DNA-Typen hat.«

»Ach ja?«

»Ja. In den frühen Zeiten der Onkologie, zum Beispiel bei manchen Formen von Leukämie, wurde das gesamte Knochenmark des Patienten zerstört und dann vollständig durch das eines Spenders ersetzt. Theoretisch hätte dieses Vorgehen das Potenzial, die Blut-DNA eines Menschen zu verändern.

Aber die restliche DNA ändert sich nicht. Sämtliche anderen Zellen des Körpers hätten die ursprüngliche DNA dieser Person.«

Poes Augen wurden schmal. Kam er hier etwa gerade weiter?

»Aber«, fuhr sie fort und bremste seinen Enthusiasmus, »heutzutage brauchen Onkologen nicht mehr das ganze Knochenmark plattzumachen. Eine Chimäre ist also jemand mit einer Mischung aus seiner eigenen DNA und der von jemand anderem.«

Zweiter Versuch fehlgeschlagen.

»Diese junge Frau kann also nur Elizabeth Keatons Blut haben, wenn sie Elizabeth Keaton *ist*?«

Doyle zuckte die Schultern. »Ich würde niemals nie sagen. Wenn Sie mir einen lebenden Spender geben und nicht zuschauen, könnte ich *vielleicht* einen DNA-Test überlisten. Aber nur unter Laborbedingungen.«

Poe seufzte. »Und da liegt ein anderes Problem. Die einzige lebende Spenderin, auf die Jared Keaton hätte zurückgreifen könne, wäre seine Tochter gewesen, und ...«

»Und wenn er die hatte, warum dann so eine aufwendige Scharade aufführen?«

»Genau.«

Sie schwiegen beide.

Schließlich brach Doyle das Schweigen und zeigte, dass ihr Verstand so scharf war wie eh und je. »Sie sind gar nicht hier, um zu plaudern, nicht wahr, Poe? Das hier hätten wir alles auch am Telefon machen können. Raus damit, was wollen Sie wirklich?«

Poe griff in seine Tasche und holte zwei Dinge hervor, legte sie auf den Schreibtisch.

»Und was haben Sie mir hier Schönes mitgebracht?«

»Das Erste ist die DNA-Analyse von Elizabeth Keaton. Von der ursprünglichen Ermittlung. Die DNA stammt aus drei verschiedenen Quellen, und ich bin hundertprozentig sicher, dass es ihre ist.«

»Und das Zweite?«

»Das Zweite ist Blut, das vor nicht einmal einer Woche auf dem Revier von Penrith abgenommen wurde. Das Labor, das die Kollegen in Cumbria beauftragen, hat es mit der DNA von Elizabeth Keaton abgeglichen.«

»Und was soll ich damit machen?«

»Ich möchte, dass Sie einen Blindversuch damit machen. Ich weiß, dass Newcastle Laboratories nicht nur für das Gesundheitssystem tätig ist. Ich möchte, dass Sie das Blut in Ihrem eigenen Labor untersuchen. Auf der Asservatentüte steht kein Name, nur eine Seriennummer, die nur Sie kennen. Vollständig anonym.«

Als Doyle antwortete, war ihre Stimme leise und rauchig. »Und warum sollte ich das tun, Poe?«

Poe wiederholte, was Gamble gestern Abend zu ihm gesagt hatte. »Weil *ich* nicht sicher sein werde, dass es Elizabeth Keatons Blut ist, bevor *Sie* sicher sind, dass es Elizabeth Keatons Blut ist.«

15. KAPITEL

Auf dem Rückweg nach Cumbria rief Poe Gamble an und berichtete ihm, dass Doyle sich einverstanden erklärt hatte, den DNA-Test vorzuziehen.

»Können Sie um drei wieder in Carlton Hall sein?«, fragte Gamble. »Wir haben eine Strategiebesprechung. Da können Sie auch die anderen kennenlernen.«

Poe sah auf die Uhr. Es war kurz nach Mittag. Er musste etwas essen, und noch mal in die Kantine, darauf hatte er keine Lust. Zum Glück gab es an der A69, einer der Hauptstraßen in Richtung Ost-West, viele Möglichkeiten, haltzumachen und einen Happen zu essen. In Hexham gab es einen guten Imbiss, und er hatte große Lust auf eine frittierte Wurst und eine eiskalte Sprite zum Hinunterspülen.

»Ich bin rechtzeitig da.«

Die Vorab-Besprechung – die, in der Polizisten Gerüchte verbreiten, bis jemand Ranghöheres ihnen sagt, sie sollen die Klappe halten – war in vollem Gange, als Poe den Konferenzraum betrat. Niemand beachtete ihn. In seinem Anzug hätte er jeder X-Beliebige sein können.

Er ging zum Kaffeespender und holte sich eine Tasse. Dann ging er damit zum Konferenztisch und setzte sich neben eine Frau, die er nicht kannte. Sie lächelte höflich und wandte sich dann wieder der Person zu, mit der sie sich unterhalten hatte.

»Oh, seht mal«, rief jemand. »Die National Chaos Agency.«

Es wurde sehr schnell still im Raum. Alle starrten Poe an, während dieser an seinem Kaffee nippte. Er stellte die Tasse wieder auf die Untertasse und musterte den Sprecher unverwandt. Ein vierschrötiger Mann mit schweren Lidern und dicken Armen.

Rigg saß neben ihm. Der hochgewachsene Detective hatte den Anstand, ein verlegenes Gesicht zu machen.

»Was zum Teufel haben Sie hier zu suchen, Poe?«, wollte der Vierschrötige wissen. »Ich dachte, Sie sind in die Wüste geschickt worden?«

Poe griff abermals nach seiner Tasse und trank sie langsam aus. Als er fertig war, fragte er: »Und Sie sind?«

»Antworten Sie einfach auf meine Scheißfrage, Poe! Das hier ist Sache der Polizei von Cumbria. Was zum Teufel haben Sie in meinem Besprechungsraum verloren?«

»*Ihr* Besprechungsraum, DCI Wardle?« Gamble war eingetreten, ohne dass der untersetzte Mann es bemerkt hatte. »Nicht, dass Sie das irgendetwas angeht, aber Sergeant Poe ist auf meinen Wunsch hier.«

»Darf ich fragen, wieso, Sir?«, erkundigte sich Wardle mit tonloser, verdrossener Stimme.

»Nein, dürfen Sie nicht.«

Wardles fahles Gesicht lief rot an.

Gamble wandte sich an Poe. »DCI Wardle ist einer der Kollegen, die gleich als Inspector angefangen haben. Gelegentlich vergisst er, dass andere sich ihren Rang erarbeitet haben.«

Wardle machte ein finsteres Gesicht. Offensichtlich zog er es vor, dass die Leute dachten, er wäre dank seiner Verdienste DCI und kein »feiner Pinkel« – ein ranghoher Polizeibeamter, der nie als Constable in Uniform auf Streife gegangen war. Die waren berüchtigt dafür, hoffnungslos schlecht auf den Job vorbereitet zu sein. Poe war noch nie einem begegnet, der gut in seinem Beruf war. Indem er das in aller Öffentlichkeit laut sagte, riet Gamble Poe, sich vor dem Mann in Acht zu nehmen.

»Geben Sie Sergeant Poe die Hand, DCI Wardle.« Gambles Tonfall lud nicht zur Diskussion ein.

Widerstrebend streckte Wardle Poe die Hand hin. Er ergriff

sie kurz. Sie war kalt und feucht wie ein Fisch. Vor aller Augen wischte Poe sich die Hand an der Hose ab.

»Ausgezeichnet«, meinte Gamble. »Sieht so aus, als ob wir alle gut miteinander auskommen werden. Und jetzt zur Sache. Wie erwartet, haben Jared Keatons Anwälte seinen Fall der Criminal Case Review Commission vorgelegt.«

Poes Magen verkrampfte sich. Die CCRC, die unabhängige Behörde, die befugt war, Justizirrtümer zu untersuchen, hatte zwar nicht die Macht, Urteile aufzuheben, doch wenn sie einen Fall ans Berufungsgericht weiterleitete, war dieses gesetzlich verpflichtet, ihn anzunehmen.

»Das können die doch gar nicht«, wandte Rigg ein. »Die CCRC nimmt doch nur Fälle an, bei denen schon mal Berufung eingelegt worden ist. Das hat Keaton doch noch nicht getan.«

»Können sie doch, wenn sie sich auf außergewöhnliche Umstände berufen«, sagte Poe.

Gamble nickte. »Und genau das haben sie getan. In der Eingabe steht, dass außergewöhnliche Umstände vorliegen, weil das Mordopfer erwiesenermaßen am Leben sei. Ich habe gerade mit dem zuständigen Sachbearbeiter telefoniert, und die haben den Fall angenommen. Sie werden die Sache selbst überprüfen, aber ich kann mir nicht vorstellen, dass dabei etwas anderes herauskommt, als dass sie ihn zur sofortigen Berufung weiterleiten.«

Poe war derselben Meinung. Der CCRC blieb gar nichts anderes übrig.

»So, wie die Dinge jetzt liegen, wird die Staatsanwaltschaft bei einer Berufungsanhörung keinerlei Beweise vorlegen.« Gamble hielt inne, damit die anderen verarbeiten konnten, was er gerade gesagt hatte. Sein Blick ruhte kurz auf Poe. »Der CCRC-Sachbearbeiter hat gesagt, sie stufen Keatons Fall als dringlich ein, und wir können damit rechnen, dass er innerhalb von vierzehn Tage bearbeitet wird. Wenn die Staatsanwaltschaft keine Einwände erhebt, tritt das Berufungsgericht in der darauffolgenden Woche zusammen.«

Rigg und Poe wechselten einen Blick. Rigg nickte fast unmerklich. Poe erwiderte das Nicken.

»Da haben wir es also, *Ladies and Gents*«, schloss Gamble. »In gerade mal drei Wochen ist Jared Keaton wieder auf freiem Fuß.«

16. KAPITEL

Poe hielt drei Wochen für optimistisch. Keatons Anwälte würden mit an Sicherheit grenzender Wahrscheinlichkeit einen »Judge in Chambers«-Termin anstreben – einen Kautionsantrag, den der Richter in seinem Büro nach Aktenlage prüft, nicht im Gerichtssaal.

In ein paar Tagen könnte Keaton wieder das Regiment im Bullace & Sloe führen.

Vorher hatte Poe noch eine Menge zu erledigen. Er wollte mit dem Cop aus der Bibliothek von Alston reden. Manchmal schrieben Kollegen etwas nicht nieder, damit sie später nicht blöd dastanden. Poe musste wissen, ob Problemlöser Alsop irgendetwas für sich behalten hatte. Auch mit der Ärztin würde er sich treffen. Sie hatte Rufbereitschaft gehabt, als die junge Frau aufs Revier gebracht worden war, und er wollte ihre medizinische Einschätzung aus erster Hand hören. Außerdem würde er mit demjenigen sprechen, der die Blutprobe dem Kurierdienst übergeben hatte, und falls nötig zum Labor fahren und den Forensiker und alle anderen befragen, die sie in der Hand gehabt hatten.

Jedes Glied der Beweiskette musste einem echten Stresstest unterzogen werden.

Zuerst aber musste er nach Hause. Es wurde spät, und er hatte zu tun.

Abgesehen von einigen entlegenen Gegenden Schottlands war Herdwick Croft so abgelegen, wie es auf dem britischen Festland nur möglich war. Es lag auf dem uralten Moorland des Shap Fell, und mit dem Auto kam Poe dort nicht hin. Sein nächster Nachbar – ein Hotel, das früher einmal als Lager für deutsche Kriegsgefangene gedient hatte – war mehr als drei

Kilometer entfernt, und er hatte eine Absprache mit den Betreibern, dass er seinen Wagen dort abstellen durfte. Normalerweise hätte sein Quad – das einzige Fahrzeug, mit dem das unwegsame Gelände zu bewältigen war – auf dem Parkplatz des Hotels auf ihn gewartet, doch er war ein paar Wochen weg gewesen und hatte keine Unannehmlichkeiten machen wollen. Sein Quad war in Herdwick Croft.

Er würde zu Fuß gehen müssen.

Üblicherweise war das kein Problem, es war meistens sogar ein Vergnügen, doch er hatte einiges an Vorräten kaufen müssen. Die Schäferhütte wurde durch einen Generator mit Strom versorgt, und wenn er länger weg war, schaltete er alles aus. Da die verderblichen Lebensmittel nicht mehr zu gebrauchen sein würden, leerte er immer den Kühlschrank, bevor er losfuhr – für gewöhnlich in Edgars nimmersatten Bauch.

Mit Taschen voller Fleisch, Wurzelgemüse und anderem Notwendigen drei Kilometer übers Hochmoor zu marschieren war ein Leistungsmarsch, bei dem einem die Arme ausleierten. Als er Herdwick Croft erreichte – ein hässliches Bauwerk, das aussah, als wäre es aus der Erde hervorgebrochen und nicht darauf errichtet worden –, war er schweißgebadet. Er stellte seine Einkäufe auf dem Tisch vor der Haustür ab und verbrachte fünf Minuten damit, seine verkrampften Muskeln zu dehnen. Als er damit fertig war, schloss er die Tür auf und trat ein.

Er war zu Hause. Endlich.

Obwohl es dämmerte, stand in der Hütte die warme Luft. Eine unberührte Staubschicht überzog alles. Poe öffnete die Fensterläden und ließ die Abendbrise herein. Morgen würde er sauber machen.

Nachdem er eine Flasche warmes Bier versenkt hatte, zog Poe ein Paar alte Shorts an und nahm sich den Generator vor. Bald hatte er ihn in seine Einzelteile zerlegt. Eine der

Dichtungen zeigte erste Korrosionserscheinungen. Wahrscheinlich würde sie erst in ein paar Wochen undicht werden, aber er hatte eine Ersatzdichtung, also tauschte er sie aus. Der Filter musste ebenfalls gewechselt werden, aber das war Routine. Er lächelte beim Arbeiten. Vor zwei Jahren hatten sich seine technischen Fähigkeiten darin erschöpft, ein Stück Papier zusammenzufalten, um es unter ein wackelndes Tischbein zu klemmen. Einen Generator hätte er ebenso wenig warten können, wie er seinen Ellbogen ablecken konnte. Jetzt brauchte er nicht einmal mehr darüber nachzudenken, was er gerade tat.

Sobald das Gerät wieder zusammengebaut war, drückte er auf den Startknopf. Der Generator sprang sofort an. Poe schaltete das DAB-Radio an, das Bradshaw ihm gekauft hatte. Bald kamen die Nachrichten, und wie der Rest des Landes wollte auch er wissen, was Hurrikan Wendy gerade trieb. Während er zuhörte, verstaute er die Lebensmittel im Kühlschrank. Es gab keine neuen Informationen. Wendy war im Anmarsch, aber man war sich nicht sicher, wann es so weit sein würde. Er schaltete auf BBC Radio 6 Music um. Die hatten eine absolute Zufalls-Playlist – von Punk bis hin zu mongolischem Kehlgesang –, doch für gewöhnlich fand er etwas, das ihm zusagte.

Nachdem der Strom jetzt da war, machte Poe sich über die Wasserpumpe her. Das einzige echte Problem bei Herdwick Croft war sauberes Wasser gewesen, doch er hatte Glück gehabt. Die Firma, die er mit einer Bohrung beauftragt hatte, war sofort auf Wasser gestoßen. Es lag gar nicht einmal so tief, sodass er keine teure Hochleistungspumpe gebraucht hatte, um es an die Oberfläche zu befördern. Poe inspizierte den Motor der Pumpe, drehte ihn ein paarmal mit der Hand und sah nichts, was dringend seiner Aufmerksamkeit bedurft hätte. Er schloss das Kabel an den Generator an und schaltete die Pumpe an. Kurz darauf hatte er fließendes Wasser.

Als Letztes machte er Feuer in seinem Holzherd. Es war ein warmer Abend, doch der Herd sorgte auch für warmes Wasser. Und Poe brauchte eine Dusche.

Er beschloss, Edgar morgen zu holen. Zwei Stunden später saß er in der Bar des Shap Wells Hotel und genoss eine Pastete und ein Bier. Er hatte seinen Laptop dabei, und nachdem er gegessen hatte, schickte er Bradshaw eine E-Mail.

Sie antwortete sofort.

Gute Neuigkeiten hatte sie nicht. Jared Keatons Anwälte hatten bereits ihren »Judge in Chambers«-Kautionsantrag gestellt. Bradshaw schickte ihm einen Link. Poe las den Antrag. Formulierungen wie »Inkompetenz«, »fehlerhafte Ermittlungen« und »Justizirrtum ohnegleichen« waren austauschbar und mit nur wenig Rücksicht auf Genauigkeit verwendet worden. Es klang sensationslüstern, aber das sollte es ja auch. Die Botschaft war eindeutig: Wir haben euch in der Hand, und wenn ihr nicht mitspielt, wenden wir uns an die Presse. Poe hatte recht: Gambles drei Wochen waren viel zu optimistisch gewesen. Jetzt blieben ihnen nur noch Tage und nicht Wochen.

Bradshaw musste ihre E-Mails mit einer Lesebestätigung versehen haben, denn zehn Minuten nachdem er die erste gelesen hatte, schickte sie eine zweite: Alles okay, Poe?

Mühselig stach er mit zwei Fingern auf die Tasten ein, als er eine Antwort formulierte. Er wählte seine Worte mit Bedacht – wenn er das nicht tat, würde sie es immer mehr mit der Angst zu tun bekommen, je länger er hier oben war. Sie war erst einmal bei einem Außeneinsatz dabei gewesen und hatte ihm dabei am Ende das Leben gerettet. Wenn er allein unterwegs war oder sie ihn nicht kontaktieren konnte, sorgte sie sich. Er entschied sich dafür, ihr zu antworten, dass dies zwar ärgerlich, aber zu erwarten gewesen sei. Sobald er auf »Senden« geklickt hatte, klingelte sein BlackBerry. Das Display zeigte eine Nummer, die er nicht kannte.

»Detective Sergeant Washington Poe?« Eine hohe Männerstimme mit androgynem schottischem Akzent.

»Ja.«

»Mr Poe, hier ist Graham Smith. Ich bin Journalist, und ich wüsste gern, ob Sie vielleicht etwas zu diesen neuen Beweisen sagen könnten, die da ans Licht gekommen sind?«

Poe blieb stumm.

»Stimmt es, dass Sie sich vor sechs Jahren fürchterlich geirrt haben, Mr Poe?«

»Verpiss dich.« Er schmiss das Handy auf den Tisch. Es landete in seinem halb leeren Bierglas.

Verdammt. Sie hatten bereits etwas an die Presse durchgestochen, und dabei hatte er noch nicht einmal richtig angefangen.

Er fragte sich, woher Smith seine Handynummer hatte.

SECHSTER TAG

17. KAPITEL

Gamble hatte dafür gesorgt, dass Problemlöser Alsop am nächsten Morgen um acht auf dem Polizeirevier von Kendal war. Das war von Herdwick Croft aus am nächsten, und als Poe das letzte Mal dort gewesen war, hatte man ihm gesagt, er solle sich vom Acker machen. Eine Kombination aus dem Ärger, den er damals verursacht hatte, und irgendeinem lange gehegten Groll – eine Hinterlassenschaft seiner Zeit bei der Polizei von Cumbria.

Diesmal war es nicht viel besser. Vor einer Woche wäre er vielleicht willkommen gewesen. Er war der Mann, der dafür gesorgt hatte, dass die Wahrheit über den Brandopferer ans Licht gekommen war – eine Wahrheit, über die jeder Polizist, jede Polizistin und jeder Polizeihund froh war.

Aber wenn eine Woche in der Politik eine lange Zeit ist, dann ist sie in Cumbria noch länger. Obgleich niemand rundheraus sagte, dass er die Ermittlung gegen Keaton verbockt hätte, war doch deutlich zu erkennen, warum man ihn so frostig empfing. Schließlich schwamm irgendjemand doch gegen den Strom und machte ihm einen Kaffee.

Ein paar Minuten später traf Alsop auf dem Revier ein.

Poe mochte den Mann auf Anhieb. Ein solider, schnörkelloser Cop. Ungekünstelt und bereit, zu tun, was immer von ihm verlangt wurde. Poe fragte ihn, ob es irgendetwas gäbe, das er für nicht wichtig genug gehalten hätte, um es in seine offiziellen Notizen aufzunehmen, ganz gleich, wie trivial es ihm damals erschienen wäre.

Er hätte sich die Mühe sparen können. Alsop war ein alter Hase und wusste, nur weil er etwas nicht für wichtig hielt, hieß das noch lange nicht, dass jemand anderes es unwichtig finden würde. Er ging die Ereignisse des Morgens noch einmal durch, zog dabei nur ein einziges Mal sein Notizbuch zurate und sagte Poe nichts, was dieser nicht bereits wusste.

Poe gab ihm eine seiner NAC-Visitenkarten und dankte ihm dafür, dass er vorbeigekommen war.

Er hatte vor, allen Beteiligten Fragen zu stellen, und zwar in der Reihenfolge, in der sie mit der jungen Frau gesprochen hatten. Die Nächste auf seiner Liste war die FME.

Früher als Police Surgeons – Polizeiärzte – bezeichnet, sind Force Medical Examiners seit über hundert Jahren Teil der Polizeiarbeit. Ihre Aufgaben wechseln, am häufigsten jedoch müssen sie Totenscheine ausstellen, in Polizeigewahrsam befindliche, verletzte Personen versorgen und betrunkenen Autofahrern Blut abnehmen. Die Ausbildung zum FME ist umfassend, Fortbildungen in forensischer Medizin gehören ebenso dazu wie die genaue Kenntnis des Polizeigesetzes und der Vorschriften zur ärztlichen Schweigepflicht sowie die Unterweisung darin, vor Gericht oder vor der Rechtsmedizin als Zeuge auszusagen.

Es ist eine spezialisierte Tätigkeit, und in Cumbria wird sie wie in allen kleinen Polizeibezirken von mehreren Ärzten auf freiberuflicher Basis ausgeübt. Anstatt sich mit Felicity Jakeman auf einem Polizeirevier zu treffen, musste Poe also zu ihrer Praxis in Ulverston im Süden der Grafschaft fahren.

Poe mochte Ulverston. Es war der Geburtsort von Stan Laurel und außerdem die selbst ernannte Festival-Hauptstadt von Cumbria. Von gewaltigen Food-Events bis hin zu skurrilen Folk-Konzerten, die Menschen kamen von nah und fern, um dabei zu sein. Berühmt für den kürzesten, breitesten und tiefsten Kanal der Welt, besteht die Stadt aus unzähligen alten Gebäuden und einem Labyrinth aus gewundenen Kopfsteinpflasterstraßen.

Felicity Jakeman war eine von acht Ärzten in ihrer Gemeinschaftspraxis. Poe hatte sein Kommen angekündigt, und sie hatten sich nach ihrer Vormittagssprechstunde verabredet. Falls keine dringenden Hausbesuche anfielen, würde sie gegen Mittag Zeit haben.

Poe war eine Stunde zu früh dran, also ging er in einem Café in der Nähe einen Kaffee trinken. Sobald er eintrat, fiel der Duft von Zimt, warmem Karamell und frisch gebackenen Keksen über seine Nase her. Sein Magen knurrte, doch er widerstand der Versuchung. Er fand einen Tisch am Fenster und bestellte bei einem jungen Mädchen in altmodischer Spitzenschürze einen Americano. Der Kaffee wurde in einer Tasse aus edlem Knochenporzellan serviert und war köstlich. Er malte mit verschüttetem Wasser Kreise auf den Tisch und sah dem Treiben von Ulverston zu.

Dabei ging er im Kopf noch einmal durch, was er wusste. Viel war es nicht, und letzten Endes würde alles auf die Blutprobe hinauslaufen, die er Estelle Doyle überlassen hatte. Wenn ihr Labor das Untersuchungsergebnis aus Cumbria bestätigte, war's das. Jared Keaton hatte seine Tochter nicht umgebracht, und Poe würde sich persönlich bei ihm entschuldigen.

Die Türglocke bimmelte, und Poes Blickfeld war plötzlich voller Orange und Rotbraun. Ein paar Nonnen aus dem buddhistischen Tempel der Stadt waren zu einem frühen Lunch hereingekommen. Überall sonst in Cumbria wäre ein Haufen Frauen mit kahlen Köpfen und leuchtend orangeroten Gewändern misstrauisch angestarrt worden, doch die Buddhisten waren schon so lange in Ulverston, dass sie zum Stadtbild gehörten.

Buddhismus schien eine friedliche Religion zu sein. Was genau Zen war, wusste Poe nicht, doch in Herdwick Croft, ohne Fernseher und so sehr im Einklang mit der Natur und dem Land wie noch nie in seinem Leben, gab es Zeiten, wo er sehr nahe dran gewesen sein musste.

Eine der Nonnen merkte, dass er sie beobachtete. Sie lächelte. Poe lächelte zurück. Dann sah er auf die Uhr. In zehn Minuten musste er in Felicity Jakemans Praxis sein. Er trank den Rest seines Kaffees aus – dunkel und zähflüssig, wie eine intravenöse Dosis Koffein –, legte eine Zweipfundmünze als Trinkgeld auf den Tisch und verließ das Café.

Ulverston war eine wohlhabende Stadt – auf jeden Fall verglichen mit seinem nächsten Nachbarn, dem sehr viel größeren Barrow-in-Furness –, und das sah man der Einrichtung des Wartezimmers an: gedämpfte Farben, echte Pflanzen und aktuelle Zeitschriften. Bequeme Stühle anstelle von Folterinstrumenten aus vorgeformtem Plastik. Sogar einen Wasserspender gab es.

Poe sagte am Empfang Bescheid, dass er da sei, und nahm Platz. Da die Vormittagssprechstunde fast zu Ende war, war die Anzahl der Wartenden minimal. Eine alte Dame ein paar Stühle weiter hustete zierlich in ihr Taschentuch.

»Dr. Jakeman hat jetzt Zeit für Sie, Sergeant Poe«, rief die Frau vom Empfang herüber. »Sprechzimmer drei. Gleich neben dem Wasserspender.«

Poe bedankte sich.

Felicity Jakeman war leger gekleidet, in Jeans und ein Sweatshirt mit dem Logo des Londoner University College Hospital. Sie trug nur wenig Make-up, und ihr schulterlanges rotbraunes Haar war im Nacken zu einem Pferdeschwanz zusammengerafft.

Die Ärztin hatte sich bereits über ihren Lunch hergemacht und erklärte Poe durch einen Mundvoll asiatischen Salat hindurch, dass sie höchstens zwanzig Minuten Zeit hätte. Sie schien nicht besonders erfreut, ihn zu sehen. Wahrscheinlich gehörte sie zum »Es ist alles Poes Schuld«-Lager. Ohne Zweifel würde ihm das in den kommenden Tagen noch oft passieren ...

Es war ein typisches Allgemeinarzt-Sprechzimmer: funktionale Möbel, ein paar Plakate mit anatomischen Darstellungen, ein an einen Rezeptdrucker angeschlossener Computer und eine Untersuchungsliege mit blauem Papier von der Rolle. Auf ihrem Schreibtisch stand ein Foto von ihr bei einer Wanderung auf dem Cat Bells; der Umriss des Bergrückens war unverwechselbar. Der Cat Bells befand sich in der Nähe von Keswick, und Poe konnte ihn nicht leiden. Selbst außerhalb der Saison war es dort immer rappelvoll.

Poe setzte sich auf den Stuhl neben dem Schreibtisch. Jakeman beugte sich vor und sah ihn an, als hätte er sie gerade gebeten, ihn für zwei Wochen krankzuschreiben.

Sie war eine attraktive Frau, wahrscheinlich drei oder vier Jahre älter als Estelle Doyle. Doch während es die Pathologin mit Patienten zu tun hatte, bei denen es nicht mehr schlimmer werden konnte, sah man der Ärztin den Stress an, mit Menschen zu arbeiten, bei denen das sehr wohl möglich war. Sie hatte Krähenfüße um die Augen und graue Strähnen im Haar.

Sie schluckte hinunter, was sie gerade kaute, und musterte ihn weiter eingehend. Gleich darauf zuckte sie die Achseln und bedachte ihn mit einem angedeuteten Lächeln. Wahrscheinlich hatte sie entschieden, dass er doch nicht der Feind war.

»Es stört Sie doch nicht, dass ich esse, oder? Nach zwölf Stunden Dienst ist es manchmal ganz schön schwer, nicht in die Schublade mit den Lieferdienst-Speisekarten zu greifen, also versuche ich, mich tagsüber gesund zu ernähren.«

»Natürlich nicht. Dr. Jakeman, könnten Sie ...«

»Bitte sagen Sie Flick. Dr. Jakeman, das erinnert mich an meinen Ex.«

Poe hatte Spitznamen noch nie gemocht – sie stellten eine Intimität her, die ihm nicht behagte –, doch er konnte ja schlecht Nein sagen. Unwillkürlich schaute er rasch auf ihre linke Hand hinunter. Er konnte nicht anders; er wurde dafür bezahlt, ein neugieriger Drecksack zu sein. Der Abdruck des Eherings war sichtbar, hatte aber dieselbe Farbe wie ihr Finger. Sah aus, als hätte sie schon seit einer ganzen Weile keinen Ring mehr getragen. Mindestens ein Jahr, schätzte er.

»Entschuldigung«, sagte er automatisch.

Sie zuckte die Schultern und stellte ihre Salatschale weg. »Manchmal trifft man auf der Oberschule eben nicht den Richtigen, sondern den Verkehrten.«

»Sind Sie deswegen hier raufgezogen?«

»Sie haben mich überprüft.« Ihre Augen funkelten amüsiert.

»Ehrlich gesagt, nicht, aber Sie tragen ein Sweatshirt mit dem Namen einer Londoner Klinik drauf, und Ihr Akzent ist nicht von hier.«

»Ich habe in London im Krankenhaus gearbeitet, aber ich wollte mich verändern, als wir uns getrennt haben. Wir waren im Urlaub immer im Lake District, also habe ich beschlossen, den Sprung zu wagen und ganz hierherzuziehen. Ich bin jetzt seit ein paar Jahren hier, und ich find's toll. Ich finde die Menschen toll, und ich finde die Landschaft toll.«

Poe hätte nichts dagegen gehabt, noch ein wenig weiter zu plaudern – sie war eine interessante Frau –, doch ihm war klar, dass seine zwanzig Minuten bereits herunterticken. »Erzählen Sie mir von dem Tag, als Elizabeth Keaton aufs Revier gebracht wurde.«

Sie verschränkte die Arme. »Hat sie nicht schon genug durchgemacht?«

»Doch. Und die Rolle, die ich bei dem Ganzen gespielt habe, tut mir extrem leid. Aber jetzt geht es darum, den Mann zu fassen, der sie entführt hat.«

Flick seufzte. »Was wollen Sie wissen?«

»Alles«, antwortete Poe.

Flick war erst um halb elf verständigt worden. Wie bedeutsam es war, für wen die junge Frau sich ausgab, hatte sie nicht gewusst, und zumindest während ihrer ersten Untersuchung war es ihr auch egal gewesen. Sie hätte jeden gleichbehandelt – Opfer, Verbrecher oder Polizist. Ihre vorrangige Rolle war die der Medizinerin.

Ihre Patientin hatte sich geweigert, ins Krankenhaus zu gehen, und als Flick klar geworden war, dass Poes Kollegen sie lange vernehmen würden, hatte sie sie im Behandlungszimmer des Reviers untersucht.

»Sie war in einem schlechten Zustand. Unterernährt, aber nicht in akuter Gefahr. Und obwohl sie das Schlimmste hinter sich hatte, hat sie unter Opiatentzug gelitten. Wie Sie bestimmt an ihren Selbstverletzungsnarben gesehen haben, hat sie außerdem psychologische Schäden davongetragen, die sicher jahrelang therapiert werden müssen.«

»Irgendwelche frischen Verletzungen?«

Flick nickte. »Kratzer und Schrammen an Knöcheln und Händen und im Gesicht. Ein paar tief abgebrochene Fingernägel. Passt alles dazu, wenn man ohne Schutzkleidung durch den Wald rennt. Ich habe ein paar Dornen entfernt und die Wunden verbunden. Hab einen Zugang gelegt und ihr einen Beutel Kochsalzlösung infundiert.«

»Haben Sie ihr ihre Geschichte geglaubt?«

»Ist nicht mein Job. Ich war nur da, um medizinische Hilfe zu leisten.«

»Warum haben Sie ihr Blut abgenommen?«

»Statt einen Mundabstrich zu machen?«

Poe nickte.

»Ich habe mich mit dem leitenden Polizeibeamten darauf verständigt, dass das die am wenigsten traumatische Option wäre.«

»Um zu sehen, ob sie schwanger war?« Das hatte Rigg ihm gesagt.

»Richtig. Schwangerschaftstests anhand von Blutproben sind zu neunundneunzig Prozent akkurat. Man kann das Schwangerschaftshormon hCG schon sieben Tage nach der Empfängnis nachweisen.«

»Aber sie war nicht schwanger?«

»Nein.«

»Und sie hatte auch keine sexuell übertragbaren Krankheiten? Oder Virusinfektionen, die mit intravenösem Drogenkonsum assoziiert werden?«

Flick schüttelte den Kopf. »Nein.«

»Und es gab auch keine Unregelmäßigkeiten beim Umgang mit den Asservatentüten?«

»Es war niemand im Raum, der nicht wusste, was auf dem Spiel steht, Sergeant Poe. Ich nehme an, Sie haben das Video gesehen? Die Beweiskette war unanfechtbar. Wenn ich das vor Gericht aussagen muss, werde ich es tun.«

»Warum wollte sie nicht ins Krankenhaus? Oder in eine Ambulanz für vergewaltigte Frauen?«

»Hat beides rundweg abgelehnt. Später hat sie mir gesagt, sie wolle allein sein. Nicht mal ins Restaurant wollte sie, bevor ihr Dad aus dem Gefängnis entlassen wird. Sie ist nur so lange dageblieben, weil sie sicher sein wollte, dass die Polizisten alles haben, was sie brauchen.«

»Haben Sie das Blut auf Opiate testen lassen?«

»Ja, obwohl das, wie nicht anders zu erwarten, sinnlos war.«

»Wieso?«

»Heroin bleibt nur ein paar Stunden im Körper. Elizabeth hatte seit vier Tagen vor ihrer Flucht nichts mehr konsumiert, und der Test war negativ. Alle Tests waren negativ. Sie war nicht schwanger, sie hatte keine Infektionen, und sie hatte keine Drogen im Körper.«

Im Stillen nahm Poe sich vor, Estelle Doyle anzurufen. Er wollte das alles noch einmal überprüfen lassen. Er dankte

Flick und ließ ihr seine Karte da. Als er an der Tür war, hatte sie bereits die Taste der Sprechanlage gedrückt und den nächsten Patienten aufgerufen.

Und er hatte immer gedacht, Polizisten hätten einen anstrengenden Job ...

18. KAPITEL

Auf dem Rückweg zu seinem Mietwagen rief Poe Estelle Doyle an. Sie meldete sich nach dem vierten Klingeln.

»Nicht einmal für die Lebenden geht's mit dem DNA-Profil so schnell, Poe. Ich rufe Sie an, wenn wir es haben. Aber heute wird's nichts mehr.«

»Deswegen rufe ich nicht an. Haben Sie das ganze Blut aufgebraucht?«

»Selbstverständlich nicht.«

»Können Sie dann noch ein paar andere Tests für mich machen, bitte?«

»Und Cumbria bezahlt das gern, ja?«

»Auch wieder wahr. Können Sie die Rechnung direkt an die NCA schicken? Wenn Sie DI Flynn als Adressatin draufschreiben, schicke ich Ihnen eine E-Mail, wo Sie sie hinschicken sollen.«

»Was brauchen Sie denn?«

Er ratterte dieselben Tests herunter, die Flick Jakeman hatte machen lassen.

»Geschlechtskrankheiten, Schwangerschaft und Opiate«, wiederholte Doyle. »Ist das alles?«

»Was habe ich für Optionen?«

»Teuer oder sehr teuer.«

»Was ist sehr teuer?«

»Flüssigchromatografie mit Massenspektrometrie-Koppelung.«

Poe war immer der »Ich muss wissen, was es kann«-Typ gewesen, nicht der »Ich muss wissen, wie es funktioniert«-Typ. Und außerdem hegte er den Verdacht, dass Doyle absichtlich in wissenschaftlichen Rätseln sprach, um ihn zu ärgern. Er begnügte sich mit: »Und das ist was Gutes, ja?«

»Der Goldstandard. Damit wird jede chemische Komponente in der Probe analysiert.«

»Wie viel?«

Sie sagte es ihm. Poe fuhr zusammen. Es war fürchterlich viel Geld. Er würde Flynn fragen müssen – als Sergeant der SCAS war er nicht befugt, eine solche Ausgabe zu genehmigen. Aber … sie würde höchstwahrscheinlich Nein sagen. Scheiß drauf. Er würde behaupten, es hätte da ein Missverständnis mit der Polizei von Cumbria gegeben, wenn die Rechnung auf ihrem Schreibtisch landete.

»Machen Sie's«, sagte er.

»Sicher?«

»Nein. Aber machen Sie's trotzdem.«

»Was haben Sie vor, Poe?«

»Nach Strohhalmen greifen, Estelle. Nach Strohhalmen greifen.«

Poe rief Gamble an und sagte ihm, was er als Nächstes brauchte: den Namen des Kollegen, der dem Kurier die Blutproben ausgehändigt hatte. Gamble sagte, er würde dafür sorgen, dass der Mann aufs Revier von Kendal kam. Das fand Poe zwar nett, doch da er mit den Kurieren in Penrith sprechen wollte, würde er sich im Hauptquartier mit ihm treffen.

Er kämpfte sich zur M6 durch. Als er endlich auf der Autobahn war, rief er Thomas Hume an, den Bauern, der sich um Edgar kümmerte, wenn er nicht da war. Er hatte vor, Edgar nachher abzuholen.

Eine Frau meldete sich. Das war ein absolutes Novum. Hume war ein cholerischer Hochmoorfarmer, und Poe war davon ausgegangen, dass er genauso ein Mönchsdasein führte wie er.

»Kann ich bitte Thomas sprechen?«

»Wer ist da?«

Poe sagte es ihr. Eine Pause entstand. Schließlich erkundigte sich die Frau: »Darf ich fragen, worum es geht?«

»Ich möchte meinen Hund abholen. Thomas kümmert sich um Edgar, wenn ich nicht da bin.«

»Oh, natürlich. Ja, gern. Irgendwann nach fünf?«

»Nach fünf passt prima.« Poe beendete das Gespräch. Das war merkwürdig. Die Frau hatte besorgt geklungen, als er ihr seinen Namen genannt hatte. Und als er gesagt hatte, dass er nur seinen Hund wiederhaben wollte, hatte sie erleichtert gewirkt. Er schob das alles in seinem Kopf ganz nach hinten – er hatte jetzt wichtigere Sorgen.

Der für die Asservatenkammer zuständige Cop hieß John Langley. Ein fetter Mann mit einem kaputten Knie. Ihm dabei zuzusehen, wie er sich erhob, hieß, Zeuge einer praktischen Anwendung von Drehpunkten und Gegengewichten zu werden. Er schaukelte vor und zurück, bis er genügend Schwung hatte, um sich aus seinem extrastabilen Stuhl zu hebeln. Dann kam er zur Tür gehinkt und ließ Poe herein.

»'ne alte Rugby-Blessur«, grummelte er.

Poe bezweifelte das. Das menschliche Knie ist im Großen und Ganzen ein tragendes Scharnier, und Langley schleppte eine ganze Menge mit sich herum. Gamble hatte gesagt, er sei als »eingeschränkt dienstfähig« beschäftigt, bis entweder sein Knie heilte oder er entlassen wurde. Seit über einem Jahr arbeitete er in der Asservatenkammer und kannte sich aus. Und wie nicht anders zu erwarten, passte es ihm gar nicht, ausgefragt zu werden.

Das kümmerte Poe nicht. Die Übergabe des Blutes an den Kurierdienst war ein Glied in der Beweismittelkette, und das überprüfte er. Wem er dabei auf den Schlips trat, war ihm egal.

»Elizabeth Keaton. Sie haben die Blutprobe für den Kurier verpackt?«

Langley antwortete nicht.

Poe wartete.

Schließlich gab Langley nach. »Da muss ich nachsehen.«

»Bitte tun Sie das.«

Der Mann schlurfte auf den im Ruhemodus dahindämmernden Computer zu und stupste die Maus an. Der Bildschirm erwachte jäh zum Leben. Wundersamerweise war schon die richtige Seite der Datei aufgerufen.

Von wegen da muss ich nachsehen, dachte Poe. Langley hatte sich wahrscheinlich ins Hemd gemacht, seit Gamble ihm gesagt hatte, dass Poe unterwegs zu ihm war.

»Ja, das war ich.« Langley druckte die Seite aus und reichte sie ihm. Poe verglich die Seriennummer mit der in seinem Notizbuch. Sie stimmte.

»Schildern Sie mir den Vorgang. Von Anfang bis Ende, und nichts weglassen.«

Langley fing an, auf der Tastatur herumzutippen. Eine Zeit lang musste Poe gezwungenermaßen das einsame Klacken eines Ein-Finger-Suchsystems ertragen. Endlich erschien die Polizeivorschrift zum Umgang, Verpacken, Beschriften und Transportieren von biologischem forensischem Beweismaterial auf dem Bildschirm.

Dreißig Minuten lang erläuterte Langley ihm jeden Schritt. Zunächst wurde durch einen dazu befugten Ermittlungsbeamten – in diesem Fall Rigg – eine Anweisung erteilt, wenn Proben ins Labor geschickt werden mussten. Langley hatte der Kurierfirma eine E-Mail geschickt und einen Termin für die Abholung vereinbart. Außerdem hatte er noch eine Mail ans Labor geschickt, um dort Bescheid zu sagen, womit zu rechnen sei, und die Seriennummer der Asservatentüte zu übermittelt. Fünfzehn Minuten bevor der Kurier kommen sollte, hatte er das Blut gegen Unterschrift aus dem Lager der Spurensicherung entnommen. Dann hatte er es in die Asservatenkammer gebracht und sich von einem zweiten Mitarbeiter bestätigen lassen, dass die Seriennummer korrekt war und an der Tüte nicht herumgemacht worden war. Da sie biologisches Material verschickten, hatte Langley die Asservatentüte danach in eine zweite gesteckt – in einen wasserdichten, durchsichtigen Plastikbeutel vom Labor. Dieser wurde versiegelt und mit einem Warnzeichen versehen.

Als der Kurier eintraf, hatte der Fahrer die Seriennummer überprüft und zugesehen, wie Langley den Beutel in einen Styroporkasten gelegt hatte. Auch dieser war versiegelt und auf allen Seiten mit Warnzeichen beklebt worden. Dann hatte der Kurier das Übergabeformular unterschrieben und das Paket mitgenommen.

»Sehr gut«, meinte Poe, als Langley geendet hatte. »Nachdem Sie mir jetzt gesagt haben, wie das Ganze hätte ablaufen *sollen,* wie wär's, wenn Sie mir erzählen, was *wirklich* passiert ist?« Es war eine aggressive Frage, und sie wurde auch so aufgefasst.

»Ich tu mal so, als hätten Sie das nicht gesagt«, grollte Langley.

Poe antwortete nicht.

»Ich arbeite in 'ner Asservatenkammer, Arschgesicht. Schauen Sie mal nach oben.«

Poe tat es. Drei Kameras. Eine davon direkt über der Durchreiche.

»Und da rüber.« Langley zeigte auf die gegenüberliegende Wand.

Noch eine Kamera.

»Sie sind nicht der erste Cop, der versucht, der Asservatenkammer die Schuld an der Scheiße in die Schuhe zu schieben, die er selbst gebaut hat. Die Bänder werden fünf Jahre lang aufbewahrt, und Superintendent Gamble hat genehmigt, dass Sie sich die Aufnahmen des fraglichen Zeitraums ansehen können. Wir sind hier wie in 'nem Casino in Vegas: Alles und jedes findet vor laufender Kamera statt. Wenn irgendwo was schiefgelaufen ist, wir waren's nicht.«

Poe entschuldigte sich. Die Polizei von Cumbria war ein Hochleistungsbetrieb – natürlich würden sie die Aufsicht über ihre Hauptasservatenkammer keinem Idioten übertragen.

Langley öffnete ein neues Fenster auf seinem Bildschirm und lehnte sich zurück, während Poe sich die Übergabe der Blutprobe an den Kurier ansah. Sie war genauso verlaufen, wie Langley es beschrieben hatte.

Ein weiteres Kettenglied war damit abgehakt.

Nächster Halt: ANL Parcels in Carlisle.

Kingmoor Park, ein ehemaliges Lager des Verteidigungsministeriums mit über sechshundertfünfzigtausend Quadratmetern Büro- und Lagerhausfläche, war laut seiner Website Cumbrias führendes Gewerbegebiet. Es lag im Norden der Stadt, und Poe nahm die Abfahrt 44 von der M6 und dann die Carlisle Northern Development Route, auch als A689 (W) bekannt. In dem Gewerbegebiet hatten sich über hundert Firmen eingemietet; eine davon war ein Kurierdienst namens ANL Parcels.

Poe fand sie ohne Mühe. Er hatte mit Absicht nicht Bescheid gesagt, dass er kommen würde; er hatte vor, als Zufallsbuchprüfung getarnt dort aufzuschlagen. Und er wusste, dass sein NCA-Ausweis ihm zu einem Gespräch mit dem Fahrer und einem Einblick in das System zur Packstück-Rückverfolgung verhelfen würde.

Er parkte auf dem Platz, der für den stellvertretenden Manager reserviert war, und trat an den Empfang. Eine hochgewachsene Frau blickte von ihrem Computer auf. Sie trug ein Telefon-Headset und einen dunklen Blazer mit goldenem ANL-Parcels-Logo auf der Brusttasche. Poes erster Eindruck war, dass ANL ein durchaus professionelles Unternehmen war.

Die Frau signalisierte ihm »Zwei Minuten« mit den Fingern und widmete sich wieder ihrem Telefonat. Es hörte sich an, als nähme sie einen Auftrag entgegen. Er setzte sich und blätterte eine Hochglanzbroschüre durch. Laut dem, was er dort las, war ANL ein engagiertes einheimisches Kurierunternehmen und hatte Verträge mit den lokalen Behörden, mit den North Cumbria University Hospitals, der Polizei von Cumbria und jeder Menge kleinerer Firmen.

Die Rezeptionistin rief ihn zu sich. Poe zeigte ihr seinen Dienstausweis und bat, mit dem Manager sprechen zu können.

Kurz darauf war er in einem Kontrollraum, zusammen mit einer Frau, die für Poes Geschmack ein bisschen zu viel Enthusiasmus für das Kuriergeschäft aufbrachte. Sie hieß Rosie und war ganz scharf darauf, ihm bei seiner »Buchprüfung« behilflich zu sein.

Drei Minuten später war Poe bereit, den Kurierdienst von seiner Liste zu streichen. Er konnte sich nicht vorstellen, wie an dem Pakt herummanipuliert worden sein könnte. Weil sie ein stets ansprechbares, flexibles Unternehmen waren, erklärte Rosie, würden den Fahrern die Routen jeden Tag zufällig zugewiesen. Poe wollte wissen, ob eine Sendung eine halbe Stunde lang zurückgehalten werden könne, während derer sich jemand Zugang dazu verschaffte.

»Möglich wäre es«, gab sie zu. »Aber da die Fahrer ihre Abhol- und Auslieferungsrouten erst zugewiesen bekommen, wenn sie zum Dienst kommen, wüsste ich nicht, wie. Kein Fahrer kann es so ›einfädeln‹, dass er derjenige ist, der eine bestimmte Sendung abholt. Das System ist darauf ausgerichtet, genau dieses Problem zu vermeiden.«

Poe zog sein Handy hervor und las die ANL-Sendungsnummer vor, die Langley im Asservatenlogbuch eingetragen hatte. »Können Sie mir sagen, wer diese Sendung ausgeliefert hat?«

»Das hier ist keine Buchprüfung, stimmt's?«, fragte Rosie.

»Nein.«

Sie tippte auf der Tastatur und hantierte mit der ergonomisch geformten Maus.

»Martin Evans. Hatte eine hübsche kleine halbe Schicht.

Eine Abholung im Furness General Hospital in Barrow, eine Auslieferung in Lancaster, und zum Schluss Ihre Sendung an Combined Science Services.«

»Und der arbeitet schon lange bei Ihnen?«

»Mindestens zehn Jahre.«

»Trauen Sie ihm zu, an einer Sendung herumzupfuschen?«

»Martin Evans? Gütiger Himmel, nein.« Sie lachte. »Wie soll ich es ausdrücken? Wir beschäftigen hier nicht gerade Genies, Sergeant Poe. Wenn man einen guten Leumund hat und nicht wegen Verstößen gegen die Straßenverkehrsordnung aktenkundig ist, hat man den Job. Martin ist nicht raffiniert genug, um irgendetwas Komplizierteres abzuziehen, als sich Pommes zu bestellen.«

Poe seufzte innerlich und strich ANL Parcels von seiner mentalen Liste.

Nächster Halt: Combined Science Services. Die Endhaltestelle.

Aber nicht jetzt.

Jetzt wurde es Zeit, seinen Hund abzuholen.

19. KAPITEL

Als Kind hatte Poe mal einen Hund gehabt – eine arthritische ausgediente Schäferhündin, die sein Vater sich hatte aufschwatzen lassen. Poe nahm Tess immer mit, wenn er und seine Freunde Kastanien suchen gingen. Nach der Anstrengung, die fünfhundert Meter bis zum Park zu laufen, kollabierte sie für gewöhnlich vor dem Feuer und blieb dort den Rest des Tages liegen.

Einen English Springer Spaniel zu besitzen, war eine ganz andere Erfahrung.

Noch nie war Poe derartig konzentrierter Energie begegnet. Während seines ersten Lebensjahres kannte Edgar nur drei Daseinszwecke: Fressen, Schlafen, Sprinten. Jedes Mal, wenn sie Herdwick Croft verließen, war der Weg für Poe fünfmal länger als notwendig, denn Edgar war anscheinend nicht imstande, geradeaus zu rennen. Stattdessen machten sie zackige Umwege, manchmal kilometerweit in die entgegengesetzte Richtung von dort, wo sie eigentlich hinwollten.

Ein Jahr lang machte Edgar Poe wahnsinnig.

Schließlich, und zwar keinen Augenblick zu früh, wurde er ruhiger, und Poe begriff endlich, warum die Besitzer von Springer Spaniels süchtig nach diesen Hunden waren. Es war die reine Freude, ihn um sich zu haben. Er kaute an Poes Ärmeln, folgte ihm überallhin und bellte beim kleinsten Geräusch. Furchtlos stürzte er sich in halb zugefrorene Bäche, weigerte sich aber standhaft, in die Badewanne zu steigen. Noch hatte Poe nichts gefunden, was er nicht fraß, allerdings schien er eine besondere Vorliebe für Käse und Schafdung zu haben. Innerhalb von zwei Minuten saute er sich von oben bis unten ein und leckte sich dann zehn Stunden lang sauber. Er schlabberte aus der Toilette und sabberte Poe dann ins Gesicht. Er klaute ihm Essen vom Teller und knurrte, wenn Poe den Versuch wagte, es sich zurückzuholen.

Poe wollte es gar nicht anders haben.

Luftlinie war Thomas Humes Hof etwa fünf Kilometer von Herdwick Croft entfernt, einfach weiter die Straße hinauf. Normalerweise wäre Poe mit seinem BMW X1 auf den Hof gefahren und hätte Edgar eingesackt, ohne den mürrischen alten Bauern zu stören. Dank der Shap-Mundpropaganda hätte der schon gewusst, dass Poe wieder in Cumbria war. Diesmal jedoch saß er in einem schicken kleinen Mietwagen, und er wollte sich keine Ladung Hirschschrot in die Windschutzscheibe fangen – Hume war ziemlich schreckhaft, und er hatte seine Schrotflinte immer dabei.

Auf dem Hof der Farm, wo normalerweise ein Chaos aus kläffenden Hunden und kreischenden Hühnern herrschte, war es totenstill. Humes verbeulter Mercedes stand an seinem üblichen Platz, doch daneben standen noch drei andere Autos, alle klein und alle sauber. Stadtautos, keine Landautos. Im ländlichen Cumbria neigten Autos dazu, schmutzig zu sein und hinreichend stark motorisiert, um mit leichten Querfeldeinfahrten klarzukommen.

Poe fiel die Frau wieder ein, die vorhin ans Telefon gegangen war. Sie hatte sich nicht vorgestellt und war auf der Hut gewesen, als er ihr seinen Namen genannt hatte. Sie hatte richtig erleichtert gewirkt, als er erklärt hatte, warum er anrief. Er überlegte, ob Hume wohl Ärger hatte. Angesichts des Hungerlohns, den Farmer hier auf dem Bergrücken heutzutage verdienten, wahrscheinlich finanziellen Ärger. Vielleicht war die Frau ja eine von Humes Töchtern und hatte Poe für einen Gläubiger gehalten.

Sich auf den Hof zu schleichen und Edgar einfach mitzunehmen, schien diesmal nicht das Richtige zu sein. Poe zögerte, wusste nicht recht, was das Beste wäre. *Verdammt, was soll's,* dachte er. Er tat hier ja nichts, was er nicht schon unzählige Male gemacht hätte. Resolut marschierte er auf die Haustür zu.

Das Bauernhaus und die anderen Gebäude waren aus denselben graufleckigen Steinen erbaut worden wie Herdwick Croft. Die begrenzte Auswahl an Baumaterialien verband die Bauwerke in diesem Teil Cumbrias miteinander. Nur die neueren Nebengelasse der Farm – der Scherschuppen, die Sortierpferche und das Schafbad – waren aus modernerem Material wie Beton und Wellblech.

An der Haustür gab es keine Klingel, und Poe klopfte so wenig aggressiv, wie er nur konnte. Niemand öffnete, und er konnte auch nichts hören. Er legte das Ohr an das warme Holz und klopfte abermals, etwas lauter. Diesmal hörte er Geflüster, gedämpftes Weinen und Schritte. Er trat zurück und wartete.

Eine Frau öffnete die Tür und musterte ihn schweigend. Sie war ungefähr so alt wie Poe, und ihr Gesicht war rot und fleckig. Ihr Make-up war streifig von Tränen, und ihre Augen waren verquollen. Sie hatte vor Kurzem geweint.

»Kann ich Ihnen helfen?« Ihre Stimme klang rau, als hätte sie eine russische Zigarette nach der anderen geraucht.

»Äh ... hi.« Poe war nie in Bestform, wenn Leute Gefühle zeigten. »Ich bin Washington Poe, ich habe vorhin angerufen. Thomas passt auf meinen Hund auf, wenn ich weg bin. Habe ich vorhin mit Ihnen gesprochen?«

Die Frau nickte.

»Ist Thomas da? Wäre es möglich, mit ihm zu sprechen?«

Sie schüttelte den Kopf, äußerte sich aber nicht weiter.

»Er hat doch keinen Ärger, oder?«

Poe hatte Schauspielerinnen im Fernsehen weinen sehen, aber die kriegten das nie richtig hin. »In Tränen ausbrechen«, das taten Menschen nur selten. Fast immer baut es sich ganz langsam auf. Irgendetwas passiert, und sie gehen von der »Gerade noch irgendwie im Griff«-Phase in das »Alles geht aus den Fugen«-Stadium über.

So wie jetzt.

Die Nasenspitze der Frau lief rot an. Ihr Mund zuckte. Ihre Augen schwollen an. Eine einsame Träne rollte ihre Wange hinunter. Zwei weitere folgten. Kurz darauf wurde ihr Körper von lautlosem Schluchzen geschüttelt.

Poe wandte den Blick ab. Kummer war kein voyeuristischer Zeitvertreib. Ein wenig später ließ das Schluchzen nach, und er traute sich, aufzublicken. Gerötete Augen voller Tränen starrten trotzig zurück. Er wusste bereits, was sie sagen würde.

»Mein Vater ist tot, Mr Poe.«

Er nickte. »Das tut mir sehr leid, Mrs ...«

»Hume. Victoria Hume. Ich bin seine älteste Tochter.«

Eine verlegene Pause entstand.

»Ich hatte keine Ahnung«, brach Poe das Schweigen. »War er krank?«

»Ein Schlaganfall.«

»Das tut mir sehr leid«, wiederholte er. Er konnte ja eigentlich jetzt nicht seinen Hund zurückfordern, aber hier herumzustehen und Small Talk zu machen, war doch aufdringlich. Er wünschte, Bradshaw wäre hier – die hätte kein Blatt vor den Mund genommen. Wahrscheinlich hätte sie noch nachgeschoben, wie viele Menschen statistisch gesehen jedes Jahr an einem Hirnschlag starben. Gebell rettete ihn aus weiterer Verlegenheit. Edgar kam um die Ecke eines kleinen Stallgebäudes geschlittert, dicht gefolgt von zwei Border Collies. Ein Jack Russel Terrier, dessen Beine doppelt so schnell arbeiteten wie die der anderen Hunde, bildete die Nachhut. Als Edgar Poe erblickte, verwandelte sich sein erregtes Bellen in ohrenbetäubendes Kläffen reinster, unverfälschter Freude.

Er hatte wirklich kein Gespür für den richtigen Anlass.

Victoria Hume brachte ein schwaches Lächeln zustande. »Na, da freut sich ja einer, Sie zu sehen.«

Poe hörte das unausgesprochene »wenigstens«. Hier lief noch etwas anderes. Er dachte daran, wie zugeknöpft sie gewesen war, als er heute Vormittag angerufen hatte. Irgendetwas wurde ihm hier verschwiegen, und das hatte nichts mit dem Tod ihres Vaters zu tun.

»Hören Sie.« Er beschloss, dass jetzt nicht der richtige Zeitpunkt war, um nachzubohren. »Ich lasse Sie dann mal in Ruhe. Mein aufrichtiges Beileid. Ich habe mich immer gut mit Thomas verstanden, und er war mir mit Edgar eine große Hilfe.«

Sie bedachte ihn mit einem verkniffenen Lächeln, antwortete jedoch nicht. Ganz sicher bot sie ihm nicht an, die Edgar-Tradition weiterzuführen. Das würde Poe in eine Zwickmühle bringen, aber jetzt war wohl kaum der richtige Moment dafür, um einen Gefallen zu bitten.

Weil er nicht sofort kehrtgemacht hatte und gegangen war, hatte Victoria Hume bestimmt angenommen, dass er noch etwas anderes wollte. Ihr Unterkiefer verspannte sich, und sie verschränkte die Arme. Sie sahen sich unverwandt in die Augen. »Es tut mir leid, Mr Poe, aber ich kann jetzt nicht mit Ihnen über irgendetwas anderes sprechen.«

Poe hielt ihrem Blick stand. Er hatte keinen blassen Schimmer, wovon sie redete.

»Ich muss jetzt gehen.« Sie trat zurück ins Haus und schloss die Tür.

Einen Moment lang starrte Poe die Tür aus Eichenholz an, dann griff er nach unten und kraulte Edgar die Ohren. »Also, Kumpel, das war ja jetzt ein bisschen komisch. Hast du Lust auf Abendessen?«

Der Spaniel schaute mit tiefbraunen Augen zu Poe auf. War schon glücklich, nur seine Stimme zu hören. Er winselte leise.

»Na, dann komm. Ab nach Hause mit dir.«

SIEBTER TAG

20. KAPITEL

Die Firma Combined Science Services hatte ihren Sitz in Preston. Sie öffnete um acht, und Poe hatte vor, als Erster auf der Matte zu stehen. Das Gelände war groß, also nahm er Edgar mit. Eigentlich blieb ihm auch gar nichts anderes übrig; Victoria konnte er ja wohl kaum fragen.

Sein Termin mit der Geschäftsführerin war erst um neun, aber Poe wollte sich vorher dort umsehen. Schauen, ob er irgendwelche Schwachstellen in ihrem Prozedere finden konnte.

Auf der M6 war nicht mehr Verkehr als üblich, und er kam eine Viertelstunde früher bei CSS an, als er vorgehabt hatte. Also machte er mit Edgar einen kurzen Spaziergang auf dem Gelände. Das gab ihm Gelegenheit, den Gebäudekomplex in Augenschein zu nehmen. Er sah nichts Ungewöhnliches.

Im Geist ging er noch einmal seine Befragungsstrategie für die Geschäftsführerin durch. Mit an Sicherheit grenzender Wahrscheinlichkeit würde sie in der Defensive sein. Aufträge der Polizei machten über dreißig Prozent von CSS' Geschäftsvolumen aus, und ein Fehler beim Prozedere, der zur Kontamination von Beweismitteln führte, wäre eine Katastrophe für das Unternehmen. Und die Geschäftsführerin konnte auch nicht einfach dichtmachen und sich hinter einem Team aus Anwälten verstecken – ein Vertuschungsverdacht hätte dieselben Auswirkungen, als wäre tatsächlich etwas vertuscht worden. Jeder Polizeiauftrag würde storniert werden. Nein, heute rechnete Poe damit, dass die Geschäftsführerin mit einer Charmeoffensive aufwartete. Sie würde die Stärken des Unternehmens in den Vordergrund stellen und dessen Schwächen herunterspielen. Poe zerbrach sich deswegen nicht den Kopf. Er hatte schon öfter Firmen überprüft.

Sein Handy klingelte. Es war Estelle Doyle.

»Ihr Profil ist gestern Abend gekommen, Poe«, sagte sie.

»Und?«

Sie zögerte. Niemand zögerte, wenn er im Begriff war, gute Neuigkeiten zu verkünden. Sein Mund wurde trocken.

»Ich habe Ihnen die Analyse gemailt, aber es tut mir leid, Poe, ich habe schlechte Nachrichten. Die Probe, die Sie mir gegeben haben, ist identisch mit der Kontrollprobe. Das Blut stammt wirklich von Elizabeth Keaton.«

Gamble lotste Poe in sein Büro. Der Superintendent war übernächtigt und unrasiert. Er lehnte sich auf seinem Stuhl zurück und dehnte Nacken und Schultern.

»Und es besteht kein Zweifel?«

»Nein. Ich war gerade bei Combined Science Services, als Estelle Doyle angerufen hat, aber ich hab den Punkt auf der Liste trotzdem abgehakt.«

Doyles Nachricht hatte den Besuch wegen der Beweiskette überflüssig gemacht, doch Poe hatte ihn trotzdem durchgezogen. Er hatte lediglich bestätigt, was Estelle Doyle ihm gesagt hatte: CSS war seriös und professionell. Das sagte er Gamble.

»Und selbst wenn's nicht so wäre, das Ganze ist ja jetzt irrelevant«, knurrte Gamble. »Das Mädchen *ist* Elizabeth Keaton, und Jared Keaton *ist* zu Unrecht verurteilt worden.«

Poe nickte. Eine andere Erklärung gab es nicht.

»Sie dürfen sich keine Vorwürfe machen, Poe. An so etwas ist nie nur einer schuld. Die Polizei, die Staatsanwaltschaft, Keatons Verteidiger – alle haben Mist gebaut.«

Natürlich hatte Gamble recht. Poe war nur ein kleines Rädchen in einem großen Getriebe gewesen, doch so würden die Medien es nicht sehen. So würden die Kollegen in Cumbria es nicht sehen. Und er sah es ganz bestimmt auch nicht so.

»Ich sage es Keaton. Das bin ich ihm schuldig.«

Gamble nickte. Er schien mit den Gedanken anderswo zu

sein. Als lausche er Musik, die nur er hören konnte. »Die von der Strafvollzugsbehörde haben ihn schon nach Durham verlegt. Bestimmt rechnen sie mit seiner baldigen Entlassung.«

Das leuchtete ein. Wann immer es möglich war, verlegte die Behörde Gefängnisinsassen während der letzten Tage ihrer Freiheitsstrafe in die Vollzugsanstalt, die ihrer Wohnadresse am nächsten war.

»Sie sind für morgen für einen Besuch bei Keaton angemeldet«, fuhr Gamble fort. »Rigg wird Sie begleiten.«

»Sie haben gewusst, dass ich darum bitten würde?«

»Eigentlich nicht, nein.«

»Aber ... warum dann?«

Gambles Augen fanden ihren Fokus wieder. Sie bohrten sich in Poes. »Weil Jared Keaton Sie aus für mich unerfindlichen Gründen sehen möchte, Poe.«

ACHTER TAG

21. KAPITEL

Poe schlief merkwürdig. Er schlief, wusste aber, dass er schlief. Dass Keaton ihn sehen wollte, lief in Dauerschleife in seinem bewussten und unterbewussten Denken ab. Wenn es dabei nur um Schadenfreude ging, warum ihm die dann im Besucherraum eines Gefängnisses zeigen? Keaton war mediengeil bis zum Abwinken – Poe in aller Öffentlichkeit bloßzustellen, das wäre viel eher sein Stil gewesen.

Es ergab keinen Sinn. Und das machte ihn nervös.

Denn Jared Keaton tat nie etwas ohne Grund.

Poe war früh aufgestanden und hatte im Stehen gefrühstückt, am Spülbecken und direkt aus der Bratpfanne. Edgar leckte die Pfanne sauber. Da Hume tot und Humes Tochter nicht gerade sein größter Fan war, hatte Poe sich zu etwas gezwungen gesehen, von dem er sich eigentlich geschworen hatte, es niemals zu tun: Edgar in einem Hundezwinger unterzubringen. Ihm war klar, dass er eine langfristige Lösung finden musste, doch zumindest im Moment hatte er keine andere Option mehr.

Offiziell war es ein Besuch seitens der Polizei von Cumbria, also saß Rigg am Steuer. Er holte Poe um sieben Uhr vor dem Haupteingang von Carlton Hall ab. Dabei machte er den Motor nicht aus und fuhr los, bevor Poe die Tür zugeschlagen hatte.

Der Weg zur Haftanstalt HMP Durham führte schnurgerade über die bergige A66, dann folgte ein kurzes Stück auf der A1. Rigg sagte nichts, wandte nicht einmal den Kopf in Poes Richtung, bis sie nach gut dreißig Minuten Fahrt das Trainingsgelände der Army bei Warcop passiert hatten. Und dann auch nur, um grob auf etwas zu antworten, was Poe gefragt hatte.

»Also, was glauben Sie, warum Keaton mich sehen will?«

Rigg schwieg. Sein Unterkiefer verspannte sich, und ein Muskel begann zu zucken.

»Ich muss nämlich ehrlich sagen, das macht mir ein bisschen Sorgen«, fuhr Poe fort.

Diesmal brummte Rigg irgendetwas vor sich hin.

»'tschuldigung, hab's nicht verstanden.«

»Ich hab *gesagt,* mir treibt's lila Pissetränen in die Augen.«

Poe ignorierte die Insubordination. Letzten Endes kam der Zorn ja vom richtigen Fleck, und obgleich er nicht erklären konnte, weshalb, wollte er Rigg auf seiner Seite haben.

Wahrscheinlich, weil er Poe ein bisschen an sich selbst erinnerte.

HMP Durham, eines der wenigen noch bestehenden Gefängnisse aus dem 19. Jahrhundert, ist alt. Im Laufe der Jahre hat es einige der berüchtigtsten Häftlinge von ganz Großbritannien beherbergt. Die Mörderinnen und Mörder Rose West, Myra Hindley und Ian Brady, die Gangster Ronnie Kray, John McVicar – dem die Flucht gelang – und Frankie Faser, sie alle hatten Zeit hinter Durhams trostlosen Mauern verbracht. Das Gefängnis steht seit zweihundert Jahren und bietet Platz für über tausend Insassen. Es ist überfüllt und unterfinanziert, im Sommer unerträglich heiß, im Winter gefährlich kalt. Vor fünfzig Jahren hätte es eigentlich abgerissen werden sollen. Für Poe war HMP Durham immer ein Symbol des kaputten britischen Justizsystems gewesen.

Allerdings war die Haftanstalt als Hochrisikogefängnis eingestuft worden, und das hieß, dass sie über eine topmoderne Toranlage verfügte. Nachdem ihre Ausweise überprüft, Besucherpässe für sie ausgedruckt und sie gründlichst durchsucht worden waren, gingen sie zur offiziellen Besucher-Suite. »Suite« war ein großes Wort für etwas, das aus nicht viel mehr als einem Korridor mit acht schmutzigen Kabuffs auf jeder Seite bestand. Sie sah aus wie ein Dritte-Welt-Callcenter von der Sorte, die gefälschte verschreibungspflichtige Medikamente vertickten. Die Wände zwischen den Kabuffs waren aus durchsichtigem Plexiglas, die Einrichtung war schäbig und der Gestank nach Bleiche überwältigend.

Man wies ihnen Raum 3 zu, den vorletzten auf der linken Seite. Der Bleichegeruch mischte sich mit dem Schweißdunst des letzten Benutzers. Poe und Rigg zuckten beide ein wenig zurück. Vier Stühle und ein Tisch, alle an dem gestrichenen Betonboden festgeschraubt. Ansonsten stand hier nur noch ein billiger Aschenbecher aus Blech.

Der Korridor hatte Eingänge an beiden Seiten. Poe und Rigg waren durch den Besuchereingang gekommen. Der andere führte in die Tiefen des Gefängnisses. Poe konnte den Blick nicht von der stumpfen Metalltür abwenden. Da die anderen Besuchszimmer leer waren, würde die nächste Person, die dort heraustrat, Jared Keaton sein.

Mit einem schweren Dröhnen ging die Metalltür auf, und Poe erblickte den Mann, der letzte Nacht seine Träume heimgesucht hatte.

Keaton ging zu Raum 3 und trat ein, ohne auf eine Aufforderung zu warten. Er nahm auf einem der beiden freien Stühle Platz. Eine Weile starrten Poe und Keaton einander an. Rigg hätte ebenso gut gar nicht da sein können.

Poe hatte Keaton seit dem Tag der Verurteilung nicht mehr gesehen. Obgleich er nicht mehr so adrett und so gepflegt war wie während des Prozesses, hatten sechs Jahre Gefängnis Keaton nicht grundsätzlich geschadet. Zwar waren seine Zähne nicht mehr so blendend weiß, und ein Gefängnisfriseur anstelle eines Edelstylisten hatte sein blondes Haar geschnitten, doch er sah immer noch aus wie ein Matinee-Idol: das vollendet symmetrische Gesicht, die noblen Wangenknochen und der kantige Kiefer. Die Designer-Bartstoppeln. Seine berühmten babyblauen Augen. Rau genug, um nicht weibisch zu wirken, aber sensibel genug, um für jeden reizvoll zu sein. Kein Wunder, dass die Fernsehproduzenten und die Verlage ihn hofiert hatten.

Vor seiner Verhaftung war Jared Keaton vor dem Frühstück acht Kilometer gelaufen und hatte eine Stunde im Fitnessstudio verbracht, und obgleich seine Muskulatur mangels Trainingsmöglichkeiten weniger definiert war, saß sein Gefängnissweatshirt eng um Brust und Bizeps. Er roch nach Zigaretten, dabei wusste Poe, dass er nicht rauchte. Das war nicht weiter überraschend, im Gefängnis roch jeder nach Zigaretten.

Riggs räusperte sich, doch Keaton hob die Hand und hinderte ihn am Sprechen. Er bedachte den Detective mit einem verschmitzten Grinsen. Dasselbe Grinsen, mit dem er in die Kameras schaute, wenn er einem der unterwürfigen Promigäste seiner wöchentlichen Kochshow irgendeine komplizierte Technik erklärte. Entwaffnend und selbstgefällig zugleich. Das Grinsen, das die Cover und die Doppelseiten zahlreicher Zeitschriften geziert hatte. »Ein Sterne-Lächeln«, wie eine Zeitung es einmal genannt hatte.

Er sah Poe an.

»Bevor wir anfangen, haben Sie mir irgendetwas zu sagen, Mr Poe?« Sein affektierter französischer Akzent hatte im harten Gefängnissystem irgendwie überlebt.

Poe antwortete nicht. Er hatte vorgehabt, mit einer Entschuldigung zu beginnen und dann alles hinzunehmen, was danach kam. Keaton war ein Mann, dem er unrecht getan hatte, und er hatte jedes Recht der Welt, wütend zu sein. Wegen nicht viel mehr als einem Bauchgefühl hatte Poe ihm sechs Jahre seines Lebens gestohlen, und seiner Tochter auch.

Doch es fühlte sich verkehrt an.

Keaton hätte vor Wut dunkelrot sein müssen. Vor brodelndem Zorn, unmöglich zu verbergen. War er aber nicht. Er sah

Poe an wie eine Klapperschlange, die sich anschickt, zuzustoßen.

Eine Zeit lang starrten sie einander an, taxierten einander.

Als klar war, dass keiner von beiden etwas sagen würde, ergriff Rigg das Wort. Dreißig Minuten lang erläuterte er, was bei der Suche nach Elizabeth Keatons Entführer unternommen wurde, wo die Polizei bei den Ermittlungen wegen eines potenziellen Justizirrtums stand und wann die Criminal Cases Review Commission seinen Fall ans Berufungsgericht überweisen könnte.

Keaton starrte Poe die ganze Zeit in die Augen.

Schließlich versiegte Riggs Informationsschwall. Keaton hatte all das ohne Zweifel bereits von seinen Anwälten erfahren. Erwartungsvoll sah er Keaton an, doch der ließ sich nicht anmerken, dass er überhaupt zugehört hatte.

»Haben Sie irgendwelche Fragen, Mr Keaton?«, erkundigte sich Rigg.

Ohne auch nur einen flüchtigen Blick in Riggs Richtung zu werfen, wiederholte Keaton die Frage, die er schon vor einer halben Stunde gestellt hatte. »Haben Sie mir etwas zu sagen, Mr Poe?«

Poe musste irgendetwas von sich geben.

»Sie haben ganz schön was erlebt, Mr Keaton.« Irgendetwas befahl ihm, sich nicht zu entschuldigen.

Keaton zog die Brauen hoch und lächelte noch breiter.

Rigg verzog das Gesicht. »Mein Kollege will damit bestimmt sagen ...«

Keaton wischte seine Worte mit einer abfälligen Handbewegung weg. Er starrte Poe weiter an und sagte: »Ihr Kollege hat recht, Constable Rigg. Ich habe ganz schön was erlebt.«

Rigg schluckte.

»Können Sie sich vorstellen, wie es ist, eines Mordes bezichtigt zu werden? Wenn Ihre Freunde das Schlimmste von Ihnen denken? Wenn Ihr Ruf ruiniert wird? Zu verlieren, wofür

Sie Ihr ganzes Leben lang gearbeitet haben? Können Sie sich vorstellen, wie das ist, Constable Rigg?«

Rigg schüttelte den Kopf.

Poe sah fasziniert zu. Wie Keaton andere Menschen dominieren konnte, das war außergewöhnlich. Rigg, ein kampferprobter Veteran zahlloser Vernehmungen, war schlagartig ausgebremst worden. Ihm stand der Mund offen. Es sah aus, als könne er nicht ganz glauben, was hier gerade geschah.

Endlich fand Rigg seine Stimme wieder. »Aber Sie lächeln, Mr Keaton.«

Keaton drehte sich zu ihm um. »Ach ja?«

»Ja.«

»Das muss wohl daher kommen, dass ich glücklich bin, DC Rigg. Eine Ehrenrettung nach sechs Jahren ist trotz allem eine Ehrenrettung.«

Rigg schwieg.

Keaton wandte sich Poe zu. Ohne auch nur den Versuch zu machen, es zu verbergen, zwinkerte er ihm zu.

»Oder vielleicht lächele ich auch, weil ich weiß, was als Nächstes passiert.«

22. KAPITEL

»Sie sind ungewöhnlich still, Sergeant Poe.«

Poe hätte dasselbe sagen können. Sie hatten den Rückweg zur Hälfte hinter sich, und dies war das erste Mal, dass Rigg etwas sagte. Schon seit fast einer halben Stunde schielte er immer wieder rasch zu Poe herüber, als suche er irgendeine Bestätigung. Seine Finger klopften aufs Lenkrad, seit sie auf die A1 gefahren waren. Keatons Alphamännchen-Vorführung hatte ihn eindeutig aus dem Gleichgewicht gebracht. Die Ruppigkeit von vorhin war verschwunden, und etwas, das wie Nachdenklichkeit aussah, war an ihre Stelle getreten. Poe kannte das gut – ihm war es genauso gegangen, nachdem er Keaton zum ersten Mal begegnet war. Der Mann hatte die seltsame Fähigkeit, jeden Raum zu beherrschen, in dem er sich aufhielt. Ganz gleich, wo er war und was er tat. Dass er ein verurteilter Mörder und Rigg ein erfahrener, beinharter Polizist war, hatte keine Rolle gespielt – mit einer einzigen Bewegung seines Handgelenks hatte er ihn irrelevant werden lassen. Hatte ihn entmannt.

»Sie dürfen ihn nicht an sich ranlassen, Andrew.«

Rigg packte das Lenkrad fester. Seine Fingerknöchel wurden weiß. »Wen soll ich nicht an mich ranlassen, Poe?«

»Keaton. Sie dürfen ihn nicht in Ihren Kopf lassen. Sonst werden Sie ihn nie wieder los. Glauben Sie mir.«

Rigg richtete den Blick auf ihn. Seine Augen waren schmal. »Wofür halten Sie sich eigentlich, Poe, verdammt noch mal?«

Poe antwortete nicht.

Rigg rammte den Finger in seine Richtung.

»Jared Keaton ist nicht in meinem Kopf. Ist das klar?«

»Absolut, DC Rigg.«

»Und Sie auch nicht.« Rigg legte die Hände wieder aufs

Lenkrad und blickte starr geradeaus. Ein Muskel zuckte an seinem Kiefer.

»Wie Sie wollen.« Wenn Rigg das Gesicht wahren musste, dann hatte Poe nichts dagegen, im Augenblick sein Punchingbag zu sein. Er klappte sein Notizbuch auf und brachte rasch seine Gedanken zu Papier. Als er fertig war, las er sie noch einmal durch. Irgendetwas stimmte nicht ganz, doch er kam nicht darauf, was es war. Es rumorte irgendwo in den Randbereichen seines Hirns herum. Wieder las er seine Notizen durch, auf der Suche nach dem, was ihm entging. Und da war es. Er war überrascht, dass er es übersehen hatte. Keaton hatte sich nicht einmal bemüht, es zu verbergen. Rasch sah er zu Rigg hinüber. Der war immer noch wütend, doch das hier konnte nicht warten.

»Erinnern Sie sich daran, dass Keaton nach seiner Tochter gefragt hätte?«

Rigg schaute zu ihm herüber. Doch anstatt Poe anzublaffen, übernahm der Polizist in ihm das Kommando.

»Ehrlich gesagt, nicht.«

Poe war sich sicher, dass Keaton das nicht getan hatte. Nicht, dass es unbedingt etwas zu bedeuten gehabt hätte. Rigg hatte ihm geschildert, wie die Suche nach ihrem Entführer vorankam, doch Keaton hatte keinerlei weitere Fragen gestellt, hatte den Eindruck gemacht, als langweile ihn das Ganze.

»Und das kommt Ihnen nicht merkwürdig vor?«

»Die beiden haben vor ein paar Tagen telefoniert«, meinte Rigg. »Vielleicht hat ihm das ja gereicht.«

»Vielleicht.«

Poe hatte Rigg und Gamble erklärt, dass ein prominenter Chefkoch die dritt- und die neunthäufigste Berufswahl von Psychopathen auf sich vereinte, doch das war bloß eine flapsige Art und Weise gewesen, Keatons ungewöhnliche Psyche zu beschreiben. Seines Wissens war bei Keaton nie offiziell eine Diagnose gestellt worden. Er hatte sämtliche Gutachten abgelehnt, bevor der Richter ihn zu lebenslänglich verurteilt hatte.

Mindestens fünfundzwanzig Jahre hätte er laut dem Urteil absitzen müssen.

Vielleicht hatte er die Tests verweigert, weil er wusste, was sie der Welt zeigen würden.

Na und? Als Mitarbeiter der SCAS wusste Poe, dass fast ein Prozent der Bevölkerung den allgemein akzeptierten Kriterien entsprach, doch weil Hollywood sich das Etikett angeeignet hatte und eine psychiatrische Diagnose als Marketingstrategie benutzte, gingen die meisten Leute davon aus, dass alle Psychopathen Serienkiller sind. Die Wahrheit sieht anders aus. Die Mehrheit dieser Menschen sind gesetzestreue Bürger, die genau wie jeder andere in der Gemeinschaft leben und arbeiten.

Dass Keaton der Psychopath unter uns war, nahm Poe als gegeben an. Alles deutete darauf hin. Wahrscheinlich war er deshalb so erfolgreich – er verfügte über genau die Rücksichtslosigkeit, die er brauchte, um seine Konkurrenten auszustechen.

Aber ... um alles zu bekommen, was er wollte, hätte Keaton seine psychische Störung verbergen müssen. Er hätte Experte darin werden müssen, Gefühle zu mimen, die zu empfinden er nicht imstande war. Wie der Farbenblinde, der nicht weiß, was Rot ist, dem aber klar ist, dass das oberste Licht an der Ampel Anhalten heißt, hätte Keaton Emotionen einüben müssen, bis sie ihm in Fleisch und Blut übergegangen waren. Zwar hätte er nicht verstanden, was Empathie war, hätte aber erkannt, wann er sie zeigen sollte. Er hätte gelernt, zu lachen, wenn alle anderen es taten, und zuzuhören, wenn jemand ihm von seinen Kindern erzählte. Er würde mit einem über das Wetter und Urlaubspläne plaudern. Er würde dem öden Geplapper seines Gegenübers lauschen, ohne dass dieser je merkte, dass er für Keaton nicht viel mehr als Vieh war. Irrelevant, es sei denn, er brauchte etwas von einem. Wenn er sich überhaupt um einen scherte, dann weil man ein Mittel zum Zweck war.

Keaton war hervorragend in so etwas, so gut wie nur irgendjemand, dem Poe je begegnet war. Er verstand, was die Leute sehen und hören wollten, und er gab es ihnen.

Und das machte es sogar noch unglaubhafter, dass er vergaß, Empathie für die grauenvollen Erlebnisse seiner Tochter vorzutäuschen. Wo blieb die gespielte Wut? Wo waren die leeren Racheschwüre gegen den Entführer? Und wo war sein Zorn auf die Polizei wegen ihres katastrophalen Versagens?

Warum hatte er seine Maske nicht getragen?

Die Antwort war offenkundig: Weil er es nicht gewollt hatte.

Aber wieso?

Poes Gedankengang wurde durch ein gedämpftes Brummen aus dem Handschuhfach unterbrochen. Er hatte vergessen, sein Handy da wieder herauszuholen – nicht einmal die NCA durfte Mobiltelefone in Gefängnisse mitnehmen –, und jetzt vibrierte es.

Er sah nach der Nummer auf dem Display. Es war Estelle Doyle.

»Poe«, meldete er sich.

»Ich habe das Ergebnis für Ihren Drogencheck, Poe«, verkündete Doyle mit rauchiger Stimme.

»Danke, Boss.« Er wollte Rigg nicht wissen lassen, dass Gamble ihn gebeten hatte, seine Ermittlungsergebnisse noch einmal zu überprüfen. Der DC war auch so schon wütend genug auf ihn.

»Sie können nicht reden?«

»Stimmt, Boss.«

»Was treiben Sie gerade, Poe?«

Er konnte hören, dass sie lächelte.

»Was haben Sie für mich, Boss?«

»Der Test auf Heroin war negativ. Das Zeug bleibt nur ein paar Stunden im Körper, also ist das nicht weiter überraschend.«

»Damit haben wir gerechnet. Trotzdem vielen …«

»Poe, Darling, darf ich Sie hier abwürgen? Wir haben kein Heroin gefunden, wohl aber etwas, das nicht zu Ihrer Schilderung dessen passt, was das Opfer durchgemacht hat.«

Poes Magen krampfte. »Weiter.«

»Mit irgendeinem anderen Verfahren als der Flüssigchromatografie mit Massenspektrometrie-Koppelung hätten wir es nicht gesehen. Aber da die NCA bereit war, die viertausend Pfund zu bezahlen« – Poe schluckte heftig; er hatte vergessen, wie teuer das war –, »haben wir etwas gefunden, was nicht schlüssig ist. Zuerst dachten wir, es sähe aus wie Tetrahydrocannabinol, das hätte wenigstens zu dem gepasst, was Sie mir erzählt haben.«

»Ach ja?«

»Tetrahydrocannabinol deutet auf Spurenelemente von Cannabis hin, und Cannabis bleibt natürlich viel länger im Körper als Heroin. Wenn wir Drogenrückstände gefunden hätten, dann das.«

»Aber es war kein … das war es nicht?«

»Das war es nicht, Poe. Eine gewöhnliche Pathologin hätte es vielleicht nicht gemerkt, aber wie schon des Öfteren gesagt, bin ich *keine* gewöhnliche Pathologin. Es war kein THC, sondern etwas ganz anderes. Als wir die Proteine separiert und noch einmal getestet haben, haben wir herausgefunden, dass es eine Chemikalie war, die man nur im *Tuber aestivum* findet.«

»*Tuber aestivum*?« Es war ihm egal, dass Rigg zuhörte. Dem würde das sowieso nichts sagen.

»Schwarze Sommertrüffel, Poe. Wertvoller als ihr Gewicht in Gold.«

»Sie sagen also …«

»Sie wissen genau, was ich sage, Poe. Bevor Elizabeth Keaton in der Bibliothek von Alston aufgekreuzt ist, hat sie eine der teuersten Ingredienzien der Welt zu sich genommen.«

23. KAPITEL

Es war Poe gelungen, sich vor Rigg zu beherrschen. Außerdem hatte er es geschafft, das eben Gehörte für sich zu behalten. Er wusste nicht genau, wie er damit umgehen sollte.

Wenn Elizabeth Keaton Trüffel gegessen hatte, bevor sie in der Bibliothek von Alston vorstellig geworden war, dann gab es nur zwei plausible Erklärungen dafür: Entweder war sie vom exzentrischsten Feinschmecker der Welt gefangen gehalten worden, oder ... sie war gar nicht gefangen gehalten worden.

Poe glaubte nicht, dass ein Feinschmecker sie gefangen gehalten hatte.

Der Grund, warum Keaton sich nicht nach seiner Tochter erkundigt hatte, lag auf der Hand: Er wusste genau, wo sie die ganze Zeit gewesen war.

Wie der Vater, so die Tochter ...

Aber wenn sie nicht entführt worden war, was in aller Welt führten die zwei dann im Schilde? Warum hatten sie beide sechs Jahre ihres Lebens geopfert? Was für ein Motiv könnten sie haben?

Und wie passte er da hinein? Aus irgendeinem Grund machte Keaton das Ganze zu etwas Persönlichem. Er hatte ihn sehen wollen und ihm eine kryptische Warnung zuteilwerden lassen. Was entging ihm hier? Welches Teil des Puzzles konnte er nicht erkennen?

Er musste mit Elizabeth Keaton sprechen. Das sagte er Rigg.

»Warum?«

Poe hatte sich im Voraus eine Lüge zurechtgelegt. »Um mich dafür zu entschuldigen, was sie durchgemacht hat. Und um zu sehen, ob ich irgendeinen Grund dafür finden kann, dass Keaton nicht nach ihr gefragt hat.«

Er rechnete damit, dass Rigg ablehnte und irgendetwas anführte, von wegen, Elizabeth sei zu traumatisiert, um mit dem Mann zu sprechen, dem sie ihre sechs Jahre in der Hölle zu verdanken hatte.

Doch Rigg lehnte nicht ab.

Er konnte gar nicht ablehnen.

»Sie ist weg.«

»Wie meinen Sie das, ›weg‹?«

»Wir können Elizabeth Keaton nicht kontaktieren. Nach der letzten Befragung hat sie die Opferschutzbeamtin weggeschickt und dann alle darauffolgenden Termine bei Victim Support versäumt. Auch im Haus ihres Vaters oder im Bullace & Sloe ist sie nicht aufgetaucht. Tut mir leid, Poe, aber wir haben keine Ahnung, wo sie ist.«

Rigg redete weiter, doch Poe blendete ihn aus. Das ergab doch keinen Sinn. Warum sollte Elizabeth wieder von der Bildfläche verschwinden? Es sei denn ... es sei denn, das war ebenfalls ein Teil von dem, worauf Keaton angespielt hatte. Was auch keinen Sinn ergab. Andererseits war das ein Plan, der sechs Jahre lang geschmiedet worden war – wieso glaubte er, er könne ausknobeln, was hier vorging?

Eines jedoch wusste Poe: Was immer die beiden vorhatten, er bezweifelte sehr, dass es für ihn persönlich gut enden würde. Die Bedrohung war da, wie ein Krokodil tief im trüben Wasser – er konnte sie nur noch nicht sehen.

Herauszufinden, dass Elizabeth Trüffel zu sich genommen hatte, bevor sie in der Bibliothek von Alston wieder unter den Lebenden aufgetaucht war – das war ein Glücksfall gewesen. Er vermutete, dass sie einen Fehler gemacht hatte. Doch es war ein geringfügiger Fehler, und aus juristischer Sicht war er irrelevant. Keaton war wegen des Mordes an ihr verurteilt worden, und sie war nachweislich am Leben. Dass sie in Wirklichkeit gar nicht entführt worden war, änderte nichts. Ihr Vater hatte sie eindeutig nicht ermordet.

Keaton würde aus der Haft entlassen werden. Und dann würde Poe Ärger kriegen. Da war er sich sicher.

Er wusste, was er tun musste. Es wurde Zeit, mit dem Herumeiern aufzuhören. Er musste seinen Joker ausspielen. Seine Nuklearoption ziehen. Poe entsperrte sein BlackBerry, tippte eine Nachricht, die aus sechs Worten bestand, und sandte sie in den Äther.

Sechs Worte, die Keaton *nicht* eingeplant haben konnte:

Tilly, ich sitze in der Klemme.

24. KAPITEL

Poe musste ganz zum Anfang zurück. Er hatte schon einmal Nachforschungen über Jared Keaton angestellt, diesmal jedoch würde er ihn durch die SCAS-Mühle drehen. Würde tiefer bohren. Ein vollständiges psychologisches Profil erstellen. Genau herausfinden, wer er war. Was ihn antrieb. Wem er bei seinem Aufstieg zu kulinarischem Ruhm geschadet hatte. Diese Menschen dazu bringen, ihm die Dinge zu erzählen, die sonst niemand offenbaren würde.

Und mit seiner Tochter würde er dasselbe machen. Letztes Mal war Elizabeth als Opfer betrachtet worden, nicht als Mitverschwörerin. Eines von Poes Mantras lautete: »Jeder hat Geheimnisse«, und Elizabeth hatte offensichtlich gleich mehrere.

Er fragte sich, was er da wohl ans Licht bringen würde.

Auf der Fahrt nach Herdwick Croft stellte er Berechnungen an, wann Bradshaw eintreffen könnte. Daran, dass sie kommen würde, hegte er nicht den leisesten Zweifel. Jetzt war es zwei Uhr, und er hatte die SMS vor einer halben Stunde abgeschickt. Wenn sie seine Nachricht sofort gelesen hatte – was sehr wahrscheinlich war, denn ihr Handy war ihr ständiger Begleiter –, würde sie wahrscheinlich irgendwann am nächsten Abend eintrudeln. Sie konnte ja nicht mehr einfach alles stehen und liegen lassen; zuerst musste sie ihre Arbeit an ihr Team umverteilen. Also würde sie sich frühestens morgen Mittag auf den Weg machen können – reichlich Zeit für ihn, merkwürdiges Brot und diesen komisch riechenden Tee zu besorgen.

Er holte Edgar aus dem Zwinger ab und fuhr zurück zur Schäferhütte. Bevor er Carlton Hall verließ, hatte er die ursprüngliche Akte kopiert – die, auf die Rigg bei ihrer ersten Besprechung zurückgegriffen hatte. Gamble hatte ihm seinen

Zahlencode für den Kopierer gegeben. Er wusste nicht genau, ob das Ding einer von denen war, die alles auf ihrer Festplatte speicherten, und es war ihm auch egal. Wenn nichts Schlimmeres passierte, als dass er wegen eines Verstoßes gegen den Datenschutz dran war, konnte er sich glücklich schätzen. Er würde die Zeit bis zu Bradshaws Eintreffen damit verbringen, sich erneut mit den damaligen Ermittlungen vertraut zu machen.

Um kurz nach vier kam Poe in Herdwick Croft an. Er machte sich ein Sandwich mit Spiegeleiern und verarbeitete den Rest der Eier im Karton zu Rührei für Edgar. Die wären sowieso demnächst schlecht geworden.

Von Hurrikan Wendy war noch immer nichts zu sehen. Der sonnige Nachmittag ging allmählich in einen prachtvollen Abend über, und berauschender Sommerduft lag in der Luft. Solche Abende gab es nicht oft, und Poe beschloss, draußen zu arbeiten. Er stellte Tisch und Stühle so, dass sie am meisten Licht abbekamen, und setzte sich. Als er seine schweren, druckimprägnierten Gartenmöbel gekauft hatte, waren sie blassgrün gewesen. Jetzt, nachdem sie fast zwei Jahre lang der Sonne und den Elementen ausgesetzt gewesen waren, hatten sie die Farbe von Treibholz: ein wunderschönes Silbergrau.

Er hob die Steine auf, die er immer als Briefbeschwerer benutzte, und breitete den Inhalt der Akte auf dem Tisch aus. Edgar trottete davon und begann, umherzustreifen. Die in der Nähe weidenden Schafe beäugten ihn misstrauisch.

Poe putzte seine Lesebrille an seinem Ärmel und machte sich daran, den Akteninhalt zu sichten. Die Tatortfotos waren interessant, doch nachdem er jetzt wusste, dass das Ganze inszeniert gewesen war, widerstand er der Versuchung, ihnen zu viel Zeit zu widmen. Er sah sie sich einmal an, um sein Gedächtnis aufzufrischen, und legte sie dann beiseite.

Den Bericht des Pathologen über das vor Ort gefundene Blut ignorierte er. Als es ein Entführungsfall gewesen war, hatte der Mann behauptet, die Blutmenge hätte für Tod durch Verbluten nicht ausgereicht, doch als der dringende Vermisstenfall sich in eine Mordermittlung verwandelte, hatte er eine Kehrtwendung vollzogen und gesagt, es wäre doch genug gewesen. Für Pathologen, die der Polizei das sagten, was sie hören wollte, hatte Poe nichts übrig. Wäre Estelle Doyle am Tatort gewesen, hätte sie ihnen die Fakten mitgeteilt, so wie sie sie sah, und es wäre ihr gleich gewesen, ob sie zu irgendwelchen Narrativen passten, die sich abzeichneten.

Rasch blätterte er den Wetterbericht aus der Woche vor Elizabeths Verschwinden durch. Den würde er von Bradshaw noch einmal überprüfen lassen. Was immer die beiden geplant gehabt hatten, Poe vermutete, dass es damals nicht so gelaufen war, wie sie wollten. Und es war möglich, dass die heftige Kältewelle dabei eine Rolle gespielt hatte.

Er legte noch zwei weitere Blätter auf den »Überprüfen«-Stapel: Keatons Bestellung des Ausbeinmessers, der Hackmesser und der Metzgersäge und die Notiz zu der zeitlichen Diskrepanz. Es war möglich, dass Keaton diese Fehler mit Absicht gemacht hatte, doch Poe wollte beides ebenfalls von Bradshaw checken lassen. Ein neuer Blick auf alte Beweise, das schadete in keinem Fall.

Was ihn wirklich interessierte, waren die Zeugenaussagen.

Da würde das Gold zu finden sein. Mit wem hatten sie gesprochen? Mit wem hatten sie *nicht* gesprochen? Wem waren die falschen Fragen gestellt worden? Wer hatte auf die richtigen Fragen die falschen Antworten gegeben?

Er rechnete nicht damit, irgendetwas Greifbares in der Akte zu finden – wenn es da etwas gäbe, hätte er es vor sechs Jahren entdeckt –, doch er stellte sich eine Liste der Personen zusammen, mit denen er reden wollte.

Nachdem er die Akte in das, was er fürs Erste ignorieren konnte, in das, was er noch einmal lesen wollte, und in das, womit er bereits vertraut war, auseinanderdividiert hatte, machte er sich über den letzten Stapel her: Dokumente, die er noch nicht gesehen hatte.

Sie stammten meistens aus der Zeit nach Keatons Verurteilung. Das Besprechungsprotokoll des Multi Agency (Lifer) Risk Assessment Panel, normalerweise kurz MALRAP genannt – des Gremiums, das die Risiken bewertete, denen ein zu lebenslänglicher Haft Verurteilter im Gefängnis ausgesetzt sein könnte, und dann das Personal der Haftanstalt davon in Kenntnis setzte –, las er sofort. Die Besprechung hatte unmittelbar nach der Urteilsverkündung in der Justizvollzugsanstalt Durham stattgefunden, und die Personen, die in den Fall involviert gewesen waren und involviert sein würden, hatten daran teilgenommen. Manche Namen kannte Poe, andere nicht. Er setzte auch den Gefängniswärter, der für Keaton zuständig gewesen war, auf seine Liste. Obwohl Durham ein Hochsicherheitsgefängnis war und Keaton nicht lange dort gewesen war, würde der Mann ihm sagen können, wie seine ersten Tage als Häftling verlaufen waren. Poe machte sich eine Notiz, Keatons Gefängnisakte anzufordern. Es würde nützlich sein, zu wissen, wer ihn in den letzten sechs Jahren so alles besucht hatte.

Er las, solange er konnte, doch schließlich wurden seine Augen müde. Er musste eine Pause machen. Also ließ er die auseinandergenommene Akte liegen und ging in die Hütte. Dort füllte er Edgars Napf mit Trockenfutter und schenkte sich ein Glas Bier ein.

Dann nahm er draußen Platz und sah sich den Sonnenuntergang an. Während die Sonne immer tiefer sank und das Tageslicht schwand, verfärbte sich der Himmel granatapfelrot. Poe zündete sich eine Zigarre an. Das war es, was er an Herdwick Croft liebte: die Ruhe und das Gefühl, das dieser Ort verströmte. Abende wie dieser waren Medizin für die Seele. Als der vollendete Sonnenkreis vom Horizont des uralten Hochmoors halbiert wurde, legte Poe das Gelübde ab, den bösen Wolf nicht länger zu füttern. Sich selbst zu bemitleiden, war nicht das, was seine Mutter gewollt hätte, und es war eine armselige Gegenleistung für das Opfer, das sie gebracht hatte.

Als seine Zigarre heruntergebrannt war und der Himmel sich von einem Farbton, den man tief im Herzen seines Holzofens finden konnte, in eine Finsternis verwandelt hatte, die alles außer dem Umriss des hügeligen Hochmoors verbarg, sammelte Poe seine Unterlagen ein und ging hinein.

Nach einem kurzen Abendessen – Käsetoast – streckte er sich auf dem Sofa aus und las ein paar der Dokumente, die er als entscheidend markiert hatte, noch einmal. Edgar sprang neben ihm aufs Sofa, drehte sich dreimal und plumpste auf ein Kissen. Wenig später schnarchte er.

»Hast du's gut«, murmelte Poe. Doch er konnte es Edgar nicht verdenken; auch seine Lider wurden allmählich schwer. Als es auf Mitternacht zuging, döste er allmählich ein. Vorsichtig machte er die Leselampe aus. Er wollte Edgar nicht stören, und er hatte keine Lust, nach oben zu gehen. Das Zähneputzen würde bis morgen früh warten müssen.

Die Schlafbedingungen waren hervorragend: eine leichte Brise, die durch die offenen Fensterläden wehte, Edgars sanftes Schnarchen und ein gemütliches Sofa. Poe schloss die Augen und schlief trotz seiner verworrenen Gedanken binnen Sekunden ein.

Drei Stunden später begann Edgar zu knurren.

In Cumbria draußen auf dem Land irgendwo einzubrechen, ist nicht leicht. Theoretisch sollte es einfach sein. Die Häuser sind weit verstreut. Manche sind über eine Stunde von einem Polizeirevier entfernt. Man kann sich unbemerkt nähern. Bei manchen ist nicht einmal die Tür abgeschlossen.

Aber es gibt da zwei Probleme.

Erstens Hunde.

In den meisten Haushalten auf dem Land gibt es mindestens einen, und da Geräusche hier draußen viel weiter tragen als in Dörfern oder Städten, könnte durchaus jemand mit einem geladenen Gewehr warten, wenn man schließlich nahe genug herangekommen war, um ein Fenster aufzuhebeln.

Denn das ist das zweite Problem bei Einbrüchen im ländlichen Cumbria: Viele Hausbesitzer haben einen Waffenschein für eine Schrotflinte. Wenn man in Cumbria ins falsche Haus einsteigt, könnte man am Ende mit einer Ladung Hirschschrot im Arsch und einem Border Collie am Knöchel dastehen.

Edgar jedoch war kein guter Wachhund. Springer Spaniels sind selten gute Wächter. Während Hunde wie Dobermänner oder Deutsche Schäferhunde ursprünglich dafür gezüchtet wurden, auf Raubtiere loszugehen und sie zu vertreiben, sind Springer Spaniels dafür gezüchtet worden, Vögel und Kleinwild aufzuscheuchen und zu apportieren. Sie sind eher klein und wendig und für einen Wolf oder einen Bären nicht im Mindesten bedrohlich. Doch das machte nichts – was Edgar an Wächterinstinkt fehlte, machte er dadurch, dass er ein neugieriger kleiner Scheißer war, mehr als wett.

Poe wusste nicht mehr, wie oft er schon von seinem Knurren aufgewacht war. Normalerweise waren es Schafe. Dann bellte der Hund ein paarmal warnend, verließ jedoch nur selten das Sofa oder das Bett. Er tat gerade genug, um klarzustellen, dass das hier sein Revier war, nicht ihres.

Doch als Poe diesmal erwachte, stand Edgar starr und steif auf allen vieren. Er starrte die Tür an und knurrte leise und ununterbrochen. Die Ohren hatte er hochgezogen, sein Schwanz ragte gerade empor, und sein Rückenfell war gesträubt. Beim Knurren zeigte er die Zähne. So hatte Poe ihn noch nie gesehen. Der Hund vibrierte vor angespannter Energie.

Dort draußen war jemand.

»Wer ist da, Edgar?«

Der Spaniel schaute sich kurz nach ihm um, starrte dann aber weiter die Tür an.

Leise stand Poe auf. Der Eindringling sollte nicht merken, dass er wach war, also tastete er sich im Dunkeln zur Küchenzeile. Im Spülbecken lag das Messer, mit dem er vorhin den Käse geschnitten hatte. Er schlich damit zur Tür. Dort ließ er die freie Hand sinken und legte sie Edgar auf den Kopf. Sofort hörte der Spaniel auf, zu knurren.

Poe versuchte, seine Atmung unter Kontrolle zu bekommen. Er hatte keine Ahnung, wie nahe die Person auf der anderen Seite der Tür war – Edgars Gehör war beinahe ebenso gut wie seine Nase. Der da draußen konnte direkt vor der Tür stehen oder noch einen Kilometer entfernt sein.

Ohne Vorwarnung legte Edgar plötzlich den Kopf schief und winselte leise. Dann reckte er die Nase in die Luft und suchte nach einer Witterung. Sein Schwanz begann zu wedeln. Es war jemand, den er kannte.

Poe sah auf die Uhr. Wer zum Teufel kam denn um drei Uhr nachts zu Besuch? Jetzt, wo Thomas Hume tot war, war Gamble der einzige Mensch in Cumbria, den Edgar kannte. Oder Humes Tochter Victoria. Poe bezweifelte, dass es einer dieser beiden war.

Ein plötzliches Klappern war zu vernehmen. Es hörte sich an, als sei einer seiner Briefbeschwerer-Steine auf einen der Stühle gefallen. Wer auch immer sich da draußen herumtrieb, war gegen seinen Tisch gelaufen.

»Uff ...«

Das soll doch wohl ein Witz sein ...?

Poe lächelte. Edgar drehte durch, wie nur Springer Spaniels durchdrehen können. Er wirbelte im Kreis herum und begann, wie ein Verrückter zu bellen.

»Poe? Poe? Bist du wach, Poe?«

Edgar bellte noch lauter.

Eine kurze Pause.

»Hi, Edgar. Ich hab dir was mitgebracht.«

Bradshaw war fünfzehn Stunden zu früh dran.

25. KAPITEL

»Hi, Poe. Ich habe deine SMS bekommen.« Bradshaws Miene war schüchtern und hoffnungsvoll zugleich.

Poe drückte auf den Lichtschalter neben der Tür. Schützend hob Bradshaw die Hand vor die Augen. Sie trug die übliche Kombination aus Cargohosen und Turnschuhen. Eine Fleecejacke, die brandneu aussah, verbarg das unvermeidliche Superhelden-T-Shirt. Als sie bei der NCA anfing, hatte Flynn ihr die Sache mit dem Dresscode erklärt. Bradshaw hatte dergleichen albern gefunden und ihr das mitgeteilt.

Flynn hatte klugerweise beschlossen, dass sich manche Auseinandersetzungen einfach nicht lohnen. Man stellte Bradshaw ja nicht wegen ihrer Sozialkompetenz oder ihrer Eleganz ein – sondern weil sie die beste Profilerin im ganzen Land war und Dinge konnte, die sonst niemand fertigbrachte.

Manche Aktivposten müssen eben anders gemanagt werden.

Bradshaw hielt eine Taschenlampe in der einen und eine Karte in einer durchsichtigen Plastikhülle in der anderen Hand. Auf dem Rücken trug sie einen großen Rucksack, auf dem Kopf eine Wollmütze. Ihre Haare waren zu Zöpfen geflochten.

Während Poe sie verdattert anstarrte, stürzte Edgar sich auf sie.

Bradshaw quietschte vor Freude, ließ sich auf ein Knie sinken und umarmte den Hund. Dann griff sie in die Tasche ihrer Fleecejacke und überreichte ihm einen Kauknochen. »Ich hab dich vermisst, Edgar!«

»Was zum Teufel machst du hier, Tilly …?«

Ihr Lächeln geriet ins Rutschen. »Wolltest du etwa nicht, dass ich komme?«

»Natürlich wollte ich, dass du kommst! Aber doch nicht um drei Uhr nachts. Es ist stockfinster. Was hast du dir dabei gedacht, hier im Dunkeln rumzustiefeln?« Poe hatte ein Gefühl für das Gelände; er hatte eine Karte im Kopf und kannte jede Senke, jede Stolperstelle, die Umrisse der einzelnen Felsen. Das Hochmoor hatte tagsüber etwas Raues an sich – nachts war es tückisch. »Nicht mal ich laufe hier herum, wenn es dunkel ist, Tilly.«

»Du bist ja so ein Lügner, Poe«, kicherte sie. »Du gehst doch andauernd im Dunkeln zu Fuß nach Hause. Und jedes zweite Mal bist du betrunken.«

Ihr verdammtes perfektes Gedächtnis.

»Ich kenne den Weg, du nicht«, konterte er. »Wenn du dich nun verirrt hättest?«

Sie bedachte ihn mit einem Blick, den er gut kannte. Hielt Taschenlampe und Karte hoch, griff in die Tasche und holte einen Kompass heraus. »Ich bin nicht blöd, Poe.«

Sie wollte ihn wohl auf den Arm nehmen. Eine Karte und ein Kompass? Das Hochland Cumbrias hatte Hunderte Menschen umgebracht, die mit Karte und Kompass ausgerüstet gewesen waren. Das Wetter war umgeschlagen, sie waren gestürzt, hatten sich verlaufen ... Ihm dämmerte etwas. »Seit wann kannst du Karten lesen, Tilly?«

Sie lächelte. »Seit heute Nachmittag. Ich habe gegoogelt, was man tun muss, und mir auf dem Weg hier rauf einen Kompass gekauft. Eine Taschenlampe hatte ich schon, die war bei meinem neuen Auto mit dabei.«

Er seufzte und verfluchte im Stillen all die Outdoor-Überlebens-Shops und die schamlosen Opportunisten, die jeden Trottel und seine Schwester, ausgestattet mit nicht mehr als einem Kompass und einem Gefühl der Unbesiegbarkeit, in eine der unwirtlichsten Gegenden im ganzen UK hinausschickten.

»Gegoogelt, ja?« Bradshaws IQ war höher als der des unlängst verstorbenen Stephen Hawking; wenn also irgendjemand aus dem Internet lernen konnte, wie man eine Landkarte las, dann war sie es. Ihre unbedingte Loyalität ihm gegenüber bedeutete, dass sie sich manchmal unnötig in Gefahr brachte.

»Genau, Poe. Und bevor du anfängst zu meckern, Kartenlesen habe ich nur für den Fall gelernt, dass ich ein Back-up brauche. Ich habe schon vor einer Ewigkeit Fotos von Herdwick Croft georeferenziert, also hat mich mein Handy hierhergeführt, nicht die Karte.«

»Dein Handy?«

»Ja, Poe, mein Handy. Ich mache überall, wo ich hinkomme Geotagging. Du etwa nicht?«

Er schüttelte den Kopf. Selbst wenn er wüsste, was Geotagging war, bezweifelte er, dass er das technische Geschick dafür besaß.

»Und warum hast du deine Karte in der Hand, wenn du sie gar nicht gebraucht hast?«

Sie setzte eine geheimnisvolle Miene auf. »Einfach so.«

Poe nahm an, dass es da etwas gab, was sie ihm verschwieg, doch er beschloss, es gut sein zu lassen. Streiten hatte keinen Sinn. Bradshaw war so logisch, dass sie jedes Mal gewann, sogar wenn sie falschlag.

»Du bist doch nicht sauer, oder? Ich bin so schnell gekommen, wie ich konnte. Hab im Hotel eingecheckt und bin dann gleich hierher losmarschiert.«

Poe war nicht sauer. Wie könnte er? Er hatte sie um Hilfe gebeten, und sie hatte alles stehen und liegen lassen. Allerdings kannte er jemanden, der *sehr wohl* sauer sein würde. Es sah aus, als sei Bradshaw einfach abgehauen. Flynn würde ausrasten, und er wusste, dass sie ihm die Schuld geben würde. Das sagte er auch.

»DI Stephanie Flynn war heute bei einem Fortbildungskurs, also habe ich ihr eine Nachricht hinterlassen, dass du meine Hilfe brauchst.«

»Aber du kannst doch nicht einfach …«

»Sie sagt, es ist okay, Poe. Sie hat mich angerufen, als ich mir gerade die Mütze gekauft habe.«

»Echt?« Er war verblüfft. Bradshaw war einer von Flynns wertvollsten Aktivposten – ein wesentlicher Faktor bei den meisten Fällen, die die Einheit bearbeitete.

»Na ja, eigentlich hat sie gesagt ›*Bitte fahren Sie nach Cumbria rauf und ziehen Sie meinen Detective Sergeant aus der S.C.H.E.I.S.S.E., Tilly.*‹ Nur hat sie das nicht buchstabiert.«

Das kam schon eher hin. Er vermutete, dass Bradshaw Flynn keine große Wahl gelassen hatte, und genau wie beim Dresscode waren manche Schlachten es einfach nicht wert, geschlagen zu werden. Nicht, wenn Bradshaw sich etwas in den Kopf gesetzt hatte. Sie würde einen bloß ignorieren, und dann musste man überlegen, was für Disziplinarmaßnahmen angebracht wären. Ihm wurde klar, dass sie schon seit fünf Minuten im Freien standen.

»Rein mit dir, du verrückte Kröte. Ich setz mal Wasser auf. Hoffentlich hast du deinen eigenen Tee mitgebracht; ich habe erst morgen mit dir gerechnet und hatte noch keine Gelegenheit, einkaufen zu gehen.«

»Warum denn, Poe?«

»Na ja … hatte ich eben nicht. Aber ich habe bestimmt noch was von deinem letzten Besuch hier. Dauert vielleicht ein bisschen, das Zeug zu fin…«

»Nein. Warum hast du erst morgen mit mir gerechnet? Ich habe deine SMS doch heute Nachmittag gekriegt.«

»Ich bin davon ausgegangen, dass du zuerst noch das eine oder andere im Büro regeln müsstest.«

Sie gab ein abfälliges Prusten von sich. »Wenn ich diese SMS geschickt hätte, hättest du dann gewartet?«

Sie hatte recht. Wäre es umgekehrt gewesen, hätte er Flynn bestenfalls angerufen, nachdem er bereits losgefahren war. Bradshaw war Poes beste Freundin. Manchmal vergaß er, dass er auch ihr bester Freund war.

»Also?«

»Also was?«

»Hast du einen von deinen Stinke-Teebeuteln dabei?«

Sie grinste. »Ja, Poe. Du kannst mir erzählen, was los ist, während das Wasser heiß wird.«

Poe erzählte ihr von dem Treffen im Gefängnis und von Jared Keatons kryptischer Bemerkung. Er erzählte ihr von Estelle Doyle und der Anomalie bei dem Drogentest. Und er erzählte ihr, dass Elizabeth Keaton von Neuem verschwunden war.

Bradshaw unterbrach ihn nicht. Sie hörte zu und machte sich Notizen auf einem Laptop, den sie aus ihrem Rucksack geholt hatte. Nicht ein einziges Mal erhob sie irgendwelche Einwände. Poe wusste, dass dies der erste Teil ihres üblichen Prozedere war: sich sämtliche verfügbaren Daten beschaffen.

Danach hatten sie ihre Becher neu gefüllt und sich – basierend auf der Tatsache, dass man morgens um vier nur falsche Entscheidungen traf – darauf geeinigt, dass man die Zeit am besten darauf verwenden sollte, Bradshaws Equipment aufzustellen und anzuschließen.

»Was hast du denn dadrin, Tilly? Sieht ganz schön schwer aus.«

Sie sah sehr zufrieden mit sich aus, als sie ihren Rucksack öffnete. Sie holte zwei weitere Laptops daraus hervor, etliche Kabel von unterschiedlicher Farbe und Stärke, und außerdem noch etwas, das wie ein Miniaturprojektor aussah. Das alles packte sie auf die Küchenbank und griff dann erneut in den Rucksack. »Ah, da ist er ja!«

Mit diesen Worten legte sie einen kleinen, flachen, dunkelblauen Kasten auf den Tisch neben dem Sofa und drehte die Leselampe so, dass er ihn gut sehen konnte. Ihre Augen leuchteten. »*Ta-da!*«

Poe reagierte nicht.

»Na, wie findest du ihn?«

Verwirrt betrachtete er das Teil. Es hatte Stahlbuchsen für Kabel und oben Kühlschlitze. Poe argwöhnte, dass er den ganzen Rest des Tages herumrätseln könnte und trotzdem nicht darauf käme, wozu der Kasten da war. Wäre er kakigrün gewesen, so hätte er gesagt, dass er ein bisschen so aussähe wie die Reservebatterien, die er für den Clansman hatte mitschleppen müssen – das Feldfunkgerät, das der Signalgeber der Sektion benutzt hatte –, als er in der Black Watch gewesen war. Als sie ihm zwei Antennen zeigte – eine große Zimmerantenne und eine Peitschenantenne –, war er sogar noch verwirrter. Das Beste, womit er aufwarten konnte, war ein Schulterzucken.

Sie machte ein langes Gesicht. »Du weißt nicht, was das ist?«
»Nein.«
Bradshaw kicherte, und Poe begriff, dass sie ihn aufziehen wollte. Sie wusste genau, dass er keinen blassen Dunst hatte.
»Was war das größte Problem, als wir das letzte Mal hier gearbeitet haben?«
»Dass wir keinen blauen Kasten hatten?«
Bradshaw nickte. »Genau! Das hier ist ein Mobilfunksignalverstärker. Wenn ich den draußen am Gebäude anbringe, da, wo er dem nächsten Sendemasten am nächsten ist, empfängt er ein Signal und schickt es an diesen Verstärker hier« – sie hielt ein weiteres Stück ihrer Ausrüstung hoch –, »der wiederum mein Handysignal verstärkt.«
»Wirklich?« Poe wusste technisches Know-how bei anderen durchaus zu schätzen. Das bedeutete, dass er selbst keines zu haben brauchte.
»Wirklich, Poe.«
»Und wie viel hat das alles gekostet?«
»Ich hab's alles zusammen für unter sechshundert Pfund gekriegt.«
»Toller Deal.«
»Ja, ich weiß!«
»Und warum brauchen wir das?«

Sie schüttelte den Kopf. »Du hast mich nicht hier raufgeholt, weil ich so gut mit anderen Menschen umgehen kann, Poe.«

Also hatte der blaue Kasten etwas mit dem Internetzugang zu tun. Als sie das letzte Mal in Herdwick Croft gearbeitet hatten, hatte sie etwas getan, das »Tethering« genannt wurde – ein rätselhafter Prozess, der aus ihrem Handy irgendwie das Internet für ihren Computer gemacht hatte. Allerdings war es ziemlich langsam gewesen – Herdwick Croft hatte allem Anschein nach eine »niedrige Bandbreite« –, und immer wenn sie etwas Größeres gebraucht hatte als eine einfache Textdatei, hatte sie ins Shap Wells Hotel fahren müssen, um sich dort des freien WLANs zu bedienen.

»Das heißt, ich kann hier arbeiten, Poe. Im Hotel habe ich einen Drucker und noch ein paar andere Sachen, aber das hier reicht für den Anfang. Ich weiß, du hast gesagt, wir sollen bis morgen früh warten, aber, Erde an Poe, jetzt *ist* morgen früh.« Sie sah auf ihr Handy. »Vier Uhr zweiundzwanzig.«

Um zwei hatte sie seine Nachricht bekommen. Dreizehn Stunden später war sie da. In dieser Zeit hatte sie alle ihre aktiven Fälle abgegeben, irgendwelchen elektronischen Firlefanz und alles mögliche Survival-Zeugs gekauft, nebenbei noch gelernt, wie man eine Landkarte liest, und war fast fünfhundertsechzig Kilometer nach Norden gebrettert. Dann hatte sie einen Rucksack gepackt und war drei Kilometer über unwegsames, gefährliches Hochmoorgelände marschiert.

Bei Nacht.

Und sie wollte sofort loslegen.

Es war unfassbar.

Die Keatons hatten keine Ahnung, was da verdammt noch mal auf sie zukam.

NEUNTER TAG

26. KAPITEL

»Poe ... Poe ... Poe ...«

Die Stimme drang durch seine Träume. Beharrlich und immer wieder. Er öffnete schlafverklebte Augen und starrte die verschwommene Gestalt an, die sich über ihn beugte.

Bradshaws Gesicht war keine fünfzehn Zentimeter von seinem entfernt. Er fuhr erschrocken zurück, und sie auch.

»Was verdammt noch mal ...?«

»Aufwachen, Faulpelz.« Sie ließ sich neben ihm auf das Sofa plumpsen. Er zog die Beine an, um ihr Platz zu machen. Edgar hopste ebenfalls aufs Sofa und schnupperte an ihrem Hals.

»Tilly ... wie spät ist es?« Er erinnerte sich noch, dass er sich aufs Sofa gesetzt hatte, während sie bei den Datenbanken, die sie zu benutzen gedachte, Fehlersuchen und Zugänglichkeitstests durchführte. Bald war eine ihrer einseitigen Konversationen im Gange, bei denen sein einziger Beitrag darin bestand, wach zu bleiben. Offenkundig war ihm das nicht gelungen. Er fragte sich, wie lange er wohl geschlafen hatte. Klingen aus Sonnenlicht schnitten durch die schmalen Lücken zwischen den hölzernen Fensterläden. Die Hälfte der Schäferhütte war hell erleuchtet wie eine Theaterbühne. Es war Hochsommer, und in dieser Höhenlage ging die Sonne früh auf.

»Es ist halb sechs, Poe.«

Poe stöhnte. Er hatte weniger als eine Stunde geschlafen.

Bradshaw sah taufrisch aus. »Ich habe über definierbare Muster und Regeln nachgedacht.«

»Wer tut das nicht?«

»Unser Problem ist, wir haben zwar Daten, aber wir haben die falsche Sorte Daten.«

»Herrgott noch mal, Tilly. Lass mich erst mal wach werden und mir einen Kaffee machen.«

Ihre Augen wurden groß, und er entschuldigte sich. Es war ja nicht ihre Schuld, dass er eingepennt war.

»Ist schon okay, Poe. Das muss alles sehr stressig für dich sein.« Unbeholfen streckte sie die Hand aus und tätschelte ihm den Kopf.

»Äh … ja, das stimmt wohl.«

»Und ich hab gewusst, dass du bestimmt Kaffee willst, also hab ich dir einen gemacht.«

Sie reichte ihm einen Becher. Er war randvoll und dampfte.

»Das ist super, Tilly.« Sie trank keinen Kaffee, also hatte sie keine Ahnung, wie stark so etwas sein musste, aber diesen hier hatte sie perfekt hinbekommen. Während er an dem brühheißen Getränk nippte, übersetzte er im Geiste, was Bradshaw gerade gesagt hatte. Irgendetwas von wegen, sie hätten die falsche Sorte Daten. Gerade wollte er sie fragen, was sie damit meinte, als sie ihm einen Riesenschrecken einjagte.

»Ich habe für elf Uhr eine Videokonferenz mit DI Stephanie Flynn angemeldet, Poe.«

»Du hast was?«

»Ich habe gesagt, ich habe eine Vid…«

»Warum in aller Welt denn das?« Er hatte vorgehabt, Flynn gleich heute Morgen anzurufen, um ihr zu erklären, was geschehen war. Jetzt würde es so aussehen, als hätte er sich davor gedrückt, mit ihr zu reden.

»Das war DI Stephanie Flynns Bedingung. Wir müssen uns jeden Tag melden. Sie hat gesagt, sie muss die Parameter der Ermittlungen überwachen, um sicher zu sein, dass wir die SCAS-Vorschriften einhalten.«

Poe stutzte. Das klang sehr nach Bradshaw und nicht nach Flynn. »Was hat sie wirklich gesagt, Tilly?«

Bradshaw wurde rot.

»Wenn Poe glaubt, er agiert da oben, ohne dass ihm ein Erwachsener auf die Finger schaut, dann ist er schiefgewickelt.«

»Das hat sie gesagt?«

»Ja. Nur hat sie vor das ›schief‹ noch ein Schimpfwort gesetzt.«

»Wie unhöflich von ihr.«

»Können wir jetzt anfangen?«

»Können wir, Tilly. Lass uns ein paar Steine umdrehen und finden, was nicht gefunden werden will.«

Bradshaw nickte. »Cooler Spruch, Poe.«

Als sie sich zu Tee und Toast niederließen, stellte Poe die Frage, vor der er sich gefürchtet hatte, seit Bradshaw aufgetaucht war.

»Weiß deine Mutter, dass du hier bist?« Ein bisschen blöd kam er sich ja vor, doch er hatte keine Wahl – Mrs Bradshaw hatte seine Telefonnummer. Tilly war nur ein paar Jahre jünger als er, doch wenn es nach ihrer Mutter gegangen wäre, hätte sie niemals die Welt der akademischen Lehre verlassen und eine Stelle bei der NCA annehmen dürfen.

»Sie weiß es, Poe.«

Ihm fiel auf, dass sie nicht behauptete, ihre Mutter fände es okay, wenn ihre einzige Tochter wegen eines weiteren Einsatzes mit ungewissem Ausgang in den Norden hinaufdonnerte. Ihr letzter gemeinsamer Job in Cumbria war … unnötig aufregend gewesen. Am Schluss hatte Bradshaw ihn aus einem brennenden Haus gezerrt. Sie hatten beide Narben davongetragen.

»Und?«

»Gefreut hat sie sich nicht, Poe.«

»Was genau hat sie denn gesagt?«

»Sie hat gesagt, du hättest kein Recht, mich darum zu bitten, und dass du mich zweifellos wieder in Gefahr bringen würdest.«

»Und was hat dein Dad gesagt?«

»Verd… verflixt gut gemacht, Washington Poe«, antwortete

Tilly. »Und dann hat Mum ihn ausgeschimpft, weil er geflucht hat.«

Poe lächelte. Er war Bradshaws Vater nur ein einziges Mal begegnet. Der Mann war Schweißer. Arbeiterklasse durch und durch. Ein netter Kerl. Liebte seine Frau und seine Tochter. Und hatte keinen blassen Schimmer, wie sich seine und Mrs Bradshaws Gene miteinander versplissen haben könnten, um jenen Menschen zu erschaffen, der jetzt hier in Herdwick Croft saß.

Doch Bradshaw hatte sich verändert. Als sie sich das erste Mal begegnet waren, hatten sie sich auf Anhieb nicht leiden können: Er war der Technikfeind und sie die überakademische Fachidiotin. Aber … irgendwie hatte es funktioniert. Und weil es funktioniert hatte, hatte sich ihrer beider Einstellung zum jeweils anderen geändert. Seine Gleichgültigkeit allem Mathematischen oder Wissenschaftlichen gegenüber frustrierte Bradshaw nicht mehr, und er hatte aufgehört, jeden ihrer sozialen Fehltritte zu korrigieren. Stattdessen machte sie ihm allmählich Spaß. Von liebenswert bis peinlich, sie war, was sie war. Jetzt wollte Poe sie gar nicht mehr anders haben.

Und ein wenig von ihrer Unbeholfenheit war jetzt auch verschwunden. Sie hielt beim Sprechen nicht mehr ständig intensiven Blickkontakt, sie redete nicht mehr so viel über ihren Stuhlgang, und sie hatte aufgehört, jeden Satz mit »Preisfrage, Poe« zu beginnen. Inzwischen merkte sie es sogar, wenn er während einem ihrer Monologe glasige Augen bekam.

Früher war er bei denen manchmal eingeschlafen, nur um beim Aufwachen festzustellen, dass sie immer noch auf ihn einredete.

27. KAPITEL

Bradshaw hatte ihre drei Laptops alle aufgeklappt. Einer war ins NCA-Intranet eingeloggt, auf dem anderen waren ein Fenster mit der Google-Homepage und ein zweites mit irgendwelchen Notizen geöffnet, die sie sich gemacht hatte, während auf dem dritten eine obskure Suchmaschine lief, die Poe nicht kannte. Wahrscheinlich eine für Suchen im Darknet. Er nahm sich vor, bei seinem Generator Benzin nachzufüllen. Bradshaw hatte sämtliche Steckdosen belegt, und Hurrikan Wendy war im Anmarsch.

»Können wir mal zusammenfassen, was wir zu wissen glauben, bevor wir mit DI Stephanie Flynn reden, Poe?«

»Gute Idee.« Es war sehr viel besser, sich jetzt zu streiten als später vor dem Boss.

»Du glaubst, Jared und Elizabeth Keaton haben etwas geplant?«

»Ja, aber ich habe mich auch schon mal geirrt.«

»Und als Teil dieses Plans haben sie Elizabeths Tod vorgetäuscht.«

Poe nickte.

»Aber irgendwas ist schiefgegangen, und Jared Keaton ist wegen Mordes verurteilt worden.«

Poe zuckte die Achseln. »Ich war bei dem Prozess dabei. Er hatte definitiv nicht damit gerechnet, im Knast zu landen.«

»Aber aus unbekannten Gründen müssen die beiden sechs Jahre lang warten, bevor Elizabeth zurückkommen kann, um zu beweisen, dass sie doch nicht ermordet worden ist.«

Poe schwieg. Laut ausgesprochen hörte sich das noch unwahrscheinlicher an.

»Und jetzt ist sie wieder verschwunden«, stellte Bradshaw fest.

»Anscheinend.«

»Und zwar, bevor du das mit der Blutanomalie herausgefunden hast?«

Er nickte. Sie starrte ihn an. »Dann sollten wir lieber anfangen, Poe. Wir haben jede Menge abzuarbeiten.«

»Ach ja?«

»Fragen, Poe. Wir haben jede Menge Fragen.«

Bradshaw hatte recht. Und aus den Fragen ergaben sich Datensuchen. Und mit den richtigen Daten konnte Bradshaw die Antwort auf fast alles finden, was man fragte.

»So, wie ich es sehe, gibt es fünf Haupt- und ein paar Nebenfragen. Bei jeder gibt es eine direkte und eine indirekte Route, um an die Information zu kommen, die wir brauchen. Ein paar kann ich gleich kriegen, für ein paar brauchen wir eine Genehmigung, und ein paar andere werden wir suchen müssen.«

Poe lehnte sich mit seinem Notizbuch zurück. »Schieß los.«

Bradshaw hielt einen Finger hoch. »Wir wollen wissen, wo Elizabeth Keaton sechs Jahre lang gewesen ist.«

»Genau.«

Sie reckte den zweiten Finger empor. »Wir wollen wissen, wo sie jetzt ist. Am selben Ort, oder ist sie woanders hingegangen?«

Wenn ein Versteck sechs Jahre lang seinen Zweck erfüllte, würde es das auch noch ein paar Tage länger tun, vermutete Poe, doch er sagte nichts.

»Drittens: Hat Keaton vor dieser ganzen Geschichte irgendeinen Groll gegen dich gehegt? Mit anderen Worten, seid ihr euch vor den Ermittlungen schon einmal über den Weg gelaufen?«

Daran hatte Poe noch nicht gedacht. Seiner Ansicht nach war das nicht der Fall, doch er konnte es nicht ausschließen: Im Laufe der Jahre hatte er viele Leute gegen sich aufgebracht.

Es war durchaus möglich, dass einer davon – indirekt – Jared Keaton gewesen war.

Bradshaw hielt vier Finger in die Höhe. »Was könnte so wichtig sein, dass sie zusammen zwölf Jahre dafür opfern?«

»Und fünftens?«

»Ist noch jemand involviert?«

Wieder nickte Poe. Er nahm jetzt schon an, dass nicht nur die Keatons an der Verschwörung beteiligt waren. Nachrichten an ihren Vater im Gefängnis zu schicken wäre für Elizabeth hochriskant gewesen, Telefonate wurden abgehört, die Post wurde abgefangen. Es wäre viel sicherer, wenn ein Dritter als Kontaktperson agierte.

»Wir brauchen seine Gefängnisakte«, sagte er. »Wer ihn besucht hat. Mit wem er gesprochen hat. Mit wem er sich die Zelle geteilt hat.«

»Und an die komme ich nicht ran«, ergänzte Bradshaw. »Nicht von hier aus, nicht ohne Genehmigung.«

»Deswegen die Videokonferenz mit Steph.«

Bradshaw nickte.

Poe hätte gewettet, dass Tilly nur Minuten nachdem sie seine »Tilly, ich sitze in der Klemme«-SMS erhalten hatte, alles zusammengetragen hatte, was sie von ihrer Videokonferenz, von ihren E-Mails und ihren SMS her wusste. Und dass sie all das durch ihren brillanten Verstand gequirlt hatte. Dabei dürfte eine ganze Anzahl verschiedener Szenarien herausgekommen sein, jedes mit einem Aktionsplan versehen.

Deswegen brauchte Bradshaw diese frühe Videokonferenz: Zu ihren Aktionsplänen würde auf jeden Fall Einsicht in Jared Keatons Gefängnisakte gehören, und als Datenquelle wäre die von enormer Bedeutung. Her Majesty's Prison Service, die Strafvollzugsbehörde Ihrer Majestät, war ein Koloss. Jede Haftanstalt, in der Keaton gewesen war, müsste mehrere Dokumentensätze erstellt haben. Dienstprotokolle der Aufseher, Disziplinarmaßnahmen, Sicherheitsbewertungen, die Dokumentation von Weiterbildung, Ausbildung, Arbeit, Unterlagen zu Häftlingsfinanzen und zur Rückfallgefahr, Krankenakten – die Liste war endlos. Das war eine ungeheure Masse an Informationen, die es da zu verarbeiten galt.

Doch Bradshaw schwelgte in riesigen Datenmengen. Je größer das Datenvolumen, desto akkurater die Analyse. Sie hatte es schon oft gesagt: Wenn man ihr genug von den richtigen Daten gab, konnte sie in allem ein Muster finden. Das war keine leere Aufschneiderei, er hatte es selbst miterlebt.

Und da niemand anderes einen Grund gehabt hatte, das alles durchzugehen, würden die Daten frisch sein. Alle anderen glaubten ja immer noch, was Keaton ihnen auftischte. Das war gut: Es bedeutete, dass sie, sollten brauchbare Informationen gefunden werden, entsprechend handeln konnten, bevor irgendjemand anders Gelegenheit hatte, damit Mist zu bauen.

Poe fragte sich, was Bradshaw sonst noch alles getan hatte, bevor sie aus Hampshire losgefahren war. Sie hatte jetzt schon mehr erreicht als er.

Ihm fiel etwas ein, das Bradshaw nicht wissen würde. »Wir müssen noch etwas berücksichtigen, Tilly.«

Sie schob ihre Brille hoch und wartete gespannt.

»Was für ein enormer Klotz am Bein Jared Keatons Ego ist.«

Er sah zu, wie sie eine neue Datei öffnete und »Ego« tippte.

»Keaton tickt nicht so wie alle anderen. Damit er selbst gewinnt, muss jemand anders wissen, dass er verloren hat. Ich bin mir sicher, dass er deswegen nicht widerstehen konnte, diese Andeutungen zu machen. Durch sein Ego kriegen wir ihn dran.«

Bradshaw gab eine Abfolge von Zahlen und Buchstaben in die Software ein, die sie benutzte. Poe konnte die Spiegelung der Codezeilen in ihren Brillengläsern sehen.

»Wir nennen das mal einen Ausreißer, Poe.«

»Genau das wollte ich auch gerade sagen.«

Bradshaw grinste.

Dass Bradshaw ihn so früh geweckt hatte, war durchaus von Vorteil. So konnte er seine nachmittäglichen Pflichten, nämlich Vorräte für Hurrikan Wendy und einen sonderbaren vegetarischen Hausgast zu besorgen, bereits am Vormittag erledigen.

Sie hatten einen ganz guten Start hingelegt. Fand jedenfalls Bradshaw. Sie hatte bereits eine verdächtig große Datenmenge in ein Programm eingegeben, das sie selbst geschrieben hatte. Bradshaw weigerte sich, HOLMES 2 zu benutzen, die zweite Inkarnation des Home Office Large Major Enquiry System – die Software, die sämtliche Polizeikräfte benutzten, um komplexe Fälle zu managen.

»Was nützt es, eine riesige Datenbank zu haben, wenn die nicht analysieren und prognostizieren kann?«, hatte sie gefragt. Poe war dabei gewesen, als sie darauf hingewiesen worden war, dass HOLMES 2 *sehr wohl* über analytische und prädiktive Fähigkeiten verfügte. Ihr spöttisches Lächeln hatte den Techniker, einen HOLMES-2-Fan, in Tränen ausbrechen lassen.

Sie erklärte Poe, dass ihr Programm etwa anderthalb Stunden laufen würde, und dann würden sie Keatons Gefängnisakte brauchen. Poe beschloss, dass er genug Zeit hatte, um einkaufen zu fahren und rechtzeitig zur Videokonferenz mit Flynn wieder da zu sein. Er zeigte Bradshaw seine Einkaufsliste und bat sie, dazuzuschreiben, was sie außerdem noch wollte.

Das tat sie auch. Und es dauerte verdächtig lange.

Poe fuhr mit dem Quad zum Shap Wells Hotel, sprang in den Mietwagen und fuhr zum Supermarkt in Kendal. Normalerweise ging er in die Gemüseläden und Metzgereien im Dorf, doch er hatte sich angesehen, worum Bradshaw gebeten hatte, und ihm war klar geworden, dass er dort nichts reißen würde. Außerdem hatte er keine große Lust, seinem üblichen Gemüsehändler eine Liste in die Hand zu drücken, auf der so prätentiöse Dinge wie Granatäpfel und Kumquats standen.

Die Obst- und Gemüseabteilung des Supermarktes war wie ein Marktstand aufgebaut, und Poe musste einen tätowierten Ladengehilfen fragen, wo alles war. Als sie Bradshaws Obst ausfindig gemacht hatten, erkundigte sich Poe, ob sie auch solche Dinge wie Puy-Linsen, Bio-Vollkornnudeln und Tofu hätten. Schließlich riss er die Liste einfach in der Mitte durch, gab dem Gehilfen Bradshaws Hälfte und wies ihn an, mit dem Zeug zur Fleischtheke zu kommen.

Der Ladengehilfe las die Liste und feixte. »Da wird heute Abend aber jemand verwöhnt.«

»Besorgen Sie das Scheißzeug einfach, ja?«, knurrte Poe. Das hier machte ihm keinen Spaß, und alles auf Bradshaws Liste hörte sich widerwärtig gesund an. Er wusste schon jetzt, dass es ihm nicht schmecken würde.

An der exzellent ausgestatteten Fleischtheke besserte sich seine Laune. Er gönnte sich ein wunderschön marmoriertes Ribeye-Steak und stockte seine Vorräte an Speck, Blutwurst und Cumberland Sausage auf. Als der tätowierte Gehilfe mit einem randvollen Korb voller Sachen ankam, die Poe nicht kannte, gab er ihm zwei Pfund und entschuldigte sich dafür, dass er so grob gewesen war.

»Kein Problem, Alter.« Der junge Mann schaute in den Korb voller ballaststoffreicher Lebensmittel und sah dann wieder Poe an. »Und Klopapier gibt's da drüben …«

Als er wieder in die Schäferhütte zurückkehrte, hatte Bradshaw aufgehört zu tippen, saß mit hochgelegten Füßen da und trank eine Tasse grünen Tee. Sie sah sich auf YouTube Kochshows an.

Jared Keatons Kochshows, um genau zu sein.

28. KAPITEL

Das Bullace & Sloe eröffnete 2008 unter großem Kritikerlob, doch Keaton hatte schon lange vorher zum kulinarischen Hochadel gehört. Als Teenager hatte er eine wichtige Auszeichnung gewonnen, und kurz darauf bezeichnete ihn eine allgemein respektierte Zeitschrift als eines der größten Koch-Naturtalente, die das UK jemals hervorgebracht hätte. Statt eines der zahlreichen Angeboten in London anzunehmen, überraschte er alle und zog nach Lyon. Dort setzte er seine kulinarische Lehrzeit unter Anleitung des berühmten Chefkochs Gilles Garnier fort. Die französische Kochkunst fiel dem jungen Jared Keaton leicht, und bald war er als Garniers *Souschef de Cuisine* tätig. Zwei Dauerbrenner auf der Speisekarte des Restaurants wurden bald durch Gerichte ersetzt, die Keaton kreiert hatte. Er lernte fließend Französisch und mietete sich eine Wohnung am Ufer der Saône.

Und dann kündigte er.

Die erste seiner zwei Autobiografien behauptete, er sei eines Morgens aufgewacht und hätte festgestellt, dass er keine Freude mehr am Kochen hatte. Was auch immer der wahre Grund war, als Jared Keaton das nächste Mal auftauchte, war er verheiratet, hatte eine kleine Tochter und arbeitete in einem Pariser Restaurant, das der gefeierten Chefköchin und Vertreterin der Fusionsküche Hélène Jégado gehörte. Dort entdeckte er seine Liebe zum Essen wieder. Innerhalb von zehn Jahren wurde das bis dahin sternlose Restaurant zum Träger der heiß begehrten drei Michelin-Sterne. Keaton und Hélène Jégado wurden dicke Freunde. Von Paris zog er nach London, blieb dort aber nicht lange. In einem Fernsehinterview behauptete er, das Essen in der Hauptstadt sei zu konservativ. Er wolle der engen kulinarischen Szene Londons entfliehen und sein eigenes Ding machen.

Und dieses Ding war das Bullace & Sloe. Mithilfe eines Kredits von Hélène Jégado kaufte er eine verfallene Wassermühle anderthalb Kilometer außerhalb des kleinen Dorfes Cotehill in Cumbria.

Als er seinen ersten Michelin-Stern verliehen bekam, wurde er zu einer tragenden Säule der Samstagvormittags-Kochshows. Als er seinen zweiten erhielt, bekam er seine eigene Fernsehserie. Und als das Bullace & Sloe sich in die Weltelite-Liste der Dreisternerestaurants eintrug, hatte er für seine Auftritte jeden Preis verlangen können und war als Gast-Starkoch rund um den Globus gereist.

Er hätte sich zur Ruhe setzen können. Das nötige Geld dafür hatte er. Selbst wenn das Bullace & Sloe nicht so erfolgreich gewesen wäre, die TV-Deals bescherten ihm jährlich ein siebenstelliges Einkommen. Und die Bücher noch einmal genauso viel.

Doch Jared Keaton kochte für sein Leben gern.

In den Zeiten, wenn ein zweihundert Pfund teures Degustationsmenü von jemandem gekocht worden sein könnte, dem jemand gezeigt hatte, wie man so etwas macht, dem der Chefkoch, dessen Namen über der Tür stand, beigebracht hatte, wie das geht, sah es im Bullace & Sloe anders aus. Dort standen die Chancen besser als fünfzig Prozent, dass Jared Keaton, sollte er das Essen nicht persönlich zubereitet haben, zumindest an der Tür gestanden und jedes Gericht überprüft hatte, wenn es die Küche verließ.

»Was gefunden?«

Bradshaw legte den Finger auf den Mund. Sie wollte Ruhe. Sie hatte sich ein kleines Nest gebaut; hatte Möbel verrückt, sodass die Morgensonne nicht auf die Bildschirme fiel. Ihr Arbeitsplatz war als Halbmond angeordnet, und sie saß in der

Mitte wie Captain Kirk auf der Brücke der Enterprise. Während sie YouTube schaute, tippte sie auf einer tragbaren Tastatur, die sie auf dem Bauch balancierte. Was sie schrieb, erschien auf dem Laptop zu ihrer Linken. Sie sah nicht ein einziges Mal hin.

Poe las einen Teil des Textes und sah, dass er fehlerfrei und korrekt formatiert war. Der Bildschirm des Laptops rechts von ihr war von den bunten, hüpfenden Linien des Graphic Equalizers eines Audioprogramms ausgefüllt. Ein Entzerrer, wie man ihn bei hochwertigen Stereoanlagen in den späten Achtzigerjahren eingebaut hatte.

Sie klickte auf PAUSE, und alles hielt an.

»Du hast recht, Poe. Er ist ein Psychopath, wie er im Buche steht. Ein psychopathischer Narzisst wäre noch korrekter. Ständig ›Ich‹-, ›Mich‹-, ›Mein‹-Formulierungen. Er geht kaum auf seine Gäste ein. Wenn sie reden, hört er nicht zu, sondern wartet darauf, dass er wieder etwas sagen kann.«

»Das ist doch nur eine Kochshow. Da muss man wohl mit einer gewissen Überheblichkeit rechnen.« Poe hatte nicht die Absicht, Keaton zu verteidigen, aber er musste fair bleiben.

Das hatte Bradshaw bereits einkalkuliert.

»Das Analyse-Tool, das ich benutze, kann sich auf das fokussieren, was die Linguisten ›Funktionswörter‹ nennen: die natürliche Sprache, die wir verwenden, ohne nachzudenken. Wenn man alle Drehbuchsegmente weglässt, zeigen Jared Keatons Sprechmuster eine häufigere Verwendung von ›ich‹, ›mir‹ und ›mein‹ als bei jedem anderen Koch. Und auch sehr viel häufiger als bei der allgemeinen Bevölkerung.«

»Na, dann hatte ich wenigstens mit etwas recht«, knurrte er. Bisher war er der Einzige gewesen, der Keaton als Psychopathen eingestuft hatte. »Hast du irgendwas Neues gefunden?«

»Ohne seine Gefängnisakte können wir nicht richtig anfangen, aber … da gab's einen interessanten Clip.« Bradshaw kehrte zu YouTube zurück und suchte ein anderes Video aus.

Sie klickte auf PLAY. Eine sehr junge Elizabeth Keaton erschien auf dem Bildschirm. Sie war etwa fünfzehn Jahre alt und trat in Jareds Show auf. Der andere Koch hatte ebenfalls seine Tochter mitgebracht. Die beiden Mädchen machten bei einer Art Kochwettbewerb gerade eine Blindverkostung der Speisen ihrer Väter.

Bisher hatte Poe nur Fotos von Elizabeth Keaton gesehen. Ihm fiel das Audio-Programm auf, das auf dem anderen Laptop lief. Der Fortschrittsbalken am unteren Rand des YouTube-Videos zeigte, dass der Clip siebenundzwanzig Minuten lang war. Bradshaw klickte auf PAUSE.

»Wir können es nachher richtig ansehen, aber ich möchte, dass du dir anhörst, wie sie redet.«

Nachdem sie ein paar Minuten lang zugehört hatten, hielt Bradshaw das Video abermals an.

»Ihr Sprachmuster zeigt nicht dieselben narzisstischen Merkmale wie bei ihrem Vater.«

»Echt nicht?«

»Keinerlei Hinweise darauf.«

»Sie ist jung. Entwickelt sich so was nicht im Laufe der Zeit?«

»Bei der Sprache ist es umgekehrt. Kinder haben noch nicht gelernt, zu verbergen, was sie sind, deswegen sind ihre Sprachmuster ganz natürlich und enthalten nur sehr wenige Täuschungsversuche.«

Bevor Poe antworten konnte, gab der mittlere Laptop ein lautes, schrilles Signal von sich. Bradshaw drückte auf eine Taste, und Stephanie Flynns Gesicht erschien auf dem Bildschirm.

Es gibt eine Müdigkeit, die von einer langen Nacht und ein paar Drinks zu viel herrührt. Morgens hochzukommen tut weh, doch wenn man es erst mal geschafft hat, vergeht die Müdigkeit bald. Man kann ihr beikommen, indem man in der nächsten Nacht volle acht Stunden durchschläft – der Körper erinnert einen eben daran, dass man keine zwanzig mehr ist.

Und es gibt eine andere Sorte Müdigkeit. Die Sorte, die man schleppt wie einen Mantel, die die Knochen schmerzen lässt. Egal, wie viel man schläft, es fühlt sich an, als verliere man ständig Energie. Als würde man immer und für alle Zeit müde sein.

Flynn schien auf diese Art müde zu sein. Das Weiß ihrer Augen hatte die Farbe von dem, was man am Morgen nach einem heftigen Besäufnis pinkelt, und ihre Schultern hingen gebeugt herab. Sie sah ziemlich derangiert aus und wirkte, als hätte sie in ihrem Auto geschlafen. Das war jetzt seit mindestens einem Monat so.

»Guten Morgen, DI Stephanie Flynn«, sagte Bradshaw.

Flynn begann gleich mit einer Frage, die sie an Bradshaw richtete.

»Wie tief sitzt er in der Scheiße?«

Bradshaw wurde rot.

»Ich bin mir nicht ganz sicher, DI Flynn. Auf dem Papier, und nachdem ich mir angesehen habe, was die Polizei von Cumbria uns geschickt hat, würde ich sagen, deren Einschätzung ist korrekt. Poes Bericht über die Beweiskette ist ausführlich, und er hat recht: Die Probe ist vorschriftsmäßig abgenommen, transportiert und getestet worden. Also ist Elizabeth Keaton noch am Leben, und Mr Keaton kann sie nicht ermordet haben.«

»Aber ...?«

»Aber es gibt einen Sachverhalt, von dem Poe Ihnen noch nichts erzählt hat.« Sie wandte sich an Poe.

Er berichtete Flynn von den Trüffelspuren, die in Elizabeths Blut nachgewiesen worden waren. Dass die Rechnung dafür in Kürze auf ihrem Schreibtisch landen würde, erwähnte er nicht.

»Ist es möglich, dass der Entführer ihr Trüffel vorgesetzt

hat? Sie haben uns doch oft vorgebetet, dass es vergebliche Liebesmüh ist, vorherzusagen, was Verbrecher unter Druck tun werden.«

»Möglich ist es«, gab Poe zu. Doch er bezweifelte es. Die wahrscheinlichste Erklärung war, dass Elizabeth Keaton Geschmack an gutem Essen gefunden hatte – was angesichts ihrer Kinderstube nicht weiter überraschend wäre – und sich dies während ihrer Zeit im Exil nicht versagt hatte.

Flynn schwieg. Poe merkte, dass sie nicht überzeugt war.

»Das ist nicht alles, was er hat, DI Flynn. Es gibt auch ein Problem damit, wo Elizabeth Keaton ihrer Behauptung nach die letzten sechs Jahre gewesen ist. Das stützt Poes Theorie.«

»Sie glauben das mit der Entführung nicht?«, wollte Flynn wissen.

»Ich denke, es gibt da ein paar Fragen.«

»Und die wären?«

»Vergessen wir mal die Wahrscheinlichkeit, dass sie genau zur richtigen Zeit an dem Polizeitisch auftaucht, obwohl der in der Bibliothek von Alston nur zu 3,29 Prozent der Zeit besetzt ist. Das Hauptproblem ist, dass sie behauptet hat, sie wäre zu Fuß dorthin gegangen. Ich habe mir gestern Nacht notiert, wie lange ich bis zu Poes Haus gebraucht habe, und die Zeit dann mit Elizabeth Keatons Schilderung korreliert.«

Poe starrte sie an. Er hatte doch gewusst, dass da noch etwas anderes im Spiel gewesen war. Sie hatte nicht nur sofort anfangen wollen, sondern sie hatte auch herausfinden wollen, wie schnell Elizabeth Keaton bei Nacht marschiert sein könnte.

»Ich habe einen neun Kilogramm schweren Rucksack getragen, um den Fakt auszugleichen, dass sie seit vier Tagen nichts gegessen hatte. Die nötigen Anpassungen habe ich mithilfe einer Theorievariante der asymptotischen Entwicklung vorgenommen.«

Flynn verschränkte die Arme und machte ein finsteres Gesicht.

Manchmal ließ sich das, was in Bradshaws Kopf ablief, nicht so leicht in Worte übersetzen, die einer von ihnen verstehen konnte. Bevor sie zur NCA gekommen war, hatte sie ausschließlich mit Menschen zusammengearbeitet, deren IQ in den höchsten Prozentsphären lag. Menschen, die wissenschaftlich makellose Erklärungen verstanden und *erwarteten*. Sie besaß nicht das nötige Taktgefühl, um die Dinge für Kollegen eines anderen Schlages einfach darzustellen, ohne unhöflich oder herablassend zu wirken, und obgleich Poe sie in Sachen Diplomatie behutsam gecoacht hatte – nicht gerade seine starke Seite –, erwies sich das als schwieriges Unterfangen.

»Könnten wir mal meine Version haben, Tilly?«, meinte er.

Sie seufzte. »Ich habe berechnet, wie weit sie gelaufen sein könnte, und dann einen Kreis auf einer Landkarte gezeichnet.«

»Ah, so wie sie's in *Auf der Flucht* gemacht haben.«

»Das ist doch ganz banale Statistik. Ich weiß echt nicht, wie ihr klarkommt, Leute«, grummelte Bradshaw vor sich hin.

»Und?«, fragte Flynn.

»Ich habe meine Berechnung auf ein Satellitenfoto von Alston und seiner Umgebung geplottet«, erklärte Bradshaw. »Es ist eine sehr ländliche Gegend, da gibt's sonst nicht viel in der Nähe. Wenn sie *wirklich* aus einem Gebäude entkommen ist, dann hätte die Polizei es mittlerweile gefunden.«

Flynn legte die Fingerspitzen aneinander. »Könnte es sein, dass wir das Ganze verkehrt herum angehen? Bestraft Elizabeth vielleicht aus irgendeinem Grund ihren Vater? Hat sie möglicherweise ihren eigenen Tod vorgetäuscht, sich dann zurückgelehnt und darüber gefreut, was mit ihm passiert ist?«

Poe ließ sich das durch den Kopf gehen. Theoretisch war es einleuchtender. Auf jeden Fall blieben so weniger unbeantwortete Fragen.

»Möglich wär's schon, Boss«, brummte er.

»Aber Sie glauben es nicht, stimmt's?«

»Nein.«

»Warum nicht?«

»Weil Keaton nicht wütend war. Er hat kaum ein Wort über Elizabeth verloren. Wenn sie hinter dem Ganzen stecken würde, hätte er seine Wut auf sie nicht verbergen können. Alles, was man ihm angemerkt hat, war Feindseligkeit mir gegenüber.«

»Okay«, sagte Flynn. »Sie waren dabei, wir nicht.«

Eines der Dinge, die Flynn zu so einem guten DI machten, war, dass sie ihren Leuten niemals kleinteilige Vorgaben machte oder ihre Worte im Nachhinein anzweifelte. Sie hatte ein Team, dem sie vertrauen konnte, also vertraute sie ihm.

»Einer nach dem anderen, was glaubt ihr, ist passiert?«

»Die haben das gemeinsam geplant«, sagte Poe.

»Das glaube ich auch, DI Flynn.«

Flynn machte ein nachdenkliches Gesicht. »So eine Scheiße«, knurrte sie schließlich.

»Sie haben recht, DI Flynn, es ist wirklich eine … schlimme Geschichte.«

»Was brauchen Sie?«, erkundigte sich Flynn.

»Vollständige SCAS-Profile von Jared und Elizabeth Keaton«, antwortete Poe.

»Ist von Keaton nicht vor sechs Jahren ein Profil erstellt worden?«

»Nicht von jemandem, der wusste, wie man das macht.«

»Da ist was dran.«

»Und es wird Informationen geben, die noch vor Ort analysiert werden müssen.«

»Und …?«

»Ich brauche Tilly hier oben.«

Zu seiner Verblüffung war Flynn einverstanden. Zu seiner noch größeren Verblüffung erbot sie sich nicht, nach Cumbria zu kommen und ihnen zu helfen. Er war ihr Freund, und er saß in der Klemme. Eigentlich hätte er erwartet, dass sie den nächsten Zug hier herauf nahm. *Was zum Teufel war los mit ihr …?*

»Außerdem brauchen wir Keatons Gefängnisakte«, fuhr er fort. »Es gibt nur sehr wenige Informationen darüber, was er getrieben hat, seit er eingebuchtet worden ist. Wir wissen nicht, wer ihn besucht hat. Wir wissen nicht, wer sein Anwalt ist. Abgesehen von Durham wissen wir nicht mal, in welchen Haftanstalten er war.«

Flynn machte sich eine Notiz. »Darum kümmere ich mich noch heute Vormittag. Sonst noch etwas?«

»Ich brauche eine Ad-hoc-Zugangsgenehmigung zu bestimmten Datenbanken, DI Flynn«, sagte Bradshaw.

»Schicken Sie mir eine Liste, wenn Sie eine haben«, erwiderte Flynn. »Was haben Sie als Nächstes vor?«

»Stinknormale Polizeiarbeit, Boss«, antwortete Poe. »Eine FBE-Strategie entwickeln und anfangen, ein paar brauchbare Infos zusammenzukratzen.«

Viel mehr konnten sie im Moment nicht tun. FBE – Finden, Befragen, Eliminieren – war das Herzstück von allem, was Detectives taten. Diejenigen identifizieren und ausfindig machen, mit denen man sprechen musste, so viel aus ihnen herausholen, wie man nur konnte, und dann entscheiden, ob es nützlich war. Wie Ringe auf einem Teich erzeugten FBE-Nachforschungen unausweichlich weitere FBE-Nachforschungen.

Flynn nickte zustimmend. »Tilly, brauchen Sie im Moment noch etwas außer der Gefängnisakte und dem Datenbankzugang?«

Bradshaw schüttelte den Kopf. »Ich verlasse mich auf Poe, DI Flynn. Er wird wissen, was zu tun ist, wenn wir loslegen.«

»Das glaube ich auch, Tilly. Okay, ihr zwei, hört zu. Ich kann im Moment nicht aus Hampshire weg, ihr seid also auf euch allein gestellt. Bitte, bitte, bitte tut nichts, was mich oder die NCA blamiert.«

Einen Moment lang antwortete keiner der beiden.

Dann fragte Poe: »Warum haben Sie eben mich angeschaut, als Sie das gesagt haben?«

Flynn schnaubte. »Sie wissen sehr gut, warum, Poe.« Sie beugte sich vor, rammte den Finger auf eine Taste, und auf dem Bildschirm von Bradshaws Laptop erschien wieder das NCA-Logo.

29. KAPITEL

Flynn hielt Wort. Innerhalb einer halben Stunde begannen komprimierte Dateien in Bradshaws E-Mail-Box einzutrudeln. Dokumente aus allen Abteilungen der Strafvollzugsbehörde, aus jedem Gefängnis, in das Keaton verlegt worden war. Außerdem war ein Link zu einem Computerprogramm namens P-NOMIS dabei. Allem Anschein nach stand das für National Offender Management Information System, eine ständig aktualisierte Datenbank sowohl der Strafvollzugsbehörde als auch des Bewährungsdienstes. Laut Bradshaw, die anscheinend jedes Akronym im Justizwesen kannte, stand das P für Prison, also für Gefängnis.

Sie brachte den Drucker in Gang und schob stapelweise Papier nach. Poe machte Mittagessen. Viel wusste er nicht über Puy-Linsen, doch er nahm an, dass sie ein passables Dal abgeben würden. Er setzte sie mit Wasser auf, röstete ein paar Gewürze ohne Fett in der Pfanne und tat sie in den allmählich eindickenden Brei. Während er darauf wartete, dass das Ganze gar wurde, legte er zwei Scheiben Weißbrot für sich und zwei Scheiben von etwas namens Dinkelbrot für Bradshaw auf ein Tablett und stellte einen Krug kaltes Wasser dazu. Das alles trug er nach draußen und sog die Lunge mit frischer Luft voll.

Blinzelnd schaute er nach oben. Die Sonne war maisgelb, und das Einzige, was das harte Blau des Himmels verunstaltete, war die einsame Narbe eines Flugzeugkondensstreifens. Trotz aller Warnungen sah es nicht so aus, als würde Hurrikan Wendy in nächster Zeit hier aufschlagen.

Und es war heiß. Zu heiß für die Schafe. Herdwicks waren eine nordische Rasse, jahrtausendealt. Sie hatten sich alle irgendwohin verzogen, wo es kühler war. Hier oben gab es für sie ohnehin nichts zu fressen: Das Gras war blass und verkümmert, das Heidekraut grau und spröde. Nicht einmal eine Ziege würde davon Fleisch ansetzen.

Doch das Hochmoor war betörend schön. Schön, aber endlos. Edgar könnte eine Woche lang rennen, ohne dass Poe ihn aus den Augen verlöre. Ein Granitnetz aus Bruchsteinmauern war das einzige Zeichen, dass hier jemals Menschen gelebt hatten.

Eine Bewegung fiel Poe auf. Er schnappte sich den Feldstecher, der immer im Heckkoffer seines Quads bereitlag, und schaute genauer hin, doch es war nur ein Tieflader, der den Steinbruch verließ. Er war voll beladen, und Poe überlegte, wo die Steine wohl landen würden. Er drehte sich um und betrachtete Herdwick Croft. Die Steine, mit denen sein Zuhause gebaut worden war, waren die gleichen, aus denen in London der Bahnhof St Pancras und das Albert Memorial errichtet worden waren. Angesichts dieser persönlichen Verbindung mit dem Erbe seines Landes blähte er unwillkürlich die Brust vor Stolz.

Zum ersten Mal war zu Hause jetzt mehr als ein Ort; es war ein Gefühl. Warum, konnte er ebenso wenig erklären, wie er begründen könnte, warum manche Musikstücke ihn fröhlich stimmten und andere ihn melancholisch werden ließen. Jedes Mal, wenn er hierher zurückkam, war es schwerer, wieder fortzugehen. Wenn er in Hampshire war, vermisste er die Bergrücken und den Nebel. Er vermisste die Schafe, und er vermisste die Stille. Vermisste den Rhythmus dieser Gegend. Das Stadtleben war nichts mehr für ihn. Er wollte nicht mehr an einem Ort wohnen, der nicht von den Jahreszeiten geprägt wurde. Wo man nicht wusste, wo im Zyklus des Lebens man sich gerade befand.

Einmal hatte er Thomas Hume dabei geholfen, eine Mauer auszubessern, als der alte Bauer ihn gefragt hatte, ob er wüsste, was »Hefting« sei. Poe wusste es nicht. Hefting, hatte Hume ihm erklärt, sei ein uralter Schäfertrick, mit dem die Schafe dazu gebracht wurden, auf demselben Teil des Hochmoors zu bleiben, ohne dass Bruchsteinmauern notwendig waren. Der Trick bestand darin, jeden Abend am selben Ort Futter hinzulegen und die Herde damit zu veranlassen, sich bei Einbruch der Dämmerung dort zu sammeln. Während der Nacht und des folgenden Tages würden sie nicht allzu weit umherstreifen. Wenn dieses Wissen über Generationen weitergegeben worden war, galt die Herde als »hefted«, als standorttreu. Und genauso fühlte Poe sich jetzt. Er war standorttreu, hier in Herdwick Croft. Er wollte nie wieder weg.

»Alles okay, Poe?«

Bradshaw war aus der Schäferhütte gekommen. Sie hielt ein Bündel Papier in den Händen.

»Alles gut, Tilly.«

»Was schaust du dir denn da an?«

»Nichts Bestimmtes. Ich vermisse das alles einfach nur, wenn ich nicht hier bin.«

Bradshaw, die ihr ganzes Leben in geschlossenen Räumen verbracht hatte, schaut dorthin, wo er hinblickte. Sie furchte die Stirn und reckte den Hals, als entginge ihr gerade etwas Gutes. Schließlich gab sie es auf. »Ich habe die Liste der Besucher von Mr Keaton ausgedruckt. Ich weiß nicht, ob du dich freuen oder traurig sein wirst.«

Bradshaw hatte die Liste in zwei Spalten unterteilt: offizielle Besuche und private Besuche. Die Liste der offiziellen Besucher – Personen, die juristische Angelegenheiten mit dem Häftling zu besprechen hatten – enthielt keine Überraschungen. Seine Anwälte hatten ihn zu Beginn seiner Haftstrafe viele Male besucht, vermutlich um mit ihm über eine mögliche Berufung zu reden, und dann von Neuem, als Elizabeth Keaton wieder aufgetaucht war und sie ihren Antrag beim CCRC gestellt hatten. Poe hakte sie als unwichtig ab. Es kam gelegentlich vor, dass sich Rechtsbeistände bei illegalen Aktivitäten als Verbindungsleute hergaben, doch Poe kannte die Kanzlei, und die war viel zu groß und respektabel, um bei irgendetwas Fragwürdigem mitzumischen. Sie hätten wenig zu gewinnen und alles zu verlieren. Außerdem hatte Keaton jedes Jahr Besuch von seiner Bewährungshelferin bekommen. Auch nicht überraschend – sie musste ihre jährlichen Beurteilungen der zu lebenslänglicher Haft Verurteilten schreiben. Poe notierte sich, dass er sie aufsuchen sollte, doch er bezweifelte, dass sie irgendwie involviert sein würde. Es gab noch ein paar andere, doch die waren nicht von Bedeutung. Er sah, dass Graham Smith, der Journalist, der ihn neulich angerufen hatte, sich vergeblich um eine offizielle Besuchserlaubnis bemüht hatte. Wahrscheinlich das erste Mal in Keatons Leben, dass er Gratispublicity ausgeschlagen hatte.

Als Poe die Anzahl der Besucher auf der »Privat«-Liste sah – die, deren Besuch der Häftling beantragen musste –, stellte er fest, dass es möglich war, gleichzeitig schockiert und nicht überrascht zu sein. Sie war klein.

Ein Name.

Die Verurteilung wegen Tochtermordes hatte Keaton zwangsläufig toxisch gemacht, doch Poe war nicht klar gewesen, wie toxisch. Auf der Höhe seines Ruhms hatten alle um ihn gebuhlt. Prominente Filmstars hatten bei ihm gegessen und Selfies mit ihm gemacht, amtierende Minister hatten freie Tage in der Nähe verbracht, damit sie im Bullace & Sloe essen konnten. Sogar Mitglieder der königlichen Familie waren sich nicht zu schade gewesen, auf dem Weg nach Balmoral Castle einen Zwischenstopp in Cumbria einzulegen. Poe wusste zwar, dass Jared Keaton nur Besuche derjenigen Personen beantragen musste, die er selbst sehen wollte, außerdem hegte er keine Zweifel, dass eine ganze Anzahl der bekannten Köche, die ihm vor seiner Verurteilung beigestanden hatten, insgeheim hocherfreut über den Schuldspruch der Geschworenen gewesen waren. Doch er hatte angenommen, dass einer oder zwei doch zu ihm gehalten hätten. Offensichtlich nicht.

Das war wohl der Fluch des Psychopathen. Psychopathen hatten keine Freunde.

Es stand also nur ein Name auf der Liste: Crawford Bunney.

Bradshaw hatte ihn gegoogelt und ein paar Dokumente beigelegt. Während sie ihr Linsencurry aßen, überflog Poe sie rasch.

Bunney, in Edinburgh geboren, hatte von Anfang an im Bullace & Sloe gearbeitet. Er hatte beim Gemüse angefangen und war dann zu den Soßen gewechselt. Keaton musste etwas in ihm gesehen haben, denn innerhalb von drei Jahren stieg Bunney zum Souschef auf – quasi Keatons Nummer zwei. In einem Interview für *Carlisle Living* hatte Bunney sein Entsetzen über Keatons Verurteilung geschildert, seinen Glauben daran, dass die Wahrheit eines Tages ans Licht kommen würde, und die Arrangements, die er bis zu diesem Tag im Bullace & Sloe getroffen hatte.

Poe machte sich eine weitere Notiz: Es galt herauszufinden, was genau das für »Arrangements« waren. Soweit Bradshaw hatte sehen können, war Keaton noch immer alleiniger Besitzer des Bullace & Sloe.

Er nahm sich einen neuen Papierstapel vor. Keatons Telefonunterlagen. Die waren weniger zuverlässig, denn in den Haftanstalten waren illegale Handys weit verbreitet. Dort war dieselbe Kanzlei aufgeführt, allerdings keine Namen, nur Nummern. Keaton hatte anscheinend regelmäßig Telefonate mit Crawford Bunney angemeldet, und ein paar von diesen waren aufgenommen und transkribiert worden. Poe las gerade eine Konversation über Probleme mit dem Fischlieferanten des Bullace & Sloe, als ihn ein Piepsen ablenkte.

Bradshaw sah auf ihre Uhr, eine dieser Smartwatches. Er vermutete, dass sie mit ihrem Handy verbunden war. Sie griff nach ihrem Wasserglas und trank es mit geräuschvollen Schlucken leer. Als sie fertig war, tippte sie irgendetwas in ihr Handy ein.

»Was denn?«, fragte sie, als sie merkte, dass er ihr zusah.

»Nichts. Ich kann ein bisschen Sahne in die Linsen rühren, wenn sie dir zu scharf sind.« Konnte er nicht. Er hatte keine Sahne gekauft. Tatsächlich konnte er sich nicht erinnern, jemals Sahne gekauft zu haben.

»Ich trinke pro Tag sechs Gläser Wasser, Poe. Solltest du auch tun.«

»Ich trinke jede Menge Wasser.«

»Das glaube ich nicht. Seit ich gestern angekommen bin, hast du vier Tassen Tee, sieben Tassen Kaffee und zwei Halblitergläser Bier getrunken. Und ich habe gesehen, wie viel Fleisch du gekauft hast. Da liegt eine Großpackung Wurst im Kühlschrank. Das ist nicht gut für dich, Poe.«

Poe spürte, wie ihm die Röte in die Wangen stieg. Er wusste, dass seine Ernährung viel zu wünschen übrig ließ und er sich damit gesundheitliche Probleme für später einhandelte, aber die Sache war die … eine gute Cumberland Sausage war ein Inbegriff der Vollendung. Er würde lieber abkratzen, als das aufzugeben.

»Wenn ich mal an einer Apotheke vorbeikomme, kaufen wir einen Cholesterintest für dich«, verkündete Bradshaw und hämmerte damit den ersten Nagel in den Sarg seiner Nichts-als-Fleisch-Diät.

»Oh, super«, knurrte er. Es hatte ja keinen Sinn, zu widersprechen.

»Du bleibst hier sitzen«, wies sie ihn an. »Ich mache uns einen Obstsalat zum Nachtisch.«

Poe seufzte, griff nach einem weiteren Papierbündel und begann von Neuem zu lesen. Nach einiger Zeit machte sich ein Lächeln auf seinem Gesicht breit. Es war ganz schön, gelegentlich mal umsorgt zu werden.

Sie arbeiteten bis in den frühen Abend hinein. Poe las draußen, doch trotz des wunderbaren Wetters weigerte sich Bradshaw, sich dazuzusetzen – das Licht war zu grell für die Bildschirme ihrer Laptops. Er las die zusätzlichen Recherchen über Crawford Bunney, die sie ihm gebracht hatte, doch die gaben nicht viel Neues her. Als er alles zweimal durchgelesen und ein Notizbuch mit Fragen gefüllt hatte, ging er zu Bradshaw hinein. Sie hatte noch immer keine Verbindung zwischen ihm und Jared Keaton gefunden. Doch sie gab nicht auf und hatte Flynn eine weitere Liste mit Datenbanken geschickt, auf die sie zugreifen wollte.

Poe ordnete eine Pause an, und sie aßen rasch zu Abend, Vollkornpasta in einer Fertigsoße aus Tomaten und Basilikum. Er tat sich Speck dazu, doch es schmeckte trotzdem grauenvoll.

»Ich fange dann mal mit Elizabeth Keatons Profil an«, meinte Bradshaw.

Poe nickte. Ein SCAS-Profil würde die Bereiche von Elizabeths Leben untersuchen, die bei den ursprünglichen Ermittlungen nicht in Betracht gezogen worden waren. Außerdem würde Bradshaw Informationen aus der Opferakte nehmen und diese aus einem anderen Blickwinkel in Augenschein nehmen.

Bradshaw machte sich sofort an die Arbeit. Im Gegensatz zu Poes patentierter »Suchen, Finden, Tippen«-Technik zuckten ihre Finger als verschwommene Schemen über die Tastatur, und sie wandte den Blick nicht ein einziges Mal vom Bildschirm ab. »Das hier wird eine Weile dauern. Vielleicht ist es besser, wenn wir's für heute gut sein lassen und ich im Hotel weitermache. Der Booster und der Repeater sind gut, aber ich brauche größere Bandbreite, um das richtig hinzukriegen. Wenn wir uns jetzt auf den Weg machen, habe ich vielleicht morgen etwas, womit wir arbeiten können.«

Das leuchtete ein. Außerdem war er müde. Er hatte nichts sagen wollen, schließlich hatte er mehr Schlaf bekommen als

Bradshaw, aber seine Augenlider waren schon wieder schwer. Früh ins Bett zu gehen würde ihnen beiden sehr guttun.

»Na, dann los. Schnapp dir, was du brauchst, und ich fahr dich hin.«

Die Hotelbar war voll, und obgleich Poe dieselbe Einstellung zu Touristen hatte wie William Wordsworth, der in einem berühmten Gedicht dafür plädiert hatte, die Schönheit des Lake District nicht zu verschandeln, störten ihn die im Shap Wells Hotel doch nicht ganz so sehr. Selbst im Hochsommer zogen die Bergrücken in diesem Teil Cumbrias nur Wanderer an, die es wirklich ernst meinten. Die Gegend hatte nicht den Postkartenreiz des Nationalparks. Es gab keine Seen oder hoch aufragende Berge, keine niedlichen Dörfer und keine Schmalspurdampfzüge – nichts, um den Touristen des 21. Jahrhunderts auf Dauer zu unterhalten. Shap Fell war eine unerbittliche, karge Landschaft aus baumlosen Hängen, von Granit gekrönten Hügeln und sumpfigen Senken. Bevölkert von Schafen im fünfstelligen und Menschen im zweistelligen Bereich, waren die Hügel auf eine Weise betörend, wie eine Grubenotter betörend ist: schön anzusehen, aber gefährlich für die Achtlosen. Jetzt war das Wetter schön, doch es konnte binnen weniger Minuten umschlagen, selbst um diese Jahreszeit.

Er bestellte ein Glas Spun Gold – ein malziges, hopfiges Bier, gebraut von der Carlisle Brewing Company –, eine Limonade für Bradshaw und eine Tüte Chips für Edgar.

Poe leerte sein Glas in einem Zug bis zur Hälfte und erwog gerade ein zweites Bier, bevor er sich auf den Rückweg machte, als Bradshaw fragte: »Warum hast du eigentlich keine Freundin, Poe?«

Allmächtiger ...

Bradshaws Abschottung von der Außenwelt erklärte viele Aspekte ihrer Persönlichkeit, alles jedoch ließ sich damit nicht begründen. Wie direkt sie sein konnte zum Beispiel. Manchmal arbeiteten sie schweigend vor sich hin, und sie platzte plötzlich mit etwas wie »Ich mag dich, Poe« heraus und machte dann einfach weiter, als wäre sie eben nicht gerade echt merkwürdig gewesen. Sollte sie *wirklich* Gefühle für ihn entwickelt haben, die über ihre Freundschaft hinausgingen, dann hätte sie es ihm bereits gesagt.

Warum also wollte sie das wissen?

Poe konnte ihr nicht die Wahrheit sagen. Er konnte niemandem die Wahrheit sagen, konnte nicht erklären, dass das mutmaßliche Verlassenwerden durch seine Mutter auf all seine Beziehungen durchgeschlagen hatte. Dass er, wenn er eine Frau kennenlernte, vom ersten Moment an begann, Gründe zusammenzutragen, weshalb es nicht klappen würde. Dass jeder Makel zu etwas Zwanghaftem wurde, bis das Unvermeidliche geschah und er sich nicht mehr meldete. Seine längste Beziehung hatte sechs Monate gehalten, und das auch nur, weil er vier davon undercover gearbeitet hatte.

Und jetzt, wo er wusste, dass seine Mutter ihn gar nicht verlassen hatte, dass sie in Wirklich alles *für* ihn geopfert hatte, wie sollte er Bradshaw da sagen, dass er wieder angefangen hatte, über Frauen nachzudenken? Die furchterregende Estelle Doyle, Flick Jakeman – geschieden und sexy – und zu seiner ewigen Schande die trauernde Victoria Hume waren ihm während der letzten Tage alle im Kopf herumgegangen.

»Tilly?«

»Ja, Poe?«

»Weißt du noch, wie wir uns neulich über Takt unterhalten haben?«

»Sicher, Poe. Ich habe mir Notizen auf meinem iPad gemacht. Soll ich es holen? Es liegt in meinem Zimmer.«

Poe lächelte und schüttelte den Kopf. Er trank sein Glas aus und sagte: »Lies sie dir einfach irgendwann noch mal durch.«

»Mach ich gleich heute Abend.« Jäh begriff sie. »Oh! Es tut mir leid, Poe.«

»Tilly, du musst dich nie bei mir entschuldigen, schon vergessen? Möchtest du noch etwas trinken? Ich bestelle mir noch was.«

Sie sah auf die Uhr. »Nein danke, Poe. Ich trinke noch ein bisschen Wasser, wenn ich mir die Zähne putze, aber ich möchte nicht uri…« Sie stockte. »Nein danke, Poe.«

Poe lächelte, beeindruckt von ihrer Zurückhaltung. Vor einem Jahr hätte sie ihm erklärt, dass sie nicht mit voller Blase ins Bett gehen wollte. Er dagegen war in dem Alter, wo eine durchgeschlafene Nacht, ohne mindestens einmal aufstehen zu müssen, nur noch eine ferne Erinnerung war, und er dachte, dass es sich dann wenigstens lohnen sollte. Also ging er zur Bar und bestellte noch ein Bier.

»Ich finde, du solltest mal mit DI Stephanie Flynn ausgehen, Poe«, sagte Bradshaw.

»Und warum, Tilly?«

»Weil sie traurig ist.«

Poe nickte. Flynn war wegen irgendetwas traurig. Außerdem war er froh, dass noch jemand anders das gemerkt hatte. Und dass Bradshaw – deren Verständnis für nonverbale Kommunikation man bestenfalls als in Entwicklung befindlich bezeichnen konnte – es gemerkt hatte, hieß, andere würden es auch merken. Wäre es andersherum, würde Flynn ihn fragen, ob er etwas trinken gehen wollte, das wusste er.

»Und du bist auch traurig, Poe. Du tust so, als wär's nicht so, aber ich merke es doch. Seit dem Brandopferer-Fall.«

Poe hatte nicht gern Geheimnisse vor Bradshaw, dieses jedoch konnte er ihr noch nicht offenbaren. Erst wenn er wusste, was er deswegen unternehmen wollte. Er wusste noch nicht einmal, ob er deswegen etwas unternehmen *konnte*.

»Mir geht's gut«, versicherte er.

»Du und DI Flynn, ihr mögt euch gern. Ihr solltet irgendwann mal zusammen ins Kino gehen.«

Poe leerte sein Glas.

»Du weißt aber schon, dass DI Flynn lesbisch ist, Tilly?« Das war kein Geheimnis, also war dies kein Vertrauensbruch. »Sie ist seit fast fünfzehn Jahren mit ihrer Partnerin zusammen, und die beiden sind sehr glücklich miteinander. Und selbst wenn es nicht so wäre, ich glaube nicht, dass ein Date mit mir das Richtige wäre, um sie aufzuheitern.«

»Oh.« Bradshaws Wangen glühten rot auf.

Er hatte sie noch nie richtig erröten sehen. Peinlichkeiten störten sie ungefähr so sehr, wie Wellen Möwen stören.

»Aber du hast recht – sie scheint wirklich wegen irgendetwas traurig zu sein.«

Bradshaw schwieg eine Weile. »Bestimmt wegen irgendetwas, was du getan hast. Poe.«

»Bestimmt.«

Sie besiegelten ihre Einigkeit mit einem Faustcheck.

»Aber du musst noch an Elizabeth Keaton arbeiten, und ich brauche ein bisschen Schlaf. Ich hole dich um Punkt sieben hier ab.«

»Ich komme nicht zu dir rüber?«

»Morgen nicht, Tilly. Morgen machen wir eine Exkursion.«

Sie zog die Brauen hoch. »Wo fahren wir denn hin, Poe?«

Er antwortete nicht sofort, obgleich er es schon seit geraumer Zeit wusste. Seit er HMP Durham verlassen hatte. Wie der Flug einer Motte zur Flamme hatte es etwas Unumgängliches.

»Wir fahren zum Bullace & Sloe.«

ZEHNTER TAG

30. KAPITEL

Poe erwachte unter einem Karpfenhimmel: Reihen geriffelter Wolken, die wie Fischschuppen aussahen. Er war kein Schäfer, er besaß keinerlei magische Fähigkeiten, das Wetter vorherzusagen, doch er lebte jetzt schon eine Weile auf dem Bergrücken, und er konnte sehen, dass sich demnächst einiges ändern würde. Noch würde es nicht regnen, doch die Wolken waren der Beginn der ersten Scharmützel. Hurrikan Wendy war im Anrollen. Er aß am Spülbecken ein wenig Toast, duschte und zog sich dann an. Da kein Thomas Hume mehr da war, der den Tag über auf Edgar aufpasste, nahm er den Spaniel mit. Das Bullace & Sloe war draußen im Norden, in der Pampa Cumbrias; wenn sie fertig waren, würde sich schon irgendetwas finden, wo er herumrennen konnte.

Er fuhr mit dem Quad zum Shap Wells Hotel. Bradshaw wartete neben dem Mietwagen. Sie hatte einen kleinen Rucksack dabei und trug allem Anschein nach ein Wonder-Woman-T-Shirt. Eine der wenigen Superhelden, die Poe noch aus seiner Jugend kannte. An die Geschichten erinnerte er sich nicht mehr, aber er hatte mal ein bisschen auf Lynda Carter gestanden, das wusste er noch ...

An der Anschlussstelle 42 fuhr Poe von der M6 ab, nahm die Straße nach Wetheral und bog dann links ab, als sie das Dorf Cumwhinton erreichten. Bald darauf saß er hinter einem Mercedes mit Wohnanhänger fest und fluchte über den stotternden Fahrstil des unaufmerksamen Touristen.

»Willkommen in Cumbria«, knurrte er. »Bitte fahren Sie schön dreißig und vergessen Sie nicht, alle hundert Meter anzuhalten und Fotos zu machen.«

Er fuhr dicht auf den Wohnwagen auf und hupte. Schließlich fuhr der Mercedes in eine Ausweichbucht und ließ ihn überholen. Er trat aufs Gas, und der lahme Mietwagen kam allmählich auf Touren.

»Alles okay, Poe?«, erkundigte sich Bradshaw. Sie umklammerte den Türgriff.

Poe tippte die Bremse an und wurde langsamer. Er war nervös und konnte nicht erklären, warum. Daran, dass er wieder zum Bullace & Sloe fuhr, lag es nicht – er war nur einmal dort gewesen, und der Ort barg keinen Schrecken für ihn.

Und es lag auch nicht daran, dass dies der seltsamste Fall war, an dem er je mitgearbeitet hatte.

Es war etwas, das er nicht genau benennen konnte, und das machte ihm Sorgen.

Als sie um eine Kurve herumkamen und Cotehill erreichten – ein kleines Dorf, wo die weiß getünchten Häuser alle aneinander lehnten –, schüttelte er sich innerlich. Die Sorgen würden warten müssen. Sie waren da.

Das Bullace & Sloe lag ganz knapp außerhalb des Dorfes. Das Gebäude, eine umgebaute Wassermühle, stand unter Denkmalschutz. Und es war sehr alt. Laut der Website des Bullace & Sloe hatte schon seit dem 11. Jahrhundert eine Wassermühle am Rand von Cotehill gestanden. Und die Mühle sah wirklich aus wie ein Teil der prallen Geschichte Englands – ein Monument der Tage, als man noch für die Ewigkeit baute. Sie stand am Ufer eines Baches, einem Nebenlauf des Eden. Direkt neben der Mühle war das Bachbett verbreitert und vertieft worden, sodass das Wasser das Mühlrad drehen konnte, obwohl es heutzutage nur noch zur Zierde diente.

Die Mühle hatte ihr Dasein als rechteckiges, zweistöckiges Gebäude begonnen – ein Erdgeschoss für die Müllerarbeit und ein Obergeschoss, um das Getreide zu lagern –, doch im Laufe der Jahre war sie durch zahlreiche Anbauten zu einem großen, ungeschlachten Bauwerk geworden. Sie war aus demselben gesprenkelten grauen Stein erbaut worden wie Poes Schäferhütte. Das Fachwerk war von unzähligen Wintern verwittert und von unzähligen Sommern gedörrt; das unbehandelte Holz war rissig und verzogen und so hart wie mattiertes Eisen.

Während die Keatons das Obergeschoss früher als Wohnung genutzt hatten, waren die Küche, die Experimentierküche sowie Speise- und Vorratskammern im Erdgeschoss. Das Restaurant befand sich im alten Mahlraum. Da Keaton aufgrund des Denkmalschutzes nicht allzu viele Änderungen hatte vornehmen können, waren die ursprünglichen hölzernen Wellen, Zahnräder und Mühlsteine alle noch erhalten.

Der Parkplatz war auf der anderen Straßenseite. Poe stieg aus und reckte sich. Dann ging er mit Edgar zu einer nahe gelegenen Wiese und ließ ihn fünf Minuten herumstöbern und sein Geschäft verrichten, ehe er ihn wieder ins Auto steckte. Obwohl er unter einem Baum geparkt hatte, öffnete er alle vier Fenster einen Spaltbreit.

»Bist du so weit?«, fragte er Bradshaw.

»Ja, bin ich.« Sie schob ihre Brille hoch, zog die Haarbänder an ihren Zöpfen fest und schwang sich den Rucksack auf den Rücken. Er hatte nicht gesehen, was sich darin befand, doch seine ersten zehn Tipps hätten »Computer« gelautet.

Poe ging über die Straße, ignorierte die gewaltige Eingangstür und marschierte zur Rückseite des Gebäudes. Dort war eine kleine befestigte Fläche, wo gerade ein Lieferwagen parkte. Die Türen des Fahrzeugs standen offen, und es war voller Gemüse. Ein Mann im grünen Overall schleppte eine Kiste Karotten zur Hintertür. Poe trabte hin und öffnete sie ihm. Der Lieferant bedankte sich mit einem Kopfnicken und verschwand im Gebäude.

Poe hielt die Tür auf und winkte Bradshaw zu sich. Dann zückte er seinen Dienstausweis und trat ins Innere des Bullace & Sloe.

31. KAPITEL

»Wo bleiben die Scheißkartoffeln?«, brüllte eine laute, eilige Stimme mit schottischem Zungenschlag.

Poe und Bradshaw suchten sich ungehindert den Weg in die Küche. Der Gemüselieferant war unterwegs an ihnen vorbeigekommen, sonst jedoch hatten sie niemanden gesehen. Sie hielten auf die Stimme zu und kamen dabei an Vorratsschränken und Räumen vorbei, in denen nichts als weiße Tischwäsche war, außerdem an einer Tür, in die »Weinkeller« eingraviert war. Endlich erblickten sie eine moderne Tür mit einem Plastikschild, auf dem »Hauptküche« stand.

Poe öffnete sie, und sie traten ein.

Obgleich die Wassermühle jahrhundertealt war, war die Küche des Bullace & Sloe modern, schnittig und geräumig. Auf Arbeitstresen aus Edelstahl stapelte sich eine verwirrende Anzahl von Gerätschaften. Messerblöcke und Hackbretter waren in organisiertem Chaos überall verteilt. Plastikbehälter voll Gemüse, Kräuter und hundert anderen Zutaten standen, Reihe um Reihe, auf Metallregalen. Sechs Herde, in zwei Reihen zu je drei angeordnet wie die Punkte auf einem Dominostein, waren mit brutzelnden Pfannen und dampfenden Töpfen beladen. Utensilien hingen an Haken von der Decke herab. Die Wände waren weiß gekachelt. Alles war makellos sauber.

Obwohl es sechs Jahre her war, dass Poe die Küche betreten hatte, war alles noch genauso, wie er es in Erinnerung hatte.

Bis auf die Hitze. Das letzte Mal war es mitten im Winter gewesen, und niemand hatte gekocht. Anders als jetzt. Es war gerade erst acht Uhr durch, doch in der Küche herrschte bereits reges Treiben. Poe war davon ausgegangen, dass in Restaurants am meisten los war, wenn sie voller zahlender Gäste waren, doch es sah aus, als hätte er sich geirrt. Er zählte zehn Köche, die alle auf Hochtouren arbeiteten. Poe sah zu, wie einer von ihnen fachmännisch einen Lachs schuppte und filetierte, bevor er Zitronenhälften in Musselin wickelte und die Päckchen mit Bändern zuband. Eine andere Köchin schob Fleisch – dem Aussehen nach Enten- oder Taubenbrust – in durchsichtige Plastikbeutel und legte diese dann unter eine Maschine, die aussah wie ein wuchtiger Hosenbügler. Ein Zischen, und sie zog den Beutel wieder hervor. Der war jetzt versiegelt, das Fleisch darin vakuumverpackt. Poe sah zu, wie sie die Beutel behutsam in ein Wasserbad legte. Sie überprüfte die Temperatur und stellte den Timer ein, bevor sie das Ganze wiederholte.

»Wow«, stieß Bradshaw hervor.

»Kann man wohl sagen«, pflichtete Poe ihr bei. Die Küche funktionierte wie ein Schweizer Uhrwerk. Effizient. Mühelos. Reibungslos. Er fuhr mit dem Finger unter dem Kragen entlang. Der war jetzt schon feucht. Unwillkürlich fragte er sich, wie man tagein, tagaus in diesem Umfeld arbeiten konnte. So feucht war es nicht mal im Dschungel von Belize.

»Wer zur Hölle seid ihr beide, und was zur Hölle habt ihr in meiner Küche zu suchen?«

Wieder die schottische Stimme. Die, die nach Kartoffeln verlangt hatte.

Poe drehte sich um. Er erkannte Crawford Bunney von dem Zeitschriftenartikel her wieder. Der Mann trug Jeans und ein T-Shirt. Er war groß und schlaksig; seine Affenarme waren bleich und haarig und überproportional lang. Er hatte eine vorspringende Nase mit sichtbaren, großen Poren, und sein rasierter Schädel ließ seine Männerglatze deutlich sichtbar werden – oben blank, an den Seiten Stoppeln. Die Wangen waren von geplatzten Äderchen durchzogen und die Augen hell, wach und misstrauisch.

»Crawford Bunney?«, fragte Poe.

Bunney bedachte Poe mit einem knappen Kinnrucken. »Wer will das wissen?«

Poe reichte ihm seinen Ausweis.

Bunney betrachtete die Karte eingehend und zuckte die Schultern. »Und was wollen Sie von mir?«

»Nur ein bisschen plaudern.«

»Bin ich verhaftet?«

»Nein.«

»Na, dann hätten Sie sich keinen schlechteren Tag aussuchen können.« Er wandte sich wieder seinem Arbeitstresen zu. »Ich hab gesagt, wo bleiben meine verschissenen Kartoffeln?«

»Sind unterwegs, Chef«, kam eine Antwort aus der Ferne.

»Hören Sie, uns sind zwei Köche ausgefallen, also muss ich heute Soßen *und* Gemüsezurichtung abdecken. 'ne Pause kann ich mir nicht leisten, also entweder Sie reden, während ich arbeite, oder Sie kommen morgen wieder.«

Jetzt passte es Poe gerade sehr gut. Leute, die beschäftigt sind, nehmen sich weniger in Acht.

Eine junge Frau kam mit einer Kiste dreckverkrusteter Kartoffeln angerannt. Sie trug einen weißen Kochkittel und eine blau-weiß karierte Hose. Das blonde Haar klebte ihr verschwitzt an der Stirn. Sie warf Poe und Bradshaw einen raschen Blick zu und lächelte, so wie Menschen es tun, wenn sie keine Zeit haben, sich mit jemandem bekannt zu machen.

»Was soll denn das sein?«, blaffte Bunney. »Wasch die Scheißdinger gefälligst, ja? Ich bin der leitende Chefkoch, kein verschissener *Plongeur!*«

Poe merkte, wie Bradshaw sich neben ihm rührte. Sie tippte auf ihrem Handy.

»Hier drin haben Sie kein Netz, Schätzchen«, sagte Bunney zu ihr. »Da müssen Sie rausgehen.«

»Was ist ein *Plongeur*, Chef Bunney? Ich hab mich gestern

Abend mit Küchenterminologie vertraut gemacht, und das ist ein Wort, das ich nicht kenne.«

»Ein Topf- und Tellerwäscher.« Sein Mund wurde dünner und schmaler, während er zusah, wie die blonde Köchin zu einem Spülbecken hinüberhuschte und anfing, die Kartoffeln abzuschrubben. Während er wartete, bellte er eine ganze Serie Befehle. Alle auf Französisch, und Poe verstand sie nicht. Auf jeden folgte ein lautes »*Oui, Chef!*«.

»Entschuldigung«, sagte er schließlich und wandte sich wieder zu ihnen um. »Heutzutage haben die jungen Köche kein Interesse mehr daran, die Basistechniken zu beherrschen. Alles, was die wollen, ist ein Scheißvertrag mit dem Fernsehen.« Beim Sprechen zog er sich das T-Shirt über den Kopf, schmiss es in einen Wäschekorb und zog seine Kochkluft an. Als er seine Jacke zugeknöpft hatte, war die blonde Köchin wieder da. Die Kartoffeln waren jetzt sauber. Bunney nahm eine zur Hand, und in der Zeit, die Poe gebraucht hätte, um eine Karotte zu schälen, hatte er sie zu einem vollendet symmetrischen länglichen Heptaeder geschnitten. Den warf er in eine Schüssel mit Wasser und griff nach der nächsten. Bald darauf war die Schüssel voller Kartoffeln, alle präzise geformt und mit sieben Flächen versehen, alle gleich groß. Obwohl jeder Schnitt seines Messers mit der Exaktheit einer Maschine ausgeführt wurde, wanderte sein Blick dabei ständig durch die Küche.

Er ertappte Poe beim Zusehen und machte ein finsteres Gesicht. »Ich habe einen Koch, der Gemüse korrekt und schnell zurichten kann. Einen, verdammt noch mal. Als ich hier angefangen habe, hat Chef Keaton mich die Dinger sackweise schnippeln lassen, bis meine Finger geblutet haben.«

Verdattert sah Poe ihm weiter zu. Soweit er sehen konnte, landete ein großer Teil der jeweiligen Kartoffel als Verschnitt im Spülbecken. Aber das war ein guter Aufmacher, also fragte er: »Und wozu dann die Mühe?«

Bunney schnaubte. »Wollen Sie den offiziellen Grund hören oder den inoffiziellen?«

»Den offiziellen.«

»So bekommt man eine Einheitsgröße. Das heißt, die Dinger werden alle gleichzeitig gar, und man kann sie in einer Pfanne herumrollen, sodass sie von allen Seite Farbe kriegen.«

»Und der inoffizielle?«

»Weil das verdammt noch mal schon immer so gemacht worden ist. Geben Sie einem Michelin-Prüfer eine unbeschnittene Kartoffel, und Sie sind einen Stern los.«

»Aber Sie haben Ihre drei Sterne doch behalten«, meinte Poe. »Ich möchte wetten, nachdem Keaton in den Knast gewandert ist, haben die Leute damit gerechnet, dass das Niveau runtergeht.«

Bunney brummte etwas Unverständliches vor sich hin.

»Das habe ich nicht verstanden«, hakte Poe nach.

»Ich hab gesagt, ich war dem Mann was schuldig.«

»Keaton?«

»*Chef* Keaton, ja.« Bunney seufzte, legte sein Messer hin und wischte sich mit einem Handtuch den Schweiß vom Nacken. »Sehen Sie, dieser Beruf nimmt einem alles. Als Keatons Souschef habe ich siebzig Stunden die Woche geschuftet. Jetzt, wo ich als stellvertretender Geschäftsführer fungiere, arbeite ich sogar noch länger, obwohl ich gedacht hatte, das geht gar nicht. Ich mache fünfzigtausend im Jahr, und wenn Sie das durch die Zahl meiner Arbeitsstunden teilen, kriege ich gerade mal den Mindestlohn.« Er nahm sein Messer und schnitt eine weitere Kartoffel zurecht. »Meistens fange ich morgens um sieben an und mache erst nach Mitternacht Feierabend. Heute erwarten wir eine Krabbenlieferung; die müssen sortiert und zerlegt werden. Später habe ich noch eine Besprechung wegen Chef Keatons neuen Herbstgerichten, und ich habe gerade erfahren, dass uns einer unserer Fleischlieferanten flöten gegangen ist. Also werde ich irgendwann im Laufe des Tages, und wer weiß, wann ich dazu mal Zeit habe, einen neuen auftreiben müssen.«

Eine weitere Kartoffel klatschte in die Schüssel, die bereits überlief. Ein Koch kam herbeigeeilt und nahm sie mit. Bunney begann das ganze Prozedere von vorn. Poe wollte sich nach den neuen Gerichten erkundigen, und wieso Keaton dabei immer noch involviert war, doch er hielt es für das Beste, Bunney erst einmal reden zu lassen.

Bradshaw nutzte die Pause. »Ich würde ja nicht gern so viel arbeiten, *Chef* Bunney. Warum machen Sie das denn noch?«

Bunney lächelte. »Das ist eine Sucht. Entweder man liebt es, oder man hasst es, und ich liebe meine Arbeit. Ich fahre voll auf frische regionale Lebensmittel ab, und ich habe das Glück, jeden Tag damit zu arbeiten.« Er fuchtelte mit den Armen. »Und ich kann mit diesen Leuten hier zusammenarbeiten. Wenn man noch nie in einer Profiküche tätig war, dann ist es schwer zu verstehen, wie eng man irgendwann mit seinen Kollegen ist. Wegen der aberwitzigen Arbeitszeiten und der Intensität unserer Arbeit werden die mit der Zeit zur Ersatzfamilie. Ich verbringe mehr Zeit mit ihnen als mit meiner Frau.«

Bradshaw nickte begeistert. Gleich würde sie die Statistik auf den Plan rufen.

»Ja, ein berufstätiger Elternteil verbringt im Durchschnitt nur vierunddreißig Minuten pro Tag mit seinen Kindern. Wenn man davon ausgeht, dass der Durchschnittsmensch zwischen dreißig und achtunddreißig Stunden die Woche arbeitet, dann bringen Sie es, wenn ich Ihre exzessive Arbeitszeit extrapoliere, meiner Berechnung nach auf weniger als die Hälfte des nationalen Durchschnitts.«

Erwartungsvoll starrte sie den Chefkoch an. Poe wusste, dass sie an dem Ganzen nur der mathematische Aspekt interessierte. Obgleich sie empathischer war als noch vor ein paar Monaten, würde der menschliche Aspekt für sie immer erst nach dem wissenschaftlichen kommen.

Bunney machte ein verwirrtes Gesicht.

Poe übersetzte für ihn. »Sie hat eine einmalige Denkweise. Machen Sie sich deswegen keinen Kopf.«

Bunney zuckte die Achseln. »Aye, na ja, sie hat nicht unrecht. Ich sehe meine Frau beim Frühstück, und wenn ich ab und zu mal einen Tag freihabe. Bin nur froh, dass wir keine Kinder haben.«

»Und warum dann noch die zusätzlichen Aufgaben übernehmen?«, fragte Poe. »Sie haben jahrelang in einer Sterneküche gearbeitet. Sie könnten doch bestimmt einen Job irgendwo anders finden, wo nicht so ein Wahnsinnsdruck herrscht.«

»Ich hab's Ihnen doch gesagt, ich bin's Chef Keaton schuldig.«

»Wieso?«

»Als ich damals an seine Restauranttür geklopft habe, war ich ein pickeliger Siebzehnjähriger. Hatte keinen blassen Dunst, was ich mit meinem Leben anstellen wollte. Chef Keaton hat mich aufgenommen, hat mir einen Job als *Plongeur* gegeben und mich in der Belegschaftsunterkunft untergebracht. Ich nehme an, Sie haben sich über mich schlaugemacht, Sie werden also wissen, dass er mich als Mentor vom Tellerwaschen übers Gemüsezurichten bis zu seinem Souschef gebracht hat. Ich habe mir im Laufe der Jahre hier nicht nur Verbrennungen geholt – sondern auch eine Identität. Gehen Sie in jedes anständige Restaurant und fragen Sie, wer Keatons Souschef ist, und Sie hören meinen Namen.«

»Trotzdem …«

»Wie hätte ich das *Bullace & Sloe* nicht für ihn am Laufen halten können? Und ich hab gewusst, irgendwann steht er wieder am Durchgang zum Restaurant und macht allen Heidenangst. Keiner hier hat geglaubt, dass er Elizabeth umgebracht hat.«

Poe stutzte. Bis jetzt hatte alles, was Bunney gesagt hatte, aufrichtig geklungen. Der letzte Satz jedoch hatte aalglatt gewirkt. Als hätte er die Worte eingeübt. Poe fragte sich, was er wirklich dachte.

Bunney war mit den Kartoffeln fertig und ging zu dem Wasserbad hinüber. Mit einer Metallzange nahm er einen Fleischbeutel heraus und stupste ihn mit dem Zeigefinger an. Von Nahem konnte Poe sehen, dass in den Vakuumbeuteln keine Tauben- oder Entenbrust war, sondern Schweinebauch. Bunney brummte vor sich hin und legte den Beutel wieder ins Wasser zurück.

»Kochbeutel?« Poe wollte Bunneys Redefluss in Gang halten.

»*Sous-vide*. Vakuumgaren. So gart das Fleisch gleichmäßig, ohne am Schluss außen zu sehr durch zu sein. Und es bleibt feucht. Wir lassen die Stücke bis kurz vor dem Servieren hier drin, dann karamellisieren wir sie auf dem Herd mit Apfelessig und ein bisschen Rohrzucker. Dazu gibt's eine von den Kartoffeln, die ich zugeschnitten habe.« Er zeigte auf die Wasserbäder. Es waren sechs. »Die Dinger benutzen wir mehr als irgendeine andere Maschine hier in der Küche. Sind ein Geschenk Gottes. Die da« – er zeigte auf die größte – »ist unser bestes Pferd im Stall. Fasst sechsundfünfzig Liter, hat innen einen Umwälzpropeller und ist direkt an den Abfluss angeschlossen, sodass wir sie einfach da stehen lassen können.«

Poe nickte nicht weiter beeindruckt. Er erinnerte sich vom letzten Mal her an das große Wasserbad. Die Leute von der Spurensicherung hatten es überprüft, aber nichts gefunden.

Bunney nickte der Köchin zu, die den Schweinebauch zubereitete, und ging dann weiter zu einem riesigen Topf. Dort zog er einen Löffel aus seiner Jacke und kostete den Inhalt. Dann griff er nach einem Behälter und schmiss mehr Salz in den Topf, als Poe in einer Woche verbrauchte. Er bemerkte dessen ungläubigen Blick und lächelte.

»Ich verrate Ihnen mal ein Geheimnis, ja? Wenn Sie ein langes, gesundes Leben wollen, essen Sie weniger Salz. Wenn Sie eines mit gutem Essen wollen, nehmen Sie mehr. Salz ist der Hauptunterschied zwischen Hausmannskost und Restaurantkost, Sergeant Poe. Wir verwenden so viel, wie's geht, ohne dass das Essen salzig schmeckt. Das bringt den Geschmack der Zutaten richtig zur Geltung.«

Poe wandte sich an Bradshaw. »Hab's dir ja gesagt.«

Bunneys Handy klingelte. Er hörte dem Anrufer kurz zu und brüllte dann: »Das Bullace & Sloe verwendet Lammfleisch aus der Region! Wir können uns das Zeug nicht aus Schottland holen, verdammte Scheiße!« Er hielt kurz inne. »Nein, Sie Volltrottel! Das Fleisch muss aus Cumbria sein, und es muss von Scheiß-Herdwicks stammen!«

Er beendete das Gespräch. »Entschuldigen Sie mich kurz. Ich muss mein kleines schwarzes Büchlein suchen. Wenn wir das nicht auf die Reihe kriegen, muss die ganze Speisenfolge geändert werden.«

»Kein Problem«, versicherte Poe. »Ist es okay, wenn wir einfach hierbleiben?«

Bunney nickte. »Aber nerven Sie meine Leute nicht. Die haben genug zu tun.«

Deutlich besser gelaunt kam Bunney zurück. Er hatte einen neuen Lieferanten aufgetan; jetzt sauste er in der Küche herum und warf mit Anweisungen und Anfeuerungen um sich. Nie hörte er auf, alles Mögliche zu kosten. An jedem Arbeitsplatz tauchte er seinen Löffel in das, was der dortige Koch gerade zubereitete. Zweimal. »So überprüft man die Würze«, erklärte er. Für gewöhnlich tat er nach dem Kosten noch irgendetwas dazu, gelegentlich nickte er auch nur zustimmend. Doch die Küche funktionierte reibungslos, und jetzt, da er mit dem Gemüsezurichten fertig war, hatte Bunney sich ein klein wenig entspannt.

Poe fragte ihn nach Jared Keaton.

Bunneys Augen wurden schmal. »Ich hab gehört, er kommt nächste Woche raus. Warum fragen Sie ihn nicht selbst?«

»Tun Sie mir den Gefallen.«

»Ich denke nicht. Er ist mein Boss, und wenn die Polizei hier rumschnüffelt und versucht, das Gesicht zu wahren, dann geht das für mich nur schlecht aus.«

»Wir schnüffeln nicht herum, Mr Bunney«, log Poe. »Wir versuchen, uns ein Bild zu machen, damit solche Fehler in Zukunft nicht wieder vorkommen.«

Bunney schwieg eine Weile. »Sie haben bestimmt schon mal den Spruch gehört, dass man im Restaurantgeschäft am leichtesten ein kleines Vermögen verdient, wenn man mit einem *großen* Vermögen anfängt?«

»Ja, habe ich«, antwortete Poe. Hatte er nicht.

»Deswegen gehen neunundneunzig Prozent aller Restaurants pleite. Sie beeindrucken ihre Gäste nicht genug, dass die noch mal einen Tisch buchen wollen. Sie kochen dieselben Gerichte wie alle anderen, erwarten aber andere Resultate. Chef Keaton hat gewusst, dass man, um in diesem Geschäft Erfolg zu haben, den Unterschied zwischen Kochen und *Kreieren* kennen muss. Kochen heißt, sich an ein Rezept halten, und auch wenn ein gewisses Können nötig ist, um zu begreifen, was da in der Pfanne abgeht, wann man Salz dazugeben muss und wann Säure – so was kann man im Großen und Ganzen jedem beibringen.«

Das bezweifelte Poe aufrichtig. Er hatte viele Male vergeblich versucht, simple Rezepte zu befolgen. Wenn er heute auf etwas stieß, das er nicht in die Pfanne hauen, zwischen zwei Scheiben Brot packen oder zehn Stunden lang in einem Hot Pot köcheln lassen konnte, dann wollte er damit nichts zu tun haben.

»Kreieren heißt, sich ein Gericht im Kopf vorstellen«, fuhr Bunney fort, »und dann unterschiedliche Aromen, Texturen,

Temperaturen und Techniken miteinander zu kombinieren, um etwas zu schaffen, das mehr ist als die Summe seiner Teile.«

»Und Keaton konnte das?« Poe brachte es nicht über sich, *Chef* vor den Namen des Mannes zu setzen.

»*Chef* Keaton konnte das. Außerdem war er der Erste, der seine Zutaten selbst gesammelt hat, der Erste, der Molekularküche eingesetzt hat, und der Erste, der die Speisenfolge jeden Tag neu gestaltet hat, je nachdem, was am Vormittag geliefert worden war. Außerdem waren wir die Ersten, die auf eine Speisekarte verzichtet haben.«

Poe wusste, dass es im Bullace & Sloe keine Speisekarte gab. Alle Gäste – außer denen mit besonderen Ernährungsbedürfnissen – bekamen dasselbe Essen vorgesetzt. Manchmal gab es neun Gänge, manchmal mehr als zwanzig. Poe wusste nicht recht, ob das innovativ oder prätentiös war. Wahrscheinlich Letzteres, obwohl er durchaus akzeptierte, dass er auf diesem Gebiet eher ein Neandertaler war.

»Das Bullace & Sloe war lange das aufregendste Restaurant im ganzen UK. Chef Keaton hat die Vorbilder ignoriert, nach denen sich Europa gerichtet und die London übernommen hatte, wo der Genuss des Gastes weniger zählt als die kreative Genialität des Kochs. Er wollte, dass der Gast sich seinem Essen hingibt. Deswegen vergeben wir die Tische pro Abend auch nur einmal. Wenn Sie um sechs kommen, können Sie bis elf bleiben: Den Tisch behalten Sie trotzdem. Nichts von diesem ›Der Koch macht die Regeln und der Gast gehorcht‹-Schwachsinn, der überall sonst abläuft. Und deshalb ist das Bullace & Sloe auch immer noch die Nummer eins auf seinem Gebiet.«

Poe hatte Bunney von dem Koch Keaton schwärmen hören, aber von ihm noch nichts über den Vorgesetzten Keaton gehört, über den *Menschen* Keaton. Also fragte er.

»Beinhart«, gab Bunney zu.

»Aber fair«, ergänzte Bradshaw. Sie sah aus, als freue sie sich, etwas beitragen zu können.

Bunney lächelte. »Nö. Nur beinhart.« Er zog ein Hosenbein hoch und zeigte ihnen eine silbrige Narbe an seinem Schienbein. »Das war 'ne Kelle. Wir haben versucht, unseren zweiten Stern zu halten, und der Druck war enorm. Die Nerven haben blank gelegen. Ich habe einen Pistazien-Crumble versaut, hab die falschen Nüsse genommen, und keiner hat's gemerkt, bis das Lamm serviert werden sollte. Chef Keaton hat die Beherrschung verloren.«

»Autsch«, meinte Poe.

»Aber ich hab nie wieder die falschen Nüsse genommen.«

»Trotzdem ...«

»Nichts trotzdem. Unser zweiter Stern war in Gefahr, und wir konnten uns keine Fehler mehr erlauben.«

»Was hat Ihren Stern denn in Gefahr gebracht?«, erkundigte sich Poe.

»Ein Anfängerfehler«, erwiderte Bunney. »Als Gericht Nummer vier gab es marinierte Makrele, und der Prüfer hatte ein Stückchen Gräte drin.«

»Ist das nicht ein bisschen pingelig?« Poe hatte noch nie einen Fisch ganz ohne Gräten gegessen.

»Nicht auf diesem Niveau.«

»Aber Sie haben Ihren Stern doch nicht verloren, oder?« Poe wandte sich zu Bradshaw um, damit sie seine Worte bestätigte.

Sie schüttelte den Kopf. »Nein, Poe.«

Plötzlich schien Bunney sich unbehaglich zu fühlen. Sein Blick huschte durch die Küche, als suche er nach einem Grund, sich dem Gespräch zu entziehen.

»Chef Bunney«, sagte Poe. Dann wartete er, bis der hochgewachsene Schotte ihn ansah. »Was ist passiert? Wie hat das Bullace & Sloe seinen Stern behalten?«

Bunney nuschelte irgendetwas.

»Entschuldigung, ich habe Sie nicht verstanden«, erwiderte Poe.

»Ich hab gesagt, als seine Frau bei dem Autounfall umgekommen ist, haben wir drei Monate mehr Zeit bekommen.«

Er machte ein trotziges Gesicht.

Und schien sich gleichzeitig zu schämen.

32. KAPITEL

»Er hat eine Mitleidsfrist bekommen?« Poe machte sich im Geiste eine Notiz, Flynn um eine Kopie des Unfallberichts zu bitten. Abgesehen davon, dass es ein Autounfall gewesen war, wusste er nichts darüber, wie Lauren Keaton ums Leben gekommen war.

»So was in der Art«, gab Bunney zu. »Sie konnten ihm doch unmöglich einen Stern wegnehmen, wenn seine Frau gerade umgekommen war. Aber das war nur vorübergehend. Chef Keaton hat gewusst, dass sie wiederkommen würden, und deswegen haben wir so unter Druck gestanden.«

»Und den Stern behalten«, stellte Poe fest. Dass Keaton den Tod seiner Frau ausgenutzt hatte, überraschte ihn nicht. Das war kalt und opportunistisch und passte genau zu dem, was er über den Mann wusste.

»Nein, Sergeant Poe, wir haben noch einen dazugewonnen. Laurens Tod hat alle schwer getroffen, aber Chef Keaton hat er zu noch größeren Leistungen angetrieben. Er hat die Speisenfolge ganz neu aufgezogen, hat neue Lieferanten aufgetan und seiner Tochter die Zuständigkeit für den öffentlich zugänglichen Bereich des Restaurants übertragen.«

Poe erkundigte sich, ob schon irgendjemand mit Elizabeth gesprochen hatte, seit sie wieder aufgetaucht war.

»Sie war gar nicht hier. Ich glaube, sie wohnt in irgendeinem Hotel, das die Polizei ihr besorgt hat.«

»Aber die anderen freuen sich doch bestimmt, nicht wahr?«

Bunney schüttelte den Kopf. »Sie wissen es noch gar nicht. Die haben mit Chef Keatons bevorstehender Rückkehr auch so schon genug um die Ohren. Sie wissen nur, dass neue Beweise ihn entlastet haben. Ich überlasse es ihm, ihnen alles zu erzählen.«

Bradshaw wollte vorwärtskommen. Sie blätterte ihr Notizbuch um und fragte: »Sie haben Chef Keaton sechsunddreißig Mal im Gefängnis besucht, Chef Bunney. Warum?«

Er runzelte die Stirn. »Dazu bin ich vertraglich verpflichtet. Zur Übernahme des Postens als stellvertretender Geschäftsführer gehört, dass ich ihn jedes Mal besuchen musste, wenn ich eine größere Änderung an der Speisenfolge vornehmen wollte als die saisonalen, die vorab genehmigt worden waren. Außerdem musste ich jedes Quartal einen Bericht über den Zustand des Geschäfts abliefern.«

»Hier steht, dass Sie ihn in einem Monat dreimal besucht haben«, sagte Bradshaw. Ihre Notizen zog sie dabei nicht zurate. »Im Gefängnis HMP Pentonville. Warum?«

Das war eine gute Frage. Die Fahrt von Carlisle nach London war ätzend. Egal, wie dankbar Bunney Keaton war, dachte Poe, dreimal im Monat, das war exzessiv.

Bunney überlegte einen Moment. »Das war, nachdem er niedergestochen worden war.«

Poe und Bradshaw sahen sich an. Von einem Angriff mit einer Stichwaffe stand nichts in Keatons Gefängnisakte.

»Sind Sie sicher?«, fragte Poe.

»Er lag über einen Monat im Krankenhaus.«

»Entschuldigen Sie kurz.«

Poe beugte sich vor und flüsterte Bradshaw ins Ohr: »Mach für heute Abend eine Videokonferenz mit DI Flynn klar. Bitte sie, etwas über diese Geschichte herauszufinden, und auch, warum das nicht in seiner Akte steht. Und wenn du schon dabei bist, sie soll auch schauen, ob sie den Bericht über den Unfall seiner Frau kriegen kann.«

»Ich gehe raus, damit ich auch ganz bestimmt Empfang habe, Poe. Wenn du mir den Autoschlüssel gibst, lasse ich Edgar raus, solange ich draußen bin.«

Als sie weg war, wandte Poe sich wieder an Bunney. »Erzählen Sie weiter.«

»Eigentlich gibt's da weiter nichts zu erzählen. Er ist niedergestochen worden, und ich dachte, während er im Krankenhaus war, hätte er vielleicht Zeit, über sein Vermächtnis nachzudenken. Ich dachte, man könnte ihn vielleicht überreden, meinen Vertrag zu ändern und mir mehr Autonomie zuzugestehen. Und mir vielleicht sogar zu sagen, wo diese Scheiß-Trüffelbäume sind.«

Poe zog die Augenbrauen hoch. Das war jetzt das zweite Mal, dass die Rede auf Trüffel kam.

»In jedem zweiten Gericht sind Trüffel, und die kosten mich ein Vermögen. Haut richtig in die Gewinnmargen rein. Chef Keaton hat seine immer selbst gesammelt, aber er wollte nicht sagen, wo. Eigentlich nicht weiter überraschend; solche Stellen sind seltener als Schaukelpferdscheiße.«

»Sie müssen die Trüffeln also kaufen?«

»Und die sind unfassbar teuer. Kosten mehr als ihr Gewicht in Gold.«

»Ja, das habe ich auch gehört.«

Interessiert legte Bunney den Kopf schief, doch Poe ging nicht weiter darauf ein. Er hätte gern gefragt, wie ein Stadtkind wie Keaton auf Trüffelbäume gestoßen war, doch fürs Erste musste er bei der Messerstecherei bleiben.

»Im Krankenhaus zu liegen wird ihn doch bestimmt ein bisschen ausgebremst haben?«

»Eigentlich ganz im Gegenteil. Er war total aufgekratzt. Den Monat davor hatte ich ihn im HMP Altcourse besucht, und da war er richtig am Boden gewesen. Sein Antrag auf Berufung war wieder mal abgelehnt worden, und ich glaube, er hatte sich damit abgefunden, die ganzen fünfundzwanzig Jahre abzusitzen, wenn nicht noch länger. Er hatte sogar ein neues Gericht abgesegnet, ohne zu fragen, wie hoch der Gewinn pro Portion wäre.«

»Und dass er niedergestochen worden war, hat ihn aufgeheitert?« Das erschien unwahrscheinlich.

»Nein, er war schon vorher besser drauf gewesen. Als ich ihn das erste Mal im HMP Pentonville besucht habe. Da war er richtig lebhaft. Kam wieder mit seinen Plänen an, mitten im Lake District ein neues Restaurant zu eröffnen, und vielleicht sogar ein Pop-up in London. Wollte, dass ich sie beide führe. Hat gelacht und Witze gemacht, eigentlich ziemlich irres Zeug geredet. Sehr merkwürdig.«

»Und dann ist er niedergestochen worden?«

»Und dann ist er niedergestochen worden«, bestätigte Bunney.

»Und das hat ihm nicht die Laune verdorben?«

»Überhaupt nicht. Ich habe ihn zweimal im Krankenhaus besucht, und beide Male war er total fröhlich.«

Poe würde Flynn fragen, ob sie sich mal den Zeitraum zwischen Bunneys letztem Besuch in der Haftanstalt Altcourse und seinem ersten Besuch im Gefängnis Pentonville ansehen könnte. Ob sie herausfinden könnte, was Keaton in so gute Stimmung versetzt hatte, dass selbst ein Angriff mit einer Stichwaffe sie nicht zu trüben vermochte.

Bradshaw kam zurück. »Die Videokonferenz ist heute Abend um sieben, Poe.«

Bunney nutzte die Gesprächspause, um abermals Anweisungen zu brüllen. Poe war klar, dass seine Zeit fast um war. Sie konnten von Glück sagen, dass sie in einer dermaßen geschäftigen Küche so viel Aufmerksamkeit bekommen hatten. Er versuchte es mit einer letzten Frage.

»Erzählen Sie mir von Elizabeth. Ich nehme an, Sie haben sie gut gekannt?«

Bunney schüttelte den Kopf. »Nicht so gut, wie man erwarten würde. Sie war vorn zugange und ich in der Küche. In einem Restaurant wie diesem hier haben die beiden Bereiche nicht viel miteinander zu tun.«

»Aber bestimmt doch nach Feierabend ...«

»Chef Keaton hatte ein sehr wachsames Auge auf seine

Tochter. Und man kann's ihm ja eigentlich auch nicht verdenken. Er war lange genug im Geschäft, um zu wissen, dass die Leute es nach Feierabend unweigerlich so richtig krachen lassen, vor allem die in der Belegschaftsunterkunft.«

»Sex?«

»Und Drogen. Das hier ist ein Hochdruck-Arbeitsumfeld, und Chef Keaton hat gewusst, wo er ein Auge zudrücken musste. Solange sich das alles nicht auf die Arbeit ausgewirkt hat, war's ihm egal, was sie nach Feierabend getrieben haben.«

»Und hat sich etwas auf die Arbeit ausgewirkt?«

Zum ersten Mal sah Bunney beklommen aus. »Mir ist nichts aufgefallen.«

Das war eine geschickte Antwort. Kein Ja, aber auch kein Nein. Bunney verschwieg ihm etwas.

»Gibt es sonst noch jemanden, mit dem ich Ihrer Ansicht nach sprechen sollte?«

»Tut mir leid«, sagte Bunney, »aber wir sind langsam kurz vorm Servieren. Ich muss mich jetzt wirklich ranhalten.«

Poe gab ihm die Hand. »Sie können uns wohl nicht für einen frühen Lunch da drinnen unterbringen?«

Bunney schaute über seine Schulter. »Jen!«, brüllte er.

»*Oui, Chef?*«

»Wie sieht's für den Lunch aus. Sind wir ausgebucht?«

»*Oui, Chef.*«

»Kriegen wir noch zwei unter?«

Eine kurze Pause. »*Oui, Chef.* Ich kann aus einem Vierer zwei Zweier machen.«

»Jen hat offenbar zwei Gäste an einem Vierertisch«, erklärte Bunney. »Sie teilt den Tisch und macht Platz für Sie.«

Poe nickte, erfreut, dass er das Bullace & Sloe noch nicht verlassen musste. Irgendetwas hatte er da von Bunney aufgefangen. Er hatte den Eindruck gehabt, dass der hoch aufgeschossene Chefkoch ihm etwas sagen wollte, sich jedoch nicht in der Lage dazu gesehen hatte. Nicht mitten in der wuselnden

Küche. Poe würde versuchen, ihn nach dem Lunch allein zu fassen zu kriegen.

»Können Sie um zwölf hier sein? Sie haben eine Menge Gänge zu bewältigen.«

Poe sah auf die Uhr. Anderthalb Stunden mussten sie totschlagen. Ganz in der Nähe war öffentliches Forstland, und sie könnten mit Edgar im Wald spazieren gehen. Dem Spaniel zeigen, wie richtige Bäume aussahen. Die paar Bäumchen, die auf dem Shap Well wuchsen, waren klein, verkümmert und windschief.

33. KAPITEL

Sie kehrten zum Bullace & Sloe zurück und traten diesmal durch die Vordertür ein. Eine Frau stand hinter einem hohen, schmalen Pult; der Lichtschein des Computers fiel auf ihr Gesicht. Sie nannten ihre Namen, und man wies ihnen den Weg zu einem kleinen Wartebereich.

Ein Mann in gestärktem weißem Hemd, mit schwarzem Jackett und Bullace-&-Sloe-Krawatte kam und setzte sich zu ihnen. Er hielt eine Ledermappe in der Hand.

»Ich bin Joe Douglass, der *Maître d'*. Haben Sie schon einmal bei uns gespeist?«

Noch nicht, sagten sie, und er erklärte ihnen, wie ein Lunch hier ablief. »Heute Mittag gibt es ein Degustationsmenü mit vierzehn Gängen. Alle zwölf Minuten wird ein Gericht serviert, und das gesamte Essenserlebnis wird ungefähr drei Stunden dauern.«

Das war etwas ganz Neues für Poe. Essen zu *erleben,* anstatt es zu verzehren. Und drei Stunden – auch das war neu. Essen tat man am Schreibtisch, im Auto oder stehend am Spülbecken. Wie dem auch sei, er hatte sich in Keatons Gedankenwelt versetzen wollen: Seine Gerichte zu essen, war da nicht die allerschlechteste Idee.

»Wünschen der Herr mit dem Sommelier zu sprechen, oder gewähren Sie uns die Ehre, die Weinbegleitung für Sie zu selektieren?«

Poe wusste nicht, was »selektieren« bedeutete. Doch das spielte keine Rolle – er mochte keinen Wein. »Ich nehme ein Bier.«

»Und ich ein Mineralwasser, bitte«, fügte Bradshaw hinzu.

Douglass verbeugte sich steif und holte ein Mini-iPad aus seiner Ledermappe. Er tippte auf den Bildschirm und gab die

Getränkebestellung ein. »Gibt es irgendwelche Besonderheiten, von denen Chef Bunney wissen muss?«

Sie sei Vegetarierin, sagte Bradshaw.

Wieder tippte Douglass auf sein iPad. »Das scheint kein Problem zu sein. Wenn Sie mir nun folgen möchten; ich bringe Sie zu Ihrem Tisch.«

Der Speisesaal des Bullace & Sloe war minimalistisch gehalten. Der Boden bestand aus den ursprünglichen Steinplatten, und die Backsteinwände waren unverputzt. Das alte Mahlwerk war erhalten geblieben, ansonsten jedoch gab es nichts, was den Gast abgelenkt hätte. Keine Bilder, keine Fotografien, nicht einmal Vorhänge.

Und das minimalistische Ethos endete auch nicht, als sie Platz nahmen. Gestärkte rote Servietten auf nacktem Holz, handgefertigtes Besteck und eine einzige weiße Rose in einer dunkel angelaufenen Messingvase, das war alles, was sich auf ihrem Tisch befand. Poe sah sich um, ob das nur bei ihnen so war, doch anscheinend wurde hier niemandem zugetraut, sein Essen selbst zu würzen.

Es war gerade zwölf, und der Speisesaal war voll. Die Atmosphäre war ruhig und ehrfürchtig. Kellner und Kellnerinnen in säuberlich gebügelter schwarzer Kluft mit weißen Krawatten waren geräuschlos in Dreiergruppen unterwegs: Einer trug das Tablett, ein zweiter setzte den Gästen die Teller vor, und ein dritter erklärte ihnen, was sie gleich essen würden. Ein Sommelier beobachtete alles mit Argusaugen und hielt sich zum Nachschenken bereit.

Obgleich hier drin viel Platz war und Poe nicht das Gefühl hatte, zusätzlich hereingequetscht worden zu sein, fragte er sich doch, warum der schlaksige Mann aus Edinburgh sich so kulant gezeigt hatte. Nötig hätte er es nicht gehabt. Das Bullace & Sloe war ausgebucht gewesen – es wäre vollkommen in Ordnung gewesen, Nein zu sagen. Doch Bunney hatte nicht

Nein gesagt. War das ein Beispiel für den exzellenten Service, um den man im Bullace & Sloe angeblich stets bemüht war, oder war es etwas anderes?

Eine rothaarige Kellnerin kam mit einem Brotkorb. Mit einer verzierten Zange legte sie jedem ein Brötchen auf den Teller. Eine zweite Kellnerin stellte ein Steinguttöpfchen mit cremiger Butter in die Mitte des Tisches.

Eine dritte begann eine gut eingeübte Rede. »Unser heutiges selbst gebackenes Brot ist Chef Bunneys Bio-Sauerteigbrot mit selbst gesammeltem Wildthymian. Die Butter wird bei uns im Hause hergestellt, und die Milch stammt von einem Bauernhof hier in Cumbria.« Sie verkündete das, als hätte Jesus höchstselbst am Butterfass gestanden.

Trotz Poes Skepsis war der Geruch von warmem Brot doch eine der kleinen Freuden des Lebens, und Poe atmete tief ein. Bradshaw tat es ihm nach. Er riss das Brötchen in zwei Hälften, beschmierte die eine mit reichlich Butter, biss ab und seufzte genussvoll. Es schmeckte köstlich.

Ein anderes Kellnertrio servierte den ersten Gang. Er war genauso, wie Poe erwartet hatte. Winzig, hübsch anzusehen und unfassbar komplex.

»Was hier vor Ihnen steht, ist Chef Bunneys Interpretation des *Salade Niçoise*«, erläuterte der dritte Kellner. »Sashimi vom Blauflossenthunfisch, dehydriertes Eigelb, Tomatensorbet und eine Olivenreduktion.«

Bradshaw wurde ein etwas anderes Gericht vorgesetzt. Bis der Kellner erklärt hatte, dass der Thunfisch hier durch pochierten Tofu ersetzt worden war, hatte Poe bereits aufgegessen. Zwei kleine Mundvoll beziehungsweise ein mittelgroßer, schätzte er. Nett, aber er kapierte eindeutig nicht, worum es hier ging. Er würde sich nicht auf eine Zwei-Monate-Warteliste setzen lassen, um das noch einmal zu essen. So gut wie eine Cumberland Sausage war es ganz sicher nicht.

Bradshaw gab sich alle Mühe, ihre Portion zu genießen. Zuerst knabberte sie ein ganz klein wenig an jedem einzelnen Stück und nahm dann eine Gabel mit allem. »Lecker«, meinte sie, als sie fertig war.

Der nächste Gang war ein vegetarisches Gericht, also bekamen sie beide das Gleiche. Eine weiße Schale von der Größe eines Sombreros mit einem einzigen Raviolo in der Mitte. Der war ungefähr so groß wie eine Visitenkarte und hatte gekräuselte Ränder. Außerdem war er mit etwas bedeckt, das wie Spucke aussah.

»Hier haben wir einen Waldpilz-Raviolo mit Knoblauchschaum, garniert mit Spänen vom gereiften Parmesan und abgerundet mit gemörserten Trüffeln.«

Köstlicher Duft stieg aus der Schale auf, und Poe gab sich diesmal Mühe, sich Zeit zu lassen. So konnte er das wunderbar frische weiße Teigpäckchen wirklich genießen, stellte er fest. Der Schaum, so eklig er auch aussah, passte extrem gut zu der Pasta, und das erdige Aroma der Trüffeln bildete ein wunderbares Gegengewicht zu dem salzigen Käse.

»Okay ... das war recht gut«, gab er zu. Dies war seine erste Erfahrung mit gehobener Küche, und er kam sich ein bisschen fehl am Platze vor. Bradshaw, die keine Peinlichkeitsschwelle kannte, bemerkte sein Unbehagen nicht.

Eine Serie kleiner, aber delikater Gerichte folgte, eines komplexer als das andere. Ein Seeigel, der Poe leidtat, wurde in seiner eigenen Schale serviert. Die Textur geronnener Vanillesoße und der salzige Geschmack frischer Austern. Jedes Mal, wenn er einen Bissen davon nahm, sagte Bradshaw: »Iih!« Die Essenz der Karotte – dazu gehörten unter anderem Karottenpüree, Karottenschnee und Karottengranita – war ein klassisches Beispiel für »Nur weil's geht, muss man's nicht machen«. Das rohe Karottenstück schmeckte bei Weitem am besten. Auf das Karottengericht folgte Rindertartar auf einer Bremsspur von irgendetwas Salzigem.

Das nächste Gericht sah aus wie Chicken-Nuggets. Fragend

blickte Poe auf. »Altenglische Lamb Fries mit Aioli aus selbst geerntetem Wildknoblauch und bitterem Limonensirup«, erläuterte der Kellner.

Poe schaute auf das, was Bradshaw vorgesetzt worden war, und sagte: »Haha!« Sie hatte natürlich wieder irgendeine »Essenz« bekommen. Diesmal der Borlottibohne. Hübsch sah das Gericht ja aus – die Bohnen waren rosa mit roten Streifen –, aber *er* hatte Lammbraten.

Und der war fantastisch. Der delikate Geschmack hielt sich noch lange nach dem Schlucken am Gaumen. Anscheinend hatte das Fleisch in Milch gelegen, bevor es paniert und gebraten worden war. Ein bisschen zäher, als er es von einem Dreisternerestaurant erwartet hätte, aber der Geschmack machte das mehr als wett. Lamm war sein Lieblingsfleisch, und Braten war seine Lieblingskochtechnik; er war also nicht vollkommen überrascht.

Bradshaw war vor ihm fertig. Sie sah zu, wie er seinen Teller leer aß. Ein seltsames Lächeln spielte um ihre Lippen. Es sah aus, als wolle sie etwas sagen.

»Was gibt's denn, Tilly?« Er fuhr mit dem Finger rund um den Teller und wischte den letzten Rest Soße auf.

»Du weißt aber schon, was Lamb Fries sind, Poe, oder?«

»Gebratenes Lamm, nehme ich an.« Bradshaws Lächeln wurde breiter, und ganz plötzlich war er sich nicht mehr so sicher. »Oder etwa nicht?«

»Streng genommen schon.« Sie entsperrte ihr Handy und wartete, bis sie Netzempfang hatte. Schließlich tippte sie etwas ein und reichte ihm das Telefon.

Er las den Wikipedia-Eintrag zu Lamb Fries und betrachtete dann seine sauberen Finger und seinen noch saubereren Teller. »Bitte sag, dass das ein Witz ist.«

»Das ist kein Witz. Lamb Fries sind Hoden.« Ihr Grinsen war breiter als die M6.

»Ich will eine Speisekarte.« Poe hob die Hand, und der

Maître d' kam an ihren Tisch. »Ist alles in Ordnung, Sir?«, erkundigte er sich steif.

»Ich will eine Speisekarte«, verkündete Poe. »Ich esse nichts mehr, bevor ich nicht genau weiß, was es ist.«

»Nach dem dritten Dessertgang erhalten alle Gäste eine signierte Speisekarte, Sir.«

Poe starrte ihn an.

»Aber ich werde Chef Bunney fragen, ob er bereit ist, eine Ausnahme zu machen.«

»Tun Sie das bitte.«

»Das Essen hier ist ein klein bisschen hochgestochen, nicht wahr, Poe?«, bemerkte Bradshaw, nachdem der Maître d' verschwunden war.

Poe knurrte. Das Essen im Bullace & Sloe war im selben Ausmaß ein klein bisschen hochgestochen, wie Seeigel ein klein bisschen fischig schmeckten.

Der Maître d' kam mit zwei Speisekarten aus Pappe zurück. Er reichte jedem von ihnen eine.

»Danke«, sagte Poe.

Der Maître d' verbeugte sich und ging.

Poe klappte seine Speisekarte auf. Ein kleiner Briefumschlag fiel auf den Tisch. Er und Tilly sahen sich an. Poe warf einen Blick in die Runde, um sich zu vergewissern, dass niemand zusah, und schlitzte den Umschlag dann mit seinem Buttermesser auf.

Darin steckte eine Karteikarte. Poe las Bradshaw vor, was darauf geschrieben stand. »Dieser Mann wurde wegen ›extrem mangelhaften Zeitmanagements‹ entlassen. Er sieht das wohl etwas anders.«

Poe drehte die Karte um. Auf der Rückseite stand ein Name: Jefferson Black. Er schob Bradshaw die Karte hin. Sie las den Namen und startete sofort eine Suche auf ihrem Handy.

Jefferson Black? Der Name tauchte in der Mordfallakte nicht auf. Poe fragte sich, warum. Ehemalige Angestellte, wenngleich manchmal verbittert, waren eine gute Informationsquelle, solange man alles, was sie sagten, durch ein Voreingenommenheitssieb strich.

»Ich habe kein Netz mehr«, stellte Bradshaw fest und wedelte mit ihrem Handy in der Luft herum. Dann hob sie die Hand. Ein Kellner kam an ihren Tisch. »Kann ich bitte das WLAN-Passwort haben?«

»Madam, das hier ist ein Dreisternerestaurant.«

Sie fing an zu tippen. »Alles klein geschrieben?«

Poe lächelte. »Wir bitten DI Flynn, ihn zu suchen, Tilly. Du kannst sie auf der Rückfahrt anrufen. Lass uns einfach das restliche Essen genießen.«

»Okay, Poe«, sagte sie und steckte ihr Handy wieder ein. Der Keller tappte verdattert davon.

Während sie auf den nächsten Gang warteten, überlegte Poe, warum Bunney glaubte, dass Jefferson Black ihnen helfen könnte. Was war so geheimnisvoll und bedeutsam, dass er sich nicht in der Lage gesehen hatte, es ihm in der Küche zu sagen? Ihm fiel nichts Offensichtliches ein.

Beiläufig nahm er die Speisekarte zur Hand und schaute nach, was als Nächstes kam. Wieder ein Wildgericht: geschmorte Rehbäckchen mit Kompott aus selbst gesammelten Brombeeren. Poe fand die Speisekarte nervig. Unnötig komplizierte Kochtechniken, Fleisch von den falschen Teilen des Tieres und pompöse Beschreibungen wie »frisch vom Bauernhof«, »regional geerntet« und »dekonstruiert«. Der Begriff »selbst gesammelt« kam in der Beschreibung von fast jedem Gericht vor.

Und Bunney hatte recht: Trüffeln standen wirklich sehr oft auf der Speisekarte – von vierzehn Gerichten enthielten sechs die lachhaft teuren Pilze. Kein Wunder, dass er so scharf darauf gewesen war, herauszufinden, wo Keaton die herhatte.

»Tilly, wenn du mal fünf Minuten Zeit hast, kannst du mir was über Trüffeln zusammenschreiben? Welche Arten in Restaurants verwendet werden, welche Sorten im UK heimisch sind, wo man die findet – so was in der Art?«

»Okay, Poe.« Sie blickte von der Speisekarte auf. »Mach ich heute Abend.«

Poe dankte ihr. Wie Keaton seine Trüffeln gefunden hatte, irgendwie ließ ihm das keine Ruhe.

Bradshaw schob ihre Speisekarte über den Tisch und zeigte auf das Kleingedruckte ganz unten. Poe furchte die Stirn, setzte seine Lesebrille auf und las, worauf ihr Finger zeigte.

Es war eine Liste der Lieferanten des Restaurants. Dem Aussehen nach war sie auf das Geschäftspapier vom Bullace & Sloe gedruckt worden, während die Speisekarte sich täglich änderte.

Poe fuhr mit dem Finger über die Liste, bis er sah, was Bradshaw gefunden hatte. Sein Herz setzte einen Schlag aus. Dabei war es doch die ganze Zeit offensichtlich gewesen. Bunney hatte deswegen sogar herumgebrüllt.

Thomas Hume war der Lammfleischlieferant des Bullace & Sloe gewesen.

34. KAPITEL

Der Rest des Essens verging wie in einer Art Nebel. Poe beschwerte sich nicht einmal, als die Rechnung kam. Normalerweise wäre er stocksauer gewesen, wenn man ihm für einen Lunch fast vierhundert Pfund berechnet hätte. Stattdessen bezahlte er, ohne mit der Wimper zu zucken.

Sein nächster Nachbar lieferte Fleisch an das Restaurant, in dem er Ermittlungen durchführte. Und auch wenn Thomas tot war, seine Tochter Victoria war es nicht. Und sie war ihm jetzt schon zweimal sehr ausweichend begegnet. Einmal, als er angerufen hatte, und dann noch einmal, als er Edgar abgeholt hatte. Er erinnerte sich an ihren Tonfall, als er gesagt hatte, er käme nur, um seinen Hund zu holen. Sie hatte … erleichtert gewirkt. Steckte sie in dieser Geschichte mit drin? Genau wusste er es nicht, aber irgendetwas ging hier vor. Etwas, dem er auf den Grund gehen musste.

Auf dem Rückweg zum Shap Wells Hotel kamen sie gut voran, trotzdem war es fast sechs, als sie auf das Quad stiegen und nach Herdwick Croft fuhren. Edgar rannte den ganzen Weg nebenher. Poe brauchte eine andere Lösung für seine Betreuung; so wie heute ging es auf Dauer nicht.

Zu Hause stellte er seine Espressokanne auf den Herd und brühte starken Kaffee auf. Außerdem schmiss er einen Kräuterteebeutel in einen Becher und goss kochendes Wasser darüber. Während der Tee zog, bereitete Bradshaw die Videokonferenz vor.

Um Punkt sieben Uhr erwachte der Bildschirm zum Leben, und eine augenscheinlich noch immer müde Flynn sah sie finster an. »Director van Zyl kommt gleich dazu. Im Moment telefoniert er gerade mit dem Chief Constable von Cumbria.«

»Oh«, sagte Poe. »Wissen Sie, worum es geht?«

Flynn zuckte die Achseln. »Ganz ehrlich, nein. Ich bin nicht mal sicher, ob er wusste, was der Anruf sollte. Er hat nur gefragt, ob er danach in diese Besprechung mit einsteigen kann.«

»Poe hat Hoden gegessen!«, brüllte Bradshaw ohne jede Vorwarnung. Ganz offensichtlich hatte sie es kaum erwarten können, Flynn die Geschichte zu erzählen.

»Echt jetzt?«

»Ja, echt, DI Flynn. Er hat sogar seinen Teller abgeleckt. Und dann habe ich gelacht, und Poe hat sich beim Kellner beschwert und wollte die Speisekarte sehen.«

Flynn legte die Hand über den Mund und verbiss sich ein Grinsen. Das erste Mal seit Wochen, dass er sie richtig hatte lächeln sehen. Na gut, es sah so aus, als hätte er sich für die Allgemeinheit geopfert.

»Sie haben um diese Konferenz gebeten, Poe«, sagte Flynn. »Was haben Sie für mich?«

Poe berichtete ihr vom Bullace & Sloe und davon, wie Crawford Bunney ihm heimlich den Namen Jefferson Black hatte zukommen lassen. Und dass sie noch immer keine Adresse zu diesem Namen gefunden hatten, obwohl Bradshaw die Datenbanken durchsucht hatte, die ihnen zur Verfügung standen. Flynn machte sich eine Notiz und sagte, sie würde sich darum kümmern.

Er erzählte ihr, dass Thomas Hume das Bullace & Sloe mit Lammfleisch beliefert und Humes Tochter Victoria sich verdächtig verhalten hatte.

»Was wissen Sie über die beiden?«

Poe antwortete nicht sofort. Was wusste er wirklich über Thomas Hume? Eigentlich so gut wie gar nichts. Er hatte nicht einmal gewusst, dass er Kinder hatte. An dem Tag, an dem er Hume zum ersten Mal begegnet war, hatte der Mann ihm Herdwick Croft verkauft. Er hatte Poe erzählt, das Finanzamt wolle ihm für ein Gebäude mitten im Nirgendwo Kommunalsteuer abknöpfen. Noch hatte Poe seinen Steuerbescheid nicht erhalten, aber er wusste, dass es nur eine Frage der Zeit war. Irgendwann würden sie ihn kriegen.

»Nicht viel«, gestand er.

»Ich schau mir das mal näher an«, meinte sie. »Sonst noch etwas?«

Poe wollte gerade Nein sagen, doch da fiel ihm wieder ein, dass der Autounfall, bei dem Keatons Frau ums Leben gekommen war, sich zu einem günstigen Zeitpunkt ereignet hatte. Nicht nur hatte er dem Bullace & Sloe einen Stern gerettet, er hatte ihm auch Zeit verschafft, sich noch einen weiteren zu verdienen. Er fragte, ob sie den Unfallbericht beschaffen könne.

»Das ist alles?«

»Erst mal ja.«

»Und was ist mit der Messerstecherei, Poe?«, fragte Bradshaw.

Verdammt. Über den Bemühungen, Jefferson Blacks Adresse ausfindig zu machen, und der Verbindung zu Hume hatte er den eigentlichen Zweck der Videokonferenz ganz vergessen. Er erzählte Flynn von Bunneys Behauptung, Keaton sei niedergestochen worden, was seiner guten Laune aber keinen Abbruch getan hätte.

»Ich habe einen Kontakt im Justizministerium«, erwiderte sie und notierte sich seine Angaben. »Ich bitte ihn, sich das mal anzuschauen.«

Die Tür hinter ihr ging auf, und die riesige Gestalt Edward van Zyls, Director of Intelligence, füllte den Raum neben Flynn. Seine Miene war so düster wie eine Krebsdiagnose.

»Wir haben ein Problem, Poe«, verkündete er.

Warum überrascht mich das nicht?, dachte Poe im Stillen. *Das ist der Soundtrack meines Lebens.*

35. KAPITEL

Ich habe gerade mit der Polizeichefin von Cumbria telefoniert«, sagte van Zyl. »Aber bevor ich näher darauf eingehe, können Sie mich kurz auf den neuesten Stand bringen?«

Flynn gab eine akkurate Schilderung der Ereignisse zum Besten. Dabei zog sie nur ein einziges Mal ihre Notizen zurate; wenn sie sich nicht sicher war, fragte sie Poe und Bradshaw.

Als sie geendet hatte, schwieg van Zyl.

»Poe«, sagte er schließlich, »Sie sollen sich morgen Nachmittag um zwei Uhr im Revier von Durranhill melden, wo Sie in aller Form vernommen werden.« Er sah auf einen Zettel in seiner Hand. »Ihres Dienstgrades wegen wird ein Detective Inspector Wardle die Befragung leiten. Kennen Sie ihn?«

Poe nickte. Mit so etwas hatte er seit Keatons verkappter Drohung gerechnet, aber es war trotzdem ein Schock. »Hat die Polizeichefin gesagt, warum, Sir?«

»Nein, hat sie nicht. Ich kann ein bisschen Zeit für Sie rausschinden, wenn Sie welche brauchen. Ich werde sagen, Ihr Gewerkschaftsvertreter kann erst in ein paar Tagen hier raufkommen. Hab sowieso große Lust, sie noch mal anzurufen und ihr zu sagen, dass sie nicht einfach einen meiner Officers vernehmen lassen kann, ohne mir zuerst zu sagen, worum es geht. Das ist schlechter Stil.«

»Nein, Sir, ich fahre hin. Das ist gut.«

»Wieso gut?«

»Selbst wenn ich die ganze Zeit ›kein Kommentar‹ sage, müssen die mir zeigen, was sie haben. Informationsbeschaffung ist keine Einbahnstraße, also sollten wir mehr darüber in Erfahrung bringen, was Keaton vorhat.«

»Sehr gut.«

Poe wurde klar, dass van Zyl bereits zu demselben Schluss gekommen war.

Hätte er die Vernehmung wirklich verhindern wollen, so hätte er es schon getan.

»Aber ich warne Sie, Poe«, fuhr van Zyl fort, »Sie müssen das ordentlich machen. Keine Rundumschläge, und nicht zu clever sein. Gehen Sie hin, finden Sie raus, was die haben, und dann nichts wie raus. Chief Constable Becke hat mir versichert, dass Sie morgen nicht verhaftet werden, und je weniger Sie sagen, desto weniger kann später aus dem Kontext gerissen werden.«

»Ich werde mich benehmen, Sir.«

»Gut. Wer ist dieser DCI Wardle überhaupt? Der scheint Sie ja richtig gefressen zu haben.«

»Jemand, mit dem ich ein kleines Missverständnis hatte, Sir.«

Van Zyl rieb sich die Augen, reckte die Arme und gähnte. »Ich weiß wirklich nicht, wie Sie's schaffen, sich solche Feinde zu machen.«

»Wir reden hier von Poe, Sir«, bemerkte Flynn. »Der hat wahrscheinlich solche Freunde.«

Die Videokonferenz war zu Ende, und da keiner von ihnen früh Feierabend machen wollte, machten Poe und Bradshaw sich an die Arbeit. Poe setzte seine Lesebrille auf und nahm sich abermals die Gefängnisakte vor.

Diesmal hielt er Ausschau nach etwas, das Bunneys Behauptung stützte, Keaton sei niedergestochen worden. Es dauerte nicht lange, bis er fündig wurde: eine dreiwöchige Zeitspanne, in der Jared Keaton in P-NOMIS nicht erwähnt wurde. Bis dahin hatte der für Keaton zuständige Justizvollzugsbeamte sorgfältig Buch geführt, doch da er sich vorrangig mit Vorkommnissen im Zellentrakt befasste, gab es auch nichts festzuhalten, wenn Keaton sich nicht dort befand –

wenn er im Krankenhaus lag, zum Beispiel. Und wenn er niedergestochen worden war, dürfte Keaton klug genug gewesen sein, nicht offiziell Anzeige zu erstatten – im Knast als Petze abgestempelt zu werden, war noch schlimmer, als wenn man als Sexualverbrecher galt. Das Ganze dürfte in aller Stille abgehandelt worden sein, also stand nichts in den Unterlagen, auf die sie zugreifen konnten. In seiner Krankenakte würde es stehen, doch die hatte Flynn nicht bekommen – was ja auch richtig war. Die ärztliche Schweigepflicht galt auch für Häftlinge. Keatons Vollzugsbeamter hatte häufig vermerkt, dass Keaton im Krankentrakt gewesen war, jedoch nicht, warum. Poe hatte den Eindruck, dass der Mann glaubte, Keaton erfinde irgendwelche Krankheiten, um aus dem Zellentrakt rauszukommen. Das war bei nervösen oder ängstlichen Gefangenen üblich. Im Krankentrakt war man sicherer, und auch wenn Keaton im Bullace & Sloe die ganz große Nummer gewesen sein mochte, im Gefängnis war er bloß ein Mann, der sich seinen Lebensunterhalt damit verdient hatte, alles Mögliche mit Puderzucker zu bestäuben. Das, sein Vermögen und sein Haftgrund dürften ihn zur Zielscheibe gemacht haben.

Poe schickte Flynn eine SMS, um sie wissen zu lassen, was er hinsichtlich der Leerstellen in Keatons Akte herausgefunden hatte. Die Daten, an denen der Vollzugsbeamte in P-NOMIS stumm geblieben war, könnten ihr bei ihrer Suche danach helfen, was Keatons Stimmung so gehoben hatte.

Dann schaute er kurz zu Bradshaw hinüber. Sie war ungewöhnlich still. Normalerweise plapperte sie unablässig über irgendwelche x-beliebigen Dinge, wenn sie zusammenarbeiteten. Im Laufe der letzten paar Tage hatte er erfahren, dass der zweite Vorname des Schauspielers Michael J. Fox Andrew lautete, dass ein zweiundvierzigmal gefaltetes Stück Papier den Mond erreichen würde und dass siebzig Prozent aller Dschungeltiere auf Feigen angewiesen waren, um zu überleben. Dinge, die er nicht wissen musste, die er aber, das wusste er, nie wieder vergessen würde.

Diesmal jedoch nicht.

Mit finsterer Miene starrte sie ihren Laptop an. Noch während er zu ihr hinübersah, nahm sie ihre Brille ab und polierte die Gläser mit so einem Spezialtuch, das sie immer zur Hand hatte. Plötzlich beugte sie sich vor und sagte: »Verflixt noch mal.«

Sie studierte die Website, die sie vor sich hatte, noch ein Weilchen, nickte dann einmal und drehte sich auf ihrem Stuhl um. Als sie sah, dass er sie beobachtete, schien sie überrascht zu sein.

»Was ist denn, Tilly?«

»Ich muss dir was sagen, Poe.«

»Etwas, das andere Leute für sich behalten würden?«

»Sehr witzig, aber das hier ist wichtig.«

Er setzte sich neben sie. Die Website, auf der sie war, war eine Art Grundbuch. Sie hatte eine Adresse in Kendal aufgerufen.

»Jared Keaton hat versucht, diese Geschäftsräume hier zu kaufen, Poe. Er wollte ein zweites Restaurant mitten im Lake District eröffnen.«

»Was ist denn das für eine Website?«

Bradshaw antwortete nicht, und er beschloss, nicht weiter nachzuhaken. Es gab Dinge, die er besser nicht wusste. Also wandte er sich wieder dem Laptop zu. Er kannte die Straße. Das war eine gute Gegend in Kendal. Stadtrandlage, aber dicht am Zentrum.

»Und?«, fragte er.

»Der Verkauf wäre auch beinahe zustande gekommen, aber im letzten Augenblick hat der Besitzer einen Rückzieher gemacht. Laut dem Kommentarfenster wegen eines Glaubwürdigkeitsproblems. Anscheinend war dem Besitzer gesagt worden, dass die Keatons das Restaurant als Sozialunternehmen eröffnen wollten. Aber als er herausgefunden hat, dass das nicht stimmte und sie ihr Angebot unter falschen Vorspiegelungen abgegeben hatten, hat er die Immobilie vom Markt genommen.«

»Okaaay ... Aber was hat das mit mir zu tun?«

»Der Besitzer des Geschäfts ist dein Vater, Poe.«

Poes Verstand vollführte einen Rückwärtssalto. Noch ehe ihm klar war, was er da tat, hatte er sich schon gefragt, welcher Vater gemeint war: der Mann, der ihn liebevoll großgezogen hatte, oder der Kerl, der seine Mutter vergewaltigt hatte? Er schüttelte sich innerlich – nur sehr wenige Personen wussten Bescheid über seine Mutter, und Bradshaw gehörte nicht dazu.

»Das ist nicht möglich, Tilly«, widersprach er. »Mein Dad besitzt kein Geschäft. Er ist der größte Hippie der Welt – er glaubt nicht an Besitz. Und auch nicht an Deodorant.«

Sie druckte ein einseitiges Dokument aus und reichte es ihm. Ungläubig las Poe, was dort stand. Sein Dad besaß nicht etwa nur ein Geschäft. Er besaß *mehrere* Geschäfte. Und Häuser. Er zählte. Vierzehn insgesamt. Zwei in Keswick, drei in Windermere und eins in Ambleside. Die übrigen waren in Kendal. Das Portfolio war Millionen wert. Die Miete, die er jedes Jahr einnahm, belief sich auf eine sechsstellige Summe.

Er sah Bradshaw an. »Aber wie geht das denn?«

Sie zuckte die Achseln. »Die Mieteinnahmen fließen in einen nachhaltig geführten Fonds. Mehr habe ich nicht herausgefunden.«

Poe wusste nicht, was er sagen sollte. Dass sein Dad, dieser Beatnik, ein gewiefter, wohlhabender Geschäftsmann war, der wegen einer Immobilie Streit mit den Keatons gehabt hatte, war fast unvorstellbar. Obgleich er sich schon so manches Mal gefragt hatte, wie sein Vater seinen Lebenswandel finanzierte, war er davon ausgegangen, dass er überallhin trampte, als ungelernter Arbeiter auf Schiffen anheuerte und sich rund um den Globus jobbte. Der Gedanke, dass er in der Businessclass gereist sein könnte, war ihm kein einziges Mal gekommen.

Eine Stunde verging, und Poe hatte nichts auf die Reihe bekommen. Das Einzige, woran er denken konnte, war sein Dad. Der war Millionär. Zumindest auf dem Papier. Er fragte sich, ob seine Mutter das wohl gewusst hatte. Wahrscheinlich. Und wahrscheinlich war es ihr auch egal gewesen.

Schließlich kehrte er aus seiner Vergangenheit zurück. Irgendetwas war anders. Er lauschte, doch außer den Lüftern der drei Laptops war es still in der Schäferhütte. Das war es, wurde ihm klar: Während der letzten Stunde war der Drucker ununterbrochen gelaufen. Jetzt nicht mehr.

Ohne zu fragen, stellte er den Wasserkessel auf den Herd und machte Tee. Als der lange genug gezogen hatte, brachte er zwei Becher herbei.

»Danke, Poe«, sagte Bradshaw inbrünstig. Sie pustete den Dampf weg und nippte an ihrem Becher.

Er blätterte die ersten paar Seiten der Ausdrucke durch. Alles Social-Media-Profile. Seitenweise Fotos, Kommentare und Posts. Die meisten von Accounts junger Frauen. Verwirrt blickte Poe auf.

»Sechsundsiebzig Prozent aller weiblichen Personen und zweiundachtzig Prozent aller Achtzehn- bis Zweiundzwanzigjährigen nutzen jeden Tag Social Media, Poe. Vierundzwanzig Prozent nutzen sie fast andauernd. Wenn Elizabeth Keaton die ganze Zeit am Leben war, wäre es statistisch gesehen unwahrscheinlich, dass sie all das komplett ignorieren konnte.«

»Aber ihre Profile sind doch alle nicht mehr aktiv«, wandte Poe ein. »Das war doch das Erste, was du überprüft hast.«

»Ihre ja, aber die ihrer Freunde nicht. Ich habe recherchiert, wer die sind, und dann, basierend darauf, an welcher Schule die meisten von ihnen waren, eine Identität konstruiert und ein paar Freundschaftsanfragen verschickt.«

»Haben irgendwelche von denen angenommen?«

»Alle, Poe.«

Er runzelte die Stirn. Auch wenn moderne Teenager anscheinend nichts mehr taten, ohne es in die Welt der Social Media hinauszuposaunen, und auch wenn sie in einem Alter waren, in dem Likes und Klicks wichtiger waren als der Schutz der eigenen Identität, erschien es doch unplausibel, dass sie alle Bradshaws Freundschaftsanfrage angenommen hatten. Andererseits war sie Expertin auf diesem Gebiet, also war es vielleicht doch nicht so unwahrscheinlich. Ihr Intellekt bewegte sich auf Genie-Niveau, sie hatte ein Händchen für Computer und eine ganze Sammlung stets einsatzbereiter Profile. Eigentlich eher Legenden; sie hatte sie im Laufe der Zeit nach und nach aufgebaut. Diese Identitäten hatten Hobbys und Freunde. Sie posteten. Traten Gruppen bei. Interagierten mit realen Personen. Kurz gesagt, sie taten alles, was jemand tun würde, der wirklich existierte. Social Media als Ermittlungsinstrument zu nutzen war inzwischen ein großer Teil ihrer Arbeit und der ihres Teams.

Die Dokumente, die sie ausgedruckt hatte, beinhalteten jedoch mehr als nur die Social-Media-Profile ihrer neuen Freunde. Bei manchen handelte es sich um private Nachrichten und die Kommunikation geschlossener Benutzergruppen. Dinge, auf die sie eigentlich keinen Zugriff haben sollte.

»Wie bist du an all das rangekommen, Tilly?«

Sie machte ein abweisendes Gesicht.

»Tiiilly?«, zog er ihren Namen in die Länge. »Was hast du gemacht?«

»Versprich mir, dass du nicht sauer wirst, Poe.«

Er verschränkte die Arme.

»Ich habe ein ›Wenn ich Lehrer an der Harraby School wäre‹-Persönlichkeits-Quiz zusammengebastelt.«

»Und was ist das?«

»Ein Quiz, das ich geschrieben habe. Die waren alle auf der

Harraby School, also habe ich es von einem Account aus verschickt, der *vielleicht* so ausgesehen haben *könnte,* als wäre ich früher auch mal auf diese Schule gegangen.«

Wahrscheinlich meinte sie damit, dass der Account *definitiv* so ausgesehen hatte, als wäre sie auch auf diese Schule gegangen, vermutete Poe.

»Ich gehe mal davon aus, dass du einen guten Grund dafür hattest?«

Sie nickte eifrig.

»Dann zeig mal.«

Sie öffnete eine Datei. Der Inhalt war weitgehend verschlüsselt, allerdings konnte er auch einiges an lesbarem Text erkennen. Es waren die Quiz-Fragen. Infantil, aber genau das, worauf junge Leute in den Social Media reagierten.

DER NAME DEINES ERSTEN HAUSTIERS IST DEIN SCHUL-SPITZNAME:
DER MÄDCHENNAME DEINER MUTTER IST DER NAME DES KLASSENHAMSTERS:
DEIN LIEBLINGSESSEN IST DER FLECK AUF DEINEM SCHUL-SCHAL:
DEIN GEBURTSORT IST DAS ZIEL FÜR DEINE WANDERTAGE MIT DER KLASSE:

Und so weiter.

Poe schnappte sich ein leeres Blatt Papier und einen Stift und schrieb seine eigenen Antworten nieder. Er runzelte die Stirn. Sie kamen ihm alle sehr bekannt vor. »Das sind ja ...«

»Die Antworten auf die üblichsten Sicherheitsfragen, die man braucht, um an das Passwort eines Users zu kommen, ja.«

»Und das ist legal?«

Sie ignorierte seine Frage.

»Tilly«, sagte er, diesmal lauter. »Ist das legal?« Er konnte sich nicht vorstellen, dass so etwas zulässig war. Bradshaw hatte die Antworten auf ihre Sicherheitsfragen abgegriffen und sich dann in ihre Accounts gehackt.

»Es ist eine Grauzone«, gab sie zu.

Poe überlegte kurz. Beschloss, dass es sich, wenn das eine Grauzone war, um ein extrem dunkles Grau handelte. So dunkel, dass ein Zyniker es für Schwarz halten könnte.

Das sagte er auch.

»Poe, du sitzt in der Klemme«, erwiderte sie mit fester Stimme. »Bitte versteh doch, dass es nichts gibt, was ich nicht täte, um dich zu beschützen. Also, können wir jetzt bitte weitermachen? Willst du hören, was ich herausgefunden habe, oder nicht?«

Er gab nach. Es erfuhr ja sowieso niemand davon. Bradshaw würde keinerlei Spuren hinterlassen.

»Was hast du rausgefunden?«

»Es ist echt komisch, Poe. Da ist überhaupt nichts. Seit sie verschwunden ist, hat sie auf keiner der größeren Plattformen gepostet. Und nicht nur das, sie hat nicht mal nachgesehen, was ihre Freunde so machen. Hat nicht einmal die Kondolenzseite besucht, die ihre Freunde eingerichtet haben.«

»Ganz schön ... diszipliniert.«

»Extrem diszipliniert, Poe. Sämtliche verfügbaren Rechercheergebnisse besagen, dass Social Media so fest im Leben von Elizabeths sozialer Kohorte verankert ist, dass es fast unmöglich ist, sich vollständig daraus zurückzuziehen.«

»Wie hat sie sich denn auf Social Media verhalten, bevor sie verschwunden ist? Gibt's da was Auffälliges?«

»Nichts, Poe. Es war alles da, was da sein sollte. Viel Kommunikation mit ihren Freunden, eine Menge Posts über das Bullace & Sloe. Keine offenkundige politische Tendenz.«

Poe ließ den Blick über die Fotos wandern, die Bradshaw ausgedruckt hatte. Auf allen lächelte Elizabeth Keaton und schien genau das zu sein, als was jeder sie beschrieben hatte: ein kontaktfreudiger, fröhlicher Teenager. Manche Bilder waren auf Partys gemacht worden, andere in Pubs und Klubs. Andere zeigten sie bei der Arbeit. Irgendwann musste sie mit Freunden Urlaub gemacht haben – auf Madeira, wenn die Bildunterschriften korrekt waren. Poe wusste, dass Madeira eine Vulkaninsel war, deswegen waren all die Bikinifotos auch in Freibädern gemacht worden und nicht an Sandstränden.

Er runzelte die Stirn. Irgendetwas stimmte hier nicht. Rasch überprüfte er die Bilder ein zweites Mal, um ganz sicher zu sein.

»Tilly, was würdest du am Strand tragen?«

Sie sah ihn verständnislos an. Ebenso gut hätte er fragen können, was sie im Fitnessstudio anziehen würde.

»Nicht so wichtig«, sagte er. »Hier, schau dir das mal an. Sag mir, was du siehst.«

Bradshaw studierte die Madeira-Fotos.

Es dauerte nicht lange, bis an ihrem Gesicht abzulesen war, dass ihr etwas dämmerte. »Sie trägt nie ein Bikinioberteil, Poe. All ihre Freundinnen tragen eins, aber sie hat immer lange Shirts oder Blusen an.«

»Genau. Ich glaube, sie verbirgt ihre Narben vom Ritzen.«

Er zeigte Bradshaw Fotos, die gemacht worden waren, als Elizabeth fünfzehn war. Während eines anderen Urlaubs. Diesmal gab es keine Bildunterschriften, aber es sah aus, als wären die Fotos in Allonby im Westen von Cumbria gemacht worden. An einem der seltenen Tage, an denen einmal die Sonne geschienen hatte. Und auf diesen Bildern trug sie ein Bikinioberteil.

»Das mit den Selbstverletzungen muss irgendwann zwischen diesen beiden Urlauben angefangen haben«, stellte er fest.

Er überlegte, was wohl der Auslöser gewesen sein konnte. Wahrscheinlich der Tod ihrer Mutter. Wusste Jared Keaton davon? Wenn ja, hätte er sie zweifellos angewiesen, ihre Narben in der Öffentlichkeit zu verbergen. Eine Tochter, die sich ritzte, passte nicht zu dem Image, das er so gern von sich vermittelte.

Poe legte die Fotos hin. Wenn er noch lange junge Mädchen in Bikinis anglotzte, würde Bradshaw eine Bemerkung machen, und das Ganze würde peinlich werden.

Einer ihrer Laptops piepste. Sie drehte sich herum, um die eingegangene E-Mail zu lesen.

»Die ist von DI Stephanie Flynn, Poe. Die Adresse von Jefferson Black hat sie nicht, aber sie weiß, wo er morgen sein wird.«

»Wo denn?«

Sie sagte es ihm.

Und Poe wünschte inständig, sie hätte es nicht getan.

ELFTER TAG

36. KAPITEL

In jeder Stadt gibt es ein Viertel wie Botchergate. Sollte Carlisle sich je als Austragungsort für die Olympischen Spiele bewerben, bräuchten die konkurrierenden Städte dem Auswahlgremium nur ein Video aus dem Zentrum von Carlisles nächtlicher Ökonomie zu zeigen. Fun-Pubs, Nachtklubs, Imbissbuden und gebührenpflichtige Geldautomaten reihen sich in der Hauptstraße dicht aneinander. Es war der Teil der Stadt, dessen Klientel nichts Subtileres suchte als billigen Schnaps, Starkbier und wummernde Dance-Musik. Am Freitag- und am Samstagabend war die Polizei in Botchergate dauerpräsent.

Und mittendrin, wie der größte Scheißhaufen in der Latrine, stand ein schmuddeliger Pub namens *The Coyote*. Das wenige an organisiertem Verbrechen, das in Cumbria zu finden war, operierte von dort aus. Prostituierte lieferten ihren Zuhältern Geld ab, Dealer stockten ihren Bestand auf, und Hehler boten ihre Ware feil. Die Sorte Kneipe, die die durchschnittliche Lebenserwartung im ganzen Land senkte.

In Carlisle war der Pub als *The Dog* bekannt. Selbst die ganz Harten machten einen Bogen darum.

Poe stand vor der Tür und schaute die Straße hinauf in Richtung Bahnhof. Er zog seinen Dienstausweis aus der Tasche und hielt ihn hoch.

»Was machst du denn da, Poe?«

»Siehst du den hohen weißen Pfahl da oben an der Straße?«

»Ja, Poe.«

»Das ist die neue Überwachungskamera, Tilly. Ich will, dass ein Operator mich hier reingehen sieht.«

»Aber das Ding ist doch bestimmt zweihundert Meter weit weg.«

Poe lächelte. Die Kamera war tatsächlich zweihundert Meter weit weg. Das machte allerdings nichts – die Dinger waren so gut, dass der Operator sehen könnte, welche Tageszeit seine Armbanduhr anzeigte. Trotz der frühen Stunde würde jemand ein wachsames Auge auf den Eingang des Pubs haben, auf den die Kamera in ihrer Standardeinstellung gerichtet war. Die Hand in die Luft gereckt, wartete er zwei Minuten. Mehr als genug Zeit, um den Operator begreifen zu lassen, dass da ein Polizeibeamter den Dog betrat. Lange genug, um dafür zu sorgen, dass ein Streifenwagen in der Nähe war.

Ein wuchtiger Mann mit zusammengewachsenen Augenbrauen drängte sich an ihnen vorbei und stolperte in den Pub. *Gut.* Er würde alle warnen, dass gleich ein Cop reinkommen würde. Drogen und heiße Ware würden irgendwo außer Sicht gebunkert. Hoffte er. Man konnte nie sagen, was man im Dog finden würde.

Gerade wollten sie eintreten, als die Tür aufflog und eine Frau im Minikleid herausgetaumelt kam. Sie übergab sich geräuschvoll auf den Bürgersteig. Bradshaw sprang zurück, um keine Spritzer abzubekommen. Die Frau wandte sich zu ihr um und lächelte ansatzweise als Entschuldigung. Dann wischte sie sich mit dem Handrücken den Mund ab und sagte: »Der Arsch hat gesagt, er zieht ihn raus.«

Bradshaw lächelte höflich, fragte jedoch zum Glück nicht, was sie meinte. Die Frau torkelte wieder in den Pub.

»Können wir?«, fragte Poe.

Bradshaw zögerte und antwortete dann: »Ja, Poe.«

»Uns passiert schon nichts«, meinte er. »Denk dran, was du den Maulwürfen alles erzählen kannst, wenn du zurückkommst.«

»Du meinst die Scooby Gang, Poe.«

»Hab ich doch gesagt.«

Poe zog die Tür auf und trat ein. Sofort war seine Nase im Schockzustand. The Dog stank schlimmer als eine Toilette.

Wie es hier auf dem Klo roch, wollte er gar nicht wissen. Die Luft war heiß und verraucht und mit durchdringendem Cannabisdunst parfümiert. Fenster und Decke waren gelb vor Nikotin. Dicke Schmeißfliegen schwelgten auf etwas Nassem, Organischem auf dem abgetretenen, verschlissenen Teppichboden. Poe hätte auf Blut getippt. Wahrscheinlich von dem Mann mit nacktem Oberkörper, der sein T-Shirt auf etwas drückte, das nach einer frischen Kopfwunde aussah. Ungeachtet seiner Verletzung trank und plauderte er weiter mit dem Mann, der neben ihm saß.

So war das hier eben.

»O Mann«, flüsterte Bradshaw.

Poe ging zur Bar und wich dabei den Heftpflastern und Zigarettenkippen auf dem klebrigen Boden aus. Die Barkeeperin machte gerade einen – wortwörtlichen – Deal mit einem hageren Mann am anderen Ende der Bar. Poe drehte sich um und ließ den Blick über die Anwesenden wandern.

Es war erst kurz nach zehn, doch der Pub füllte sich bereits mit der Jogginganzug- und Tanktop-Community. Keinem von ihnen war das Glück hold gewesen. Die Art Truppe, bei der am wahrscheinlichsten »Bei Müllbrand ums Leben gekommen« auf dem Totenschein stehen würde.

Eine Frau heulte sich die Augen aus und jammerte, die »Arschlöcher vom Amt« würden ihr die Stütze streichen und sie sei »doch voll am Arsch, wenn sie für Kohle Klos schrubben müsste«. Ein Mann mit Sonnenbrille schaute immer wieder verstohlen auf sein Handy, als arbeite er für den MI5. Ein anderer Mann, ein Fettwanst, der aussah, als hätte er die Nacht durchgesoffen, hatte sich eindeutig in die Hose gepisst. Zwei Jugendliche spielten Darts. Poe konnte kein Dartboard entdecken. Wahrscheinlich gab es keins. Einen Billardtisch gab es zwar, doch auf dem grünen Filz pennte jemand. Aus unerfindlichen Gründen hatte irgendwer ihn mit Kartoffelchips bestreut.

Zwei Pitbulls, beide illegale Varianten, knurrten einander an und zerrten an ihren Leinen. Die Frau in dem Minikleid ging zu dicht an einem der beiden vorbei, und er biss sie in den Knöchel. Alles hielt inne, um sich totzulachen.

Die Barkeeperin hatte fertig gedealt, und Poe machte sie auf sich aufmerksam. Sie ignorierte ihn. Er hob seinen Dienstausweis, und sie kam mürrisch herbeigeschlappt. Sie trug Shorts und ein verdrecktes T-Shirt und war so dünn, dass die Ellbogen das Dickste an ihren Armen waren. Ihre linke Hand war verbunden. Gut gehaltene sechzig oder in den Boden gerittene vierzig.

Sie wartete darauf, dass er etwas sagte.

»Jefferson Black. Wo ist er?«

Bradshaw hatte ein altes Foto von Black ausfindig gemacht. Poe hatte also eine ungefähre Vorstellung davon, wie er aussah, und er war sich sicher, dass der Mann noch nicht im Dog war.

»Erst mal was bestellen«, nuschelte sie.

Der Pub war voller Möchtegern-Alphatypen, und sich den Befehlen einer Barkeeperin zu beugen, war der schnellste Weg, sich ein Glas in die Visage zu fangen. Er beachtete sie nicht weiter und wandte sich an die Stammgäste.

»Mein Name ist Washington Poe«, sagte er. »Und wenn ihr mir nicht sagt, wo Jefferson Black ist, komme ich jeden Tag wieder, bis ich ihn finde. Jeden. Verschissenen. Tag.«

Das ließ sie aufhorchen. Jemand im Anzug und mit Aktentasche hatte bereits auf dem Absatz kehrtgemacht und das Weite gesucht, als er Poe an der Bar stehen sah. Die sicherste Methode, zu bekommen, was er wollte, bestand darin, ihr Geschäft zu bedrohen.

Er hörte, wie hinter ihm die Tür aufging. Ein kollektives Aufseufzen der Erleichterung wehte durch den Pub.

Poe drehte sich um

Problem gelöst. Jefferson Black war da.

37. KAPITEL

Bevor er Koch geworden war, war Jefferson Black Fallschirmjäger gewesen. Und so bewegte er sich auch noch immer. Bolzengerader Rücken, lange Schritte, totale Selbstsicherheit. Anfang dreißig, kurzes blondes Haar, Boxernase und ein Unterkiefer wie ein Amboss. Er trug weite Flanellshorts, einen Hoodie mit dem Aufdruck »1 PARA«, finstere Miene.

Black schritt über den klebrigen Boden auf eine leere Ecke des Pubs zu und setzte sich. Rechts und links von ihm rutschten alle zur Seite, um ihm Platz zu machen. Die Stammgäste gaben sich alle Mühe, seinem Blick auszuweichen. Er bestellte nichts, doch die Barkeeperin ging mit einem Glas Bier und allem Anschein nach einem Brandy zu ihm hinüber. Er nahm beides ohne Dank entgegen. Wie der Elitesoldat, der er einst gewesen war, überprüfte Black seine nähere Umgebung und bemerkte Poe sofort.

Poe hielt seinem Blick stand. Auf Blacks Gesicht zeigte sich gelinde Neugier. Poe ging hin und setzte sich neben ihn. Bradshaw hockte sich auf den Stuhl gegenüber von den beiden und sah sich nervös um.

»Man hat mir gesagt, dass ich Sie hier finden würde«, sagte Poe.

Black sah ihn an. Ein schwaches Lächeln spielte um seine Lippen.

Poe griff in die Tasche. Black versteifte sich ein klein wenig. Poe zog seinen Dienstausweis hervor und legte ihn auf den Tisch. Black warf einen kurzen Blick darauf.

»Und hier bin ich«, antwortete er.

Poe sah auf die Uhr. »Haben Sie Hunger? Ich lade Sie zum Brunch ein, wenn's Ihnen nichts ausmacht, Ihr Bier stehen zu lassen. So wie's aussieht, wird es niemand anrühren.«

»Ich hab schon gegessen«, erwiderte Black. »Ich versuche, jeden Tag mit was Richtigem zu essen anzufangen. Da gibt's einen Laden in der Bank Street, wo ich immer hingehe. So ein altmodisches Café. Der Koch da weiß, wie man Eier brät.«

Poe kannte das Café. Es hieß *John Watts,* und sie verkauften dort Kaffeebohnen aus aller Welt. Er kaufte dort öfter ein.

»Da esse ich immer, bevor ich mit dem Tagesgeschäft anfange«, fuhr Black fort.

»Das da wäre?«

»Mir Druck machen.«

Poe antwortete nicht. Die Bemerkung hatte sich nicht flapsig angehört. Er bemerkte, dass Black schwitzte. Bis zu einem gewissen Grad taten das alle hier – es war ein heißer Tag, und der Dog war selbst zu besten Zeiten eine Petrischale. Black jedoch triefte. Sein Nacken glänzte, und Schweiß tropfte ihm von der Nase. Black sah, dass Poe ihn anstarrte, gab jedoch keine Erklärung zum Besten.

»Also, Detective Sergeant Poe von der National Crime Agency, was kann ich für Sie tun?«

Poe überlegte, ob es sich auszahlen würde, Black zu sagen, dass er ebenfalls gedient hatte. Es mit ein bisschen Verbrüderung zu versuchen. Ihm wurde klar, dass es sinnlos wäre. Black war Fallschirmjäger gewesen, und wenn man nicht ihr rotbraunes Barett getragen hatte, wurde man als *Crap-Hat* abgetan, als Scheißhaus-Landser. Dass Poe bei der Black Watch gewesen war, einem der gefürchtetsten schottischen Infanterieregimenter, wäre egal. Black würde ihnen entweder helfen, oder er würde es nicht tun. Es war besser, ihn geradeheraus zu fragen.

»Ich ermittle gegen Jared Keaton.«

Black blähte die Nasenlöcher, und sein Kiefer verkrampfte sich. Die Knöchel der Hand, die das Bierglas hielt, wurden weiß. Sein Atem ging schneller.

»Wieso?«, knurrte er. »Was hat der Arsch jetzt schon wieder getan?«

Poe runzelte die Stirn. Keatons bevorstehende Entlassung auf Kaution war öffentlich gemacht worden, doch anscheinend wusste Black nichts davon. Bis er herausgefunden hatte, was zwischen den beiden vorgefallen war, würde er sich nicht äußern, beschloss er.

»Wir brauchen lediglich Hintergrundinformationen«, sagte er vorsichtig. Er hatte den Eindruck, dass es nur eines Wortes bedurfte, damit Black explodierte.

»Sehen Sie das hier?«, fauchte Black, wischte sich mit dem Handrücken die Stirn ab und zeigte ihnen seinen Schweiß. »Das verdanke ich diesem Drecksack Jared Keaton.«

Wie Jared Keaton zur Ursache von Jefferson Blacks exzessivem Schwitzen geworden war, war leicht zu erklären, aber nicht so leicht zu verstehen. Am ersten Jahrestag von Keatons Verurteilung wegen Mordes hatte Black drei Packungen Paracetamol mit einer Flasche Wodka hinuntergespült. Sein Selbstmordversuch war nicht nur fehlgeschlagen, sondern hatte ihm auch einen Hirnschaden eingebracht. Eines der Symptome war eine sekundäre Hyperhidrose: eine stark gestörte Regulierung der Körpertemperatur aufgrund von Läsionen des Hypothalamus. Zu den anderen gehörten eine deutlich reduzierte Impulskontrolle – und als Ex-Fallschirmjäger war es bei ihm damit wahrscheinlich ohnehin nicht weit her gewesen – und das erneute Auftreten seiner posttraumatischen Belastungsstörung.

Das erklärte, warum selbst die Durchgeknallten im Dog einen weiten Bogen um ihn machten. Ein ehemaliger Fallschirmjäger mit einem Hirnschaden, der ihn noch aggressiver machte, das war eine gruselige Kombination.

Der Grund dafür, dass er seinem Leben ein Ende hatte setzen wollen, war nicht das, was Poe erwartet hatte. Fälschlicherweise war er auf Geschichten von Misshandlungen in der Küche gefasst gewesen, von einem sadistischen Chefkoch, der seinen Angestellten das Leben zur Hölle machte. Von geteilten Schichten und Überstunden. Von Drogenmissbrauch und Sex.

Und ein bisschen davon war auch dabei. Außerdem verriet Black ihnen ein paar der Tricks, mit denen Keaton seine Gewinnmarge aufgebessert hatte. Einige davon konnten einem den Magen umdrehen, vor allem, wenn man erst gestern dort gegessen hatte. Schimmelige Zutaten, aus denen das Essen für die Mitarbeiter gekocht wurde. Nicht mehr ganz taufrische Meeresfrüchte, die mit Salzwasser und Zitronensaft abgewaschen wurden, um den Geruch zu kaschieren. Wiederverwertete Reste.

»Essen Sie im Restaurant nie die Scheißsuppe, das rate ich Ihnen«, sagte er. »Das ist genauso, wie wenn man die schwarzen Gummibonbons isst: Da kriegt man das Aufgefegte vom Fabrikboden. Alles, was nicht mehr gut ist, kommt da rein.«

Mit all dem hatte Poe gerechnet.

Was er jedoch nicht zu hören erwartet hatte, war eine Liebesgeschichte. Er hatte nicht damit gerechnet, dass Black ihm erklärte, er habe all das nur ertragen, um Elizabeth Keaton nahe zu sein.

38. KAPITEL

»Jared Keaton hat einem selbst den allerkleinsten eingebildeten Affront noch lange übel genommen«, erklärte Black. »Und meinen Affront hatte er sich nicht eingebildet.«

»Was haben Sie denn gemacht?«, wollte Bradshaw wissen.

Black wandte sich zu ihr um. »Ich habe mich in seine Tochter verliebt.«

Poe stieß heftig die Luft aus. Der Fallschirmjäger und die Tochter des Psychopathen, das würde niemals gut enden. »Und hat das auf Gegenseitigkeit beruht?«

Black malte einen Kreis auf sein beschlagenes Bierglas. Piekte mitten hinein und antwortete: »Ich glaube schon.« Dann holte er tief Luft. »Ich *weiß* es.«

Bradshaw beugte sich vor. Seit sie den Pub betreten hatten, hatte sie nichts gesagt – der Dog war eine einzige sensorische Überlastung –, doch dies hatte sie aufmerken lassen. »Das kann nicht leicht gewesen sein, Mr Black.«

»Wir haben es für uns behalten«, erwiderte er. »Jedenfalls, so gut wir konnten. Elizabeth hatte fürchterliche Angst, was ihr Vater dazu sagen würde, und ich war auch nicht scharf auf den unvermeidlichen Stress mit meinem Souschef.«

»Crawford Bunney?«, fragte Poe.

»Genau der. Anständiger Kerl. Typischer spaßbefreiter Schotte, aber fair. Hat uns mächtig rangenommen, aber nur, weil er wollte, dass das allerletzte Gedeck genauso gut ist wie das allererste.«

Black trank sein Bier aus und gab das Signal für ein zweites. Poe hatte ihn noch nicht für das erste zahlen sehen.

»Wir haben uns nur getroffen, wenn wir sicher waren, dass uns niemand sehen kann«, erzählte Black weiter. »War aber ganz schön schwierig. Elizabeth war am Empfang, und nachdem ihre Mutter gestorben war, hat sie auch noch die Buchführung übernommen, also hatte sie nur wenig Freizeit. Und selbst wenn wir gleichzeitig freihatten, ist meistens irgendwas dazwischengekommen: eine neue Technik, die die Köche laut Keaton lernen sollten, oder ein Medienevent, bei dem er Elizabeth dabeihaben wollte.«

»War sie ehrgeizig?«, erkundigte sich Poe.

Black zögerte. »Sie wollte, dass ihr Vater Erfolg hat, und wusste, dass sie dafür Opfer bringen musste. Den Publikumsbereich eines Restaurants zu managen, kann ganz schön heftig sein. Die Angestellten dort sind am schlechtesten bezahlt und haben die sichtbarsten Aufgaben. Die bei Laune zu halten, ist nicht immer einfach, aber sie schien nie Probleme zu haben.«

»Streng?«

Black schüttelte den Kopf. »Nein. Einfach nur ein total süßes Mädchen. Sie nicht zu mögen, war unmöglich.«

So süß nun auch wieder nicht ... dachte Poe. *Sie hat sechs Jahre lang ihren Tod vorgetäuscht.* »Und wann war Schluss?«

»Gar nicht«, antwortete Black schlicht.

»Aber Sie sind doch gefeuert worden«, wandte Poe ein. Er schaute in sein Notizbuch, eher um Black zu zeigen, dass dies von jemand anderem kam, als um seinem Gedächtnis auf die Sprünge zu helfen. »Wegen ›extrem mangelhaften Zeitmanagements‹.«

Black schnaubte. »Ja, das hat man mir auch gesagt. Ich war mal Fallschirmjäger, Mr Poe.«

Das war alles, was Poe an Erklärungen brauchte. »Fünf Minuten vor jeder Parade«, sagte er halblaut vor sich hin.

»Sie haben gedient?«

»Black Watch. Ist schon lange her.«

»Dann wissen Sie ja Bescheid.«

Poe nickte. Schon fünf Minuten eher bereit zu sein, wurde für Soldaten zur zweiten Natur. Noch heute stellte er seine Uhr fünf Minuten vor.

»Sie glauben, das war nur ein Vorwand?«

Ihr Gespräch wurde vorübergehend unterbrochen, als die Barkeeperin Blacks frisches Bier brachte. Sie warteten, bis er einen großen Schluck getrunken hatte. Das Glas war weniger als halb voll, als er es auf den klebrigen Tisch stellte. Er zündete sich eine Zigarette an und stieß eine dicke Rauchwolke aus. Sie waberte und wirbelte und verschmolz mit dem Nikotindunst, der dicht unter der Decke hing. Poe legte Bradshaw die Hand auf den Arm: Dies war nicht der richtige Moment, das Gesetz zum Rauchverbot in Gaststätten aufzusagen.

»Koch in einer Sterneküche, das ist ein mörderischer Job«, sagte Black schließlich. Seine Augen blickten in eine andere Zeit und auf einen anderen Ort zurück. »Weil jeder Koch dort arbeiten will, sind Aufstiegschancen selten und hart umkämpft.«

Er trank noch einen Schluck. Zog an seiner Zigarette.

»Da gab's einen Zuträger«, brummte er zwischen zusammengebissenen Zähnen hindurch. »Einen verschissenen Feigling namens Scotty. Wir haben ungefähr zur selben Zeit im Bullace & Sloe angefangen, und auch wenn wir an unterschiedlichen Posten waren, waren wir so was wie Rivalen. Eines Abends hat er gesehen, wie Elizabeth und ich uns einen Gutenachtkuss gegeben haben. Etwas ganz Spontanes, das ich bis in alle Ewigkeit bereuen werde. Er fand wohl, man könnte die Konkurrenz mal ein wenig ausdünnen.«

»Er hat es Keaton gesagt?«

Black nickte. »Erst hat er's abgestritten, aber als ich ihm einen Milzriss verpasst habe ...«

Das erklärte Crawford Bunneys Widerstreben, Blacks Namen laut auszusprechen. Jede Wette, dass dieser Scotty in der Küche gewesen war, als sie mit ihm gesprochen hatten. Bunney hatten bereits zwei Köche gefehlt – er hatte bestimmt nicht gewollt, dass sich noch einer vom Acker machte.

»Und daraufhin sind Sie gefeuert worden«, stellte Poe fest.

»So kann man's verdammt noch mal wohl nennen«, fauchte Black zurück. »Sie dürften echt Mühe haben, einen Auftritt zu finden, bei dem ein Mensch einen anderen mehr demütigt. Keaton hat eine Mitarbeiterversammlung einberufen. Alle: Empfang, Küche, sogar ein Lieferant, der zufällig da war. Wir haben gedacht, er verkündet, dass das Restaurant endlich den dritten Stern gekriegt hat. Stattdessen hat er mich fast eine Viertelstunde lang öffentlich niedergemacht. Hat mich angeschrien. Hat gesagt, ich wäre der schlechteste Koch, den er je gehabt hätte. Hat mich bezichtigt, Ware geklaut zu haben, und die Trinkgelder der anderen auch. Von Zeitmanagement kein Wort.«

»Krass«, meinte Poe.

»Und nachdem ich meine Sachen gepackt hatte und gegangen war, hat er jedes Restaurant im Norden von England und im Süden Schottlands angerufen und mich in der kulinarischen Welt zu einem Aussätzigen gemacht. Er hat wohl gedacht, mir würde nichts anderes übrig bleiben, als nach Südengland zu gehen.«

Das erklärte, warum Jefferson Blacks Name bei den ursprünglichen Ermittlungen nicht aufgetaucht war. Wahrscheinlich hatte Keaton angenommen, dass er nach London gegangen und aus dem Leben seiner Tochter verschwunden war. Und so, wie es sich anhörte, war Black auch nicht jemand, dem man mal eben so etwas anzuhängen versuchte. Wenn es um den Ex-Fallschirmjäger ging, hatte das Restaurantpersonal wahrscheinlich beschlossen, dass kollektive Amnesie die sicherste Option war.

»Ich nehme an, Sie haben sich weiter getroffen«, bemerkte Poe.

Zum ersten Mal, seit er sich hingesetzt hatte, lächelte Black. »Ja. Ich habe sie mehr geliebt als meinen Beruf, also bin ich hiergeblieben. Hab mir Arbeit gesucht, wo es eben ging. Hat keine Rolle gespielt, solange wir zusammen waren.«

»Und wie fand Elizabeth das?«

»Sie hat ihren Dad geliebt, aber sie war stocksauer darüber, was er getan hat. Total wütend. Sie hat drei Monate nicht mit ihm geredet.«

»Dann war es doch bestimmt noch schwerer, sich zu treffen.«

»Eigentlich sogar leichter. Ich hatte keine feste Arbeit, also konnte ich mich nach Elizabeths Zeitplan richten. Wir haben uns mindestens zweimal die Woche gesehen. Die ganze Zeit, bis …«

»Bis sie verschwunden ist«, beendete Poe den Satz für ihn.

Black nickte. Er starrte in die Neige seines Biers. Ließ sie im Glas kreisen, ehe er sie auf einen Sitz hinunterkippte. Dann hob er die Hand, weniger als zwei Zentimeter. Die Barkeeperin machte sich daran, ein neues Bier einzuschenken.

»Und was ist dann passiert?«

»Das hier«, antwortete er und drosch sich heftig gegen die Schläfe. »Ich habe angefangen, die Zeit in Helmand wieder zu durchleben. Solange niemand sicher war, was mit Elizabeth passiert war, ging's halbwegs. Ein paar echt üble Albträume. Manche von den allerschlimmsten Sachen. Tote Kameraden, verlorene Arme und Beine. Nie zu wissen, ob der Dolmetscher, der dir gestern geholfen hat, sich morgen in die Luft sprengt.«

Poe verzog das Gesicht. Afghanistan hatte nicht zu seinem Einsatzgebiet gehört. Er konnte sich nicht einmal ansatzweise vorstellen, was die Soldaten von heute durchmachten.

»Aber nachdem Keaton für schuldig befunden wurde, sie ermordet zu haben, bin ich durchgedreht. Wusste keinen Ausweg mehr. Hab versucht, Schluss zu machen. Nicht mal das hab ich richtig hingekriegt. Bin mit 'nem Gehirn aufgewacht, das jetzt noch schlimmer versaut ist als je zuvor. Nicht mal meinen eigenen Körper hab ich noch im Griff.« Er hob den Arm, um die dunklen Schweißflecke auf seinem rotbraunen Hoodie zu zeigen.

Was antwortet man auf so etwas? Poe wusste es nicht. Bradshaw auch nicht. Ihre Augen waren feucht. Blacks Geschichte war ihr unter die Haut gegangen. Poe auch, doch er hatte eine Aufgabe zu erledigen.

Er überlegte, wie er taktvoll fragen könnte, ob Elizabeth vielleicht irgendeinen Grund gehabt hatte, sechs Jahre lang zu verschwinden. Dabei war ihm nicht klar, wie er das anstellen sollte, ohne Black wissen zu lassen, dass sie nicht tot war.

Das Auftauchen zweier Lämmer vor der Schlachtbank ersparte es ihm, sofort eine Entscheidung zu treffen.

39. KAPITEL

Poe hatte sie schon eine Weile aus dem Augenwinkel beobachtet. Sie gehörten zu der Gruppe, die sich in der Ecke gegenüber zusammendrängte. Hätte er raten müssen, so hätte er gesagt, dass die Typen Hehler waren und dass er ihnen gerade ihr Vormittagsgeschäft verdarb. Zwei Männer hatten sich aus dem Rudel gelöst; sie standen an der Bar und kippten Schnäpse. Es sah aus, als wären sie gegen ihren Willen dazu auserkoren worden, die Entscheidung der Gruppe zu übermitteln, und söffen sich gerade Mut an.

Nach einer gefühlten Ewigkeit beschlossen sie, dass es an der Zeit sei, sich ihren Pub zurückzuholen.

Mit gespieltem Revolverheldengang kamen sie an, beide wahnsinnig nervös, wünschten sich, überall zu sein, nur nicht hier. Einer war fett, der andere dürr. Beide trugen Tanktops, graue Jogginghosen und Turnschuhe, die wie richtige Schuhe aussahen. Ein guter Look war das nicht, aber aus irgendeinem Grund fuhr Carlisles Unterschicht voll darauf ab. Fatty hatte ein Tattoo am Hals, Skinny eines am Handrücken.

»Und was habt ihr zwei Hühner da eben zu begackern gehabt?«, erkundigte sich Black, ohne aufzublicken.

Nervös schielte Fatty Hilfe suchend zu Skinny hinüber, der aufmunternd nickte.

»Hier redet kein Arschloch mit den Bullen, Black«, verkündete Fatty. Die Wirkung seiner Worte wurde durch das Zittern seiner Stimme um einiges abgemildert.

Poe seufzte. Er war über das Alter hinaus, in dem Türmen eine Option gewesen war. Also drehte er sich auf seinem Stuhl herum, um Bradshaw mit seinem Körper zu schützen. Wenn es losging, würde er sie, so schnell er konnte, nach draußen zerren und dann wieder zurückgehen, um Black zu helfen.

Langsam stellte Black sein Bierglas hin. Holte eine Zigarette aus der Packung und zündete sie an. Er blies Fatty den Rauch ins Gesicht, sagte jedoch nichts.

Bis auf das Summen der Fliegen war es still im Pub. Alle warteten ab, was als Nächstes passieren würde.

Black starrte die beiden Männer an. Er war ganz ruhig. Beängstigend ruhig.

Fatty und Skinny ging der Arsch rapide auf Grundeis. Skinny hatte kein Wort gesagt, aber sein Adamsapfel hüpfte auf und ab wie der Schwimmer einer Angel. Fattys Blick zuckte zwischen Black und der Gruppe hin und her, von der er zwangsrekrutiert worden war und deren Mitglieder anscheinend alle plötzlich großes Interesse an ihren Getränken hatten.

Hätten die beiden sich in diesem Augenblick einfach verdrückt, so wäre Black ihnen wohl nicht gefolgt, dachte Poe. Doch sie gingen nicht. Dafür waren sie zu blöd.

Fatty besiegelte ihrer beider Schicksal.

Mit einem so krassen, gutturalen Akzent, dass Poe wusste, Bradshaw würde kein Wort verstehen, fragte Fatty: »Un' wer iss'n die Brill'ntussi da? Die issoch keine Scheißbull'nbraut.«

Da beschloss Black, dass es reichte – er ergriff die Initiative und tat das, wozu ihn das Parachute-Regiment für Zehntausende Pfund ausgebildet hatte.

Er brachte Gewalt und Verderben über seine Feinde.

Was als Nächstes geschah, konnte man eigentlich nicht als Schlägerei bezeichnen: Der Begriff Schlägerei impliziert mehr als einen Teilnehmer. Nicht einmal ein Handgemenge konnte man es nennen, denn Handgemenge impliziert Chaos und Verwirrung.

Was den Gästen im Dog geboten wurde, war das, was Anthony Burgess in *Uhrwerk Orange* »Ultra-Gewalt« genannt hatte.

Black drohte den beiden nicht, und er warnte sie auch nicht. Er schnellte von seinem Stuhl hoch und schlug zu. Skinny stand am nächsten und bekam die erste Attacke ab. Black packte ihn an den Haaren und drückte ihm die Zigarette ins Auge. Bevor Skinny schreien konnte, riss Black seinen Kopf nach unten, wo er auf sein emporfahrendes Knie traf. Es knirschte widerlich. Skinny gurgelte und verstummte dann. Bewusstlos sackte er zu Boden.

Fatty versuchte, abzuhauen, doch er war in etwa so schnell wie Gestank. Black senste ihm die Beine unter dem Leib weg, sodass Fatty auf den verdreckten Teppich plumpste. Er versuchte, wieder hochzukommen, doch Black verhinderte das durch einen Tritt in seine fleischigen Rippen. Während er rücklings am Boden zappelte, trat Black zwischen seine Beine und rammte ihm den Fuß von oben in den Schritt. Unwillkürlich zuckte Poe zusammen. Black stellte sich breitbeinig über den winselnden Mann, zerrte ihn an seinem Tanktop hoch und rammte ihm die Stirn gegen den Nasenrücken. Zwei Blutfontänen spritzten aus Fattys Nasenlöchern. Black ließ ihn zu Boden fallen. Die Mitte von Fattys Gesicht war flach.

Es war brutal gewesen, schockierend. Und binnen Sekunden war es vorbei. Selbst wenn Poe hätte eingreifen wollen, er hätte keine Zeit dazu gehabt.

Black rollte Fatty und Skinny in Seitenlage und setzte sich dann wieder hin, als sei nichts passiert. Er zündete sich eine neue Zigarette an. »'tschuldigung«, brummte er. »Also, was wollte ich gerade sagen?«

40. KAPITEL

Ach ja, ich hatte Ihnen gerade erzählt, dass ich alles gehabt habe: einen neuen Beruf und ein Mädchen, das mich geliebt hat. Und jetzt schauen Sie mich an, verdammte Scheiße. Ich fühl mich nur lebendig, wenn so was passiert.« Black deutete auf die beiden bewusstlosen Männer.

»O mein Gott!«, stieß Bradshaw hervor. Sie konnte den Blick nicht von dem Schlachtfeld am Boden abwenden. Rasch stand sie auf und rief: »Ist hier jemand Arzt?«

Viel verstand Poe nicht von dem, was hier ablief, aber eines wusste er: Niemand im Dog war Arzt.

»Setz dich hin, Tilly«, sagte er sanft. »Denen passiert nichts, Mr Black hat sie doch in die stabile Seitenlage gebracht.«

»Aber ...«

»Die werden schon wieder«, pflichtete Black Poe bei.

Wenigstens hatte Bradshaw die Spannung gelöst, die sich im Pub aufgebaut hatte. Ein paar der Anwesenden kicherten verstohlen über ihre Arzt-Anfrage. Nicht lange danach ertönte aus allen Ecken Gelächter.

Unter grölendem Jubel brüllte der Mann, der sich sein T-Shirt an den Kopf drückte: »Wenn hier 'n Arzt is', bin ich als Nächster dran!«

Der Dog kehrte zur Normalität zurück. Fatty und Skinny wurden von Angehörigen der Meute, die sie geschickt hatte, weggeschleift. Einer von ihnen fing Blacks Blick auf und nickte ihm eine Entschuldigung zu.

Bradshaw machte noch immer ein beklommenes Gesicht. Wahrscheinlich stand sie unter Schock und brauchte eine Ablenkung.

»Tilly, kannst du Mr Black bitte die Sachen zeigen, die du von Social Media kopiert hast?«

Nach kurzem Zögern sagte sie: »Okay, Poe.« Sie öffnete ihre Tasche und holte ihr iPad hervor. Die vertrauten Handgriffe schienen sie zu beruhigen. Sie wischte ein paarmal über das Display, bis sie fand, was sie suchte. Dann reichte sie Black das Tablet. Eingehend betrachtete er die Bilder und sah sie dann fragend an.

»Was soll das?«

Poe tat, als hätte er ihn nicht gehört. »Auf keinem der jüngeren Fotos ist sie so angezogen wie ihre Freundinnen.« Er hielt es für das Beste, Black nicht zu sagen, dass er die fünfzehnjährige Elizabeth im Bikini betrachtet hatte. »Ich würde sagen, sie war ungefähr siebzehn, als sie angefangen hat, ihren Oberkörper zu bedecken – ich nehme an, damit wollte sie ihre Narben vom Ritzen verbergen.«

Black starrte die Bilder auf Bradshaws iPad an. »Elizabeth hat sich nicht geritzt.«

Poe wollte schon widersprechen, ließ es jedoch bleiben. Black hatte den Blick nicht von dem iPad gewandt, und seine Stimme war fest und ruhig gewesen. Er hatte lediglich eine Tatsache geäußert.

»Sind Sie sicher?«

Black antwortete nicht. Wenn er recht hatte, dann hatte Elizabeth mit dem Selbstverletzen angefangen, nachdem sie verschwunden war. Aber wenn es so war, warum hatte sie dann bei Bikiniwetter lange Shirts getragen?

»Haben Sie sie gefunden?«, fragte Black.

Poe antwortete nicht.

»HABEN SIE SIE GEFUNDEN?«

Bradshaw fuhr zusammen. Poe ebenfalls. Schweigen senkte sich über den Pub. Poe hielt Blacks Blick stand. Wusste, dass Offenheit das Beste war, um die Situation zu entschärfen. Außerdem hatte er den Verdacht, dass Black Elizabeths sterbliche Überreste meinte und nicht wissen wollte, ob sie lebendig aufgefunden worden war.

»Nein, Jefferson, wir haben sie nicht gefunden«, sagte er. Es war keine direkte Lüge. Ungeachtet dessen, was gerade geschehen war, mochte er Jefferson Black durchaus.

»Und warum …?« Blacks Augen wurden feucht. »Was verschweigen Sie mir? Warum denken Sie, dass sie sich geritzt hat?«

»Das kann ich Ihnen nicht sagen«, erwiderte Poe. »Jedenfalls jetzt noch nicht, aber ich verspreche Ihnen, sobald ich's kann, tue ich es.«

Black dachte über Poes Worte nach. »Das mit den Shirts, ist das wichtig?«

Poe zuckte die Schultern. »Könnte sein.«

Sie warteten darauf, dass Black eine Entscheidung traf. Ohne Vorwarnung zog er seinen Hoodie aus. Sein Oberkörper, an dem nicht ein einziges Gramm Fett war, glänzte vor Schweiß. Auf der Schulter hatte er ein Tattoo. Ein schreiender Adler, der mit geöffneten Klauen auf irgendeine arme Seele hinabstieß. »*1 Para: Death from Above*«, stand darüber eintätowiert. *Tod aus den Lüften.*

Black drehte sich herum, sodass Poe seine andere Schulter sehen konnte.

Darauf war ein anderes, schlichteres Tattoo: ein Puzzleteil, ungefähr vier Quadratzentimeter groß. Es war rot umrandet, doch anstatt zu einem größeren Bild zu gehören, enthielt es ein Wort: Elizabeth.

Poe starrte es an, und sein Herz raste. Er ließ das alles ein paar Augenblicke sacken. *Bedeutete dies das, was er dachte? Wenn ja, so änderte es alles.*

Alles.

So ruhig wie möglich stellte er die einzig wichtige Frage: »Hatte Elizabeth auch so eins, Jefferson?«

Black entließ eine Träne in die Freiheit. »Wir haben sie uns gemeinsam stechen lassen. Die Stücke passen zusammen. In ihrem stand mein Name. Keaton wäre ausgerastet, wenn er's erfahren hätte, und weil sie immer Kleider mit Spaghettiträgern getragen hat, wenn sie mit ihm auf Veranstaltungen war, musste ihres an einer weniger sichtbaren Stelle sein – über der rechten Hüfte.«

Bradshaw schnappte sich das iPad und recherchierte, was Poe bereits wusste. In Flick Jakemans Untersuchungsbericht stand nichts von einer Tätowierung. Nach ein paar Minuten schaute Bradshaw verwirrt auf.

»Was bedeutet das, Poe?«

Fast hätte er geantwortet, er wisse es nicht, doch die Worte erstarben ihm in der Kehle.

Allmählich begann er nämlich zu glauben, dass er es doch wusste …

Sie bedankten sich bei Black und ließen ihn weitertrinken. Sobald Poe draußen war, rief er Flick Jakeman an. Die Ärztin hatte zwar einen kompetenten Eindruck gemacht, doch er wollte auf Nummer sicher gehen.

»Hallo?«

»Dr. Jakeman, hier ist Sergeant Poe. Tut mir leid, dass ich Sie so damit überfalle, aber wissen Sie zufällig noch, ob Elizabeth Keaton ein Tattoo hatte?«

Eine kurze Pause entstand. »Ich glaube nicht, aber ich müsste in meinen Aufzeichnungen nachsehen. Warum fragen Sie?«

»Hat sich so ergeben«, antwortete Poe, ohne weiter darauf einzugehen. Er wollte ihr nicht sagen, worauf er aus war, für den Fall, dass irgendein Anwalt später behauptete, er hätte eine Zeugin beeinflusst. »Haben Sie Ihre Aufzeichnungen zur Hand?«

»Ich bin in der Praxis, Sergeant Poe. Auf meinem Computer zu Hause habe ich eine Kopie, aber ich fürchte, Sie werden solange warten müssen. Ist es wichtig?«

»Es könnte wichtig sein.«

»Sind Sie unter dieser Nummer zu erreichen?«
»Ja.«
»Dann rufe ich Sie an, sobald ich zu Hause bin.«
Er berichtete Bradshaw, was Jakeman gesagt hatte.
»Du magst sie, nicht wahr, Poe?«
Er zuckte die Achseln. »Sie ist nett.«
Bradshaw lächelte, beließ es jedoch dabei.

Poe fuhr zu einem Kellerrestaurant, das er kannte. Obwohl es dort Geräuchertes und Gegrilltes gab, bestellte er denselben Salat wie Bradshaw – nicht weil ihr Gerede von gesünderer Ernährung zu ihm durchdrang, sondern weil er sich nicht voll und träge fühlen wollte, wenn Wardle ihn ins Verhör nahm.

Während sie auf ihr Essen warteten, öffnete Bradshaw ihr E-Mail-Postfach und lächelte. »DI Stephanie Flynn hat uns alle Informationen geschickt, um die wir gebeten haben, Poe.«

Sie reichte ihm das iPad. Es waren zwei Mails. Die Betreffzeile der einen lautete: Lauren Keaton – Unfallbericht, und die der anderen: Jared Keaton – Stichwaffenangriff. Die öffnete er zuerst.

Sie war kurz und sachlich. Jared Keaton war tatsächlich niedergestochen worden, doch da er den Angreifer nicht angezeigt hatte, war es als Unfall in seiner Akte vermerkt worden. Körperverletzungen wirkten sich nachteilig auf die Leistungsangaben einer Vollzugsanstalt aus, also wurden sie als etwas anderes dokumentiert, wann immer es möglich war. Die Klinge hatte seine Blase verletzt, und er hatte fast einen Monat im Krankenhaus verbracht.

Poe suchte nach Informationen über die Person, die auf ihn eingestochen hatte, doch in der Akte stand nichts. Keaton kannte den Mann nicht. Oder er hatte zu viel Angst vor ihm oder war klug genug, um zu wissen, dass Petzen in Fetzen endete.

Crawford Bunney hatte gesagt, Keaton wäre schon vor dem

Angriff gut drauf gewesen, und dass die Verletzung nichts daran geändert hätte. Poe musste herausfinden, was genau seine Stimmung so gehoben hatte. Er hatte das Gefühl, dass das wichtig war.

Er schickte Flynn eine SMS, ob sie noch weiter nachbohren könne. Das Tattoo erwähnte er nicht. Er bekam sofort eine kurze Antwort. Sie würde seiner Bitte nachkommen und erinnerte ihn außerdem an seinen Termin mit DCI Wardle.

Die Salate kamen, und Poe las erst einmal beim Essen nicht weiter. Als sie fertig waren, öffnete er die andere E-Mail. Flynns Zusammenfassung war interessanter als die technischen Gutachten, die sie angehängt hatte. In einer regnerischen Nacht hatte Keaton in einer Kurve die Kontrolle über seinen Wagen verloren und war frontal gegen einen Baum gekracht. Auf der Fahrbahn war Schlamm gewesen – was in Cumbria nichts Ungewöhnliches war. Obwohl Keaton mit dem Brustkorb gegen das Lenkrad geprallt war, hatte der Airbag ihn vor ernsten Verletzungen bewahrt. Lauren Keaton hatte nicht so viel Glück gehabt: Ihr Airbag war nicht aufgegangen. Der Gutachter war zu dem Schluss gekommen, dass sie ihn tags zuvor deaktiviert hatte, als sie mit einer ganzen Ladung Kinder zu einer Vorstellung von *Aladin* im Stadttheater gefahren war. Das Kind auf dem Beifahrersitz hatte in einem Kindersitz gesessen, und damals galt allgemein, dass Airbags für kleine Kinder eher gefährlich als von Nutzen waren. Lauren hatte vergessen, ihn wieder zu aktivieren, schloss der Gutachter. Die Rechtsmedizin war derselben Meinung und entschied auf Unfalltod. Poe ging die technischen Details durch, kam jedoch zu der Entscheidung, dass der richtige Schluss gezogen worden war. Lauren Keatons Tod mochte für Jared von Nutzen gewesen sein, doch es war ein Unfall gewesen.

Sie bestellten Tee und tranken ihn schweigend.

Poe hatte viel Stoff zum Nachdenken. Er hatte das ungute

Gefühl, seine goldene Regel missachtet zu haben: Zu glauben, man weiß, was passiert ist, ist das sichere Anzeichen dafür, dass man es nicht weiß. Obgleich das Tattoo nur zu dem Chaos dieses Falls beitrug, hatte Poe den Verdacht, dass er die meisten Antworten wahrscheinlich kannte – jetzt musste er nur noch die Fragen neu formulieren. Und dafür musste er zurück nach Herdwick Croft.

Aber zuerst musste er sich mit einem Arschloch zusammensetzen.

41. KAPITEL

»Sie kommen zu spät, Sergeant Poe«, blaffte Wardle.
Poe ignorierte ihn.
»Was haben Sie getrieben?«
»Polizeiarbeit.« Poe führte das nicht weiter aus.
Die Vernehmung fing nicht gut an, und von da an ging es weiter bergab. Poe vermutete, dass Wardle ihn eigentlich hatte verhaften wollen, aber keine Genehmigung dafür bekommen hatte. Die Polizei von Cumbria ermittelte im Fall Elizabeth Keaton autonom, aber niemand wollte sich mit der NCA anlegen.

Stattdessen hatte er Poe eine Viertelstunde vor dem Vernehmungszimmer warten lassen.

Wardle trug einen Anzug und hatte ein hämisches Grinsen aufgesetzt. Der Anzug war nicht maßgeschneidert, sodass sich die Hosenbeine unten an seinen kurzen Beinen stauchten. Seine Augenlider wirkten noch schwerer als beim letzten Mal. Poe nahm an, dass er die ganze Nacht auf gewesen war und sich auf die Vernehmung vorbereitet hatte. Die war ihm eindeutig sehr wichtig. Poe wusste, dass er sich in Acht nehmen musste. Wardle war ein Idiot, aber er war außerdem karrieregeil, und das war eine gefährliche Kombination.

Wardle deutete auf den Stuhl ihm gegenüber und drückte die Aufnahmetaste des Geräts. DC Rigg war bei ihm, doch abgesehen davon, Zeuge der Vernehmung zu sein, schien ihm keine Rolle zugedacht zu sein. Streng genommen durfte er sowieso keine Fragen stellen: Poe war Sergeant, Rigg war Constable.

»Bin ich verhaftet?«, erkundigte sich Poe.

»Sie wissen genau, dass Sie nicht verhaftet sind, Poe«, erwiderte Wardle.

»Dann machen Sie Ihr Scheißgerät aus.«
»Ich denke nicht daran«, gab Wardle zurück.
»Dann bis später.«
Besser wurde es danach nicht mehr.

Nachdem Wardle die Aufnahme angehalten hatte, stellte er eine Reihe Fragen, von denen er gewusst haben musste, dass er keine vernünftige Antwort auf sie bekommen würde.
»Warum waren Sie heute Vormittag im Dog?«
»Ist ganz schön heiß heute. Ich wollte was trinken.«
»Im Dog?«
»Mir gefällt's da. Ist ein netter Pub.« Er hatte wirklich vorgehabt, van Zyls Rat zu befolgen und von Anfang bis Ende »kein Kommentar« zu sagen, zuerst jedoch musste er Wardles Drehbuch aufmischen.

Menschen, die wütend sind, machen Fehler.

Wardle wartete darauf, dass er noch mehr sagte. Das würde nicht funktionieren. Poe hatte jahrelang Kriminelle verhört und war mit jedem Trick vertraut, den Wardle kannte. Zu Wardles Pech war er nicht mit jedem Trick vertraut, den Poe kannte.

Wenn er Wardles Skript richtig deutete, würde der als Nächstes versuchen, ihn in Rage zu bringen. Tatsächlich wandte der DCI sich an Rigg und sagte: »Was ist mit dieser Trotteltussi, mit der er zusammen war? Wie wär's, wenn wir die herholen und schauen, was sie zu sagen hat?«

Rigg schwieg. Poe lächelte bei der Vorstellung, dass Wardle Bradshaw zur Vernehmung aufs Revier holte. Wenn er das wirklich für eine gute Idee hielt, dann hatte er echt keinen blassen Schimmer. Bradshaw würde ihn in die Tasche stecken. Sie kannte das Polizeigesetz in- und auswendig – er würde von Glück sagen können, wenn er hinterher seinen Job noch hatte.

»Warum sagen Sie mir nicht einfach, warum ich hier bin, Wardle?«

Wardle machte ein finsteres Gesicht, genau wie Poe es vorausgesehen hatte.

»Für Sie immer noch *Detective Chief Inspector* Wardle.«

»Ja, klar«, erwiderte Poe. »Warum sagen Sie mir nicht, was Sie von mir wollen?«

»Wissen Sie, Sergeant Poe«, meinte Wardle, »ich frage mich ja schon, warum jemand mit einer so offensichtlichen antiautoritären Neigung sich nur Berufe ausgesucht hat, bei denen auf Respekt vor höheren Dienstgraden bestanden wird.«

Poe erwiderte nichts darauf. Dasselbe fragte er sich schon seit Jahren.

»Und wenn Sie meinen Dienstgrad nicht respektieren, respektiere ich Ihren auch nicht«, fuhr Wardle fort.

O nein, dachte Poe im Stillen.

Wardle griff in eine Aktenmappe und holte ein beschriebenes Blatt hervor. Er reichte es Poe. »Wissen Sie, was das ist?«

Es war das Resultat einer Funkzellenabfrage. Poe erkannte den Sendemast wieder, vom Brandopferer-Fall letztes Jahr. Es war der, der Herdwick Croft am nächsten war. Die Handynummer sagte ihm nichts, doch er wäre auch überrascht gewesen, wenn es anders gewesen wäre – er wusste nicht einmal seine eigene auswendig. Bevor ihn jemand daran hindern konnte, hatte er sein Handy entsperrt und ein Foto von dem Blatt gemacht.

Wardle wurde blass vor Zorn, doch er konnte nichts tun – Poe hatte ein von der NCA verschlüsseltes BlackBerry und gehörte zum Ermittlerteam. Wardle riss ihm das Dokument aus der Hand und hielt es fest wie ein Urlaubssouvenir. Poe ließ sein Handy auf dem Tisch liegen und gab deutlich zu verstehen, dass er alles, was man ihm zeigte, fotografieren würde.

»Erkennen Sie den Sendemast, Poe?«, fragte Wardle und zeigte auf die Referenznummer.

Poe antwortete nicht. Noch wusste er nicht, wohin das hier führte.

»Nein?«, fuhr Wardle fort. Er zeigte auf die Handynummer. »Na, dann gestatten Sie mir, Sie zu erleuchten. Das ist der Sendemast, der beweist, dass dieses Mobiltelefon vor sieben Tagen in der Nähe Ihres Hauses war. Wissen Sie, wessen Telefonnummer das ist?«

Poe verschränkte die Arme und wartete.

Wardle feixte angesichts von Poes hartnäckigem Schweigen. »Das, mein selbstgefälliger Freund, ist das Handy, das die Opferbetreuung Elizabeth Keaton gegeben hat.«

Und urplötzlich wurde ihm alles klar.

Obgleich er mit irgendetwas gerechnet hatte, traf ihn die Dreistigkeit dessen, was Keaton vorhatte, doch wie ein Hieb in den Magen. Seine Bauchmuskeln spannten sich, sein Rückgrat wurde steif.

Wardle lächelte und genoss seinen ersten Erfolg.

Das war Poe egal. Jetzt wusste er, was hier lief, und Wardle gehörte nicht dazu. Zeit für ein bisschen Offensive. Zu zeigen, dass er sich nicht ducken und akzeptieren würde, was immer jetzt auch kam.

»Ich stelle fest, dass Sie nichts von Triangulieren sagen«, bemerkte Poe.

»Bitte?«

»Sie haben gesagt, das Handy war vor sieben Tagen ›in der Nähe‹ von Herdwick Croft. Wieso haben Sie nichts von Triangulieren gesagt?«

Wardle rutschte auf seinem Stuhl herum.

»Ich sage Ihnen, wieso«, fuhr Poe fort. »Weil man nämlich mindestens drei Sendemasten braucht, um ein Handy zu orten, sogar noch mehr, wenn man's auf ein paar Meter genau wissen will. Und ich weiß zufällig, dass es da, wo ich wohne, nur diesen einen Mast gibt. Der deckt ein Riesengebiet ab. Wenn Sie also ›in der Nähe‹ sagen, dann meinen Sie in Wirklichkeit, dass das Mobiltelefon sich innerhalb eines Elfkilometerradius um diesen Mast befunden hat.«

Wardle schwieg.

»Also, ich bin nicht Matilda Bradshaw, aber sogar ich weiß, dass die Fläche eines Kreises der Radius zum Quadrat mal Pi ist. Elf mal elf ist hunderteinundzwanzig. Ich weiß nicht genau, was Pi ist, aber runden wir's mal auf drei ab. Hat einer von Ihnen einen Taschenrechner dabei?«

»Dreihundertdreiundsechzig«, sagte Rigg.

Wardle funkelte seinen Kollegen böse an.

Rigg zuckte die Achseln. »Er hat recht, Boss.«

»Also, nur dass ich das richtig sehe«, meinte Poe. »Dieses Handy verbindet sich innerhalb eines Gebiets von dreihundertdreiundsechzig Quadratkilometern, in dem ich wohne, mit diesem Mast, und Sie glauben, Sie haben etwas bewiesen? Tolle Polizeiarbeit, Wardle. Hat man Ihnen das in Ihrem Schnellkursus beigebracht? Wollen Sie mir Handschellen anlegen, oder soll ich's selbst tun?« Poe streckte die Hände aus, die Handgelenke nach oben gedreht.

Wardles wütende Miene war unbezahlbar, aber letzten Endes bedeutungslos. Elizabeth Keaton war vor sieben Tagen verschwunden, und jetzt suchte die Polizei in seiner Richtung nach einer Antwort.

Und Poe wusste, dass die Funkzellenabfrage nur der Anfang war. Keaton hatte vor, ihn wegen Mordes an seiner Tochter anklagen zu lassen – ohne Leiche.

Und ihm fiel nichts ein, wie er ihn daran hindern konnte.

Wardle begann, sich über die letzten bekannten Aufenthaltsorte von Elizabeth Keaton auszulassen. Er hatte aus seinem Fehler gelernt und ließ Poe nicht an das Dokument heran, aus dem er vorlas. Poe versuchte, sich zu konzentrieren. Er musste sich das alles merken.

Es war, wie Rigg auf dem Rückweg vom Gefängnis HMP Durham gesagt hatte: Elizabeth war zu den erforderlichen Befragungen aufs Revier gekommen, und dann war sie verschwunden. Sie wussten nicht, wo sie war, und sie wussten nicht, wo sie gewesen war. Das letzte Mal hatte ihr Mobiltelefon in der Gegend um Herdwick Croft Verbindung mit einem Sendemast aufgenommen. Dann war es entweder ausgeschaltet oder zerstört worden.

»Können Sie mir sagen, wo Sie in dieser Nacht waren, Poe?«

Poe hatte ein Problem. Das war der Abend gewesen, an dem er in Cumbria angekommen war und im North Lakes Hotel and Spa übernachtet hatte. Er hatte in der Bar etwas getrunken und war dann ins Bett gegangen. Bis zum Morgen hatte ihn niemand zu Gesicht bekommen. Für einen fantasielosen Verstand könnte sich das anhören, als hätte er ein Alibi vorbereitet. Ohne ersichtlichen Grund nicht zu Hause zu sein, das war etwas, das den Geschworenen über die »Ohne begründeten Zweifel«-Schwelle hinweghalf.

So würde es jedenfalls der Vertreter der Anklage darstellen.

Das Netz zog sich zusammen. Seine Zeit würde bald sehr begrenzt sein. Er konnte es sich nicht leisten, sie mit Dingen zu verschwenden, über die er keine Kontrolle hatte. Er musste zurück nach Herdwick Croft und der Geschichte mit dem fehlenden Tattoo nachgehen.

Ohne ein weiteres Wort verließ Poe das Vernehmungszimmer.

42. KAPITEL

In einer idealen Welt wäre Poe sofort nach Herdwick Croft zurückgefahren und hätte sich die Videos von Elizabeth Keatons Befragung vorgenommen. Er musste bereit sein, wenn Flick Jakeman seinen wachsenden Verdacht bestätigte.

Aber zuerst hatte Poe etwas zu erledigen.

Victoria Hume.

Dieser Fall brachte seltsame Bettgenossen ans Licht: Jared Keatons Verbindung mit seinem Dad und Thomas Humes Verbindung mit dem Bullace & Sloe. Während die Verbindung zu seinem Dad warten konnte, konnte die Angelegenheit mit den Humes nicht warten. Wenn Victoria da irgendwie involviert war, musste er es wissen.

Er und Bradshaw einigten sich darauf, dass Bradshaw in Herdwick Croft warten würde, während Poe zum Hof der Humes weiterfuhr. Sie waren noch fünfhundert Meter entfernt, als sie ihm auf die Schulter tippte. Poe hielt das Quad an. Edgar sprang herunter und fing an, nach Wild zu suchen. Es dauerte nicht lange, bis ein kleiner Vogel laut tschilpend aufflog.

Poe drehte sich auf seinem Sitz um. »Was ist denn, Tilly?«

Sie zeigte auf die Schäferhütte. »Da wartet jemand auf dich, Poe.«

Von der Sonne geblendet, kniff Poe die Augen zusammen, konnte jedoch nur einen Umriss erkennen. Also griff er in den Koffer des Quads und hob das Fernglas an die Augen.

Was zum Teufel ...

Es war Victoria Hume.

Rotzfrech saß sie an dem Tisch, an dem sie gestern gearbeitet hatten. Sogar seine Briefbeschwerer-Steine hatte sie neu angeordnet.

Sie wollte ihn sprechen.
Aber warum?

Trotz der feuchten Hitze trug Victoria Jeans und eine kratzige Strickjacke. Sie hatte kein Make-up aufgelegt, und ihr Haar war zu einem strengen Pferdeschwanz nach hinten gerafft. Sie war mit einem der Quads ihres Vaters zur Hütte gefahren.

Poe sprang von seinem eigenen Quad.

»Mrs Hume, was kann ich für Sie tun?«

Sein Tonfall schien sie zu erschrecken. Sie verhaspelte sich bei den ersten Worten. »Eigentlich ja Miss. Victoria, wenn Sie wollen. Ich ... ich wollte mich für meine Unhöflichkeit neulich entschuldigen. Es war ...«

»Was wollen Sie? Was haben Sie mit Jared Keaton zu tun?« Die Lage war zu ernst, um Zeit zu verschwenden.

»Keaton ...?«, fragte sie mit verdutztem Gesicht. »Sie meinen doch nicht etwa ... Sie meinen doch nicht etwa diesen Koch, der seine Tochter umgebracht hat?«

Er hielt ihrem Blick stand. »Was haben Sie mit ihm zu tun?«, wiederholte er.

Ihre Verwirrung verwandelte sich in Zorn.

»Wovon zum Teufel reden Sie eigentlich?«, fauchte sie ihn an. »Ich habe überhaupt nichts mit ...«

»Ihr Vater, *Miss* Hume, war der einzige Lammfleischlieferant des Bullace & Sloe.«

»Ich habe keine blasse Ahnung, was Bullace & Sloe ist, Sie Blödmann!«

Poe schnaubte. »Tatsächlich? Sie haben noch nie von Cumbrias einzigem Dreisternerestaurant gehört? Es fällt mir schwer, das zu glauben.«

Hume ballte die Fäuste und verschränkte die Arme fest vor der Brust. Durch zusammengebissene Zähne hindurch antwortete sie: »Es ist mir verdammt noch mal egal, was Sie glauben oder nicht. Aber falls es Sie interessiert, ich habe die letzten zwölf Jahre in Devon gewohnt.«

Poe erwiderte nichts.

»Sie arroganter Kerl!«, schrie sie ihn an. »Ich habe keine Ahnung, ob er ans Bullace & Sloe geliefert hat, aber eins werde ich Ihnen sagen: Mein Vater war der beste Herdwick-Züchter von ganz Cumbria. Wenn Sie sagen, er hat diesen Laden beliefert, dann hat er das wahrscheinlich getan, ja. Er hatte eine Abmachung mit dem Schlachthaus und hat direkt an Metzger und Restaurants geliefert. Jedes Jahr hat er über tausend Lämmer gezogen und jedes einzelne verkauft. Es würde mich überraschen, wenn es ein Restaurant in Cumbria gäbe, das er nicht beliefert hat!«

Poe zögerte. Er glaubte nicht, dass sie log, und wenn es stimmte, was sie sagte, dann könnte die Verbindung mit dem Bullace & Sloe nicht mehr gewesen sein als ein Zufall. Trotzdem ... irgendetwas verschwieg sie ihm definitiv.

»Wenn Sie nichts mit Jared Keaton zu tun haben, was machen Sie dann hier?«

Ihr Gesicht fiel in sich zusammen, und sie begann zu schluchzen. Bradshaw drückte ihm ein Papiertaschentuch in die Hand. Er reichte es Victoria, doch sie ließ es zu Boden fallen. Die Brise ließ es durch die Luft wirbeln. Edgar hielt das für den Auftakt zu einem Spiel und jagte kläffend hinterher.

»Warum erzählen Sie mir nicht, warum Sie hier sind?«, fragte Poe, diesmal freundlicher.

Als sie aufblickte, war der Kummer verschwunden. Ihre Augen waren schmal und hart. »Sie können mich mal.«

Ohne sich noch einmal umzusehen, stieg sie auf ihr Quad und fuhr davon.

Stille senkte sich über das Hochmoor. Die einzigen Geräusche waren das Aufheulen von Victorias Motor und das Ticken seines eigenen Quads, das allmählich abkühlte.

Poe wandte sich an Bradshaw. »Na, das ist ja prima gelaufen.«

Sie nickte.

Edgar kam zurück. Er hatte das Papiertaschentuch im Maul und knurrte, als Poe versuchte, es ihm abzunehmen. Poe gab es auf.

»Komm, schauen wir uns mal diese Befragungen an«, sagte er.

Bevor sie ins Haus gehen konnten, klingelte Poes Handy. Es war eine unbekannte Nummer, doch die Vorwahl war 01129: Barrow-in-Furkness und Ulverston. Bestimmt Flick Jakeman, die FME.

Sie war es wirklich. Er stellte das Handy auf Lautsprecher.

»Sergeant Poe«, verkündete sie ohne Präambel, »ich bin meine Aufzeichnungen zweimal durchgegangen, und ich habe nichts von einer Tätowierung notiert.«

»Die müsste auf oder über ihrer Hüfte gewesen sein«, sagte er.

»Definitiv nicht. Ich habe Elizabeths Genitalbereich gründlich untersucht. Etwas an ihrer Hüfte wäre mir aufgefallen.«

Poe dankte Flick und beendete das Gespräch.

»Wieso sagt Jefferson Black, Elizabeth hat ein Tattoo, wenn sie gar keines hat, Poe?«, fragte Bradshaw. »Glaubst du, er hat gelogen? O Mann, ich hoffe nicht.«

Poe schwieg einen Moment. »Nein, Tilly, ich glaube nicht, dass Jefferson Black gelogen hat.«

»Und was bedeutet das dann?«

»Das bedeutet, dass wir uns die Videos ansehen müssen.«

43. KAPITEL

Die Videos von der Befragung Elizabeth Keatons waren alle über einen Link zugänglich, den Gamble für sie bereitgestellt hatte, als sie offiziell in die Ermittlung einbezogen worden waren. Bradshaw rief sie auf, und sie ließen sich vor einem Bildschirm nieder. Sie klickte auf PLAY, und Elizabeth Keaton erschien.

Als Poe sich die Videos das letzte Mal angesehen hatte, hatte er ganz genau zugehört, was Elizabeth sagte. Dass sie in der Küche des Bullace & Sloe überfallen worden war. Dass sie in einen Van gestoßen und irgendwohin in einen Keller gebracht worden war. Er hatte zugehört, als sie ihre Flucht geschildert hatte.

Und er hatte sich zahllose Notizen gemacht. Nichts von dem, was sie sagte, widersprach sich, alles war plausibel.

Diesmal jedoch interessierte ihn nicht, was sie sagte. Er stellte den Ton ab und sah sich an, was sie *tat*.

Als sie das letzte Video zu Ende gesehen hatten, wusste er, dass er recht hatte.

Das Ganze war unfassbar. Unendlich komplex, jedoch vollkommen simpel. Atemberaubend.

Er fragte Bradshaw, ob sie es so einrichten könne, dass Flynn bei einer Videokonferenz auf ihrem Computer dasselbe sehen konnte, was sie auf ihrem sahen.

Sie schnaubte abfällig. »So was konnte ich schon mit acht, Poe.«

Flynn saß in Hampshire im Konferenzraum. Director of Intelligence van Zyl saß neben ihr. Sie hatten ein Videokonferenzfenster geöffnet und sahen gleichzeitig Poes und Bradshaws gespiegelten Computer.

Alles, was Poe und Bradshaw in Herdwick Croft am Computer taten, würden Flynn und van Zyl auf ihrem Bildschirm sehen.

Poe hatte Bradshaw erklärt, wie er alles dargestellt haben wollte. Sobald sie ihm signalisierte, dass alles bereit war, begann er seinen Vortrag.

Er erläuterte alles in der Reihenfolge, die ihm am verständlichsten erschien.

Bradshaw lud das Video hoch, auf dem Elizabeth in die Bibliothek von Alston trat.

»Sie hatte Leggins an, eine Wollmütze und ein langärmliges T-Shirt«, sagte er und zeigte auf den Bildschirm. Bradshaw zog den Cursor dorthin, wo sein Finger hinzeigte. Sie hatte den Ausschnitt vergrößert, sodass man es auf dem gespiegelten Bildschirm unten im Süden leicht erkennen konnte.

Dann zeigte er Standbilder und Fotos von Problemlöser Alsops Notizbuch. Poe hatte vor einer Stunde mit ihm telefoniert, und er war gern bereit gewesen, zu helfen.

»An dem Tag war es heiß, und sie war sechs Jahre lang in einem Keller gefangen gewesen. Und wahrscheinlich hatte sie fast eine Woche lang nichts zu essen gehabt, und kein Wasser«, sagte Poe. »Aber als man ihr etwas zu trinken anbot, hat sie abgelehnt. Hat nicht mal den Becher angerührt.«

Weder Flynn noch van Zyl stellten Fragen.

Als Nächstes rief er die Videos auf, auf denen Rigg Elizabeth Keaton befragte. »Ich erwarte nicht von Ihnen, dass Sie sich alle vier Sitzungen von Anfang bis Ende ansehen, aber Sie können mir und Tilly glauben, dass sie auch in denen nie irgendetwas anfasst. Ihr Wasserglas nicht, und auch den Schokoriegel nicht, der für sie gebracht worden war. Sie schiebt sie auch nicht weg, lässt sie einfach da, wo sie sind.«

Flynn und van Zyl wechselten einen raschen Blick, äußerten sich jedoch nicht.

»Und es ist heiß dadrin. Wenn Sie sich das Wasserglas vor

ihr ansehen, können Sie sehen, wie da das Kondenswasser runterläuft. Aber« – er zeigte auf den Bildschirm und wartete, bis Bradshaw den Cursor ausgerichtet hatte – »schauen Sie sich doch mal an, was sie anhat: eine Baseballkappe, einen Hoodie und Jeans. Sie muss kurz vorm Umkippen gewesen sein.«

Poe ließ das einen Moment lang wirken.

»Jetzt gehen wir mal ein Stück in der Zeit zurück«, meinte er dann. »Sechs Jahre zurück. Tilly, kannst du dem Boss und Director of Intelligence van Zyl schildern, was du auf Elizabeths Social-Media-Seiten gefunden hast?«

Bradshaw erklärte eine Viertelstunde lang, wie sie ein Profil von Elizabeth erstellt hatte und wie es ihr gelungen war, ihren Online-Freundeskreis zu infiltrieren. Dann hielt sie einen Bradshaw-Vortrag über die Social-Media-Gewohnheiten junger Mädchen. Nach zehn Minuten bremste Poe sie aus.

»Was Tilly sagen will, ist, dass junge Mädchen, die auf Social Media aktiv sind, ihre Aktivitäten nur selten einstellen. Und was wir herausgefunden haben, ist, dass es seit dem Abend, an dem Jared Keaton sie als vermisst gemeldet hat, keine Beiträge mehr von ihr gegeben hat. Nichts. Sie hat sich in keinen ihrer Accounts eingeloggt, und sie hat keine Kommentare auf denen ihrer Freunde gepostet oder sich die auch nur angeschaut. Sie hat keine E-Mails verschickt oder gelesen, und sie hat nicht telefoniert. Keine ihrer Freundinnen hat irgendwie Kontakt mit ihr gehabt, und ihr Freund auch nicht.«

»Ihnen ist schon klar, dass das die Theorie untergräbt, sie hätte ihre Entführung vorgetäuscht, Poe?«, fragte van Zyl.

»Miss Bradshaw hat recht. Ich habe zwei Töchter im Teenageralter, und das kann ich Ihnen sagen: Wenn die sechs Jahre lang Verstecken spielen müssten, würden sie sich auf gar keinen Fall von ihren Social-Media-Accounts fernhalten.«

»Ich glaube nicht mehr, dass sie ihre Entführung vorgetäuscht hat, Sir«, erwiderte Poe. »Aber bitte haben Sie noch ein kleines bisschen Geduld. Lassen Sie uns noch weiter zurückgehen.«

Bradshaw rief die Vorher-nachher-Fotos auf, die sie von Facebook und Twitter heruntergeladen hatte. Die von Elizabeth im Bikini und bauchfreien Top und die, auf denen sie angefangen hatte, sich konservativer zu kleiden. Poe erklärte ihnen, wie sie den Zeitpunkt der Veränderung ermittelt hatten und welche Erklärung Jefferson Black dafür geliefert hatte.

»Sie hatte ein Tattoo«, sagte er schlicht, »und das hat sie auf all ihren Fotos immer verdeckt.«

Van Zyl furchte die Stirn. »Ich sehe nicht, was Sie sehen, Poe. Ich mag's schon nicht, wenn meine Töchter sich schminken; wenn eine von ihnen sich ein verdammtes Tattoo stechen lassen würde, würde ich an die Decke gehen.«

Poe nickte. »Sehe ich ganz genauso, Sir. Elizabeth und Jefferson haben sich identische Tattoos stechen lassen, und aus Angst vor der Reaktion, die Sie gerade beschrieben haben, hat sie ihres vor ihrem Vater versteckt.«

»Und …?«

Poe lehnte sich zurück und ließ den Kopf kreisen, um seinen Nacken zu dehnen. »Dieser Fall war von Anfang an ein Albtraum. Wir sind die ganze Zeit im Kreis gelaufen. Ich habe bestätigt, dass die Beweiskette der Blutprobe nicht manipuliert worden ist, was Elizabeths Erklärung gestützt hat, wo sie sechs Jahre lang gewesen ist. Das hat jeder so akzeptiert. Dann haben wir Spuren von Trüffeln in ihrem Blut gefunden. Das hat darauf hingedeutet, dass sie ihre Entführung in Wirklichkeit nur vorgetäuscht hat. Aber welche Version der Ereignisse stimmt jetzt? Ist sie entführt worden, oder ist das ein Teil von etwas sehr viel Hinterhältigerem?«

»Und ich nehme an, das wissen Sie jetzt?«

Poe nickte. »Als Jefferson Black Tilly und mir von dem Tattoo erzählt hat, hat das alles verändert. Wir hatten alle Antworten, aber die haben keinen Sinn ergeben, weil wir die falschen Fragen gestellt haben.«

Es war ihm ernst damit. Noch nie hatten so viele Beweise alle in dieselbe Richtung gewiesen. Erst als er das Ganze betrachtet hatte wie einen Rohrschachtest – es hierhin und dorthin gewendet und alles aus einer neuen Perspektive in Augenschein genommen hatte –, war er endlich darauf gekommen, was hier geschah.

»Es gibt zwei Fragen, auf die es ankommt, Sir«, fuhr Poe fort. »Eine kann ich jetzt beantworten, die andere nicht.«

»Fangen Sie mit der an, die Sie beantworten können, Poe«, wies van Zyl ihn an. Er beugte sich so weit zur Kamera vor, dass Flynn nicht mehr zu sehen war.

»Selbstverständlich, Sir. Meine Frage lautet folgendermaßen: Warum hat die Ärztin Elizabeths Tattoo nicht gesehen, als sie die junge Frau untersucht hat?«

In beiden Räumen herrschte Schweigen.

»Warum, Poe?«, fragte Bradshaw schließlich. »Warum hat Dr. Jakeman das Tattoo nicht gesehen?«

Flynn räusperte sich und sagte: »Sie hat das Tattoo nicht gesehen, weil Jared Keaton nicht wusste, dass Elizabeth ein Tattoo *hatte*.«

»Ich verstehe ni...«

»Elizabeth ist tot, Tilly. Jared Keaton hat sie vor sechs Jahren ermordet. Die junge Frau da auf dem Bildschirm ist eine Betrügerin.«

44. KAPITEL

»Sie hat während der Befragungen nichts angefasst und nichts getrunken, um keine DNA und keine Fingerabdrücke zu hinterlassen«, erklärte Poe.

»Und sie hat lange Hosen, lange Ärmel und eine Mütze getragen, um keine Haare oder Hautpartikel zu hinterlassen«, fügte Flynn hinzu.

»Natürlich durfte sie niemandem begegnen, der Elizabeth wirklich gekannt hat, deswegen ist sie nicht ins Bullace & Sloe gekommen. Sie ist einfach in der Bibliothek von Alston aufgetaucht, hat danach auf dem Polizeirevier erledigt, was sie dort wollte, und ist dann wieder verschwunden.«

»Das erklärt, warum sie niemanden auf Social Media kontaktiert hat«, meinte Bradshaw. »Weil sie ... meine Güte, das ist ja schrecklich, Poe.«

Van Zyl hatte den Konferenzraum verlassen. Er hatte eine SMS bekommen und wollte telefonieren. Flynn blieb zurück, um zu koordinieren, was als Nächstes geschehen musste. Sie hatten nicht genug Beweise, um Keatons Entlassung zu verhindern.

»Theorien, Poe?«

»Mehrere, Boss. Aber keine von denen haut bis zum Schluss hin. Bei dem Blut ist für alle Endstation.«

Es war das Einzige, was noch immer nicht schlüssig war. Das Blut *war* Elizabeth Keatons Blut, und doch konnte das nicht sein. Jede Person, mit der er gesprochen und sämtliche Recherchen, die er durchgeführt hatte, sagten ihm, dass ein Mensch nicht das Blut eines anderen im Körper haben konnte. Das war wissenschaftlich unmöglich. Und er hatte persönlich jedes einzelne Glied der Beweiskette überprüft. Die Blutprobe war nicht ausgetauscht worden.

Zum ersten Mal in seinem Leben verstand Poe »Doppeldenk«, den Begriff, der das erste Mal in einem seiner Lieblingsbücher benutzt worden war: George Orwells *1984*. Er bedeutete, zwei gegensätzliche Meinungen zu haben, aber beide zu glauben. Elizabeth Keaton war am Leben – das Blut bewies es. Aber Elizabeth Keaton war auch tot – dessen war er sich sicher.

»Wir müssen herausfinden, wer dieses Double ist«, sagte Flynn. »Wenn wir sie finden, wird alles andere irrelevant, das unerklärliche Blut eingeschlossen.«

Außerdem würde das der »Elizabeth ist in der Nähe von Herdwick Croft von Neuem verschwunden«-Brotkrümelspur ein Ende machen, der Wardle anscheinend unbedingt folgen wollte.

»Wir müssen davon ausgehen, dass Keaton hinter all dem steckt«, fuhr Flynn fort, »und das heißt, seine gute Laune im Gefängnis wird noch wichtiger. Ich schaue mir mal den Zeitraum zwischen seiner letzten bekannten Depression und seiner ersten dokumentierten Hochstimmung an. Irgendwo ist Keaton dieser jungen Frau begegnet, und jetzt, wo wir wissen, wonach wir suchen, könnte es ja sein, dass wir etwas übersehen haben. Ein Besuch, der nicht richtig erfasst worden ist, irgendwas in der Art.«

»Oder die Tochter eines Mithäftlings. Er könnte sie kennengelernt haben, als sie jemand anderen besucht hat«, meinte Poe.

Flynn nickte, schrieb sich aber nichts auf. Poe wusste, dass sie bereits zu demselben Schluss gekommen war.

Van Zyl kam wieder herein. Er machte ein finsteres Gesicht. »Das war Superintendent Gamble. Er ist vom Dienst freigestellt worden, und er glaubt, dass daraus eine Zwangsverrentung wird. Er sollte ja Ende des Jahres sowieso aufhören. DCI Wardle ist zum stellvertretenden Superintendent befördert worden und leitet jetzt die Ermittlungen zu Elizabeth Keatons Entführung, ihrem Wiederauftauchen und abermaligen Verschwinden. Er fand, wir sollten das wissen.«

»Weiß er, warum sie ihn ausgebootet haben?«, erkundigte sich Poe.

»Sicher ist er nicht, aber er hat Druck gekriegt, Poe offiziell zum Verhör holen zu lassen. Ihn vielleicht auch festzunehmen. Die Polizeichefin hält sich bedeckt. Und obwohl denen klar ist, dass die Sache mit dem Sendemast nicht viel hergibt und bestenfalls ein Indizienbeweis ist, hat man mich gebeten, dafür zu sorgen, dass ich jederzeit weiß, wo Sie sind, Poe.«

Verflucht. Die Zeit war ohnehin schon knapp, und Wardle würde nie im Leben akzeptieren, dass ihn da draußen ein Double von Elizabeth Keaton in die Irre führte.

»Ich fürchte, das ist noch nicht alles«, fuhr van Zyl fort. »Die Anforderung, die SCAS einzubeziehen, ist zurückgezogen worden. Wir sind raus.«

Das spielte tatsächlich gar keine so große Rolle. Wardle suchte nach der Leiche der jungen Frau, die er als Elizabeth Keaton kannte. Irgendwann würde Keaton dafür sorgen, dass noch mehr vorfabrizierte Beweise Poe belasteten. Und schließlich würde Wardle die Genehmigung bekommen, ihn zu verhaften. In der Zwischenzeit würde Poe nach der jungen Frau suchen, von der er wusste, dass sie *nicht* Elizabeth Keaton war, um alles widerlegen zu können, was Wardle eingeträufelt wurde. Wahrscheinlich war es gut, dass sie sich nicht mehr regelmäßig austauschten.

Bradshaw hatte die ganze Zeit geschwiegen. Es gab nichts Offensichtliches für sie zu tun. Die Suche nach der vermissten jungen Frau musste bei Flynn beginnen. Keatons Plan war in einer Gefängniszelle geschmiedet worden, und dort würden die Antworten zu finden sein

»Wie kann ich helfen, Poe?«, fragte sie.

»Das Blut, Tilly. Das mit dem Blut kann ich nicht erklären. Alle sagen, das kann man nicht fälschen.«

Bradshaws starrer Blick war sogar noch eindringlicher als sonst.

»Finde raus, wie sie das gemacht haben, Tilly. Beweise, dass die Experten falschliegen, und finde raus, wie es sein kann, dass dieses Mädchen Elizabeth Keatons Blut im Körper hatte. Wenn du das schaffst, fange ich an, Obst zu essen, ich versprech's.«

Ihr Unterkiefer spannte sich. Ein Ausdruck, den er schon seit einer ganzen Weile nicht mehr gesehen hatte, legte sich über ihre Züge. Er erkannte diesen Blick als das, was er war. Alles, was sie bisher getan hatte, hatte sie nie an den Rand ihrer Fähigkeiten gebracht, war fast schon Routine gewesen. Die Verbindung zwischen den Keatons und seinem eigenen Vater zu finden, die Social-Media-Accounts junger Mädchen zu hacken – nichts davon war ihr schwergefallen.

Aber ... herauszufinden, wie jemand gleichzeitig am Leben und tot sein kann ... nun, das war etwas anderes. Das war eine echte Herausforderung.

ZWÖLFTER TAG

45. KAPITEL

Obwohl er in einer der feuchtesten Gegenden im ganzen UK wohnte, war Poe kein Regenfreund: Er fand im Regen weder Freude noch Seelenfrieden. Doch er war Cumbrier, und das bedeutete, dass Regenwetter ihn ebenso sehr störte wie die Enten. Haut war wasserdicht, und Kleider trockneten wieder.

Der Morgen nach der Videokonferenz begann mit Regentröpfeln auf seinem Schieferdach und steigerte sich zum Hämmern eines Wolkenbruchs. Es war nicht das destruktive Unwetter, das vorhergesagt worden war, doch es hörte sich an, als lägen die Meteorologen diesmal richtig. Er machte sein Radio an und erfuhr, dass das Met Office – der nationale Wetterdienst – für Dumfries & Galloway, Cumbria und Lancaster die Unwetterwarnstufe Rot ausgerufen hatte. Innerhalb der nächsten achtundvierzig Stunden rechneten sie mit lokalen Überschwemmungen und Stromausfällen. Rot bedeutete, dass man handeln musste, um die eigene Sicherheit und die anderer zu gewährleisten. Poe beachtete so etwas kaum. Herdwick Croft hatte lange vor der Gründung des Met Office auf dem Shap Fell gestanden, und es würde auch noch dort sein, lange nachdem die Wetterfrösche Budgetkürzungen zum Opfer gefallen waren.

Er öffnete die Tür und erblickte rasch dahinziehende Wolken. Wahrscheinlich wurde es Zeit, die Läden dicht zu machen und sich für den Rest des Tages einzubunkern. Was den Fall Keaton betraf, konnte er sowieso nichts unternehmen. Alles, was getan werden konnte, wurde getan. Flynn durchsuchte die Gefängnisakten, um zu sehen, ob Keaton der jungen Frau im Knast begegnet war, und Bradshaw war die ganze Nacht auf gewesen und hatte Recherchen über Blutanomalien betrieben. Sie hatte nach Mitternacht angerufen, um zu melden, dass sie nichts gefunden hatte.

»Aber negative Resultate sind kein Misserfolg, Poe. Es geht um wissenschaftliche Entdeckungen, und das bedeutet, dass ich bereits dreizehn Methoden nachgewiesen habe, mit denen es nicht machbar ist.«

Das hörte sich für ihn nach Misserfolg an, aber was wusste er schon? Sie hatte schon als Teenager Forschungsstipendien bekommen, und er hatte sich einmal im Chemieunterricht selbst die Hand angezündet.

Aber er wollte nicht herumsitzen und gar nichts tun. Schlechtes Wetter hin oder her, er musste in Bewegung bleiben. Also zog er eine dicke Regenjacke an und trat ins Freie. Es war, als stünde man unter einer Hochdruckdusche. Er streckte die Hand aus und sah zu, wie sie im Regen beinah zerfloss. Die ausgedörrte Erde sog das Wasser auf wie ein Schwamm. Das kümmerliche Gras nahm bereits wieder seinen Grünton an. Zweifellos würden die Herdwicks bald hier oben auftauchen, um die frischen Halme abzuknabbern. Er pfiff nach Edgar. Der Hund war klatschnass. Er wedelte wild mit dem Schwanz und winselte vor Aufregung; Edgar liebte Regen. Poe stieg auf sein Quad, und Edgar sprang hinter ihm auf.

Obwohl man nur ein paar Meter weit sehen konnte, war Poe bald darauf am Shap Wells Hotel. Er und Edgar sprangen in den Mietwagen und fuhren in Richtung Kendal.

Er hatte dort heute etwas zu erledigen.

Als Poe das letzte Mal auf dem Parkside Cemetery gewesen war, hatte er dort ein weiteres Opfer eines Serienmörders entdeckt. Heute wurde Thomas Hume hier beigesetzt. Trotz seines Misstrauens gegenüber seiner Tochter wollte er sich von dem alten Mann verabschieden. Er war freundlich zu Poe gewesen, hatte stets mit Rat und Tat ausgeholfen und war immer gern bereit gewesen, Edgar zu übernehmen.

Die Beisetzung hatte bereits begonnen, als Poe ankam. Er

blieb in der hintersten Reihe stehen und erwies dem Toten die letzte Ehre. Vorne sah er Victoria Hume. Sie trug einen schwarzen Hosenanzug und stand neben zwei Frauen, die ihr sehr ähnlich sahen. Ohne Zweifel die beiden anderen Hume-Schwestern.

Als der Vikar Humes Leichnam der Erde überantwortete, schaute Victoria kurz auf und sah Poe. Sie versteifte sich, fing sich jedoch sofort wieder. Statt einen bösen Blick auf ihn abzuschießen, ballte und löste sie dreimal die Faust und hob dann die Hand an den Mund, das universelle Zeichen für Trinken. Sie wollte sich in fünfzehn Minuten auf einen Drink mit ihm treffen.

Interessant ...

Poe zeigte auf das nahe gelegene Bluebell Inn, und sie nickte. Dann widmete sie sich wieder der Beerdigung ihres Vaters. Poe wartete, bis die ersten durchweichten Erdklumpen auf das nackte Holz des Sarges klatschten, dann ging er und machte sich auf den Weg zum Pub.

Es dauerte eher fünfundvierzig Minuten, bis sie auftauchte. Poe hatte eine Viertelstunde auch ziemlich optimistisch gefunden – sie würde nach der Trauerfeier doch noch mit allen möglichen Leuten reden müssen –, also hatte er ohnehin mehr Zeit eingeplant. Er erwartete sie an der Bar und lud sie zu einem Drink ein.

»Einen Gin mit Slim Tonic bitte«, sagte sie.

Poe bestellte ihr einen Doppelten und für sich selbst ein Bier. Mit ihren Getränken gingen sie zu seinem Tisch zurück. Victoria nippte an ihrem Glas und bedankte sich bei ihm. Ihre Hände zitterten.

»Hören Sie, ich möchte ...«, setzte er an.

»Es tut mir leid ...«

Poe ließ ihr den Vortritt. Er hatte das Gefühl, dass sie ihm etwas zu sagen hatte.

»Mein Dad war ein guter Mensch, Mr Poe«, sagte sie. »Er war ein toller Schafzüchter und ein noch besserer Vater. Aber ... er war kein besonders guter Geschäftsmann.«

Die meisten Farmer sind keine guten Geschäftsmänner, dachte Poe. Und wenn demnächst die EU-Subventionen versiegten, würde es nur noch schlimmer werden. Deswegen drängte die Regierung sie ja ständig, zu diversifizieren. Doch er war davon ausgegangen, dass Hume gut zurechtkam. Tausende Schafe und niedrige Betriebskosten ... im Vergleich zu Rindern, bei denen die Züchter von Glück sagen konnten, wenn sie dreißig Prozent Gewinn machten, brachten Schafe fast hundert Prozent ein.

»Und er hatte heftige Schulden«, fuhr Victoria fort. »Als ich ihn das letzte Mal besucht habe, hat er mir etwas Schreckliches erzählt. Etwas, das mit Ihnen zu tun hat.«

Poe wappnete sich für schlechte Neuigkeiten.

»Darf ich Sie etwas fragen?«, wollte sie wissen.

»Natürlich.«

»Haben Sie je einen Kommunalsteuerbescheid bekommen?«

Poe furchte die Stirn. Nein, hatte er nicht. Thomas Hume hatte ihm Herdwick Croft verkauft, weil die Gemeinde beschlossen hatte, dass es, weil es vor hundert Jahren als Wohnsitz gedient hatte, jetzt immer noch einer war. Die Tatsache, dass es unbewohnbar war, zählte nicht. Poe hatte es ihm zusammen mit dem umliegenden Land zu einem Preis abgenommen, mit dem sie beide zufrieden waren. Er hatte Geld dafür ausgegeben, die Hütte gemütlich und autark zu machen, war jedoch nie aufgefordert worden, Kommunalsteuer zu zahlen. Und es war nicht etwa so, als wüsste die Gemeinde nicht, dass er dort wohnte; schließlich bekam er Wahlunterlagen für Lokalwahlen und dergleichen zugestellt.

Er antwortete, dass er keine bekommen hatte. »Irgendwann kriegen die mich ohne Zweifel wegen Zahlungsrückstands dran«, meinte er.

Victoria schüttelte den Kopf. »Nein, Mr Poe.«
Poe schluckte.

»Wussten Sie, dass Herdwick Croft jetzt innerhalb der südlichen Erweiterung des Lake District National Park liegt?«

Das hatte Poe nicht gewusst. Aus kommerziellen Gründen waren die Grenzen des Nationalparks doch extra so gezogen worden, dass das Gebiet von Kendal ausgespart blieb. Das sagte er auch.

»Der Nationalpark ist vergrößert worden, und Herdwick Croft gehört jetzt dazu.« Sie sah ganz verstört aus. »Dad hat gelogen, als er Ihnen erzählt hat, er hätte einen Kommunalsteuerbescheid bekommen. Vor ein paar Jahren hat er Kapital auftreiben müssen, also hat er bei der Gemeinde online eine Nutzungsänderung für die Hütte beantragt. Mit einer bereits vorliegenden Baugenehmigung würde es sich viel leichter verkaufen lassen. Die Antwort, die er bekommen hat, lautete: ›Bauliche Entwicklungen auf dem Shap Fell und in den umliegenden Gebieten gehören nicht zum gegenwärtigen Geschäftsplan der Gemeinde.‹ Wenn er die Genehmigung beantragt hätte, bevor der Nationalpark erweitert worden ist, hätte er kein Problem gehabt.«

»Also ...?« Poe hatte ein grässliches Gefühl ganz tief im Bauch.

»Also hat er etwas ganz Furchtbares getan, Mr Poe. Als er sich bei der Gemeinde über deren Entscheid beschwert hat, ist er Ihnen begegnet und hat Ihnen ein Märchen erzählt. Er hat Sie dazu verleitet, das Land zu kaufen. Sie können natürlich rückwirkend eine Baugenehmigung beantragen. Ich schreibe der Gemeinde dann auch einen Brief, um das Handeln meines Vaters zu erklären, aber nachdem der Nationalpark jetzt zum UNESCO-Welterbe erklärt worden ist, sind Ihre Chance da gleich null oder schlechter.«

Poes Magen krampfte schmerzhaft. Während all der Turbulenzen, die er in den letzten anderthalb Jahren durchgestanden hatte, war Herdwick Croft stets die eine Konstante in seinem Leben gewesen. Er hatte ein Zuhause daraus gemacht, aus dem er nie wieder wegwollte. Er hatte auf jeglichen modernen Komfort verzichtet, sich auf das einfache Leben eingelassen, und trotz der Sache mit seiner Mutter hatte er eine Art Frieden gefunden.

Und jetzt verkündete Victoria Hume ihm, dass das alles ein Fantasiegespinst gewesen war. Gebäude wie Herdwick Croft waren nicht für seinesgleichen gedacht. Sie waren für die Touristen da. Wenn es nicht »den Charakter der Region wahrte« – was im Großen und Ganzen hieß, dass alles so aussehen musste wie zur Zeit von Beatrix Potter –, dann brauchte man es nicht mehr.

»Und was passiert jetzt?«

»Herdwick Croft und das Land gehören Ihnen«, antwortete sie. »Daran wird sich nichts ändern. Sie haben es rechtmäßig erworben.«

»Aber ...?«

»Aber irgendwann wird die Gemeinde Sie auffordern, es wieder in den Zustand zu versetzen, in dem es war, als Sie es gekauft haben. Sie werden nicht mehr dort wohnen können.«

»Und deswegen waren Sie mir gegenüber so argwöhnisch?«

Sie nickte. »Ich dachte, Sie hätten es herausgefunden; jemand vom Planungsbüro hätte schon mit Ihnen gesprochen. Mir war klar, dass ich irgendwann mit Ihnen reden musste, aber Dad war gerade gestorben, und ich war noch nicht so weit.«

»Sie haben also wirklich nichts mit dem Bullace & Sloe zu tun?«

»Ich weiß nicht, woran Sie gerade arbeiten, Mr Poe, aber ich kann Ihnen versichern, ich habe nichts damit zu tun.«

Poe holte tief Luft und konzentrierte sich auf einen seiner nervigsten Sprüche. Den, mit dem er immer widerspenstige Untergebene auf Linie gebracht hatte. Doch jetzt erschien er passend: *Lasst nicht zu, dass das Dringende dem Wichtigen in die Quere kommt ...*

So verzweifelt seine Wohnsituation auch gerade geworden war, Herdwick Croft würde warten müssen. Die unwillkommene Nachricht könnte vielleicht sogar eine Möglichkeit eröffnen. Im Laufe der nächsten paar Tage würde er flexibel sein müssen, während Keatons Netz sich um ihn zusammenzog. Der feuchte, müffelnde Hund in seinem Mietwagen, der jeden anbellte, der Lust auf einen mittäglichen Drink verspürte, würde irgendwann zu einer Belastung werden. Edgar für ein paar Tage loszuwerden hieße, eine Sorge weniger zu haben.

Er fragte Victoria, ob es ihr etwas ausmachen würde, und sie stieß einen Seufzer der Erleichterung aus. »Sehr gern, Mr Poe.«

»Bitte nennen Sie mich Washington. Das tun alle.«

Sie tranken in einvernehmlichem Schweigen aus. Beide konnten nicht lange bleiben; Victoria musste zur Trauerfeier, und Poe musste zurück und schauen, ob Bradshaw etwas gefunden hatte. Sie verabschiedeten sich auf dem Parkplatz voneinander. Poe verfrachtete Edgar in Victorias kleineres Auto und versprach, ihn so bald wie möglich wieder abzuholen.

Auf dem Weg zum Shap Wells Hotel machte er bei einem Postamt halt und kaufte sich eine Rückversicherung: ein Heftchen Briefmarken und einen Luftpolsterumschlag. Er hoffte, er würde beides nicht brauchen.

Als er am Hotel ankam, stand dort ein Auto auf seinem üblichen Parkplatz.

Ein BMW X1.

Sein Auto.

Das gestern noch in Hampshire gewesen war.

Das konnte nur eins bedeuten.

Stephanie Flynn war hier.

46. KAPITEL

Flynn und Bradshaw saßen im Green Room, einer luxuriösen Bar mit grünledernen Hockern. Die Theke war nur selten bemannt, also war es normalerweise ruhig. Bradshaw arbeitete nicht gern dort, weil das WLAN nicht besonders war. Sie sahen sich ein Video an, und Poe konnte erkennen, dass es nicht gestreamt wurde – ein USB-Stick steckte seitlich in Bradshaws Laptop. Den musste Flynn mitgebracht haben.

Beide blickten auf. Flynn erhob sich und lächelte. »Poe.«

Sie sah immer noch erschöpft aus, doch ihre düstere Stimmung schien verflogen zu sein. Da sie beide nie Teil der »Körperkontakt-Kultur« gewesen waren, war er verblüfft, als sie ihn kurz umarmte, so kurz, dass er mit hängenden Armen dastand.

»Wichser«, sagte sie und boxte ihm gegen den Arm.

»Dann geht's Ihnen also besser, ja?«

Sie nickte, ging aber nicht näher darauf ein.

»Danke, dass Sie mein Auto zurückgebracht haben.«

Sie warf ihm den Autoschlüssel zu. »Ich wollte ja früher kommen, aber ... Ich musste erst noch was in Hampshire erledigen. Etwas Zeitkritisches. Tilly hat mich gerade auf den neuesten Stand gebracht.«

Er und Flynn waren nicht nur Vorgesetzte und Untergebener – sie waren Freunde. Er sollte sich die Zeit nehmen, herauszufinden, was sie so deprimiert hatte. Poe kannte sie schon sehr lange, und von Stress ließ sie sich nicht so leicht kleinkriegen.

Doch erst musste er sehen, was sie mitgebracht hatte. Mit dem Kopf deutete er auf den Laptop. »Was gefunden?«

»Eigentlich nicht«, antwortete sie. »Ich habe mir den Zeitraum, den Crawford Bunney Ihnen genannt hat, in seiner Gefängnisakte angesehen, und da ist kein offensichtlicher Grund zu finden, warum Keaton plötzlich besser gelaunt war.«

Poe beugte sich vor und schaute einen Moment auf den Bildschirm.

»Und was ist das da?« Er konnte erkennen, dass es sich um ein angehaltenes Video einer Gefängnisüberwachungskamera handelte. Scharf und in Farbe. Poe nahm an, dass da gerade Umschluss war, denn anscheinend war die halbe Belegschaft des Trakts nicht in den Zellen. Zwei Häftlinge spielten Billard. Die anderen standen herum, rauchten und unterhielten sich.

»Erinnern Sie sich noch an die Randale in Pentonville vor ein paar Jahren?«, erkundigte sich Flynn.

Poe erinnerte sich. Vage. In den landesweiten Nachrichten war darüber berichtet worden, und da ein paar Häftlinge es bis aufs Dach geschafft hatten, hatten die Zuschauer alles live verfolgen können. Ein paar Stunden lang war der Aufstand eine Art Medien-Event gewesen. Schließlich war ein »Tornado«-Trupp – ausgebildete Vollzugsbeamte mit Spezialausrüstung – aus der Region zusammengezogen worden und hatte das Gefängnis in einer Stunde wieder übernommen.

»Das hier ist der Trakt, in dem Keaton damals war«, erklärte Flynn. »Der Aufstand ist in verschiedenen Teilen des Gefängnisses ausgebrochen, aber« – sie beugte sich über Bradshaw hinweg und klickte auf PLAY – »sehen Sie mal, was hier abgeht.«

Poe starrte auf den Bildschirm. Die Kamera zeigte die gesamte Länge des Trakts. Alle Anwesenden waren im Bild, allerdings war niemand nahe genug, um identifiziert zu werden. Doch das war es nicht, was sie ihm zeigen wollte.

Es gab kein Audio, also konnte Poe nur erahnen, was als Nächstes geschah. Wie ein Mann drehten sich die Häftlinge um und schauten alle in dieselbe Richtung. Eine Phase der Unübersichtlichkeit folgte. Manche Häftlinge bekamen es anscheinend mit der Angst, andere schienen sich zu freuen. Die meisten strebten in ihre Zellen zurück. Ein paar blieben stehen und warteten.

»Das war die Aufforderung, in die Zellen zurückzugehen«, sagte Flynn. »Und weil die mitten im Umschluss kam, wussten die Erfahreneren, dass irgendwas los war.«

Poe sah zu, wie Vollzugsbeamte in den Trakt geeilt kamen und sich daranmachten, die Nachzügler wegzusperren. Schließlich war der Trakt gesichert, und die Wärter zogen ab, wahrscheinlich dorthin, wo es Ärger gab. Poe runzelte die Stirn. Er verstand nicht, inwiefern ein Aufstand in einem anderen Teil des Gefängnisses relevant wäre.

Flynn sah seine Verwirrung und zuckte die Achseln. »Sie haben nach Anomalien gefragt. Das ist die einzige.«

»Und wo ist Keaton während dieser ganzen Nummer?«

Bradshaw machte irgendetwas mit dem Laptop. Die Aufnahmen wurden herangezoomt, bis sie Keaton sehen konnten. Er stand allein da. Selbst durch das Auge einer Gefängnisüberwachungskamera konnte Poe erkennen, dass es ihm dreckig ging. Er ließ den Kopf hängen wie eine vier Wochen alte Osterglocke. Als die Aufforderung ertönte, in die Zellen zurückzukehren, gehörte er allem Anschein nach zur Gruppe der Häftlinge, die Angst hatten. Er sah sich hektisch um und versuchte, dorthin zu gehen, wo vermutlich seine Zelle war, doch der Andrang einer anderen Häftlingsgruppe drückte ihn gegen die Wand. Als er sich wieder frei bewegen konnte, waren die Wärter im Trakt, und er wurde in die Zelle geschubst, neben der er stand.

»Wessen Zelle ist das, Tilly?«

Bradshaw zoomte die Beschriftung der Zellentür heran: B2–42. Dann glich sie die Nummer mit einer Liste ab, die sie aufgerufen hatte. »Das ist eine Einzelzelle, die gehört jemandem namens Richard Bloxwich, Poe. Jared Keaton sitzt in B2–14. Eine Doppelzelle.«

»Haben wir irgendwas über Bloxwich?«

Sie schüttelte den Kopf, doch ihre Finger flitzten über die Tastatur. Auf ihrer Stirn bildeten sich Falten. »Komisch … über den gibt's nichts in den Medien.«

»Berichterstattungsbeschränkung?«

Sie antwortete mit einer Geste, halb Nicken, halb Achselzucken. »Vielleicht. Aber wir kommen an seine Gefängnisakte ran.« Sie druckte ein Dokument aus und reichte es ihm. Ohne darauf zu schauen, reichte Poe es Flynn. Jetzt, wo sie hier war, hatte er nicht mehr das Sagen.

Sie las laut vor. »Richard Bloxwich. Verurteilt zu sieben Jahren wegen betrügerischer Buchhaltungsgepflogenheiten.«

»Was zum Teufel ist das denn?«, fragte Poe. »Ist der Typ ein korrupter Buchhalter?«

Flynn blickte über seine Schulter hinweg. Ohne Vorwarnung stopfte sie das Dokument in die Gesäßtasche ihrer Jeans. »Den Computer aus, Tilly.«

Bradshaw drückte auf irgendetwas, und der Bildschirm wurde schwarz.

Ein Trupp Polizisten, in Uniform und in Zivil, hatte sich in der Hotellobby versammelt. Einer von ihnen schaute in den Green Room und rief: »Ich hab sie gefunden, Sir.«

Wardle kam hereinmarschiert. Er hielt ein Blatt Papier in die Höhe, als sei es die olympische Fackel.

»Washington Poe«, verkündete er mit triumphierendem Grinsen, »ich habe hier einen gerichtlichen Durchsuchungsbeschluss für Ihr Auto und Ihr Haus.«

47. KAPITEL

»Poe, ist dir klar, dass du ihm die Schlüssel für deinen BMW gegeben hast?«, erkundigte sich Bradshaw. »DCI Wardle wollte wahrscheinlich die Schlüssel von dem Auto, das du hier oben benutzt hast.«

»Ups.«

»Oh.« Sie verbiss sich ein Lächeln. »Du hast ihm mit Absicht die falschen gegeben.«

»Das würde ich doch nie tun, Tilly.« Es war ein kleiner Sieg, aber ein wichtiger. Wenn in dem BMW irgendetwas gefunden wurde, dann konnten sie beweisen, dass es dort deponiert worden war. Poe glaubte nicht eine Sekunde lang, dass Wardle korrupt war, doch Keaton hatte jahrelang Zeit gehabt, dies alles zu planen. Wer konnte wissen, was er als Nächstes tun würde?

Außerdem bedeutete das, dass Poe immer noch ein Fahrzeug hatte, in dem er sich fortbewegen konnte.

Flynn hatte Wardle zur Schäferhütte begleitet, um sicherzustellen, dass dort nichts geschah, was nicht geschehen sollte. Sie hatte Poe nicht dabeihaben wollen.

»Tilly, kannst du mir einen Gefallen tun?«

»Natürlich, Poe.«

Das war typisch für sie. Sie wusste doch noch gar nicht, wozu sie Ja sagte.

Er reichte ihr ein paar Geldscheine. »Kannst du drei nicht registrierte Prepaidhandys besorgen?«

»Wegwerfhandys?«

»Ja. Ich glaube, wir kommen allmählich in die Endphase, und ich muss so lange wie möglich kommunizieren können.«

»Und wo soll ich sie besorgen, Poe?«

Poe überlegte einen Moment lang. Ein Ort, der zu klein

war, als dass überall Überwachungskameras angebracht wären, aber groß genug für ein Geschäft, das Mobiltelefone verkaufte. Und sie musste auf einer Route dorthin gelangen können, auf der sie nicht allzu viele Kameras mit automatischer Kennzeichenerfassung passierte.

»In Sedbergh«, sagte er schließlich. »Das ist nicht weit von hier, und wenn du von der M6 wegbleibst, entgehst du den meisten APNR-Kameras.«

»Soll ich gleich fahren?«

»Ja, bitte, Tilly.« Poe hatte keine Ahnung, was Wardle – wenn überhaupt – in Herdwick Croft finden würde, doch die Tatsache, dass sie dort suchten, bedeutete, dass es allmählich eng wurde.

»Und benutz deine Landkarte, nicht das Navi«, fügte er hinzu. Navi-Daten konnten abgerufen werden, und er wollte ihre Bewegungen so lange wie möglich geheim halten. Irgendwann würden sie den Laden ausfindig machen und die Anzahl der Wegwerfhandys in Erfahrung bringen, doch es brachte nichts, ihnen auch noch Hinweise zu geben. Erst einmal öffnete er die Einkaufstüte und holte den Luftpolsterumschlag und das Briefmarkenheftchen heraus, die er vorhin erstanden hatte. Er ließ sein Blackberry eingeschaltet und schob es in den Umschlag. Den beklebte er mit mehr Briefmarken als nötig und adressierte ihn an ein Haus in Stornoway in den Äußeren Hebriden. Poe wusste, dass es leer stand, denn es gehörte einer Kollegin von der NCA, die es als Ferienhaus nutzte.

Er wusste nicht, wie die Post ganz oben in Schottland operierte, dass es dort schnell ging, bezweifelte er jedoch. Wenn Wardle sein Handy orten ließ, um ihm zu folgen, würde es so aussehen, als sei er auf dem Weg nach Norden. Damit könnte er sich vielleicht ein paar Stunden erkaufen.

Er hatte das Gefühl, dass Zeit demnächst sehr kostbar werden würde.

Da alle zu tun hatten und Flynn ihn nicht in Herdwick

Croft haben wollte, setzte er sich hin, um sich das Video noch einmal anzusehen. Diesmal hielt er Ausschau nach Richard Bloxwich. Vorhin hatte er ihn nicht gesehen, also ging er davon aus, dass er seine Zelle während des Umschlusses nicht verlassen hatte. Für die Dauer des Ausnahmezustandes mussten er und Keaton sich die Zelle notgedrungen geteilt haben.

Poe sah sich den Teil des Videos, der ihn interessierte, noch einmal an, doch Flynn hatte recht: nichts Auffälliges. Gerade wollte er auf Zurückspulen klicken und es noch einmal ablaufen lassen, als Wardle in den Green Room kam. Glücklich sah er nicht aus.

»Wo ist Ihr Hund, Poe?«, blaffte er.

»Was denn für ein Hund?«

»Die Scheißtöle hier!«, brüllte Wardle und hielt Poes einziges Foto von Edgar hoch.

Poe lächelte höflich. »Ist das alles, was Sie haben, Wardle? Einen Bilderrahmen, aus dem ich das Verkaufsfoto noch nicht rausgenommen habe?«

»Sie sind da auch drauf, Mann!«

Poe studierte demonstrativ, was der andere in der Hand hielt. »Nö. Der Typ sieht mir überhaupt nicht ähnlich.« Lächelnd lehnte er sich zurück. Er wollte nicht, dass Wardle wusste, wo Edgar war. Victoria hatte auch ohne einen Besuch von diesem Vollpfosten schon genug um die Ohren.

»Tatsächlich ist das nicht alles, was ich habe, Poe.«

Poe bedachte ihn mit einem vernichtenden Blick. »Was Sie nicht sagen.«

»Ihr Anhänger. Er ist nass. Sieht aus, als wäre er vor Kurzem gereinigt worden.«

Poe erhob sich. Wardle trat einen Schritt zurück.

»Sehen Sie diese großen grauen *Wolkendinger* da oben am Himmel, Wardle?«, fragte Poe und zeigte aus dem Fenster. »Es hat die ganze Nacht und den ganzen Vormittag gepisst. Haben

Sie in Herdwick Croft eine Doppelgarage gesehen? Nein? Mein Anhänger steht nämlich draußen. Natürlich ist das Scheißding nass!«

»Das werden wir ja sehen«, erwiderte Wardle steif. »Sie haben von meiner Beförderung gehört?«

»Die ist buchstäblich das, wovon kein Mensch spricht.« Hinter Wardles Rücken verbiss sich Rigg das Grinsen.

»Mein Aufstieg innerhalb der Polizei mag ja meteoritenhaft gewesen sein, Poe«, verkündete Wardle, »aber glauben Sie ja nicht, ich wüsste nicht genau, was ich tue. Wenn in diesem Schuppen, den Sie als Ihr Zuhause bezeichnen, irgendetwas ist, das Sie mit dem Verschwinden von Elizabeth Keaton in Verbindung bringt, dann verbringen Sie den Rest Ihres Lebens im Knast.«

Poe gähnte und reckte die Arme. »Asteroiden steigen auf, Wardle, Meteoriten nicht. Meteoriten dringen in unsere Atmosphäre ein und krachen dann als Feuerball auf die Erde. Vielleicht eine Vorahnung?« Soweit er sich entsinnen konnte, war dies das erste Mal, dass er eine von Bradshaws Trivialitäten an den Mann gebracht hatte.

Wardle blähte sich auf wie ein Kugelfisch. Auf seiner rapide dunkelrot anlaufenden Stirn pochte eine Ader.

»Seien Sie einfach jederzeit erreichbar, Poe. Es könnte sein, dass ich Sie noch mal zur Vernehmung hole.«

»Ich werde mich vor Eile schier überschlagen.«

»Arschloch«, knurrte Wardle und stelzte aus der Bar.

Rigg, der die ganze Zeit hinter ihm gestanden hatte, blieb zurück. Er sah nicht glücklich aus.

»Gibt es irgendetwas, was Sie mir sagen möchten, Sergeant Poe?« Es war keine aggressive Frage. Anscheinend wollte er ein Friedensangebot machen. Tja, Pech gehabt. Wardle hatte eine Agenda: seine Beförderung abzusichern. Jedem, der mit ihm zusammenarbeitete, konnte man nicht trauen.

»Nein. Und jetzt ab mit Ihnen.«

Rigg rührte sich nicht. Er besaß den Anstand, ein betretenes Gesicht zu machen. Poe ließ sich erweichen. Ein bisschen.

»Ich sage Ihnen was, DC Rigg. Wenn Sie mitspielen wollen, dann fangen Sie doch mal damit an, dass Sie sich fragen, warum die junge Frau, die Sie befragt haben, kein Tattoo hatte.«

Riggs Augen wurden schmal. »Wollen Sie damit sagen, sie sollte eins haben?«

»Nein, ich will damit sagen, dass Sie mal versuchen sollten, ein Cop zu sein anstatt Wardles Speichellecker.«

Poe wandte sich wieder dem Laptop zu. Nach einer Weile hörte er, wie Rigg die Bar verließ.

Er hatte vergessen, auf PAUSE zu klicken, als Wardle hereingestürmt kam. Das Video war weitergelaufen, weiter, als er es sich vorhin mit Bradshaw und Flynn angesehen hatte. Der Aufenthaltsbereich des Trakts war leer. Die Häftlinge befanden sich noch immer in ihren Zellen, und die Wärter hatten noch immer anderswo zu tun. Aus reiner Neugier spulte Poe vor, um zu sehen, wie lange die Männer eingesperrt gewesen waren. Er nahm an, dass man sie irgendwann zum Essen hatte herauslassen müssen, Aufstand hin oder her.

Es war 11:15 Uhr gewesen, als Alarm gegeben worden war. Bis die Zellen wieder aufgeschlossen wurden, dauerte es sieben Stunden. Nach und nach kamen die Häftlinge heraus und machten sich auf den Weg zum Essen. Poe wartete darauf, dass Keaton und Bloxwich ihre Zelle verließen. Keaton blieb, wo er war, bis ein Vollzugsbeamter vorbeikam. Dann sah Poe, wie er sich dicht bei dem Wärter hielt, bis er aus dem Blickfeld sämtlicher Kameras verschwand.

Sein Trübsinn von vorhin war verflogen. Er lächelte.

Noch immer hatte Poe Bloxwich nicht zu Gesicht bekommen. Er sah sich das Video an, bis der Trakt sich leerte und die Vollzugsbeamten ihn abschlossen. Bloxwich war nicht in seiner Zelle gewesen. Neugierig, wo der verschwundene Buchhalter abgeblieben war, spulte Poe vor, bis die Häftlinge zurückkamen. Diesmal war Bloxwich dabei. Bestimmt war er nicht im Trakt gewesen, als der Alarm losging. Er ging auf kürzestem Weg in seine Zelle und machte die Tür hinter sich zu. Keaton kehrte in seine eigene Zelle zurück und tat dasselbe.

Das neue Federn in seinem Gang war immer noch da.

Irgendetwas war in Bloxwichs Zelle passiert. Poe war sich dessen sicher.

Keaton hatte sieben Stunden lang allein dort dringesessen.

Und als er herauskam, lächelte er.

48. KAPITEL

Poe wollte sehen, ob Keaton an diesem Tag zum ersten Mal in Bloxwichs Zelle gewesen war. Zum Glück waren auf dem USB-Stick nicht nur Überwachungsvideos vom Tag des Aufstandes. Poe ging noch eine Woche weiter zurück.

Allein in dieser Zeit war das dreimal passiert, und auch wenn die beiden anscheinend keine Freunde waren, so kannten sie einander doch. Allem Anschein nach tauschten sie von Zeit zu Zeit Bücher.

Poe ging in die große Hotelbar, holte sich eine Kanne Kaffee und ging damit zu seinem Tisch zurück. Diesmal spulte er das Video vor, zu den Tagen und Wochen nach dem Lockdown wegen des Aufruhrs.

Er würde Bradshaw bitten, das genau zu überprüfen, doch allein schon aus den Aufnahmen war klar ersichtlich, dass Keaton nach dem Aufstand sehr viel öfter in Bloxwichs Zelle ging als vorher. Allerdings war umgekehrt keine Zunahme ihrer sozialen Interaktion zu bemerken. Auch wenn Bloxwich Keaton vorher gelegentlich ein Buch vorbeigebracht hatte, lösten dessen häufigere Besuche nicht dieselbe Reaktion aus. Keaton schien sich Bloxwich geradezu aufzudrängen.

Das ging so weiter, bis Keaton verschwand.

Poe sah in seinen Notizen nach. Keatons Verschwinden fiel mit dem Zeitraum zusammen, den er im Krankenhaus verbracht hatte. Hatte Bloxwich Keaton niedergestochen, damit der aufhörte, ihn zu bedrängen? So sah er gar nicht aus. Um die Wahrheit zu sagen, er sah aus wie ein typischer Buchhalter. Brille, zierlicher Körperbau und eine blanke Glatze. Er hätte jemand anders dafür bezahlen können, dachte Poe. Schwer wäre es nicht gewesen, einen Freiwilligen aufzutreiben. Mit seinem jungenhaften Aussehen, seiner überheblichen Art und einem achtstelligen Bankguthaben dürfte Keaton im Gefängnis vom ersten Moment an unbeliebt gewesen sein. Wahrscheinlich hatte er sich deshalb so oft und so lange im Krankentrakt versteckt, wie er nur konnte.

Eine rasche Nachfrage bei der SCAS bestätigte, dass Keaton immer noch in Pentonville war. Poe rief den Besuchsdienst an und vereinbarte für den folgenden Nachmittag einen Termin. Es würde eine lange und wahrscheinlich fruchtlose Fahrt werden, doch ihm blieb nichts anderes übrig – der Fall hatte ihn nun einmal dorthin geführt.

Er überlegte gerade, wie er am besten nach Süden fahren sollte, als Flynn in die Bar kam.

»Dämliche Vollidioten«, knurrte sie, während sie neben ihm Platz nahm.

»Wo ist Wardle?«, wollte Poe wissen.

»Wo ist Tilly?«, fragte sie zurück.

»Erledigt eine Kleinigkeit für mich.«

Sie funkelte ihn böse an.

Dies war nicht der richtige Zeitpunkt, seiner Vorgesetzten etwas zu verschweigen. Er erklärte ihr, was Bradshaw kaufen sollte und was er mit seinem BlackBerry vorhatte.

Zu seiner Überraschung nickte sie beifällig.

»Ich behaupte nicht, zu wissen, was hier abgeht, Poe, aber die ziehen da oben das komplette forensische Programm durch. Die von der Spurensicherung haben Abstriche von allem und jedem genommen. Wenn jemand Sie reinreißen will und da irgendwas hinterlassen hat, was darauf hinweist, dass Elizabeth Keaton in Ihrer Hütte war, dann kann van Zyl nicht verhindern, dass die Sie wegen Entführung anklagen.«

»Und irgendwann auch wegen Mordes«, fügte Poe hinzu.

Flynn nickte. »Und irgendwann auch wegen Mordes.« Sie erhob sich mit entschlossener Miene. »Okay, ich hole uns was zu trinken, und wir gehen hier nicht weg, bevor wir nicht etwas Belastbares haben, womit wir arbeiten können.«

»Erklär mir noch mal, warum wir DCI Wardle nicht sagen können, was wir gefunden haben«, bat Bradshaw.

Poe lächelte sie liebevoll an. Bradshaw tat sich schwer mit der Tatsache, dass Ehrlichkeit kontraproduktiv wäre.

»Wir haben keine Beweise, Tilly«, antwortete er. »Von Wardles Standpunkt aus – und vergiss nicht, er hat keinen Anlass, das Ganze so zu sehen wie wir, weil das nämlich hieße, dass Superintendent Gamble wieder eingesetzt würde – wird es aussehen, als ob wir versuchen, Verwirrung zu stiften. Um schon früh eine Verteidigung aufzubauen, falls Anklage gegen mich erhoben wird.«

»Früh schon eine Verteidigung?«

»Eine andere Version der Ereignisse. Geschworene haben viel eher berechtigte Zweifel, wenn es eine plausible Alternative zur Story der Staatsanwaltschaft gibt.«

»Und weil wir immer noch nicht erklären können, wieso diese junge Frau Elizabeth Keatons Blut hat, ist das ein Streit, den wir im Moment nicht gewinnen können«, fügte Flynn hinzu. »Wir haben Mutmaßungen, die haben Fakten.«

Bradshaw machte ein gekränktes Gesicht. Ungeachtet ihrer Beteuerungen, dass wissenschaftliche Erkenntnis sich einfach aus dem Prozess des Erfassens von all dem ergab, was nicht klappte, bis man herausfand, was klappte, war sie inzwischen sehr niedergeschlagen. Poe brauchte ihre Hilfe, doch bisher hatte sie sich vergeblich abgemüht. Sie schob ihre Brille hoch, klappte den Laptop auf und stürzte sich in ihre Arbeit.

Poe und Flynn unterhielten sich leise weiter über den Fall.

»Wenn wir das mit dem Blut nicht erklären können, bleibt uns nur noch eine Möglichkeit«, meinte Flynn.

Poe nickte. »Wir brauchen das Mädchen. Wenn wir sie finden, fällt Keatons Plan in sich zusammen.«

Nicht einmal ihr Name würde ihnen viel helfen. Noch mehr Tricksereien, würden Keatons Anwälte behaupten, während sie mit dem DNA-Profil herumfuchtelten, das Elizabeth Keatons Anwesenheit damals im Vernehmungszimmer bewies. Sie mussten die junge Frau finden, und sie musste ihnen erklären, wie das Blut gefälscht worden war. Alles andere wäre ein Sieg für Keaton.

»Ich fahre morgen nach Pentonville«, verkündete Poe.

Flynn runzelte die Stirn. »Warum?«

Poe erklärte ihr, was er entdeckt hatte, als die Überwachungsaufnahmen aus dem Gefängnis weitergelaufen war. Flynn sah es sich an und nickte dann.

»Er ist definitiv ganz anders drauf«, stellte sie fest. »Soll ich mit…« Ihr Handy schnitt ihr das Wort ab. Sie zeigte ihm das Display. Eine unbekannte Nummer.

»DI Flynn«, meldete sie sich.

Poe konnte nur ihre Hälfte des Gesprächs mithören, doch Flynn war eindeutig nicht erfreut. Sie bat um Erlaubnis, den Anruf auf Lautsprecher stellen zu dürfen. Poe identifizierte sich. Bradshaw blickte nicht von ihrem Computer auf.

»Hier ist Detective Chief Inspector Barbara Stephens«, sagte eine blecherne Stimme. Sie hatte einen ganz leichten Geordie-Akzent. Einen Akzent, wie ihn sich Leute aus Newcastle angewöhnen, wenn sie gezwungen waren, ihre geliebte Heimatstadt für längere Zeit zu verlassen. »Ich bin auch bei der NCA. Sergeant Poe, Sie haben einen Termin mit Richard Bloxwich gebucht. Darf ich fragen, warum Sie sich für ihn interessieren?«

»Sein Name ist in Zusammenhang mit einem Fall hier in Cumbria aufgetaucht.«

»Das erscheint mir unwahrscheinlich. Richard hat meines Wissens nach keinerlei Kontakte dort oben.«

»Er hatte Kontakt mit Jared Keaton«, bemerkte Poe.

»Ah, der Koch, der seine Tochter umgebracht hat. Ich habe gehört, dass da irgendetwas im Busch ist. Aber mir war nicht klar, dass wir auch involviert sind. Ich bin davon ausgegangen, dass da auf lokaler Ebene Mist gebaut worden ist, der jetzt weggeputzt wird.«

Poe erklärte, wo sie standen.

Nach einer gefühlten Ewigkeit meinte Stephens: »Ich habe zwar durchaus Verständnis für Ihre Lage, Sergeant Poe, aber ich fürchte, ich kann keinen Besuch genehmigen.«

Sie sagte ihm, in welchem Bereich der NCA sie arbeitete. Das erklärte, warum über Bloxwichs Fall nicht berichtet worden war. Poe konnte noch nicht einmal behaupten, dass ihre Angelegenheit Priorität hätte – das hatte sie mit an Sicherheit grenzender Wahrscheinlichkeit nicht. Jeder Fall, den die NCA bearbeitete, war eine große Nummer.

Manche waren riesig.

»Aber wenn Sie mir sagen, was Sie brauchen«, fuhr Stephens fort, »dann rede ich persönlich mit ihm. Mal sehen, ob wir Ihnen irgendwie helfen können.«

Poes düstere Stimmung hellte sich auf. Eigentlich war das sogar besser. Stephens hatte bereits eine Beziehung zu Bloxwich, also wäre sie eher in der Lage, etwas zu finden. Poe berichtete ihr, was sie auf den Überwachungsaufnahmen gesehen hatten. Stephens sagte, sie würde sich wieder bei ihnen melden, wenn sie sich die Videos angeschaut hatte.

Bradshaw schickte sie ihr als komprimierte E-Mail-Datei. Dann warteten sie nervös dreißig Minuten lang. Als Flynns Mobiltelefon schließlich klingelte, fuhren sie alle zusammen. Flynn schaltete das Handy wieder auf Lautsprecher.

»Sie haben recht«, sagte Stephens. »Es sieht wirklich so aus, als hätte Ihre Zielperson in Bloxwichs Zelle irgendetwas gesehen. Aber das ist komisch, ich weiß nämlich, dass da nichts Verbotenes drin ist.«

»Wie können Sie sich da so sicher sein?«, wollte Poe wissen. Häftlinge waren unheimlich gut darin, alles Mögliche zu verstecken. Deswegen waren Handys im Knast ja so ein Problem.

»Bin ich eben.« Ihr Tonfall lud nicht zu weiteren Diskussionen ein.

Poe fragte sich, was ihm hier verschwiegen wurde. Stephens

hatte Bloxwichs Wichtigkeit heruntergespielt. Einfach nur ein korrupter Buchhalter, hatte sie gesagt. Aber irgendetwas passte da nicht. Korrupte Buchhalter wurden im System einer Vollzugsanstalt nicht routinemäßig markiert. Und sie bekamen in überfüllten Gefängnissen auch keine Einzelzellen. Vielleicht war er ja Teil eines größeren Betrugsfalles. Vielleicht sagte er in einem größeren Betrugsfall *als Zeuge* aus.

Doch es brachte nichts, allzu viel darüber nachzugrübeln. Die NCA arbeitete in voneinander isolierten Einheiten und mit verschiedenen Sicherheitsfreigaben. Innerhalb des großen Ganzen rangierte die SCAS ziemlich weit unten. Nicht einmal van Zyl würde wissen, was Stephens' Einheit machte.

»Nachher treffe ich mich mit meinem Mann Trevor in London«, fuhr sie fort. »Ich rede heute Abend mit Richard und melde mich morgen früh wieder bei Ihnen.«

»Heute Abend«, sagte Flynn. »Keiner von uns geht heute schlafen.«

»Dann heute Abend«, stimmte Stephens zu.

49. KAPITEL

Stephens hielt Wort. Es war fast elf, als sie anrief, doch sie waren noch wach. Sie hatten um acht gegessen und dann weitergearbeitet.

Bradshaw wurde immer unleidlicher. Man hatte ihr ein Problem vorgesetzt, und es sah nicht so aus, als könne sie es lösen. Sie brummelte vor sich hin wie jemand, dem sein Autoschlüssel abhandengekommen ist.

»Ich sehe einfach nicht, wie die das gemacht haben könnten«, sagte sie finster. »Selbst das fortschrittlichste synthetische Blut würde einen Forensiker nicht austricksen, Poe.«

Verdammt. Obgleich alle dasselbe gesagt hatten, war er davon ausgegangen, dass Bradshaw das Rätsel knacken würde. Jetzt war sie anscheinend derselben Meinung. Den anderen hatte er nicht wirklich geglaubt, ihr jedoch glaubte er.

Aber er wusste auch, dass er recht hatte.

Doppeldenk.

Daher war Stephens' Anruf hochwillkommen. Eine Auszeit von ihrem größten Problem.

»Ich fürchte, ich habe nichts, was Ihnen hilft. Richard kannte Keaton, aber befreundet waren sie nicht. Sie haben beide gern gelesen, und obwohl ihr Geschmack sehr verschieden war, war die Gefängnisbibliothek ziemlich limitiert. Die Bücher, die sie hatten, haben sie miteinander geteilt.«

»Hat er gesagt, dass Keaton ihn nach dem Lockdown häufiger besucht hat?«

»Ja. Er hat keine Ahnung, wieso.«

»Und in seiner Zelle war nichts Illegales, das Keaton gefunden haben könnte?«

»Definitiv nicht.«

Wieder eine Sackgasse …

Es sei denn ... es sei denn, sie betrachtete das Ganze aus dem falschen Blickwinkel. Sie suchten nach einer jungen Frau, und Poe wusste, es gab etwas, das nicht illegal war, aber das Häftlinge ab und zu trotzdem versteckten.

Familienfotos. Manchmal wurden sie versteckt, damit andere Gefängnisinsassen sie nicht sehen konnten. Besonders wenn es Bilder von Kindern oder jungen Frauen waren. Niemand wollte, dass seine Liebsten jemand anderem als Wichsvorlage dienten.

»Waren Sie mal in seiner Zelle?«, erkundigte sich Poe.

»Ja.«

»Hatte er seine Familienfotos versteckt, oder waren die für jeden sichtbar?«

Eine ziemlich lange Pause folgte.

»Oh«, sagte Stephens.

»Genau«, bestätigte Poe.

»Und er hat tatsächlich eine Tochter. Chloe. Die müsste jetzt Anfang, Mitte zwanzig sein.«

»Wie lange dauert es, zu bestätigen, dass er Familienfotos hat, die er versteckt, Ma'am?«, fragte Flynn. »Das ist unglaublich wichtig.«

»Sollte nicht lange dauern. Sein Versteck dürfte eher simpel sein, er muss ja leicht an die Bilder rankommen können.«

Stephens versprach, suchen zu lassen, sobald das Gefängnis morgen im Tagbetrieb war. Wenn es ein Foto gab, würde sie ihnen gleich eine Kopie schicken. Poe dankte ihr, obwohl er das eigentlich nicht für notwendig hielt. Jetzt, da Bradshaw einen Namen hatte, würde sie Chloe Bloxwich auf Social Media finden.

Es würde mehrere Frauen dieses Namens geben, aber sie hatten einen Vorteil: Sie wussten möglicherweise bereits, wie sie aussah. Sie könnte diejenige gewesen sein, die sich in Cumbria als die Tote ausgegeben hatte ...

Während sie darauf warteten, dass Bradshaw ihr Ding durchzog, richteten Poe und Flynn die Wegwerfhandys ein, die sie gekauft hatte. Sie waren billig und hässlich und genau das, was sie brauchten. Wenn Poe verschwinden musste, konnten sie damit kommunizieren, ohne dass jemand mithörte oder sie orten konnte.

Während sie an ihrem Computer zugange war, erklärte Bradshaw ihnen, was sie noch beachten mussten.

»Wir hinterlassen keine Sprachnachrichten, und wir schicken uns keine SMS. Beides kann man wiederherstellen«, sagte sie, ohne den Blick vom Bildschirm abzuwenden. »Da die nichts von diesen Handys wissen, brauchen wir sie auch nicht auszuschalten und den Akku rauszunehmen, aber ... Wenn ihr doch eine SMS kriegt, geht davon aus, dass eins oder alle kompromittiert sind. Akku raus, und das Handy vernichten.«

»Und man spricht hier rein, stimmt's?«, fragte Poe und zeigte auf das Mikrofon am unteren Ende des Wegwerfhandys.

»Soll das ein ...!« Sie sah sein Gesicht. »Ach, du willst mich auf den Arm nehmen. Haha!«

»Benehmt euch.« Flynn schnappte sich das Handy, an dem er gerade herumfummelte und vergeblich versuchte, die Mailbox zu finden. Sie deaktivierte alles, was sie nicht brauchen würden, und hängte dann alle drei zum Aufladen an die nächsten Steckdosen.

»Haben Sie etwas, wo Sie hinkönnen, wenn's ernst wird?«, wollte sie wissen. »Nichts Kompliziertes, Poe. Einfach ist am besten, das weiß ich noch aus der Zeit, als ich hinter abgetauchten Sexualstraftätern her war. Etwas, wo Sie noch nie waren. Und bleiben Sie dort. Nicht draußen rumtreiben.«

Poe schwieg. Flynns »Einfach ist am besten«-Bemerkung passte genau zu etwas, das Stephens gesagt hatte: Sie hatte Bloxwichs wahrscheinliches Versteck für seine Familienfotos als »eher simpel« bezeichnet.

Eher simpel ...

Sämtliche Versuche, das Blut-Rätsel zu lösen, waren alles andere als simpel gewesen. Nichts als Gen-Splicing und synthetisches Blut. Er hatte diesen Gedanken hartnäckig weiterverfolgt, aber vielleicht wurde es ja Zeit, auf die Experten zu hören – es *gab* keine Hightech-Methode, das Blut eines Menschen gegen das eines anderen auszutauschen.

Und warum auch?

Keaton hatte seinen Plan im Gefängnis geschmiedet, und er war kein Wissenschaftler. Er war Koch. Intelligent, ja, aber nicht so intelligent, dass er das menschliche Genom von einer Gefängniszelle aus editieren könnte.

Sie hätten nach einer *simplen* Lösung suchen sollen.

Gerade wollte er Bradshaw die neuen Suchparameter geben, als diese etwas höchst Ungewöhnliches tat. Sie fluchte.

»Verdammt noch mal!«

Flynn und Poe beugten sich vor, um auf den Bildschirm zu schauen. Bradshaw hatte es auf Facebook und Pinterest versucht, fündig jedoch war sie auf Instagram geworden. Chloe Bloxwich hatte sich bemüht, ihren Online-Fußabdruck zu minimieren, doch das, was andere in ihren Accounts hatten, konnte sie nicht löschen.

Das Foto war nachts aufgenommen worden, in einem Pub; alle hatten rote Teufelsaugen. Eine nächtliche Sauftour, was jedoch keine Rolle spielte. Das Bild war so gestochen scharf wie ein Passfoto.

Chloe stand ganz vorn in der Mitte, die Arme um einen Jungen gelegt, der ungefähr im selben Alter war. Er hieß Ned, und das Foto war auf seinem Insta-Account gepostet worden. Darunter stand ein kurzer Text: »Ich bin ja so was von sch...verknallt in dieses Mädchen!«

Poe hatte Stunden damit zugebracht, die junge Frau zu betrachten, die in die Bibliothek von Alston getreten war, und er erkannte sie sofort. Für ihn bestand keinerlei Zweifel. Sie neigte den Kopf genauso zur Seite, wie sie es während der Befragungen auf dem Revier getan hatte. Sogar das Haar hatte sie genauso hinters linke Ohr gestrichen.

Er starrte den Laptop an, die Frau, die sich als Elizabeth Keaton ausgab.

Die junge Frau, die versuchte, Jared Keaton aus dem Gefängnis zu befreien und dabei Poes Leben zu zerstören.

Sie sah aus wie ein Engel.

DREIZEHNTER TAG

50. KAPITEL

Ein Schritt vor, zwei Tritte in den Magen zurück. So fühlte es sich an, als sie frühstückten und Flynn den Anruf bekam, vor dem sie sich alle gefürchtet hatten.

Es war Gamble. Er hatte versucht, Poe zu erreichen, doch dessen Handy war stumm geschaltet und steckte in einem Luftpolsterumschlag.

Flynn hörte zu, ohne ihn zu unterbrechen, und ihre Miene verfinsterte sich. Schließlich sagte sie: »Danke, Ian.«

Sie beendete das Gespräch und wandte sich an Poe und Bradshaw. »Anscheinend hat Superintendent Gamble noch immer Freunde bei der Polizei. Die Kollegen von der Spurensicherung haben Blutspuren in Ihrem Quad-Anhänger gefunden. Sie ziehen den DNA-Test vor, aber Wardle geht noch heute Vormittag zum Kendal Magistrate's Court, um einen Haftbefehl ohne Kautionsmöglichkeit zu beantragen.«

»*Ohne* Kaution?«, fragte Poe. »Das erscheint mir unwahrscheinlich. Dafür müssen sie mehr haben als das. Wenn man genau genug hinschaut, ist doch an fast allem Blut dran.«

»Wardle behauptet, jemand hätte versucht, den Hänger zu reinigen.«

»Es hat geregnet, und das Ding steht draußen! Das habe ich ihm gesagt, verdammte Scheiße!«

Flynn hob die Hand, und Poes Zorn verpuffte und erlosch. Es war ja nicht ihre Schuld. Und Wardle tat genau das, was er auch gemacht hätte: bei der Beantragung des Haftbefehls alle Register ziehen, um zu bekommen, was er wollte.

Scheiße.

Er hatte auf mehr Zeit gehofft. Normalerweise wurden Cops nach Absprache verhaftet. Sie meldeten sich zu einer vereinbarten Zeit auf einem Revier, und zwar mit ihrem Anwalt. Kein Drama, kein Aufstand, und was noch wichtiger war, kein Antrag auf einen Haftbefehl ohne Kaution vor einem staatlichen Gericht, wo gelangweilte Gerichtsreporter Däumchen drehten und auf einen Skandal hofften. Wenn ein solcher Haftbefehl gegen einen Polizisten ausgestellt wurde, wäre die Nachricht binnen einer Stunde im Internet und noch am selben Nachmittag auf den Titelseiten sämtlicher lokalen Käseblätter zu finden.

Was natürlich genau das war, was Wardle beabsichtigte.

Poe wusste nicht, wessen Blut es war, und obwohl es wahrscheinlich von Edgar stammte – der Spinner holte sich ständig irgendwo Schrammen –, konnte er nicht von der Hand weisen, dass es Elizabeth Keatons Blut sein könnte. Das unerklärlicherweise in den Venen von Chloe Bloxwich aufgetaucht war. Es wäre also naiv, zu glauben, es könnte nicht auch in seinem Anhänger auftauchen.

Und er konnte nicht riskieren, zu warten, bis er es herausfand.

Flynn blieb nichts anderes übrig. Sie mussten es van Zyl sagen. Bradshaw meldete eine weitere Videokonferenz an.

»Was gibt's?«, fragte van Zyl ohne jede Einleitung.

Flynn sagte es ihm.

Der Director verstummte. Poe war klar, dass er vieles bedenken musste. Die NCA war am effektivsten, wenn die Öffentlichkeit und andere Behörden ihr vertrauten. Van Zyl würde ihn nicht den Wölfen zum Fraß vorwerfen, aber seine Möglichkeiten waren begrenzt.

»Ich nehme mal an, Sie glauben nicht, dass DCI Wardle es sich anders überlegt, wenn Sie ihm vorlegen, was Sie herausgefunden haben?«, meinte er schließlich.

»Nein, Sir«, antwortete Flynn. »Und wir könnten auch unsere Trumpfkarte verspielen, wenn wir das tun. Wenn Keaton erfährt, dass wir von Chloe Bloxwich wissen, finden wir sie nie.«

Van Zyl rieb sich das Kinn. Er hatte keine Zeit zum Rasieren gehabt, und das Sandpapiergeräusch von Bartstoppeln drang aus dem Lautsprecher.

»Und Wardle zieht hier sämtliche Register«, fügte Flynn hinzu. »Er ist scharf auf Gambles Job, und jegliches Zurückrudern hinsichtlich Poes Tatbeteiligung wird fatal für ihn sein.«

»Und beim Chief Constable campieren die Medien auf der Türschwelle«, brummte van Zyl. »Wenn das mit dem Haftbefehl ohne Kaution rauskommt, wird es ihr nicht möglich sein, ihn aufzuheben. Wahrscheinlich hat Wardle das Ganze deswegen so öffentlich abgezogen. Er kettet das Schicksal der Polizeichefin an sein eigenes.«

»Genau, Sir«, sagte Flynn. »Wardle spielt vielleicht all seine Karten auf einmal aus, aber er hat wirklich ein ziemlich gutes Blatt.«

»Was würden Sie vorschlagen, DI Flynn? Das hier ist etwas, wo ich meiner Ansicht nach keinen Einfluss nehmen kann.«

»Offiziell sind wir noch gar nicht informiert worden, Sir. Superintendent Gamble hat es uns nur gesagt, weil er an Poes Unschuld glaubt. Soweit es Wardle betrifft, ist das mit dem Haftbefehl ohne Kaution noch immer ein großes Geheimnis. Ich denke, wir machen einfach weiter, als wüssten wir von nichts. Offiziell wissen wir ja auch nichts.«

»Und Sie glauben, Sie können diese junge Frau finden?«

»Ja, das glaube ich, Sir.« Flynn nickte. »Sie steht mit einem Fall in Verbindung, an dem eine unserer anderen Einheiten arbeitet, es gibt also schon Informationen, die wir nutzen können.«

Van Zyl fragte nicht, welche andere Einheit das sei. Er wusste eindeutig bereits von DCI Barbara Stephens. Das überraschte Poe nicht – auf van Zyls Posten schaffte man es nicht allein durch Glück.

»Und was ist mit dem Blut?«, wollte van Zyl wissen. »Wenn sie Chloe Bloxwich nicht finden, müssen wir erklären, wie es ausgetauscht worden ist.« Er wandte sich an Bradshaw. »Miss Bradshaw, meiner Kenntnis nach ist das aus wissenschaftlicher Sicht unmöglich.«

Bradshaw verstand das Konzept des Respekts vor dem Dienstgrad eines anderen Menschen nicht. Nicht, wenn die Wissenschaft angefochten wurde.

Sie machte ein ebenso abfälliges wie unflätiges Geräusch mit den Lippen. »Wissenschaft ist mehr als das Ergebnis, Director Edward van Zyl. Wissenschaft ist auch das Streben nach Erkenntnis. Die Entdeckung ist nur das Endergebnis – Wissenschaft ist der Prozess, die Theorien, die Hypothesen.«

Van Zyl antwortete nicht. Dieses Geräusch, kombiniert mit dem wissenschaftlichen Kauderwelsch, hätte jeden zum Schweigen gebracht.

»Die Metadaten deuten wirklich darauf hin, dass es unmöglich ist«, fuhr sie fort. »Aber wie wir wissen, enthalten Metadaten nicht alle verfügbaren Informationen.«

»Nicht?«, fragte van Zyl.

Energisch schüttelte Bradshaw den Kopf. »Nein. Weil Chloe Bloxwich eben *doch* Elizabeth Keatons Blut im Körper hatte, ist es aus wissenschaftlicher Sicht nicht nur möglich, es ist auch feststellbar. Es muss feststellbar sein – es ist ein Fakt, der aufgetreten ist. Ich werde herausfinden, wie das gemacht worden ist, Director Edward van Zyl. Ich werde Poe nicht enttäuschen.«

»Äh … ja, gut. Dann machen Sie mal weiter.« Van Zyl sah genauso verdattert aus wie jeder, der gerade »gebradshawt« worden war.

Poe lächelte und reckte beide Daumen nach oben. Im Augenblick gab es niemanden, dessen Rückendeckung ihm lieber gewesen wäre.

Van Zyl traf eine Entscheidung. »Wenn ich offiziell davon in Kenntnis gesetzt werde, dass ein Haftbefehl gegen DS Poe vorliegt, wird die NCA natürlich alles tun, um unsere Kollegen in Cumbria zu unterstützen. Bis dahin hat dieses Gespräch nicht stattgefunden.«

Flynn nickte.

»Und Poe sitzt diese Geschichte auf der Bank aus, DI Flynn«, fuhr van Zyl fort. »Sie und Miss Bradshaw müssen das ohne ihn durchziehen. Poe, Ihre einzige Aufgabe ist, dort zu sein, wo DCI Wardle nicht ist. Ich weiß, das ist nicht das, was Sie hören wollen, aber das hier ist nicht der Auftakt zu irgendwelchen Verhandlungen.«

Finster starrte Poe den Bildschirm an.

»Das ist doch kein Problem, oder, Poe?«

Er antwortete nicht.

Flynn bedachte den Director mit einem müden Lächeln. »Wenn doch, behält er das bestimmt für sich, Sir.«

»Echt witzig, Steph«, knurrte Poe.

»Sind wir uns einig, Poe?«

Poe blieb stumm.

»Poe?« Van Zyl ließ nicht locker.

»Wir sind uns einig, Sir.«

»Worüber?«

»Darüber, dass ich DI Flynn und Tilly ihren Job machen lasse.«

»Gut so.«

51. KAPITEL

Zehn Minuten später war Poe unterwegs. Es hatte aufgehört zu regnen, doch die Wolken hingen noch tiefer. Er war mit seinem kleinen Mietwagen – dem, den Wardle nicht auf der Rechnung hatte – zum nächsten Briefkasten gefahren, von dem er wusste, dass es dort keine Videoüberwachung gab, und hatte sein verpacktes BlackBerry eingeworfen. Schließlich konnte er genauso gut gleich anfangen, die falsche Fährte zu legen. Dann wendete er und fuhr zurück in Richtung Herdwick Croft. Aber nicht nach Hause. Er brauchte einen Unterschlupf in der Nähe, und er kannte jemanden, der ihm einen Gefallen schuldete …

Flynn wartete am Straßenrand. Sie wollte sichergehen, dass sein neuer Aufenthaltsort weitab vom Schuss lag. Außerdem musste sie wissen, wie man schnell dort hinkam, falls es nötig sein sollte. Sie hatte ihr Wegwerfhandy dabei; ihr Diensthandy jedoch hatte sie bei Bradshaw gelassen. Es war, als wären sie in einen Jason-Bourne-Film hineingeraten. Wäre es nicht so ernst gewesen, hätte ihnen das Ganze Spaß gemacht.

Poe fuhr an ihr vorbei und führte sie den matschigen Feldweg hinunter. Er parkte und stieg aus. Flynn folgte seinem Beispiel.

Als er das letzte Mal auf diesem Hof gewesen war, hatten hier vier Autos gestanden. Jetzt waren es nur zwei: Thomas Humes Mercedes und ein roter Ford Focus.

Poe klopfte an die Tür. Flynn stand neben ihm.

Victoria Hume öffnete. Sie sah aus, als wäre sie mitten im Hausputz. Ihr Haar war zu einem Knoten zusammengerollt, die Ärmel hatte sie hochgekrempelt, und sie trug gelbe Gummihandschuhe.

»Washington«, sagte sie. »Wollen Sie Edgar holen?«

Flynn wandte sich mit hochgezogenen Brauen zu Poe um. »Washington?«

Er zuckte die Achseln und wurde ein wenig rot. Flynn wusste nicht, dass er den Ursprung seines Vornamens ergründet hatte. Ihres Wissens nach konnte er ihn immer noch nicht ausstehen.

Victoria schielte nervös zu Flynn hinüber. Poe verstand, wieso: Ihr Vater hatte ihn übervorteilt, und hier stand er jetzt mit einer Frau im Nadelstreifenkostüm, die *sehr* nach Anwältin aussah.

»Ich brauche Ihre Hilfe«, sagte er.

Nachdem sich alle miteinander bekannt gemacht hatten, erklärte Poe, dass er eine Bleibe brauchte, von der niemand wusste. Sie würde nichts Ungesetzliches tun, und sie könnte ihn jederzeit rausschmeißen.

Sie winkte beide hinein und führte sie in die Küche. Die war groß und wurde von einem Holzherd beheizt. Ein Eichentisch von der Größe eines Garagentors beherrschte den Raum. Eine Kanne Tee war bereits aufgebrüht, und sie schenkte drei Tassen ein.

Victoria stellte ein halbes Dutzend verständige Fragen, von denen sie manche beantworten konnten und manche nicht. Poe schloss mit den Worten, dass sie sich nicht zum Helfen verpflichtet fühlen sollte, wenn sie dabei ein ungutes Gefühl hatte.

»Unter den gegebenen Umständen scheint es das Mindeste zu sein, was ich tun kann«, entgegnete sie. Wieder sah Flynn Poe verwirrt an – von seinen Wohnungsproblemen wusste sie auch nichts.

»Vielen Dank«, sagte Flynn.

»Er kann bleiben, solange er will; er scheint ja ein ganz anständiger Kerl zu sein.«

»Na ja, Sie kennen ihn eben noch nicht lange.«

Poe schluckte seine Antwort hinunter, als Flynns Handy klingelte. Unwillkürlich verspannte er sich, bis ihm klar wurde, dass es das Wegwerfhandy war, es folglich also Bradshaw sein musste.

Flynn lauschte. Nach kurzer Zeit legte sie die Stirn in Falten. »Es ist Tilly«, sagte sie und ließ das Handy ein wenig sinken. »Sie sagt, Sie hätte Ihnen den Bericht gemailt, um den Sie gebeten haben.«

»Was denn für einen Bericht?« Poe konnte sich nicht erinnern, um etwas gebeten zu haben, was er nicht bereits bekommen hätte.

»Was für einen Bericht, Tilly?«, wiederholte Flynn ins Handy. Dann sah sie wieder Poe an. »Irgendwas über Trüffeln?«

Natürlich. Wie Keaton seine Trüffeln gefunden hatte, das hatte ihn umgetrieben, bis dieses Thema von wichtigeren Dingen verdrängt worden war.

»Sagen Sie ihr, ich lese ihn, sobald ich dazu komme.«

Abermals wiederholte Flynn seine Worte. Dann runzelte sie erneut die Stirn und warf Poe einen »Warum gerade ich?«-Blick zu. »Ja, Tilly«, seufzte sie. »Sie können jetzt auflegen.«

Als Flynn gegangen war, bestand Victoria darauf, Poe sein Zimmer zu zeigen. Es befand sich in einem alten Anbau und war einfach, aber behaglich. Ein Doppelbett, ein Nachttisch und ein Kleiderschrank. Der Raum war zwar an das Haupthaus angebaut, jedoch nur durch einen separaten Eingang zugänglich. Wahrscheinlich war der Anbau für Farmarbeiter errichtet worden. Ein Zimmer zum Schlafen und wenig sonst.

»Ich hole Edgar.«

Als sie mit dem völlig überdrehten Spaniel zurückkam, reichte sie ihm außerdem ein Stück Papier. »Das WLAN-Passwort«, erklärte sie und berührte die Verbindungswand zum Haus. »Ich denke, das Signal ist stark genug, um hier durchzukommen.«

Poe bedankte sich.

Dann schaltete er das Tablet ein, das Bradshaw ihm geliehen hatte. Es war bereits für ihn eingerichtet. Er gab das WLAN-Passwort ein. Der Empfang war gut, und Bradshaws E-Mail wurde rasch heruntergeladen.

Er hatte ein Problem.

Poe war lange genug Detective, um zu wissen, dass aus simplen Außeneinsätzen manchmal Zweiundsiebzig-Stunden-Schichten wurden. Obgleich es bei der SCAS geruhsamer zuging, hatte er nie die Gewohnheit abgelegt, stets eine Einsatztasche bereitzuhalten. Sobald er in Cumbria angekommen war, hatte er eine gepackt und sie im Kofferraum seines Mietwagens verstaut. Das Problem war, er hatte sie auf Autopilot gepackt: Wasserflaschen, haltbarer Proviant, Ersatzklamotten, Zahnbürste, Taschenlampe nebst Batterien, Latexhandschuhe – Dinge, die er für einen längeren Aufenthaltsort am Schauplatz eines Verbrechens brauchen könnte. Dasselbe, das er schon seit Jahren immer eingepackt hatte.

Seine Lesebrille jedoch hatte er nicht dazugelegt. Er brauchte sie noch nicht so lange, dass es ihm zur zweiten Natur geworden wäre. Rasch sah er in den beiden Taschen seiner Jacke nach, doch er wusste, dass sie nicht dort war. Er erinnerte sich, sie auf dem Tisch liegen gelassen zu haben, als er den Green Room im Shap Wells Hotel verlassen hatte.

So ein Mist.

Die Buchstaben des Textes waren zu klein zum Lesen, und als er diese Nummer mit dem »Aufziehen« versuchte, die Bradshaw immer mit den Fingern machte, geschah überhaupt nichts. Frustriert schmiss er das Tablet aufs Bett.

Ein schwaches Geräusch auf der anderen Seite der Wand erinnerte ihn daran, dass er nicht der Einzige im Haus war. Wenn er Victoria überreden konnte, Bradshaws Mail auszudrucken, kam er bestimmt auch ohne Brille mit einer DIN-A4-Seite zurecht.

Aber zuerst eine Dusche.

Victoria lächelte, als er klopfte und in die Küche trat. Sie war vom Putzen zum Backen übergegangen.

»Ich wollte gerade fragen kommen, ob Sie Lust hätten, mir bei einem frühen Lunch Gesellschaft zu leisten, Washington. Im Ofen steht der Tatie Pot von gestern Abend.«

Poe wollte eigentlich sagen, dass er erst vor Kurzem gefrühstückt hätte, doch sein Magen überstimmte sein Gehirn. Es war schon eine ganze Weile her, dass er Cumberland Tatie Pot gegessen hatte.

»Sehr gern, Victoria. Vielen Dank.«

Er setzte sich an den Tisch, und sie gab ihm eine großzügige Portion. Unwillkürlich beugte er sich vor und inhalierte das würzige Aroma. Dann hob er einen Löffel voll saftglänzendem Lammfleisch, gehaltvoller Blutwurst und goldenen Kartoffelscheiben an den Mund, schloss die Augen und seufzte. Es war köstlich – viel besser als alles, was er im Bullace & Sloe gegessen hatte. Schon nach kurzer Zeit hatte Poe seinen Teller niedergemacht, und Victoria hatte ihn von Neuem gefüllt.

Nach der dritten Portion war Poe satt. Victoria reichte ihm einen Becher Tee und schenkte sich selbst ebenfalls einen ein. Sie tranken in geselligem Schweigen.

Schließlich erkundigte sich Poe: »Hatte Ihr Dad einen Drucker, Victoria? Ich habe da ein Dokument, das ich dringend lesen muss.«

»Nein. Er hatte das WLAN nur, um die Buchhaltung zu machen.«

Verdammt.

Sie bemerkte seine Enttäuschung. »Aber ich fahre nachher nach Kendal; ich kann es da ausdrucken lassen.«

Poe dankte ihr und schüttelte den Kopf. Es war ein Bericht über Pilze; wie wichtig konnte das schon sein?

Sie schwiegen eine Zeit lang. Schließlich meinte Poe: »Sie wissen eine ganze Menge über mich – na ja, jedenfalls über meine bevorstehenden Wohnungsprobleme –, aber ich weiß so gut wie nichts über Sie.«

»Da gibt's eigentlich auch nicht viel zu erzählen.«

Poe machte es sich auf dem Stuhl gemütlich, während Victoria ihm ihre Kindheit auf dem Bauernhof schilderte. Wie enttäuscht Thomas gewesen war, als weder sie noch ihre Schwestern die Familientradition des Schafzüchtens auf dem Shap Fell fortführen wollten. Sie war als Letzte von zu Hause weggegangen, aber auch am weitesten: nach Chudleigh in Devon, wo sie eine Stelle als Lehrerin angenommen hatte.

»Ich find's toll da, aber jetzt, wo ich wieder hier bin, weiß ich nicht recht, ob ich wieder wegwill. Schafzucht hatte für mich keinen Reiz, aber jetzt bin ich älter. Vielleicht ist das ja etwas, was ich tun kann. Dads Vermächtnis fortführen.«

Poe wusste, was sie meinte: Cumbria setzte sich einem auf eine Art und Weise im Blut fest wie keine andere Grafschaft. Besonders wenn der Frühling der eigenen Jugend vorüber war und sich die Prioritäten im Leben veränderten.

»Jedenfalls«, fuhr sie fort, »was ist das denn für ein Dokument, das Sie ausdrucken müssen?«

Poe sagte ihr, um was für einen Bericht es sich handelte, und erklärte sein Lesebrillenproblem.

»Nachher besorge ich Ihnen eine. Aber Dad hatte einen Desktopcomputer. Wenn Sie mir das Dokument mailen, können Sie es auf dem größeren Bildschirm lesen.«

Poe zögerte. Er bezweifelte, dass in einem Bericht über subterrane Pilze irgendetwas Vertrauliches stehen würde, aber er durfte keine verschlüsselten Dokumente an nicht gesicherte Netzwerke verschicken. Bradshaw hatte ihm einmal gesagt, warum. Anscheinend hatte das irgendetwas mit trojanischen Pferden zu tun. Lange bevor sie fertig war, war er abgedriftet und hatte nie herausgefunden, warum er wegen Militärtaktiken aus der griechischen Mythologie keine E-Mails weiterleiten durfte. Doch er nahm an, dass sie wusste, wovon sie redete.

»Ich fürchte, das geht nicht.« Ihm kam ein Gedanke, und seine Miene hellte sich auf. »Aber ich kann es mir von Ihnen vorlesen lassen.«

52. KAPITEL

Victoria las das Dokument und blickte verdutzt auf. »Das ist ein Aufsatz über Trüffeln.«

Poe wusste, dass es ein Aufsatz über Trüffeln war. Er hatte ihn selbst in Auftrag gegeben. »Was steht denn drin?«

Sie wischte über den Bildschirm seines Tablets. »Wollen Sie die wissenschaftliche David-Attenborough-Version?«

»Warum nicht?« Poe grinste. Victoria Hume war eine interessante Frau ...

»*Tuber aestivum*, auch als Sommertrüffel oder Schwarzer Sommertrüffel bekannt, ist im UK heimisch. Er bildet eine Mykorrhiza mit den Wurzeln der Wirtsbäume.«

Poe furchte die Stirn. »Mykorrhiza?«

»Kennen Sie diese Fische, die sich an Haien festsaugen und sie sauber halten?«

Poe nickte.

»Eine Mykorrhiza ist im Grunde genommen genau das, aber bei Pflanzen. Laut ...« – sie wischte bis zum Ende des Dokuments – »Miss Matilda Bradshaw ... Mann, hat die viele Doktortitel ... ernährt sich der Trüffel von abgestoßenen Pflanzenzellen.« Sie las noch ein bisschen weiter. »Im Großen und Ganzen bereiten sie den Boden und die Wurzeln auf, so bleibt der Baum gesund. Ein Baum mit Trüffeln kann mehr Wasser und Nährstoffe aufnehmen als einer ohne.«

»Und woher wissen Sie das?«

»Ich unterrichte Biologie.«

Poe hätte sich am liebsten die flache Hand an die Stirn geklatscht. Sie hatte gesagt, dass sie Lehrerin war, und er hatte nicht gefragt, welches Fach sie unterrichtete. Es war wirklich lange her, dass er eine ganz normale Unterhaltung mit einer Frau geführt hatte ...

»Ich hätte fragen sollen«, bemerkte er.

»Und mein Dad hätte Ihnen die Wahrheit über Herdwick Croft sagen sollen«, gab sie zurück. Dann wandte sie sich wieder dem Bericht zu. »Anscheinend bevorzugen Schwarze Sommertrüffeln die Südseite von Buchen-, Birken- oder Eichenwäldern. Sie brauchen trockenen und durchlässigen Boden und eine Höhe von mindestens dreißig Metern über dem Meeresspiegel. Unten im Süden kommen sie häufiger vor als hier oben.«

Eine Weile scheuchte er jene halb garen Gedanken in seinem Kopf herum, die er gehabt hatte, als er den Bericht in Auftrag gegeben hatte. Er konnte kein Szenario entwerfen, in dem Keaton ganz allein einen Trüffelwald fand. Aber Bunney behauptete, so wäre es gewesen. Irgendetwas passte da nicht zusammen.

Aber war das im Großen und Ganzen wirklich wichtig?

Chloe Bloxwich zu finden war wichtig.

Herauszubekommen, wie das Blut vertauscht worden war, war wichtig.

Nicht für den Rest seines Lebens in den Knast zu wandern, war wichtig.

Wo Keaton seine Trüffeln herhatte, war nicht wichtig.

»Sind die Dinger wertvoll?«, erkundigte er sich.

»Laut diesem Text hier zwischen zweitausend und zweitausendfünfhundert Pfund pro Kilo.«

Poe stieß einen Pfiff aus. So etwas gab man nicht so ohne Weiteres her. Kein Wunder, dass Keaton Crawford Bunney den Fundort nicht verraten hatte. Der war ein Vermögen wert.

»Und die National Crime Agency macht so was, ja? Trüffeldiebstahl aufklären?«

»Ich versuche einfach nur, dahinterzukommen, wie jemand, der in Carlisle aufgewachsen ist, Trüffelbäume entdecken könnte«, antwortete er.

Ihr Lächeln verschwand. »Hier geht's um etwas Ernstes?«

Poe nickte. »Um etwas sehr Ernstes.«

Victoria lehnte sich auf ihrem Stuhl zurück und trank ihren Becher aus. Dann zeigte sie auf seinen. »Noch einen?«

»Ja, bitte.«

Während sie mit dem Kessel hantierte, fragte sie: »Hat das etwas mit diesem Restaurant zu tun, von dem Sie neulich gesprochen haben?«

Poe verzog bei der Erinnerung unwillkürlich das Gesicht. Das war nicht gerade eine seiner Sternstunden gewesen. »Ja.«

»Wissen Sie, als Dad gerade erst angefangen hatte, da hat er seine Lämmer genau wie die anderen Züchter auf den Auktionen verkauft. Und weil die Schlachthäuser so ziemlich die einzigen Abnehmer waren, haben sie die Preise diktiert. Dads Lämmer, so gut sie auch waren, sind einfach mit den anderen zusammengeschmissen worden. Er war ja vielleicht kein besonders guter Geschäftsmann, aber irgendwann hat er begriffen, dass er einen besseren Preis bekommt, wenn er die Zwischenhändler umgeht. Er hat seine Lämmer vorschriftsmäßig schlachten lassen, das Fleisch aber selber verkauft. Damals hatte er aber noch keine Kundenliste. Wissen Sie, was er gemacht hat?«

Poe schüttelte den Kopf.

»Er ist mit Fleischproben zu jedem guten Restaurant und zu jedem anständigen Metzger in ganz Cumbria gefahren. Hat ihnen eine Preisliste gegeben und erklärt, was er liefern kann und was nicht. Es hat nicht lange gedauert, bis er alles verkauft hat, was er produziert hat, und bald hat die Nachfrage das Angebot überstiegen.«

Poe begriff.

»Also … also wollen Sie sagen, Keaton hat die Trüffelbäume wahrscheinlich gar nicht selbst gefunden? Jemand anderer war's und hat ihm dann entweder gegen Geld gesagt, wo sie sind, oder hat ihm die Trüffeln geliefert, die er dann als seine eigenen ausgegeben hat?«

Sie zuckte die Schultern. »Wenn mein Dad ein Produkt hatte, bei dem es sich gelohnt hat, es direkt an Restaurants zu verkaufen, wieso kann dann jemand anderer nicht genauso darauf kommen?«

»Und wenn der Betreffende die Dinger einem Restaurant angeboten hat, dann vielleicht auch noch anderen«, meinte Poe.

Es war vollkommen logisch. Natürlich hatte Keaton die Trüffelbäume nicht selbst gefunden. Jemand hatte sie ihm gezeigt, und er hatte sich die Entdeckung dann selbst auf die Fahne geschrieben. Eine solche Selbstverherrlichung war typisch für den Mann.

Doch Poe sah nicht, inwiefern ihm diese Information nützen könnte. Sie beantwortete die Frage, die er gestellt hatte, aber weiter spielte das doch keine Rolle. Einen Trüffelfundort für sich zu behalten, war aus finanzieller Sicht vernünftig.

Nur war es eben doch nicht vernünftig.

Nicht wirklich.

Keaton war der alleinige Besitzer des Bullace & Sloe, und das Geld für die Trüffeln kam aus seiner Tasche. Natürlich hatte er den Fundort vielleicht für sich behalten, damit niemand in einem neuen Restaurant anheuerte und diese wertvolle Information dorthin mitnahm.

Aber wenn es nun einen anderen Grund gab …?

53. KAPITEL

Scheiß drauf.
Der kurze, aber befreiende Satz, der Poe die Erlaubnis gab, zu tun, was er nicht tun sollte. In diesem Fall war ihm ausdrücklich verboten worden, Humes Hof zu verlassen, und auch wenn er enormen Respekt vor van Zyl und Flynn hatte ... die beiden waren verrückt, wenn sie glaubten, er würde ihr Verbot nicht vollumfänglich ignorieren. Vielleicht konnte er Flynn nicht dabei helfen, Chloe Bloxwich zu finden, aber jetzt hatte er seinen eigenen roten Faden, dem er folgen musste.

Er sagte Victoria, er wolle in ein paar Restaurants nachfragen und sehen, ob an ihrer Theorie etwas dran war, dass jemand von Tür zu Tür gegangen war und Trüffeln zum Verkauf angeboten hatte. Sie bestand darauf, dass er den alten Land Rover ihres Vaters nahm. Der stand in einem der Schuppen, war jedoch absolut fahrtüchtig.

»Wenn jemand nach Ihnen sucht, dann bestimmt nicht in einer alten Klapperkiste voller Schafdung«, meinte sie. »Und außerdem wird das Unwetter von jetzt auf gleich losbrechen, und dieser alberne Mietwagen wird weggeschwemmt, wenn's Hochwasser gibt.«

Dem konnte Poe nicht widersprechen. Der Himmel hatte die Farbe eines nicht mehr ganz frischen Blutergusses, und der Wind hatte ordentlich aufgefrischt. Die Luft war nicht länger klebrig schwül. Hurrikan Wendy war im Begriff, auf die Westküste zu treffen, und dann würde es hier aussehen wie mitten in der Monsunzeit. Eure Allrad-Nobelkarossen könnt ihr behalten, dachte er. Wenn die vom Met Office richtiglagen, war ein wetterharter, einfacher Land Rover genau das, was er brauchte.

Poe hätte Bradshaws Hilfe gut gebrauchen können. Sie hätte irgendwelche Daten zusammengemantscht und daraus eine priorisierte Liste gemacht. Doch er konnte sie nicht fragen – sie würde befürchten, dass er nicht tat, was ihm gesagt worden war. Vielleicht sogar so sehr, dass sie es Flynn erzählte.

Er malte auf seiner Straßenkarte einen Kreis um das Bullace & Sloe, so ähnlich wie der, mit dem Bradshaw berechnet hatte, wie weit Elizabeth Keaton/Chloe Bloxwich gekommen sein könnte, nachdem sie aus ihrem imaginären Keller getürmt war. Sie hatte dazu Gleichungen und Computer benutzt – Poe nahm einen roten Filzstift. Er würde mit den Restaurants anfangen, die dem Bullace & Sloe am nächsten waren, und sich dann nach außen vorarbeiten. Wenn das nichts brachte, würde er den Suchradius vergrößern.

Er zählte, wie viele Kandidaten es in seinem anfänglichen Suchgebiet gab. Neun. Drei Restaurants und sechs Pubs. Wahrscheinlich würden sich alle Pubs als Gastropubs erweisen, fürchtete er. Jene seelenlosen Hybridkonstrukte, halb Pub und halb Restaurant, die aus der Asche des dem Untergang geweihten Dorfgasthauses erstanden waren. Und unglücklicherweise hielten die ihr Essen wahrscheinlich alle für erstklassig, also musste er jeden Einzelnen davon aufsuchen.

An einer Tankstelle kaufte er sich eine neue Lesebrille und steuerte dann den ersten Pub an.

Fehlanzeige.

»Was nich' frittiert ist, läuft hier nich', Kumpel«, ließ ihn der etwas schmierige Besitzer wissen.

»Und Ihnen sind noch nie Trüffeln angeboten worden?«

»Was 'n das?«

Poe erklärte es ihm.

Der Mann knallte Poe eine Speisekarte hin. Das Gesündeste darauf war Schottisches Ei. Nicht schlecht für etwas, das im Grunde genommen frittiertes Wurstbrät war.

Die beiden nächsten Pubs boten ebenfalls Speisen an, aber

die waren eher schlicht: Burger, Fish and Chips, Lasagne, Rindfleischpastete – das Übliche. Von ordentlicher Qualität, aber vollkommen trüffelfrei.

Das erste Restaurant, bei dem er es versuchte, sah schon vielversprechender aus. Dort standen tatsächlich Trüffeln auf der Speisekarte, und die Betreiber betrachteten ihr Etablissement tatsächlich als Speiselokal der gehobenen Klasse. Doch zeitlich haute es nicht hin. *The Salted Pig* hatte noch gar nicht existiert, als Keaton seine Trüffeln angeblich bereits selbst gesammelt hatte. Der Chefkoch fragte Poe, ob er wüsste, wo man welche bekommen könne. Wenn ja, wäre er sehr interessiert.

Als Poe aus dem Restaurant ins Freie trat, brach ein Gewitter los. Einen Moment lang blieb er unter der Markise des *Salted Pig* stehen und bestaunte dessen Wucht. Das Trommeln von Regen auf Segeltuch war toll. Fünf Minuten lang genoss er es, wie die Luft reingewaschen wurde. Tief atmete er ein, nahm den Geruch von nassem Schlamm in sich auf.

Dann nutzte er ein kurzes Nachlassen des Regens und rannte zu dem Land Rover. Er überlegte, ob er zu Victoria zurückfahren sollte – bei diesem Wetter draußen unterwegs zu sein, war leichtsinnig –, doch er hatte seine Liste erst zur Hälfte abgearbeitet. Die Robustheit des Land Rover war beruhigend, und noch trat das Regenwasser nicht über die Flussufer und lief auf die Straßen. Er würde weitermachen, solange er konnte.

Die nächsten beiden Pubs hatten auch nichts anderes zu bieten. In einem hatte es damals noch nichts zu essen gegeben, und die Speisekarte des zweiten entsprach der in den beiden anderen: Kneipenfraß zu einigermaßen vertretbaren Preisen. Keinem der beiden waren jemals Trüffeln angeboten worden, soweit die Köche und Wirte sich erinnern konnten. Er versuchte sein Glück in zwei weiteren Restaurants, hörte dort jedoch ganz ähnliche Geschichten. Das eine war ein Italiener, das andere war auf die Gäste des nahen Campingplatzes ausgerichtet. Wenn Touristen den ganzen Tag auf den Hügeln unterwegs gewesen waren, wollten sie etwas Sättigendes, kein Nobelgericht.

Der letzte Pub befand sich in der Nähe des Dorfes Wetheral, etliche Kilometer vom Bullace & Sloe entfernt. Poe beschloss, dort etwas zu trinken und seinen Radius dann um weitere zwei Kilometer auszudehnen. Der Pub hieß *The Gamekeeper's Kitchen* und behauptete von sich, ein auf Wild spezialisiertes Speiselokal zu sein. Der Parkplatz war hinter dem Gebäude, und Poe wurde auf dem kurzen Weg zum Vordereingang klatschnass. Das Lokal war leer.

Er setzte sich an die Bar und bestellte ein halbes Bier. Die Kellnerin schien froh zu sein, dass sie etwas zu tun bekam. Beim Warten rubbelte er sich das Haar mit einem Geschirrhandtuch trocken. Hunger hatte er nicht, doch er beschloss, trotzdem etwas zu essen. Er wusste ja nicht, wann er nach Hause kommen würde, und er wollte Victoria keine Umstände machen. Also bat er die Kellnerin um eine Speisekarte. Darauf standen viele Wildgerichte. Jemand würde gleich seine Bestellung aufnehmen, sagte sie ihm. Kurz darauf erschien ein Mann mit einem schmalen Schnurrbart und fragte, ob er schon gewählt habe. Poe bestellte die Kaninchenpastete mit gebuttertem Rübenpüree, dann zeigte er dem Mann seinen NCA-Dienstausweis und fragte, ob er den Küchenchef sprechen könne. Man brachte ihn in die Küche.

Die war eine Miniaturversion der Küche des Bullace & Sloe: dieselbe Ausstattung, nur kleiner und nicht so viel von allem. Die Köchin war eine Frau namens Gayle Kidminster. Sie war Anfang vierzig und kochte schon seit über zehn Jahren hier.

Poe stellte ihr dieselbe Frage, die er schon den ganzen Nachmittag über vorgebracht hatte, und war verblüfft, als sie Ja sagte.

»Hier war *wirklich* jemand und hat Ihnen Trüffeln angeboten?«

Gayle nickte. »Ist jetzt schon ein paar Jahre her. Mindestens acht. Komischer Typ. Hat mehr nach Eisenbahnfan ausgesehen als nach Jäger und Sammler, um ehrlich zu sein. Aber nach dem Dreck unter seinen Nägeln zu urteilen, kamen die Trüffeln ganz frisch aus der Erde.«

»Und Sie haben abgelehnt?«

»Ja«, antwortete sie. »Wir haben so was nicht gebraucht. Damals haben wir amerikanische Grillküche angeboten, Spareribs, spezielle Burger, solche Sachen. Ich habe überlegt, ob ich welche für den House Burger nehme, aber der wäre dann fast siebzig Prozent teurer geworden. Schließlich habe ich ihm gesagt, er soll bei einem Restaurant namens Bullace & Sloe nachfragen. Schon mal davon gehört?«

»Gehört habe ich davon.«

»Die bekamen langsam einen ziemlich guten Ruf, und ich wusste, dass sie Trüffeln verwenden. Er hat sich bedankt, und das war das letzte Mal, dass ich ihn gesehen habe.«

»Einmal Kaninchenpastete!«, rief ein anderer Koch aus dem hinteren Teil der Küche.

»Die ist für mich«, sagte Poe. »Ich gehe dann mal essen. Wenn ich noch Fragen habe, kann ich dann noch mal kurz wiederkommen, wenn ich fertig bin?«

»Natürlich«, sagte sie.

Normalerweise war Poe kein Fan von Kaninchenfleisch – es war ihm zu mager –, doch die Pastete war köstlich. Die Zartheit des Kaninchens wurde mit Speck und Lauch kombiniert, und alles ruhte in einer dicken Schale aus Eierteig. Das gut gebutterte Rübenpüree war reichhaltig und wärmend. Ironischerweise wären ein paar Trüffelraspeln das Einzige gewesen, was das Gericht noch besser gemacht hätte.

Beim Essen dachte Poe über das nach, was ihm gerade erzählt worden war. Ein Mann war vor acht Jahren an Gayle Kidminster herangetreten. Er hatte angeboten, ihr Trüffeln zu verkaufen, und sie hatte ihn zum Bullace & Sloe geschickt. Außerdem hatte sie gesagt, er hätte nicht ausgesehen wie ein Pilzsammler. Vielleicht war er ja auch keiner. Vielleicht war er durch Zufall auf die Trüffeln gestoßen, hatte aber genug Grips besessen, um zu wissen, wie viel diese Dinger wert waren.

Jäh wurde Poe aus seinen Gedanken gerissen und zurück in die Gegenwart katapultiert, als Gayle, noch immer in ihrer weißen Kochkluft, auf dem Barhocker neben ihm Platz nahm. Die Kellnerin schenkte ihr eine Limonade ein.

»Eine meiner Köchinnen hat uns reden gehört«, sagte sie. »Sie sagt, der Mann hätte hier im Restaurant gegessen. Das weiß sie, weil es das erste Gedeck des Tages war, und weil die Kellner noch nicht da waren, musste sie ihm das Essen selbst servieren.«

»Also hat er versucht, Ihnen an der Hintertür Trüffeln zu verkaufen und ist dann vorn reingekommen, um sich einen Cheeseburger und ein Bier reinzuziehen?«

»Scheint so. Und das ist noch nicht alles. Als sie ihm das Essen gebracht hat, hat er mit einem unserer Stammgäste zusammengehockt, einem Briefträger namens Brian Wratten. Sah aus, als hätten die beiden sich richtig gut unterhalten.«

»Und dieser Brian Wratten, ist der hier immer noch Stammgast?«

»Wenn Sie noch eine halbe Stunde Zeit haben, taucht er hier auf.«

Poe schaute an ihr vorbei. Es regnete so heftig, dass es aussah, als spritze jemand die Fenster mit einem Schlauch ab.

»Bei diesem Wetter?«

Gayle schnaubte. »Als wir Hochwasser hatten und hier alles unter Wasser stand, hat er in Anglerhose und Regenhut im Biergarten gesessen. Wenn der nicht aufkreuzt, ist er tot.«

»Dann warte ich.«

Als Poe fertig gegessen hatte, war Brian Wratten eingetrudelt. Man brauchte es Poe nicht zu sagen; er wusste es einfach. Pubs haben Stammgäste, und der Mann, der gerade eingetreten war, war Stammgast. Die Kellnerin machte sich daran, ein Bier zu zapfen, sobald er durch die Tür kam, und noch ehe er seine Wachsjacke aufgehängt hatte, stand es bereits auf einem Bierfilz vor dem Hocker ganz am Ende der Bar.

Poe wartete, bis der andere den ersten Schluck getrunken hatte, bevor er ihn ansprach.

»Brian Wratten?«

»Der bin ich.« Der Mann streckte eine haarige, fleischige Pranke aus.

Poe gab ihm die Hand und zeigte ihm dann seinen Dienstausweis.

»Ich würde Ihnen gern ein Bier ausgeben.«

»Ach ja?«

»Und als Gegenleistung könnten Sie mir vielleicht etwas über einen Mann erzählen, mit dem Sie sich vor ein paar Jahren unterhalten haben. Einem Mann, der an der Hintertür Trüffeln verkaufen wollte ...«

Brian Wratten hatte ein Gedächtnis wie ein Aktenschrank. Poe nahm an, dass das bei Angestellten der Post nichts Ungewöhnliches war. Vor allem in Cumbria, wo man, wenn man es gut meinte, das Hausnummernsystem als eher zwanglos bezeichnen konnte.

Wratten erinnerte sich gut an jenen Tag und an den Mann.

»Trüffeln«, sagte er. »Er hat mir einen gezeigt. Hat mir auch welche zu meinem Lunch angeboten, aber ich hab Nein gesagt. Sah mir zu sehr wie getrocknete Hundescheiße aus. Bin auch immer noch nicht sicher, dass es keine war.«

Poe lächelte. Er wusste, was Wratten meinte. Die Bilder in Bradshaws Bericht hatten wirklich ein bisschen nach Hundekacke ausgesehen. Wer auch immer zum ersten Mal Trüffeln probiert hatte, er war ein tapferer Mann gewesen.

»Hat er Ihnen erzählt, wie er zu den Dingern gekommen ist?«

Wratten schüttelte den Kopf. »Nein. Da hat er sich, ehrlich gesagt, ziemlich bedeckt gehalten.«

Poe spitzte die Ohren. Formulierungen wie »sich bedeckt halten« lösten diesen Reflex bei Cops aus. »Inwiefern?«

»Na ja, also, wir haben über Trüffeln geplauscht. Was das für Dinger sind, wo sie wachsen, wovon sie leben, all so was eben. Da war's doch ganz natürlich, dass ich gefragt habe, ob Pilzesammeln sein Hobby wäre oder ob er damit sein Geld verdient.«

»Und was hat er gesagt?«

»Er hat gesagt, weder noch, Mr Poe. Da ist ja auch nichts Komisches dran. Wenn ich mit dem Hund Gassi gehe, pflücke ich oft Pilze oder wilden Knoblauch, wenn gerade Saison ist, aber ich würde mich nie als Sammler bezeichnen.«

»Aber er hat sich bedeckt gehalten, als Sie gefragt haben, wie er die Trüffeln gefunden hat?«

»Genau.«

»War er vielleicht mit *seinem* Hund unterwegs?«

»Hab ich ihn auch gefragt, aber er hat Nein gesagt.«

»Was er gemacht hat, wollte er Ihnen also nicht sagen?«

»Nein.«

Das war merkwürdig. Es deutete nicht unbedingt auf etwas Kriminelles hin, schloss es jedoch auch nicht aus. »Seinen Namen hat er Ihnen wohl nicht verraten?«

»Les Morris. War ein netter Kerl, Mr Poe. Hat mir einen ausgegeben, und wir haben fast eine Dreiviertelstunde geredet. Abgesehen davon, dass er mir nicht gesagt hat, wie oder wo er die Trüffeln gefunden hat, war er sehr gesprächig.«

»War er von hier?«

»Ja.«

Gut. Er würde Bradshaw bitten, ihm eine Liste aller Personen namens Les, Leslie, Lesley und L. Morris zusammenzustellen, die hier in der Gegend wohnten. Gerade überlegte er, wie er sie davon überzeugen könnte, dass er das mit dem »auf der Bank aussitzen« trotzdem sehr ernst nahm, als Wratten das alles irrelevant werden ließ.

»Sie wollen nicht zufällig seine Adresse wissen, oder?«

»Die haben Sie?«

»Er hat seinen Schal liegen lassen, und ich bin Briefträger. Ich hab im Sortierzentrum rumgefragt, bis eine Kollegin kapiert hat, welchen Les Morris ich gemeint habe. Sie hat ihm den Schal bei ihrer nächsten Runde vorbeigebracht. So was kriegen Sie in Ihren schicken Großstädten nicht geboten, Mr Poe.«

»Ich bin aus Shap.«

Wratten lächelte und entschuldigte sich. Er gab Poe die Adresse. Sie war etwa acht Kilometer von dort entfernt, wo er jetzt war.

Er bedankte sich bei Wratten und bestellte noch ein Bier für ihn. Gerade wollte er sich in den Regen hinauswagen, als das Wegwerfhandy klingelte.

Uh-oh. Bradshaw hatte doch darauf bestanden, dass sie nur kommunizierten, wenn es unbedingt sein musste. *Das bedeutete sicher nichts Gutes …*

Er hatte recht.

»Poe, wir haben ein Problem«, verkündete Flynn, sobald er sich meldete.

54. KAPITEL

Poe, wir haben ein Problem ...
Diese Worte bekam er so oft zu hören, dass er sie sich am besten als Klingelton speichern sollte. Beim letzten Mal hatte van Zyl ihm gesagt, dass er vernommen werden sollte, und das vorletzte Mal hatte Gamble ihm mitgeteilt, dass Elizabeth Keaton von den Toten zurückgekehrt war.

Diesmal war es noch schlimmer.

Keatons »Judge in Chambers«-Antrag hatte Erfolg gehabt, und er war auf Kaution entlassen worden. Die Staatsanwaltschaft hatte bereits angedeutet, dass sie bei seiner Berufungsverhandlung keine Beweise vorlegen würde.

Und das war nicht einmal das Schlimmste, was sie ihm zu berichten hatte.

Das Blut, das in Poes Anhänger gefunden worden war, war erwiesenermaßen Elizabeth Keatons. Poe galt jetzt offiziell als Verdächtiger in einer Mordsache. Van Zyl hatte gesagt, Flynn solle ihn persönlich aufs Revier bringen, und ihm gleich einen Anwalt besorgt.

Den Teufel werde er tun, sagte Poe.

Flynn fragte, wo er sei.

Poe drückte die Auflegetaste. Dann beherzigte er Bradshaws Rat, dass die Wegwerfhandys kompromittiert sein könnten, und nahm den Akku heraus.

Eigentlich machte das ja überhaupt keinen Unterschied. Jeder Cop in ganz Cumbria suchte bereits nach ihm. Dafür hatte Wardles Haftbefehl ohne Kautionsoption gesorgt.

Es hatte sich nichts geändert.

Entweder sie fanden Chloe Bloxwich, oder sie erklärte die Nummer mit dem Blut.

Les Morris wohnte in Armathwaithe. Das Dorf hatte Ähnlichkeit mit Cotehill, wo das Bullace & Sloe war. Klein, hübsch, atemberaubende Umgebung. Überall Wiesen und Weiden. Pferdeanhänger und SUVs parkten in den Auffahrten. Sogar eine rote Telefonzelle gab es hier.

Idyllisch, wie ein Gedicht von Rupert Brooke.

Cricket on the village green and honey for tea …

Morris wohnte in einem Bungalow mit der Haustür in der Mitte und Fenstern zu beiden Seiten. Der Rasen war ordentlich gemäht, und in den Beeten am Rand blühten bunte mehrjährige Zierpflanzen. Ein Vogelhäuschen hing in einem Apfelbaum.

Eine Frau öffnete die Tür. Poe zeigte seinen Dienstausweis vor. »Kann ich bitte mit Mr Morris sprechen?«

»Ich bin *Mrs* Morris«, antwortete sie. Einen Vornamen nannte sie nicht. Sie klang zornig, und dabei hatte er ihr noch gar nicht gesagt, warum er hier war. Die Frau war hochgewachsen und hatte etwas Gehässiges an sich. Ende vierzig, Anfang fünfzig; sie sah aus wie der Typ Mensch, der beim Anblick überfahrener Tiere lächelt. Der Dutt auf ihrem Kopf war so straff gezurrt, dass ihre Gesichtshaut spannte.

Ungeachtet des anhaltenden sintflutartigen Regens bat sie ihn erst herein, nachdem sie seinen Dienstausweis genau in Augenschein genommen hatte. Den ganzen Weg zur Küche grummelte sie vor sich hin und ließ ihn in aller Deutlichkeit wissen, dass er alles schmutzig machte. Fairerweise musste er zugeben, dass das auch stimmte.

Sie setzte sich auf den einzigen Stuhl und fragte nicht, ob er gern etwas Heißes zu trinken hätte.

»Ich hatte gehofft, mit Mr Morris sprechen zu können. Ist er bei der Arbeit?«

Sie schnaubte. »Woher zum Teufel soll ich das wissen? Ich habe diesen nichtsnutzigen Schuft sei acht Jahren nicht mehr zu Gesicht bekommen.«

Poe versuchte, sich das Regenwasser aus den Augen zu blinzeln. Schließlich gab er es auf und fragte, ob er möglicherweise ein Handtuch bekommen könnte. Er hätte genauso gut darum bitten können, in den Wasserkessel pissen zu dürfen. Murrend kam sie auf die Beine und warf ihm ein feuchtes Geschirrhandtuch zu. Poe bedankte sich trotzdem. Dann machte er sich daran, sich wenigstens etwas Wasser aus den Haaren zu rubbeln.

»Was wollen Sie überhaupt von diesem wertlosen Nichtsnutz?«, erkundigte sie sich währenddessen.

»Sein Name ist im Zuge einer Ermittlung aufgetaucht«, antwortete er.

Ihre Miene hellte sich ein wenig auf. »Kriegt er Ärger?«

Poe wollte schon verneinen, doch dann wurde ihm klar, dass Mrs Morris das nicht hören wollte. Das Wort Schadenfreude drängte sich auf: Freude am Unglück eines anderen.

»Schon möglich«, erwiderte er behutsam.

Es war die richtige Entscheidung. Ein boshaftes Lächeln zerrte an ihren Mundwinkeln.

»Dann setze ich mal Wasser auf«, sagte sie.

»Sie sagen, Sie haben Mr Morris seit acht Jahren nicht mehr gesehen«, meinte Poe, während sie eine Kanne Tee aufbrühte.

»Richtig. Eines Nachmittags ist er weggegangen und nicht mehr zurückgekommen. Die Polizei hat das nicht interessiert. Die dachten, er hat sich irgendwo bei 'nem Flittchen eingenistet. Eine von diesen eingebildeten Tussis aus seinem Klub.«

Poe setzte im Stillen »Klub« auf seine Frageliste.

»Und Sie denken, er ist abgehauen?«

Sie drehte sich um und stemmte die Hände auf die knochigen Hüften. »Eines Tages kommt er wieder angekrochen, wenn sie ihn satthat. Mit eingezogenem Schwanz, lassen Sie sich das gesagt sein!«

Das bezweifelte Poe. Wenn Morris sich abgesetzt hatte, würde er wohl eher nicht zurückkommen. Mrs Morris war die Sorte Frau, bei der man sich, sollte man an sie gefesselt sein, glatt den eigenen Arm abbeißen würde, um von ihr loszukommen.

Er wechselte das Thema.

»Ist Mr Morris je Trüffeln suchen gegangen?«

»Was ist das?«, antwortete sie und beantwortete damit die Frage.

Poe erklärte ihr, was Trüffeln waren und wo man sie fand.

»Und die findet man nur im Wald?«, fragte sie höhnisch. »Mein Les war mehr der Typ, der im Klub hockt und selbst gebrautes Bier trinkt, Sergeant Poe. Ich würde mich wundern, wenn der überhaupt gewusst hat, was das für Dinger sind.«

Zumindest passte das zu dem, was er vorhin erfahren hatte. Weder die Köchin noch der Briefträger hatten Morris für einen Pilzsammler gehalten.

Mrs Morris kehrte zu ihrem Stuhl zurück und schenkte ihnen beiden ziemlich dünnen Tee ein. Dann tat sie Milch dazu, bis der Tee dieselbe Farbe hatte wie die Milch. Sogar Bradshaw bekam ein besseres Gebräu hin. Poe bedankte sich trotzdem und nippte an dem laschen, lauwarmen Zeug, wobei er sich alle Mühe gab, nicht angewidert das Gesicht zu verziehen.

»Hatte er einen Hund?«

Mrs Morris feixte. »Unser Les? Einen Hund? Nie im Leben, von Tierfell hat er Asthma gekriegt.«

»War er dann vielleicht mit jemandem befreundet, der einen Hund hatte?«

Sie zuckte die Achseln. »Hier in der Gegend hat jeder einen Hund.«

Da war etwas dran. Ihm kam ein Gedanke. Mrs Morris hatte gesagt, ihr Mann hätte vielleicht etwas mit einem »Flittchen« gehabt. Er überlegte, ob das Flittchen vielleicht einen

Hund hatte. Männer nahmen eine Menge in Kauf, wenn ihr Schwanz das Kommando führte; Kurzatmigkeit gehörte zweifellos dazu. Eine Affäre mit einer verheirateten Frau würde außerdem seinen Widerwillen erklären, Wratten zu sagen, wie er an die Trüffeln gekommen war.

Doch so etwas konnte Poe Mrs Morris nicht fragen. Wenn er das tat, bekam er überhaupt nichts mehr aus ihr heraus.

»Hatte er eine Lieblingsspazierstrecke? Vielleicht eine im Wald?«

Wieder schnaubte Mrs Morris. »Mein Les hatte kein Interesse an Wäldern, und spazieren gehen hat ihn auch nicht interessiert, Sergeant Poe.«

Das hier entwickelte sich sehr schnell zu einer Sackgasse.

»Wenn's natürlich auf einer Wiese gewesen wäre ...« Sie beendete den Satz nicht.

Poe biss an. »Auf einer Wiese?«

»Na ja, wegen diesem Klub, von dem ich Ihnen erzählt habe.«

Sie hatte einen Klub erwähnt, aber nicht gesagt, was es für einer war. Das wusste er, und sie wusste es auch. Aber er war Cop, und Cops müssen sich ständig mit Arschlöchern herumschlagen.

»Erinnern Sie mich kurz noch mal.«

Sie feixte abermals, freute sich über ihren kleinen Sieg.

»Er war Mitglied der ROCA-Sparte von Cumbria.«

»Rocker?«

»Nicht Rocker, wie Punkrocker. ROCA. Royal Observer Corps Association. ROCA.«

Poe war völlig verwirrt. Er hatte keine Ahnung, was die Royal Observer Corps Association war. Also fragte er Mrs Morris, doch da inzwischen klar war, dass ihr Mann keinen Ärger bekommen würde, war ihre Laune wieder im Keller.

»Ich hab keine Lust, über seinen dämlichen Klub zu reden. Ist schon schlimm genug, dass er da seine ganze Zeit vertrödelt hat, auch ohne dass ein neugieriger Polizist mich das alles noch mal durchmachen lassen will.«

Poe erhob sich. Er wollte sich gerade verabschieden, als er einen Schuppen im Garten sah. Der Garten war sehr gepflegt, doch er bezweifelte, dass dies Mrs Morris' Werk war. Sie war zu … umständlich. Zu zimperlich. Wahrscheinlich hatte sie einen Gärtner.

Und Gärtner hatten ihre eigenen Werkzeuge und Geräte.

Der großartige britische Gartenschuppen hingegen war ein Zufluchtsort für Männer mittleren Alters, die daheim unter dem Pantoffel standen. Und zimperliche Frauen betraten solche Schuppen niemals. Die waren zu schmutzig. Dort gab es zu viele Spinnen.

»War das da sein Schuppen?«

»Und wenn?«

»Könnten da vielleicht irgendwelche Sachen von der Royal Observer Corps Association drin sein?«

Sie stieß einen gereizten Seufzer aus. »Ich komme da gar nicht rein, um all den Kram wegzuschmeißen, so vollgestopft ist der mit all diesem Unfug.«

»Dürfte ich da wohl mal kurz rein und mich ein bisschen umsehen?«

»Was ist es Ihnen denn wert?«, fragte sie listig.

Verdammt noch mal nicht verhaftet zu werden, ist mir 'ne Menge wert, hätte er fast geantwortet. Stattdessen zückte er seine Brieftasche und reichte ihr drei Zwanzigpfundscheine. Sie steckte sie in die Tasche ihrer Strickjacke und händigte ihm den Schuppenschlüssel aus.

»Aber dass Sie ja nichts mitnehmen!«, schrie sie ihm hinterher. »Eines Tages kommt mein Les zurück, und er wird sich nicht freuen, wenn da jemand drin rumgefuhrwerkt hat.«

Poe trat aus der Küchentür in den Garten. Er ging zum Schuppen, öffnete das Vorhängeschloss und trat ein.

Und kam aus dem Staunen nicht mehr heraus. Der Schuppen war wie ein Museum. Zu Hunderten waren Landkarten, Dokumente und Fotografien an die Wände gepinnt, manche alt und vergilbt, andere sehr viel neuer. Durchhängende Regalbretter bogen sich unter seltsamen Instrumenten, alten Uniformen und sorgsam arrangierten Devotionalien des Royal Observer Corps – des Königlich Britischen Flugmeldekorps. Ein alter Geigerzähler und eine handbetriebene Sirene nahmen den Ehrenplatz in einer Vitrine aus Kiefernholz ein. Eine wahre Schatzhöhle.

So also, dachte Poe bei sich, sah eine Zwangsstörung aus.

VIERZEHNTER TAG

55. KAPITEL

Flynn tigerte in dem Hotelzimmer auf und ab wie eine Strafverteidigerin beim Kreuzverhör. »Warum zum Teufel sind Sie zurückgekommen?«, wollte sie wissen.

Poe hockte auf dem Bett. Bradshaw saß am Schreibtisch. Er hatte gefragt, wie es mit ihren Ermittlungen voranginge. Bradshaw war mies drauf; ihre Suche hatte noch immer nichts ergeben, was auch nur annähernd einer Theorie ähnelte, wie das Blut ausgetauscht worden sein könnte. Und Flynn schien zu glauben, dass Chloe Bloxwich vom Erdboden verschwunden war. Ihr einziger kleiner Erfolg war, dass sie wusste, wo Chloes Freund Ned steckte. Er war auf Rucksacktour in Asien und nicht erreichbar, und selbst wenn man ihn hätte erreichen können – er war, schon Monate bevor das alles angefangen hatte, außer Landes gewesen.

Es war drei Uhr morgens, und vor nicht einmal einer Viertelstunde hatte Poe Flynns Wegwerfhandy angerufen und sie gebeten, sich mit ihm in Bradshaws Zimmer zu treffen. Fünf Minuten vorher war er leise die Feuertreppe des Hotels hinaufgestiegen und hatte an Bradshaws Tür geklopft. Laut genug, um sie zu wecken, leise genug, dass niemand in den angrenzenden Zimmern wach wurde. Er hätte es besser wissen müssen – Bradshaw hatte nicht geschlafen; sie arbeitete noch immer an dem Blut-Problem.

»Ich nehme mal an, Sie haben einen guten Grund dafür, mich aus dem Bett zu holen«, knurrte Flynn. »Und wo zur Hölle sind Sie gewesen? Sie sehen aus, als hätten Sie in einem verschissenen Auto gepennt.«

Poe verzog das Gesicht. »Setzen Sie sich hin, Boss«, sagte er. »Ich muss Ihnen eine Geschichte erzählen, und die ist nicht schön.«

Flynn setzte sich.

Bradshaw löste den Blick vom Bildschirm und wandte sich zu ihm um.

Poe erzählte.

Er berichtete ihnen, was er in Erfahrung gebracht hatte. Dass das Observer Corps eine 1925 gegründete zivile Verteidigungsorganisation war, dem die Aufgabe zukam, Flugzeuge, die Großbritannien überflogen, zu identifizieren, zu beobachten und zu melden. Der Titel »Royal« wurde ihnen nach ihrem Einsatz während der *Battle of Britain*-Phase des Zweiten Weltkriegs verliehen. 1955 wurden sie außerdem damit beauftragt, nukleare Explosionen auszumachen und zu melden – eine Notwendigkeit des Kalten Krieges.

Als ihre Arbeit darin bestanden hatte, Flugzeuge zu beobachten, war es völlig in Ordnung gewesen, dass sich ihre Posten über Tage befanden. Sie waren aus Backsteinen errichtet, mit nach oben offenen Beobachtungsplattformen. Die Atombomben des Kalten Krieges jedoch konnten Druck- und Hitzewellen erzeugen, die mit über siebentausend Stundenkilometern übers Land fegten. Die Hitze hätte Menschen in Holzkohle verwandelt, die Druckwelle sie zu Staub zermalmt. Alles Brennbare würde schmelzen oder explodieren. Oberirdische Beobachtungsposten waren daher nutzlos. Die Regierung brauchte Bauwerke, die die Explosion überstehen und danach mindestens vierzehn Tage in einem von einem Nuklearangriff verheerten Umfeld funktionieren konnten.

Also, erläuterte Poe, tat man das Einzige, was man tun konnte.

Und baute unterirdische Bunker.

Diese wurden offiziell als »Royal Observer Corps (ROC) Underground Monitoring Posts« bezeichnet und waren tief genug, um eine Atomexplosion zu überstehen und die Auswirkungen der Strahlung zu begrenzen. Sie waren groß genug, um Platz für drei Freiwillige sowie für alles an Ausrüstung zu bieten, was benötigt wurde, um Informationen über Stärke, Höhe, Entfernung und Ausbreitung der nuklearen Explosion an einen Kommandoposten weiterzuleiten.

»Die Regierung hat Hunderte von den Dingern gebaut«, fuhr Poe fort. »Insgesamt über fünfzehnhundert, überall in Großbritannien. Im Großen und Ganzen waren das im Boden versenkte Betonkästen mit festgestampfter Erde obendrauf.«

Flynn und Bradshaw hörten aufmerksam zu.

»In den Originalbunkern gab es einen Beobachtungsraum, eine Chemietoilette und eine Kammer mit Stockbetten. Zugänglich waren die Bunker nur durch einen fünf Meter langen Schacht.«

»Und woher wissen Sie das alles?«, erkundigte sich Flynn.

Poe schilderte ihnen, was er herausgefunden hatte. Dass die Regierung 1991, als der Kalte Krieg endlich vorbei gewesen war, die letzten verbliebenen Bunker stillgelegt hatte. Sie waren ausgeräumt, verschlossen und aufgegeben worden. Die meisten hatte man verfallen lassen, und wo sie sich befanden, war in Vergessenheit geraten.

»Aber die Briten sind stolz auf ihre Geschichte, und die Arbeit der ROC sollte nicht in den Annalen der Geschichten untergehen«, sagte er. »Also ist eine Organisation für ehemalige Freiwillige entstanden: die Royal Observer Corps Association. Ihr Ziel war es, die Tätigkeit des Korps bekannt zu machen, bei der Wiederherstellung alter Bunker zu helfen und einen Wohltätigkeitsfonds für ehemalige Mitglieder zu unterhalten, die in Not geraten waren. Hauptsächlich aber hat die Organisation ehemaligen Korpsmitgliedern eine Möglichkeit geboten, mit Menschen zusammenzukommen, die dieselben Erfahrungen gemacht hatten wie sie. Morris war Mitglied in der Cumbria-Sparte der ROCA. Er war selbst nie im Korps – dafür war er ein bisschen zu jung –, also war er kein Vollmitglied. Aber sein Schuppen war trotzdem voller ROC-Andenken.«

Er hielt inne, um Fragen zu beantworten, doch es gab keine.

»Ich habe das Material eine Stunde lang durchwühlt, aber ein Trüffelfund wurde da nicht erwähnt. Als ich es gerade aufgeben wollte, habe ich ein Mitgliederverzeichnis gefunden. Das war schon ein paar Jahre alt, aber da stand der Name eines anderen Mitglieds drin, das im selben Dorf gewohnt hat. Der Mann hieß Harold Hayward-Price, und der hat wirklich noch beim Royal Observer Corps Wache geschoben.«

Poe erzählte, wie er sich bei Mrs Morris bedankt hatte, durchs Dorf marschiert war und bei Harold angeklopft hatte. Der Mann war weit über siebzig, aber immer noch rüstig. Weißes Haar umgab eine blanke Glatze, Fingernägel wie Käserinden. Poe erklärte, warum er gekommen war, und Harold bat ihn herein. Er hatte vor Kurzem seine Frau verloren und schien geradezu nach Gesellschaft zu gieren.

Außerdem war er Experte für das ROC und die ROCA.

Während der Stunden, die Harold und er miteinander verbrachten, erfuhr Poe alles, was es über das Korps und die Organisation zu wissen gab. Poe erzählte ihm, dass Morris irgendwie auf Trüffeln gestoßen sei, und ob er wohl wüsste, wo das gewesen sein könnte?

Zu seiner Verblüffung wusste Harold das tatsächlich.

Also, irgendwie.

Und es hatte nichts mit irgendwelchen Liebeleien zu tun, die Morris hatte verheimlichen wollen.

Es war etwas sehr viel Interessanteres.

Morris habe sich immer daran gestört, dass er kein Vollmitglied war, erklärte Harold. Und um seinen Status in der Lokalsparte aufzubessern, hatte er sich etwas zur Aufgabe gemacht, das die meisten Mitglieder für ein hoffnungsloses Unterfangen hielten: Er hatte angefangen, nach dem »verschollenen Bunker« zu suchen.

Der verschollene Bunker war ein Mythos innerhalb der ROCA-Sparte von Carlisle. Angeblich war er an einem sofort für untauglich befundenen Ort errichtet worden. Ein Gerücht lautete, dass er immer wieder mit Wasser vollgelaufen sei, ein anderes, dass er nicht die erforderliche 360-Grad-Rundumsicht geboten hätte. Morris glaubte, dass er kurz nach der Fertigstellung mit Bauschutt verfüllt und zugeschüttet worden war. Er war geradezu besessen von dieser Idee und glaubte, den Bunker zu finden, wäre für ihn der Weg zu einer ROCA-Vollmitgliedschaft.

Doch es war nicht mehr als ein Gerücht. Sämtliche cumbrischen Bunker waren gefunden worden. Ein paar waren wiederhergestellt worden und wurden ab und zu für Besucher geöffnet.

Aber ... ungefähr ein Jahr bevor er verschwunden war, hatte Morris angefangen, Andeutungen fallen zu lassen, dass er ihn gefunden hätte. Nichts Spezifisches, nur ab und zu eine Bemerkung – bald würde er ein vollwertiges Mitglied sein, so etwas in der Art.

Harold hielt es durchaus für möglich, dass Morris bei seiner Suche nach dem nicht existenten Bunker auf Trüffeln gestoßen sein könnte.

In dem Schuppen war nichts gewesen, das darauf hinwies, dass Morris tatsächlich etwas gefunden hatte, doch das tat Harold sogleich als irrelevant ab. ROCA-Mitglieder gingen ständig in den Schuppen der anderen ein und aus, also hätte Morris einen Fund, der mit dem Bunker zu tun hatte, nicht einfach so herumliegen lassen, sondern ihn immer bei sich getragen.

Genau in diesem Moment waren die *News at Ten*, die leise im Hintergrund gelaufen waren, zu Ende gewesen, und die *Border News* hatten begonnen. Poes Gesicht war der Aufmacher gewesen. Er hatte nicht hören können, was der Nachrichtensprecher sagte, und er konnte Harold ja schlecht bitten, lauter zu machen, doch die Botschaft war eindeutig. Die Öffentlichkeit wurde angehalten, nach ihm Ausschau zu halten. Wahrscheinlich endete der Beitrag mit der Warnung, ihn nicht anzusprechen, sondern die Polizei zu rufen. Dann wurde gezeigt, wie Polizisten alles Mögliche aus seinem Haus schafften. Ein Gegenstand nach dem anderen wurde in Asservatentüten verpackt, aus Herdwick Croft herausgetragen und in den Kofferraum eines Range Rover der Spurensicherung gelegt – wahrscheinlich ihr einziges Fahrzeug, das mit dem unwegsamen Gelände fertigwurde. Es regnete immer noch, und die durchsichtigen Plastiktüten glitzerten vor Tropfen.

Als die Nachrichten zu Ende waren, verabschiedete Poe sich. Er konnte nirgendwohin, doch ihm war klar, dass er nicht in der Nähe von Armathwaite bleiben durfte. Harold würde heute Abend keine Nachrichten mehr gucken, doch es war möglich, dass Mrs Morris den Bericht gesehen und bereits die Polizei verständigt hatte.

Also hatte er sich durch die ersten Ausläufer von Hurrikan Wendy hindurchgekämpft, war ungesehen aus Armathwaite verschwunden und hatte sich eine abgelegene Parkbucht gesucht, um sich ein wenig auszuruhen.

Der Schlaf wollte nicht kommen, was nicht weiter überraschend war. Der Regen, der auf das Dach des Land Rover eindrosch, ließ den Wagen wie eine Blechtrommel klingen. Doch das störte ihn nicht, ihm ging sowieso zu viel im Kopf herum.

Obgleich das mit dem Bunker durchaus interessant gewesen war, waren es die in den Range Rover geschafften Asservatentüten, die ihm keine Ruhe ließen. Irgendetwas sagte ihm, das er seinen Verstand darauf fokussieren sollte, nicht auf den verschollenen Bunker.

Er streckte sich auf der Rückbank des Land Rover aus und ließ die Ereignisse des Abends Revue passieren, während er in den Nischen seines Verstandes danach forschte, was er gesehen hatte.

Gegen zwei Uhr früh dachte er schon, er hätte es. Die Leute von der Spurensicherung waren mit einem Range Rover unterwegs gewesen, und Keaton vor sechs Jahren auch.

Aber ... das konnte es nicht gewesen sein. Keatons Fahrzeug war beschlagnahmt und eingehend forensisch untersucht worden. Nichts hatte sein Auto mit dem Verschwinden seiner Tochter in Verbindung gebracht. Hätte Keaton damals seinen Range Rover benutzt, hätten sie Blutspuren darin gefunden. Am Tatort war einfach zu viel Blut gewesen, als dass sich ein forensischer Transfer hätte vermeiden lassen, selbst wenn er die Tote in Müllsäcke gewickelt hätte.

Nachdem er die Range-Rover-Verknüpfung abgehakt hatte, fing er an, über die Asservatentüten nachzudenken, die die Kollegen in dem Videoclip aus Herdwick Croft herausgebracht hatten. Die beschäftigten ihn, doch er wusste nicht, warum.

Er kam einfach nicht drauf. Egal, wie sehr er sich bemühte, was auch immer es war, wollte nicht zum Vorschein kommen. Statt darauf, was die Asservatentüten zu bedeuten hatten, versuchte er, sich darauf zu konzentrieren, was sie *waren*.

Sie waren aus Plastik.

Sie waren wasserdicht.

Sie waren luftdicht verschlossen.

Sie waren durchsichtig.

Von denen, die er im Fernsehen gesehen hatte, war Regenwasser herabgetropft.

Tropfnass.

Genau wie ...

Poe setzte sich bolzengerade auf. Hörte auf zu atmen. Er wollte den Gedanken nicht verscheuchen. Rasch ging er eine Erinnerung aus jüngster Zeit durch. Jemand, der eine Vorgehensweise erklärte. Er hatte nicht richtig zugehört, aber irgendwie war es doch da drinnen stecken geblieben.

Als die Antwort kam, war sie unverhofft und erschreckend zugleich. Und der Grund, warum er es nicht schon früher hatte erkennen können, war, dass es so schrecklich war, so unvorstellbar abartig, dass sein Verstand dafür einfach nicht programmiert war.

Das war doch nicht möglich ...
Oder doch?

Er unterzog die Idee einem Stresstest. Jeden einzelnen Schritt. Hoffte, eine fatale Schwachstelle in der Abfolge der Ereignisse zu finden, soweit sie ihm bekannt waren. Er wollte nicht recht haben.

Es war widerwärtig.

Es war obszön.

Es war unfassbar.

Und doch war Poe in seinem ganzen Leben noch nie so sehr von etwas überzeugt gewesen.

56. KAPITEL

»Warum verwenden wir Asservatentüten, Boss?«

»Es ist vier Uhr morgens, Poe«, fauchte Flynn. »Ich habe keine Zeit für ein Scheißquiz.« Sie tigerte von Neuem im Zimmer auf und ab. Poe konnte es ihr nicht verdenken. Sie war in einer unmöglichen Lage. Indem sie ihn nicht sofort festnahm, beging sie eine Straftat, nämlich Unterstützung eines mutmaßlichen Straftäters.

»Möchten Sie einen Energydrink, DI Stephanie Flynn?«

Poe gestattete sich ein klitzekleines Lächeln.

»Das ist nicht witzig, Poe. Und wieso ist das alles überhaupt relevant?«

»Tun Sie mir den Gefallen.«

»Ich tue Ihnen gleich mehr als einen verdammten Gefallen«, knurrte sie.

Er wiederholte seine Frage. »Also, warum verwenden wir Asservatentüten? Was ist ihre grundlegende Funktion?«

Genervt breitete Flynn die Arme aus. »Eine unanfechtbare Beweiskette zu gewährleisten.«

»Noch grundlegender.«

Sie furchte die Stirn. »Beweismittel in einem sterilen, kontaminationsfreien Umfeld zu lagern.«

»Genau. Wenn so eine Tüte erst mal versiegelt ist, zumindest die aus Plastik, dann kommt da nichts rein und auch nichts raus.«

»Kommen Sie zum Punkt, Poe«, befahl Flynn.

»Denken Sie mal sechs Jahre zurück und stellen Sie sich vor, Sie sind in der Küche des Bullace & Sloe. Sie sind Jared Keaton, und Sie haben aus unerfindlichen Gründen gerade Ihre Tochter getötet.«

Flynn starrte ihn an. Bradshaw auch. Schon besser.

»Sie hatten nicht vor, sie umzubringen, aber Sie sind ein Psychopath, also reagieren Sie nicht normal. So, wie Sie es sehen, haben Sie zwei Optionen: Entweder jemand anderer bekommt die Schuld in die Schuhe geschoben, oder das Ganze verschwindet einfach.«

»Und ohne jeglichen Plan ist es gefährlich, die Tat jemand anderem anzuhängen«, meinte Flynn. »Zu unkontrolliert.«

»Genau. Also beschließen Sie, das Problem zu beseitigen.«

Er öffnete den Kühlschrank von Bradshaws Minibar. Er war von oben bis unten mit POW vollgepackt, ihrem Lieblings-Energydrink. Er war mit Fruchtsaft gesüßt und enthielt Koffein, das aus Guarana extrahiert wurde, einer Kletterpflanze aus Brasilien. Poe schraubte eine Flasche auf und nahm einen ordentlichen Zug. Das Zeug war widerlich süß, aber er spürte den Koffeinkick sofort. Geborgte Energie, die er später zurückzahlen würde, mit Zinsen.

»Und jetzt gehen wir mal noch zwei Jahre weiter zurück. Sie werden von einem Mann namens Les Morris angesprochen. Der hat wertvolle Trüffeln zu verkaufen. Sie kaufen welche, weil es ein gutes Geschäft ist. Aber … es wäre ein noch besseres Geschäft, wenn Sie die Dinger selbst ernten könnten.«

Er wartete darauf, dass sie begriffen.

»Sie glauben, Keaton hat Les Morris umgebracht?«

»Ich halte es für möglich. Jedenfalls hat ihn seither niemand mehr gesehen.«

»Ich dachte, Sie haben gesagt, der Bunker existiert nicht.«

»Ich habe nicht gesagt, der Bunker existiert nicht. Harold hat das gesagt. Und Keaton ist einer der überzeugendsten Menschen, denen Sie jemals begegnen werden. Für ihn wäre es das Leichteste der Welt gewesen, Morris zu überreden, ihm zu sagen, wo er die Trüffeln gefunden hatte.«

»Und wo sie schon mal da waren, konnte er wahrscheinlich der Versuchung nicht widerstehen, seinem neuen Freund den geheimen Bunker zu zeigen«, ergänzte Flynn.

»Genau so sehe ich es«, pflichtete Poe ihr bei.

»Sie glauben also, er hat ihn umgebracht und ihn in dem Bunker zurückgelassen?«

»Genau das glaube ich. Hat's wahrscheinlich wie einen Unfall aussehen lassen, für den Fall, dass Morris doch jemandem von dem Bunker erzählt hatte. Vielleicht hat Keaton die Luke zugemacht und ihn dadrin verhungern lassen, vielleicht hat er ihm auch den Schädel eingeschlagen und ihn in den Schacht geschmissen.«

»Und Keaton hat seine Trüffeln ganz allein für sich«, meinte Flynn.

»Und ein tolles Versteck, falls er irgendwann mal eins brauchen sollte.«

»Okay. Er hat also ein Versteck für die Leiche – womit das Problem gelöst wäre, dass der Boden zum Graben zu hart gefroren war –, aber wir wissen, dass er Elizabeth nicht in seinem Auto transportiert hat. Ich habe den Bericht der Spurensicherung gelesen. Es wurde nichts Belastendes gefunden.«

»Stimmt. Und andere Fahrzeuge, die er hätte verwenden können, gab es nicht.«

»Also …?«

»Also sind wir wieder bei den Asservatentüten.«

Wieder runzelte Flynn die Stirn. »Hören Sie auf, in Rätseln zu sprechen, Poe. Sagen Sie mir einfach, was Sie wissen.«

»Ich habe mich selbst im Fernsehen gesehen, als ich bei Harold war. Eine ganze Reihe Asservatentüten ist aus meinem Haus geschafft und hinten in den Range Rover der Spurensicherung gelegt worden. Und es hat in Strömen geregnet.«

»Ich war dabei«, erinnerte sie ihn.

»Na, jedenfalls ist mir irgendwas an diesen Tüten bekannt vorgekommen. Dass sie durchsichtig und tropfnass waren. Sie haben mich an irgendetwas erinnert, und das ist mir ständig im Kopf rumgegangen. So gegen zwei Uhr ist mir eingefallen, was es war.«

Flynn schwieg.

»Die Sous-vide-Plastikbeutel, Steph. Die Dinger fürs Vakuumgaren, die sie im Bullace & Sloe aus dem Wasserbad geholt haben ...«

57. KAPITEL

»Das ist widerlich, Poe. Sie wollen mir doch nicht allen Ernstes erzählen, dass er seine Tochter gegessen hat?«

»Nein, natürlich nicht.«

»Aber Sie behaupten, er hätte sie gekocht?«

»Nein.«

»Was dann?«

»Ich glaube, er hat sie in diese Vakuumbeutel eingesiegelt und die Dinger abgewaschen. Und dann ist er zu seinem Bunker gefahren und hat sie da reingeschmissen.«

Flynn starrte ihn mit vor Verblüffung offenem Mund an. »Das ist ... absurd, Poe.«

»Wirklich? Um ein Mordopfer zu transportieren, sind Sous-vide-Beutel doch absolut perfekt. Die sind doch für Fleisch gedacht, stundenlang, ohne heißes Wasser rein- oder den Saft rauszulassen. Da gäb's keinen forensischen Transfer im Auto. Überhaupt keinen.«

»Nein, das stimmt nicht, Poe.« Bradshaw schüttelte den Kopf. »Ich habe die Versiegelungsmaschine doch gesehen. Nie im Leben ist die groß genug für eine ganze Leiche.«

»Für eine ganze Leiche nicht, nein«, räumte Poe ein.

»Sie wollen doch nicht etwa sagen ...«, begann Flynn.

Er nickte. »Wieso habe ich Keaton überhaupt verdächtigt?«

»Wegen zeitlicher Diskrepanzen. *Match of the Day* ist nicht gelaufen.«

»Und?«

Schweigen. Poe brach es nicht.

Das Aufdämmern des Begreifens in Flynns Augen. Sie wurden riesengroß. Ihr Atem ging schneller, und sie wurde blass. Dann schlug sie schockiert die Hände vor den Mund.

»O mein Gott, Sie haben recht«, flüsterte sie.

»Was noch, Poe?«, wollte Bradshaw wissen. »Was hat DI Stephanie Flynn verstanden und ich nicht?«

»Die Messer, Tilly«, antwortete Poe. »Keaton hat ein neues Messer, eine Metzgersäge und zwei Fleischerbeile bestellt.«

»Ich verstehe nicht.«

»Jared Keaton hat seine Tochter zerlegt, die Stücke in Sous-vide-Beutel eingesiegelt und sie in dem Bunker deponiert, den Les Morris gefunden hat.«

So grauenvoll es auch war, es passte. Sie besprachen es gründlich, betrachteten es aus sämtlichen Blickwinkeln. Sie waren sich einig, dass Keaton neben seiner Tochter auch die Kleider hätte einsiegeln müssen, die er getragen hatte. Und außerdem die Werkzeuge, mit denen er sie in handliche Stücke zerlegt hatte.

Wenn er recht hatte, und er wusste, dass er recht hatte, dann war irgendwo dort draußen ein unterirdischer Bunker, in dem sich der Leichnam von Les Morris, die zerkleinerten sterblichen Überreste von Keatons Tochter sowie sämtliche Beweise befanden, die sie brauchten, um eine Verurteilung bei dem Wiederaufnahmeverfahren zu garantieren.

Sie mussten ihn nur noch finden …

Den Bunker finden *und* dabei allem Anschein nach der Polizei von Cumbria aus dem Weg gehen. Flynn verschwand, um zu telefonieren. Sie sagte nicht, mit wem, doch Poe war klar, dass es van Zyl sein musste. Neue Informationen oder nicht, sie hatte ganz einfach nicht die Autorität, den Befehl zu missachten, ihn festzunehmen. Wenn van Zyl beschloss, sich an die Vorschriften zu halten, würde er das akzeptieren müssen. Er müsste Flynn und Bradshaw ihren Job machen lassen. Jetzt, da sie eine handfeste Spur hatten, würden sie alles auf diesen Bunker konzentrieren. Sie würden ihn finden, mit ihm oder ohne ihn. Poe würde Flynns Karriere nicht aufs Spiel setzen, nur um nicht einige Zeit in Untersuchungshaft sitzen zu müssen.

Es war durchaus möglich, dass er ohnehin überflüssig wäre. Les Morris war kein Wandersmann gewesen – wenn er den Bunker gefunden hatte, dann, indem er die richtigen Dokumente konsultiert hatte. Wo der verschollene Bunker sich befand, würde in irgendeinem Register vermerkt oder irgendwo archiviert worden sein.

Flynn kam wieder herein und nickte. Was sie meinte, war offenkundig: Wenigstens fürs Erste war er vom Verdacht befreit.

Es sah schon besser aus.

Allmählich sah es schlechter aus.

Es war Mittag, und sie hatten keinerlei Fortschritte gemacht. Bradshaw hatte sämtliche öffentlichen Unterlagen eingesehen, die Morris zur Verfügung gestanden hatten, und auch einige, an die er nicht herangekommen wäre. Ein Anforderungsregister für Baumaterial zum Bau von Bunkern hatte ihr gezeigt, dass die für Cumbria georderten Teile nicht zur Anzahl der bekannten Bunker passten. Dort waren eine Leiter und eine Luke zu viel aufgeführt.

Doch damit hatte es sich auch. Trotz all ihrer Mühen deutete nichts in irgendeiner Datenbank darauf hin, wo sich der Bunker befand.

Und Poe wusste auch, warum. Als Bradshaw etwas von Anforderungsregistern gesagt hatte, war ihm noch etwas anderes eingefallen, das Harold ihm erzählt hatte. Etwas darüber, dass die Regierung zwar das Ganze gemanagt hätte, ortsansässige Firmen jedoch für den Bau zuständig gewesen wären. Er hätte darauf gewettet, dass Morris die Archive hiesiger Bauunternehmen gefilzt hatte, bis er die Firma gefunden hatte, die den Zuschlag für den verschollenen Bunker bekommen hatte.

Natürlich könnten sie dasselbe tun. Und irgendwann würden sie die Baufirma auch finden und so in Erfahrung bringen, wo der Bunker war. Daran zweifelte er nicht. Flynn und Bradshaw waren zu gut, um das nicht zu schaffen.

Doch das würde Zeit kosten. Zeit, die sie nicht hatten.

Die ernüchternde Realität der Situation holte ihn allmählich ein.

Keaton war auf freiem Fuß. In etwa einer Woche würden die Medien von ihm ablassen, und er würde sich davonstehlen und alles beseitigen können. So, wie er es mit an Sicherheit grenzender Wahrscheinlichkeit beabsichtigt hatte, wenn er nicht verhaftet worden wäre. Wahrscheinlich hatte er sich jede Minute seiner sechsjährigen Freiheitsstrafe gesorgt, dass der Bunker entdeckt werden könnte. Hatte den Tag gefürchtet, an dem irgendein Halbwüchsiger zufällig darauf stieß. Angst gehabt, dass da draußen ein zweiter Les Morris sein könnte, ebenso besessen, ebenso fest entschlossen, den verschollenen Bunker zu finden.

Auf gar keinen Fall würde er das auf die lange Bank schieben. Er würde unbedingt vollenden wollen, was er vor sechs Jahren begonnen hatte.

Poe wusste alles, konnte jedoch nichts beweisen. Er war nicht besser dran als vor einer Woche.

Soweit es Wardle betraf, war Elizabeth Keaton immer noch verschwunden, und Jared Keaton war immer noch Opfer eines gewaltigen Justizirrtums. Chloe Bloxwich zu finden, würde ihnen helfen, allerdings nicht so sehr, wie sie anfangs gedacht hatten. Flynn wies darauf hin, dass Bloxwich alles abstreiten würde, und ohne Zweifel würde sie auch anders aussehen als vor zwei Wochen. Und sie hatten nichts, um das Gegenteil zu beweisen. Obgleich Rigg und Flick Jakeman aussagen könnten, dass sich Chloe Bloxwich als Elizabeth Keaton ausgegeben hatte, würde das keine Rolle spielen.

Weil sie nicht erklären konnten, wie ihr bei der Vernehmung Elizabeth Keatons Blut abgenommen worden war. DNA war der Goldstandard aller Beweise. Vor jedem Gericht im ganzen Land war die junge Frau, die die Bibliothek von Alston betreten hatte, Elizabeth Keaton. Aus wissenschaftlicher Sicht konnte sie niemand anderer sein.

Der Gedanke an Chloe Bloxwich erinnerte Poe daran, dass er einen Schritt übersehen hatte. Er war noch immer nicht dahintergekommen, wie Keaton Kontakt zu ihr aufgenommen hatte. Barbara Stephens hatte ihnen gesagt, dass Bunneys Besuche zeitlich nicht mit denen von Chloe bei ihrem Dad zusammengefallen waren. Sie waren nie zur selben Zeit in der Besuchersuite gewesen. Das war merkwürdig. Jared Keaton brauchte vielleicht nur Minuten, um jemanden einzuwickeln, doch ohne ein Treffen von Angesicht zu Angesicht hätte selbst er Mühe.

Ein Krachen ließ ihn zusammenfahren.

Bradshaw hatte eine leere POW-Flasche gegen die Wand gepfeffert. »Ich weiß nicht, wie die das gemacht haben!«

»Mach dir keinen Kopf, Tilly«, sagte er und setzte sich neben sie. »War sowieso ziemlich weit hergeholt.«

»Es ist wirklich schlimm, stimmt's, Poe?«

»Na ja, toll ist es nicht.«

»Musst du ins Gefängnis?«

Er hatte einen Eid geschworen, sie niemals anzulügen, und den wollte er jetzt nicht brechen.

»Vielleicht. Wenn Elizabeth einfach aufgetaucht und dann wieder verschwunden wäre, hätten zu viele Leute Fragen gestellt. Keaton wäre vielleicht freigekommen, aber seinen Ruf hätte er nicht wiederhergestellt. Aber ... wenn man einen verbitterten Detective – gedemütigt, weil er einen Fehler gemacht hat – wegen Mordes verurteilen würde ... Also, das wäre etwas ganz anderes. Das ist eine Story, hinter die sich die ganze Welt stellt.«

»Ach, hören Sie doch verdammt noch mal auf, Poe!«, fauchte Flynn. Sie war hinausgegangen, um abermals zu telefonieren, und wieder hereingekommen, ohne dass die beiden es gemerkt hatten. »Jetzt hör sich einer dieses Geflenne an. Der Director und ich setzen unsere Jobs nicht aufs Spiel, damit Sie jetzt aufgeben.«

»Ich gebe ja gar nicht auf, Steph. Aber realistisch gesehen haben wir nicht genug Zeit, um diesen Bunker zu finden.«

»Und Poe wird verhaftet und muss ins Gefängnis«, fügte Bradshaw hinzu.

»Ach, Herrgott noch mal«, knurrte Flynn gereizt. »Hört zu, eigentlich wollte ich es euch noch gar nicht sagen, aber es gibt einen Grund dafür, dass ich in letzter Zeit ein bisschen schlecht drauf war.«

»Ein bisschen?«

»Ja, Poe, ein bisschen! Nur weil ich nicht alle zehn Minuten ein fröhliches Lied anstimme, heißt das nicht, dass …« Sie hielt inne und atmete tief durch. Sammelte sich.

Das hörte sich echt ernst an. Poe hoffte inständig, dass sie nicht krank war. Er glaubte nicht, dass er damit klarkäme. Die Menschen, die er gern mochte, konnte man an einer Hand abzählen, und zwei davon waren jetzt hier mit ihm im Zimmer.

Flynn biss sich auf die Lippe. »Meine Partnerin Zoe und ich wollen ein Baby.«

»Sie hätten Poe bitten sollen, Samenspender zu sein. DI Stephanie Flynn«, meinte Bradshaw. »Du hättest DI Flynn doch etwas von deinem Sperma abgegeben, oder, Poe?«

Poe schnaubte. Bei Bradshaw konnte man sich immer darauf verlassen, dass sie eine peinliche Situation noch peinlicher machte.

Flynn lächelte. »Wir machen eine IVF-Behandlung, Tilly. In-vitro-Befruchtung. Zoe konnte nicht schwanger werden, als sie verheiratet war, und ich … na ja, sagen wir einfach, bei mir geht's auch nicht auf normalem Wege.«

Poe legte Bradshaw die Hand auf die Schulter, sah sie an

und schüttelte ganz leicht den Kopf. Und hoffte, dass die Botschaft ankam: Dieses eine Mal ist es nicht okay, nachzufragen.

»Jedenfalls, wir waren bereit, das aus eigener Tasche zu bezahlen, aber wir sind auf ein Problem gestoßen, mit dem wir beide nicht gerechnet hatten. Ohne darüber zu sprechen, hatten wir beide Angst, dass es sich nachteilig auf unsere Jobs auswirkt.«

Poe sagte nichts dazu. Richtig war es nicht, doch in diesem Bereich gab es sehr wohl Diskriminierungen. Die NCA war einer der besseren Arbeitgeber, doch es war ein Fakt: Frauen, die in Mutterschaftsurlaub gingen, waren statistisch gesehen benachteiligt. Vor Gericht hatten Arbeitgeber zugegeben, dass Frauen, die aus dem Mutterschaftsurlaub zurückkamen, weniger ernst genommen wurden. Man ging davon aus, dass ihre Prioritäten woanders lagen.

»Keine von Ihnen beiden wollte in Mutterschaftsurlaub gehen«, sagte er. Er konnte es ihnen nicht verdenken; beide waren erstklassig in ihren Jobs. Zoe arbeitete in London. Irgendetwas mit Ölpreisanalysen. Sie wurde extrem gut bezahlt. Ein siebenstelliges Jahresgehalt. Abgesehen davon, dass sie mit einem Mann verheiratet gewesen war, ehe sie beschlossen hatte, dass ihr das nicht zusagte, wusste Poe nicht viel über sie. Für Flynn war ihr Privatleben Privatsache.

»Nein, Poe, es war andersherum. Wir wollten beide diejenige sein, die das Baby bekommt. Wir wollten beide die Karriere der anderen nicht gefährden.«

Poe antwortete nicht. Er hatte nicht das Gefühl, dass er eine Meinung hierzu äußern sollte.

»Ich wollte das Baby kriegen, weil Zoes Beruf viel zu wichtig ist.«

»Ihr Beruf ist doch auch wichtig, Steph.« Was Poe in Wirklichkeit dachte, war, dass ein Detective Inspector bei der SCAS zehnmal wichtiger war als jemand, der in der City arbeitete.

Doch das sagte er nicht laut. Er war ja sensibel. Bradshaw erstaunlicherweise auch.

»Deswegen war ich die letzten Wochen ein bisschen schräg drauf. Wir hatten eine schwierige Zeit.«

»Und jetzt ist alles geregelt?«

»Ja.«

»Und?«

»Was ›und‹?«

»*Wie* ist es geregelt worden?«

Flynn sah ihn an, und Poe wusste, mehr würde er heute nicht aus ihr herausbekommen. Den Vorwurf, einem ein Übermaß an Informationen überzustülpen, konnte man ihr auf keinen Fall machen.

»Das freut mich, Steph. Und darf ich mich schon mal im Voraus als Patenonkel bewerben?«

Flynn lächelte. »Wenn Sie brav sind … vielleicht zeige ich Ihnen dann irgendwann mal ein Foto von dem Baby, wenn es da ist.«

Poe lächelte zurück. Wieder gute Freunde.

»Aber was hat das mit all dem hier zu tun?«

Flynns Kiefermuskulatur verhärtete sich. »Worauf ich hinauswill, Poe, ist Folgendes: Bis ich beschlossen habe, den Stier bei den Hörnern zu packen und eine Entscheidung zu treffen, sind Zoe und ich auf echte Probleme zugesteuert.«

»Also …?«

»Also hören Sie auf, sich verdammt noch mal selbst zu bemitleiden, und unternehmen Sie was!«

»Aber wir haben doch …«

Flynn brachte ihn mit erhobener Hand zum Schweigen. Dann sah sie Bradshaw an und fragte: »Für wen arbeiten wir, Tilly?«

»Wir arbeiten für die Serious Crime Analysis Section, DI Stephanie Flynn.«

»Und was machen wir?«

»Wir erstellen Täterprofile und helfen der Polizei, die Täter zu fassen.«

»Genau.«

»Aber es gibt doch niemanden mehr, von dem wir ein Profil erstellen könnten«, protestierte Poe.

»Nein?«

Poe überlegte. Im Geiste ging er alle durch, die in den Fall involviert waren. Bekam am Ende eine dicke, fette Null heraus. Er zuckte die Achseln. »Es ist keiner mehr übrig.«

»Kein Mensch. Ein Ding«, erwiderte sie. »Die Dokumentenspur ist inzwischen vielleicht kalt, aber wir haben mehr als genug, woran wir uns halten können.«

Ah. Natürlich.

Poe lächelte. Bradshaw auch.

»Genau«, sagte Flynn. »Wir erstellen ein Profil von diesem verschollenen Bunker.«

58. KAPITEL

Flynn übernahm das Kommando. »Tilly, Sie gehen an den Computer.«

»Na, wer denn sonst? Soll Poe das etwa machen?«

Sie starrten sie verdattert an.

»'tschuldigung«, murmelte sie.

»Ist schon gut, wir sind alle fix und fertig«, meinte Flynn. Sie wandte sich an Poe. »Sie sagen, die Bunker in Cumbria sind alle gefunden worden?«

Er nickte und sah in seinen Notizen nach. »Laut Harold waren die Bunker hier in der Gegend in strategischen Gruppen angeordnet. Die Beobachter haben an die Carlisle Control Group gemeldet, die dann alles ans Hauptquartier des Westsektors in Preston weitergegeben hat. Preston hat dann etwas informiert, das sich ›NATO Strike Command Operations Centre‹ nannte. Die waren irgendwo unten im Süden.«

»Und Sie glauben, Morris hat die Trüffeln in der Nähe des Bullace & Sloe gefunden?«

»Eher in der Nähe von *The Gamekeeper's Kitchen*, würde ich sagen. Er hat ja zuerst versucht, sie denen zu verkaufen.«

»Könnte er mit dem Auto unterwegs nach Hause gewesen sein? Die Dinger also ganz woanders gefunden haben, wo er aber mitten im Nirgendwo war?«

»Ich glaube nicht. Die Chefköchin im *The Gamekeeper's Kitchen* hat gesagt, Morris hätte ›dreckige Fingernägel‹ gehabt, und die Trüffeln sahen aus, als kämen sie ganz frisch aus der Erde. Und der verschollene Bunker wäre in der Nähe von einem anderen gewesen, der noch existiert. *Wenn* sie ihn ersetzt haben, dann weil diese spezifische Stelle ungeeignet war, nicht das ganze Gebiet. Wäre er zum Einsatz gekommen, dann wäre er Teil der Originalgruppe gewesen.«

Bradshaw rief eine Karte der betreffenden Gegend auf.

»Der nächste noch existierende Bunker ist hier.« Poe zeigte auf die Karte. »Laut dem Verzeichnis ist er in Armathwaite, wo Morris gewohnt hat, aber Harold hat mir gesagt, er liegt in Wirklichkeit näher bei Aiketgate. Das ist ein Dorf.«

»Ich nehme an, das ist nicht der Bunker, nach dem wir suchen?«, erkundigte sich Flynn.

Poe schüttelte den Kopf. Das war eine durchaus vernünftige Frage, und eine, die er Harold auch gestellt hatte. »Nein. Dieser hier ist intakt und allgemein bekannt. Und er liegt auf einem Acker, nicht in einem Wald.«

»Aber in Anbetracht der Tatsache, dass Morris in Restaurants dort in der Nähe war, ist es wahrscheinlich, dass der Aiketgate-Bunker der ist, durch den der verschollene Bunker ersetzt worden ist«, gab Bradshaw zu bedenken. »Wenn das stimmt, dann müsste der verschollene Bunker da ganz in der Nähe sein.«

»Stimmt«, brummte Poe. »Der ist mit an Sicherheit grenzender Wahrscheinlichkeit in einem Wald in der Nähe von Aiketgate.«

»Okay«, entschied Flynn. »Wir brauchen ein Mengendiagramm mit dem, was Schwarze Sommertrüffeln brauchen, und eines mit dem, was für ROC-Nuklear-Beobachtungsposten erforderlich ist. In der Schnittmenge sehen wir dann, was beide gemeinsam haben.«

Eine Stunde später hatten sie eine Liste.

Flynn fasste es für alle zusammen. »Der ROC-Posten muss sich an einer Stelle befinden, von der aus man einen kompletten Rundumblick hat.«

Poe nickte. »Ja, anders als die ursprünglichen Posten zur Beobachtung von Flugzeugen, bei denen nur freie Sicht auf den Himmel erforderlich war, musste man von den Nuklearbunkern aus auch die Umgebung sehen können, um Druckwellen und Lichtblitze messen zu können. Die waren fast alle auf Äckern oder Wiesen. Und das Gelände hier ist nicht flach und eben; das heißt, sie müssen sich an höher gelegenen Stellen befunden haben.«

»Als das Ding gebaut wurde, war da also eine Wiese, aber jetzt ist diese Wiese ein Wäldchen?«

»Scheint so. Ein junges Wäldchen.«

»Aber nicht so jung, dass die Bäume nicht groß genug sind, um Trüffeln zu ernähren«, warf Bradshaw ein.

»Mir ist nicht ganz klar, warum ein Bauer Bäume pflanzen sollte«, sagte Flynn. »Ein Acker ist doch bestimmt nützlicher?«

Poe wusste die Antwort darauf. Thomas Hume hatte es ihm erklärt.

»Auf einer Anhöhe erodiert der Boden, wenn er ungeschützt ist. Bauern pflanzen Bäume, damit der Boden nicht steinig und unfruchtbar wird. Außerdem schützen Wälder das tiefer gelegene Land, indem sie bei nassem Wetter einen Teil des Wassers aufnehmen. Und abgesehen davon, dass sie Tieren Zuflucht bieten und den Feldfrüchten als natürlicher Windschutz dienen, veranstalten viele Höfe in Cumbria jetzt auch Jagden, und Wälder und Baumraine sind ein ideales Habitat für Fasane und anderes Federwild.«

»Okay. Dann brauchen wir jetzt Bäume, die schnell wachsen und Trüffeln ernähren können.«

»Also keine Eichen«, sagte Bradshaw. »Die wachsen langsam. Bleiben Buchen oder Birken. Das sind die Einzigen, die schnell genug wachsen und außerdem die Sorte Wurzeln haben, die Trüffeln bevorzugen.«

»Wahrscheinlich auch keine Buchen«, meinte Poe. »Für viele hier in Cumbria ist die Buche kein heimischer Baum. Unten im Süden schon, aber hier oben gilt er nicht als einheimisch. Bauern sind Traditionalisten. Vor allem, wenn es sie nichts kostet.«

»Woher weißt du das?« Es schien Bradshaw zu amüsieren,

dass er sich mit Belanglosigkeiten auskannte, die ihr unbekannt waren.

Poe zuckte die Schultern. »Der Abgeordnete von Kendal hat zu einer Gruppe gehört, die versucht hat, die Klassifizierung der Buchen ändern zu lassen. Hat vor ein paar Jahren in der Zeitung gestanden.«

Im Zimmer wurde es still.

»Für irgendwas muss man sich wohl einsetzen«, fügte er hinzu.

»Aber Birken, das haut hin«, stellte Bradshaw fest. »Die wachsen schnell und sind billig. Die wahrscheinlichste Unterart ist die Silberbirke. Die brauchen gut drainierten Boden; das passt zu der höhergelegenen Position, nach der wir suchen.«

»Also suchen wir nach einem Wäldchen aus jungen Birken auf einer Anhöhe in der Nähe des Bunkers bei Aiketgate?«

Poe nickte.

Bradshaw auch.

»Okay«, sagte Flynn. »Dann finden wir das jetzt.«

Poe starrte sie verständnislos an.

»Und wenn ich ›wir‹ sage, meine ich natürlich Tilly …«

Mit all den Luftbild- und Satelliten-Tools, die Bradshaw zur Verfügung hatte, hätte es nicht allzu schwer sein sollen, ein Wäldchen aus Silberbirken in einem kleinen, klar umrissenen Gebiet zu finden. Und wären sie in Manchester oder Sheffield oder Birmingham gewesen, wäre es nicht schwer gewesen.

Aber Bradshaw suchte in Cumbria.

Birkenwälder zu finden, war nicht weiter schwierig; die silberweiße, abblätternde Rinde war unverwechselbar.

Den *richtigen* Birkenwald zu finden war allerdings sehr viel schwieriger.

Schließlich grenzte sie das Feld auf neun mögliche Kandidaten ein.

Drei davon sahen ziemlich alt aus und bestanden auch nicht nur aus Birken. Poe schloss sie aufgrund der Tatsache aus, dass ein Bauer, der einen ganz neuen Wald anlegen will, die Bäume en gros kaufen würde. Für ein Baukastenverfahren gäbe es keinen Grund. Zwei lagen zu nahe am Fluss und standen daher wahrscheinlich des Öfteren unter Wasser.

Blieben noch vier.

Bradshaw legte sich die besten Satellitenfotos in Gitternetzformation auf ihren Laptop, und die drei beugten sich vor. Eine Zeit lang sagte niemand etwas.

Poe sah nach, wo die Wäldchen jeweils waren. Einer war der offensichtliche Favorit, entschied er. Er lag dicht bei einem Dorf, war über eine brauchbare Straße gut zu erreichen und befand sich ganz in der Nähe des noch existierenden Bunkers. Wald Nummer zwei und Wald Nummer drei waren ebenfalls mögliche Kandidaten. Sie waren zwar nicht so leicht zu erreichen wie der erste, erfüllten ansonsten jedoch sämtliche Kriterien. Poe erwog, den vierten zu verwerfen. Um ihn zu erreichen, musste man über drei Äcker und durch zwei weitere Wäldchen marschieren. Er lag auch weder in der Nähe von Aiketgate noch dort, wo Morris gewohnt hatte. Außerdem war er völlig mit Unterholz zugewuchert. Schließlich beschloss er, ihn doch auf der Liste zu lassen. Realistisch gesehen hätte es jeder der vier sein können. Oder keiner.

»Glauben Sie, Chloe Bloxwich versteckt sich dort?«, fragte Flynn leise, den Blick noch immer starr auf den Bildschirm gerichtet.

Daran hatte Poe noch gar nicht gedacht. Der Bunker wäre wohl kein schlechtes Versteck. Ein sicherer Ort, wo man eine Weile abtauchen und auf die Belohnung warten konnte, die Keaton ihr versprochen hatte, was immer es auch sein mochte.

Donnergrollen erinnerte ihn an etwas, das Harold ihm erzählt hatte. Er schaute über Flynns Schulter hinweg aus dem

Fenster. Der schwarze Himmel spie Regentropfen wie einen Kugelhagel. Der Donner dröhnte mit ungezügelter Macht. Hurrikan Wendy war alles, was man ihnen versprochen hatte.

»Wenn, dann trägt sie hoffentlich Gummistiefel«, erwiderte Poe. »In den Bunkern gab's keine Abflüsse, nur Sickergruben. Deswegen sind die meisten von denen, die aufgegeben worden sind, ja auch vollgelaufen.«

»ABFLÜSSE!«, schrie Bradshaw ohne jede Vorwarnung.

Ohne weitere Erklärungen klickte sie die Waldbilder weg und begann, wie wild zu tippen. Webseite auf Webseite spiegelte sich in ihren Brillengläsern, während sie nach irgendetwas suchte. »OmeinGott, omeinGott, omeinGott«, wiederholte sie ein ums andere Mal.

Nach zwanzig Sekunden hörte sie auf zu tippen und las, was sich auf ihrem Bildschirm befand. Dann sprang sie von ihrem Stuhl auf und rannte zum Drucker hinüber. Ungeduldig hüpfte sie von einem Bein aufs andere, während sie darauf wartete, dass der Ausdruck daraus hervorkroch.

Poe und Flynn wechselten Blicke.

»Wir genießen dieses unbehagliche Schweigen sehr, Tilly«, bemerkte Flynn.

Der Drucker verstummte, und Bradshaw überreichte jedem ein zweiseitiges Dokument. Außerdem reichte sie Poe die Lesebrille, die er im Shap Wells Hotel vergessen hatte. »*So* hat Chloe Bloxwich die Blutuntersuchung ausgetrickst.«

Poe schaute kurz auf das Blatt Papier, das sie ihm in die Hand gedrückt hatte. Es war ein Wikipedia-Eintrag über einen Kanadier namens John Schneeberger. Mit vor Verwirrung gerunzelter Stirn sah er Bradshaw an. Sie bedeutete ihm mit einem Kopfnicken, den Eintrag zu lesen.

Er tat es.

Bevor er am Ende der ersten Seite angekommen war, hatte er aufgehört zu atmen.

Denn John Schneeberger war der Mann, der das Unmögliche möglich gemacht hatte – er hatte eine Methode gefunden, das Blut von jemand anderem in seinem Körper zu haben. Als er 1992 wegen Vergewaltigung angeklagt worden war, hatte er zweimal den gerichtlich verfügten DNA-Test überlistet, und die Anklage wurde fallen gelassen. Erst als seine Frau ihn anzeigte, weil er ihre Tochter aus erster Ehe vergewaltigt hatte, waren multiple Proben genommen worden, darunter Abstriche der Wangenschleimhaut und Haarfollikel. Diesmal stimmte seine DNA mit der überein, die in der Vagina des ersten Vergewaltigungsopfers gefunden worden war. Poe las, wie er das geschafft hatte. Er hatte recht gehabt – es war eine simple Lösung gewesen. Brillant in ihrer Schlichtheit.

Poe glich Schneebergers Methode mit ihrem eigenen Fall ab, Faser für Faser. Vergewisserte sich, dass sie mit den Fakten übereinstimmte.

Das tat sie.

Alles passte.

Alles war erklärt.

Eine Erkenntnis dämmerte in seinem Verstand herauf. Er starrte Bradshaw an. »Aber das heißt ja …«

»Ja, Poe«, antwortete Bradshaw mit todtrauriger Miene. »Es tut mir ja *so* leid.«

59. KAPITEL

Das Unwetter war lauter als Kriegsgetöse.
Dieser Gedanke kam Poe, als er auf die Feuertreppe des Hotels hinausstarrte. Der Regen hämmerte auf den Boden ein wie eine Maschinengewehrsalve. Der Donner hallte urtümlich, ohrenbetäubend und unaufhörlich, wie statisches Rauschen aus dem Radio bei voller Lautstärke. Blitze – nicht das übliche gelegentliche Zickzack, das er gewohnt war – erhellten den Himmel mit erbarmungslosen Ausbrüchen grellen Lichts, das die Nacht zum Tag machte. Für Poe sah es mehr aus wie ein himmlisches Blitzlichtgewitter, als könnten selbst die Götter nicht widerstehen, den wirbelnden Mahlstrom unter ihnen zu fotografieren. Die Bäume schwankten nicht nur – wie Seetang in einer Strömung bog und krümmte sie der Wind, prüfte ihre Wurzeln bis zum Äußersten. Äste lagen auf dem Parkplatz herum wie abgerissene Gliedmaßen.

Es war eine Nacht zum Daheimbleiben.

Poe schloss seine Jacke bis zum Kinn, verabschiedete sich von einer grimmigen Flynn und einer verängstigten Bradshaw und trat hinaus.

Wardle mochte einem Luftpolsterumschlag in Schottland nachjagen, doch nicht jeder Cop in ganz Cumbria war ein Vollidiot. Wenn man ihn sah, würde er sofort verhaftet werden. Deshalb fühlte sich Poe sogar in Victorias Land Rover auf den Hauptstraßen unwohl.

Dabei hatte er gar keine andere Wahl. *Nicht* auf den Hauptstraßen zu fahren, hätte bei diesem Wetter viel zu verdächtig gewirkt. Die Nebenstraßen würden entweder unpassierbar oder so gefährlich sein, dass sie ständig von der Verkehrspolizei überwacht wurden.

Also die M6.

Die einspurige Landstraße, die vom Shap Wells Hotel wegführte, hatte sich in einen rasch dahinströmenden Bach verwandelt. Poe folgte ihr den Hügel hinauf und war froh, dass er in dem Land Rover saß und nicht in seinem Mietwagen. Die breiten Reifen bissen sich durch Schlamm und Geröll auf der Straße und trugen ihn immer weiter vorwärts.

Die Sicht war auf ein paar Meter begrenzt. Selbst bei voller Geschwindigkeit bewältigten die Scheibenwischer das Wasser nicht, das auf die Windschutzscheibe prasselte. Mit mehr Glück als Verstand schaffte er es bis zum Ende der Straße. Dort bog er nach rechts auf die A6 ab und trat aufs Gaspedal, bis er stetige fünfzig erreichte. Ein paar Minuten später war er auf der Autobahn.

Dort beschleunigte er auf sechzig und fuhr in Richtung Norden. Langsam genug, um mit den Sturmböen fertigzuwerden, die ihn durchrüttelten, und um den größten Trümmerteilen auszuweichen. Schnell genug, um voranzukommen.

Einen kitzligen Moment gab es dennoch. Anderthalb Kilometer hinter der Anschlussstelle Wigton erblickte er Blaulicht. Sah aus, als wäre es mehr als ein Fahrzeug. Wenn das eine geplante Operation war, um ihn anzuhalten, dann hatten sie sich genau den richtigen Ort ausgesucht. Nahe genug an der Anschlussstelle, sodass andere Cops dazukommen konnten, wenn er abhaute, und weit genug davon entfernt, dass er sie erst sehen würde, wenn er an der Abfahrt vorbei war.

Poe bremste auf fünfzig ab.

Dann auf dreißig.

Er hätte sich keine Sorgen zu machen brauchen. Ein umgekippter Lastwagen blockierte die Standspur und die linke Fahrspur. Der Fahrer saß einsam und verlassen hinten in einem Krankenwagen, und ein Verkehrspolizist mit weißer Mütze redete auf ihn ein. Zweifellos hielt er ihm einen Vortrag über die Dummheit, bei extremen Witterungsbedingungen in einem Fahrzeug mit hohen Seitenwänden unterwegs zu sein.

Poe stieß einen Seufzer der Erleichterung aus, nahm die rechte Spur und kroch an den Polizeiautos und dem Krankenwagen vorbei. Niemand beachtete ihn.

Eine halbe Stunde später erreichte er die nächste Anschlussstelle. Dort fuhr er ab. Ein neuerlicher Blitz beleuchtete den Petteril. Der sonst so träge Fluss war angeschwollen, aufgewühlt und so schlammig, dass er aussah, als sei das Unterste zuoberst gekehrt. Strudel kreiselten auf der Oberfläche, und er schwemmte Pflanzen und entwurzelte Bäume mit sich fort. Und etwas, das – wenn Poe sich nicht irrte – aussah wie ein Gartentisch.

Zehn Minuten später bog er rechts ab und hielt auf Cotehill zu. Nach weiteren fünf Minuten fuhr er auf den leeren Parkplatz des Bullace & Sloe …

60. KAPITEL

Poe blieb in dem Land Rover sitzen. Der Parkplatz war leer, und im Restaurant war es dunkel. Einen Moment lang dachte er, er hätte sich geirrt und nicht einmal die eingefleischtesten Feinschmecker wären heute unterwegs. Erst als ihm die Warnung des Wetterdienstes vor Stromausfällen wieder einfiel, sah er genauer hin.

Dort drinnen war *doch* Licht. Gedämpft und flackernd. Im Bullace & Sloe brannten Kerzen.

Das Restaurant war offen.

Jetzt oder nie.

Poe drückte die Fahrertür auf und trat auf nassen Kies. Er musste sein Gesicht mit beiden Händen vor dem stechenden Regen schützen. Er rannte zum Vordereingang und blieb dann stehen. Die Veranda schützte ihn bis zu einem gewissen Grad vor dem Unwetter. Er spähte durch das Fenster.

Jared Keaton saß allein an einem Tisch.

Er trug einen blassblauen Anzug. Der Stehkragen war bis zum Hals zugeknöpft. Ein Mandarinkragen, dachte Poe bei sich, so nannte man das wohl.

Der Mann nippte an einem Weinglas und las etwas, das wie eine Speisekarte aussah. Dann schaute er auf und sah Poe. Er wirkte nicht überrascht. Wenn überhaupt, sah er erfreut aus. Er winkte Poe, einzutreten.

»Ah, Poe«, sagte Keaton mit leutseligem Lächeln. »Da sind Sie ja. Ich habe schon angefangen, mir Sorgen zu machen.«

Ungeachtet des Monsunregens draußen war Poes Mund knochentrocken. Unwillkürlich versuchte er, sich zu räuspern, doch es kam nur ein kratziges Husten hervor. Er sah sich um. Ein makellos gekleideter Kellner stand in der Ecke. Ansonsten waren nur sie beide hier.

»Speisen Sie heute Abend etwa allein, Jared?« Seine Worte klangen wie ein Krächzen. Er griff nach einer Wasserflasche auf einem Tisch in der Nähe und öffnete sie. Dann hob er sie an die Lippen und trank einen langen Schluck.

Keatons Lächeln verschwand nicht.

»Langsam, langsam, alter Knabe«, sagte er und schob Poe ein leeres Weinglas hin. »Trinken Sie doch ein bisschen Wein, wenn Sie Durst haben.«

Poe trank weiter aus der Flasche.

Keaton hob die Hand, und der Kellner kam herbei. »Schenken Sie Sergeant Poe bitte ein, Jason.«

»Jawohl, Chef Keaton.«

Jason füllte das Glas mit Weißwein. Poe rührte es nicht an. Keaton zuckte die Achseln. Er betrachtete Poes schlammbespritzte Jeans und seine durchweichten Stiefel. Das Haar, das ihm an der Stirn klebte, und das Regenwasser, das aus seinen Kleidern auf den Steinboden tropfte.

»Wie es scheint, reizen Sie den Dresscode bis zum Äußersten aus, Sergeant Poe.«

Einen Moment lang hielt er Poes Blick mit dem seinen fest, grinste dann. »War nur ein Scherz. Heute Abend haben wir eine Privatveranstaltung – deswegen bin ich auch allein –, und Sie können tragen, was Sie wollen.« Er deutete auf den Stuhl ihm gegenüber.

Poe zog ihn hervor und setzte sich. Er griff nach einer Baumwollserviette und rieb sich damit einen Teil des Regenwassers aus den Haaren. Keaton sah ihm zu, schwieg nachdenklich.

Als Poe fertig war, winkte Keaton abermals den Kellner heran.

»Sagen Sie Bescheid, dass wir zum Abendessen zu zweit sind, bitte.«

»Jawohl, Chef Keaton.«

Der Kellner verließ den Speisesaal.

»Ich bleibe nicht, Keaton«, sagte Poe.

»Sie wollen doch mit mir sprechen, oder?«

Poe nickte.

»Dann essen Sie mit mir. Ich weigere mich, mit leerem Magen ein Gespräch zu führen.«

Poe antwortete nicht.

»Ich habe gehört, Sie haben vor Kurzem hier gespeist?«

»Ja.«

»Also, ich kann Ihnen versichern, was Sie damals gegessen haben, ist nichts im Vergleich zu dem, was Sie heute Abend vorgesetzt bekommen. Chef Jégado, meine ehemalige Mentorin, ist aus Paris gekommen, um für mich zu kochen. Einen ganz besonderen Leckerbissen nach allem, was ich durchgemacht habe.«

Poe runzelte die Stirn. Das hier lief nicht so, wie er erwartet hatte. »Na schön. Aber nur ein Gericht. Nicht noch einmal fünfzehn Gänge.«

»Abgemacht.« Keaton lächelte, anscheinend aufrichtig erfreut.

»Warum haben Sie ...?«

Keaton hob die Hand. »Nach dem Essen, Sergeant Poe. Nach dem Essen.«

Poe gab auf. Keaton würde ganz offensichtlich nicht nachgeben. Nicht, wenn er so viel Spaß an dem Ganzen hatte. Stattdessen nippte er an dem Glas, das Jason ihm eingeschenkt hatte. Er trank nur selten Wein, daher bezweifelte er, dass sein Gaumen zwischen einem guten und einem exzellenten Wein unterscheiden könnte. Dieser hier schien allerdings ganz okay zu ein. Anders als alles, was er bisher getrunken hatte.

»Wo haben Sie den her?« Er konnte ihn genauso gut über irgendein anderes Thema zum Reden bringen.

»Mein Weinhändler hat ihn vor fast zehn Jahren auf einem Weingut in Frankreich gekauft. War nicht billig, aber das sind die besten Dinge im Leben ja nie.«

Poe fiel keine Antwort ein, und sie verfielen in unbehagliches Schweigen.

Keaton brach es als Erster.

»Wissen Sie, was ich die letzten sechs Jahre am meisten vermisst habe, Sergeant Poe?«

»Ihre Tochter?«

Keaton lächelte und wackelte mahnend mit dem Finger.

»Frisch geschnittene Blumen.« Er schloss die Augen und atmete tief ein. »Die werten einen Raum doch wirklich auf, finden Sie nicht auch?«

Poe sah sich im Speisesaal um. Das gespenstische Kerzenlicht hatte sie zum Teil verborgen, doch hier standen wirklich viele Blumen. Er erinnerte sich nicht, dass es so viele gewesen waren, als er und Bradshaw hier gegessen hatten.

»Und wegen zunehmend ausbeuterischer Gesetzgebung in Sachen Kinderarbeit sind sie auch noch erstaunlich günstig«, fügte Keaton lächelnd hinzu. Er atmete von Neuem tief ein. »Der Duft des Elends. Die perfekte Metapher für unsere heutige Angelegenheit, meinen Sie nicht, Sergeant Poe?«

Bevor Poe antworten konnte, öffnete sich die Tür zur Küche.

»Ah, ausgezeichnet – hier kommt der erste Gang.«

Der Kellner kam mit zwei flachen Kupfertöpfen. Sie waren kochend heiß und brutzelten.

»Ich denke, dieses Gericht wird Ihnen munden. Das ist ein Singvogel namens Gartenammer. Chef Jégado hat sie selbst aus Paris hergebracht, und vor noch nicht einmal fünfzehn Minuten hat sie sie in Brandy ertränkt ...«

61. KAPITEL

Als Keaton unter der Serviette hervorkam und ihm Blut und Fett von den Lippen tropften, beschloss Poe, dass er wahrscheinlich nie weniger auf der Hut sein würde als jetzt.

»Wir haben die junge Frau identifiziert, die behauptet, Ihre Tochter zu sein, Jared.«

Keatons Lächeln flackerte kurz und war dann wieder da.

»Chloe Bloxwich. Sie ist die Tochter eines Häftlings in Ihrem Trakt im HMP Pentonville.«

»Tatsächlich?«

»Und wir wissen, wo der Leichnam Ihrer Tochter ist.«

Keaton breitete die Arme aus. »Und wo?«

Poe sah ihm tief in die Augen, bevor er antwortete. »In einem aufgegebenen Nuklear-Beobachtungsbunker des Royal Observer Corps in der Nähe von Aiketgate.«

Da war es!

Das Flattern eines Augenlids. So schnell, dass es kaum zu sehen war.

Er hatte ihn kalt erwischt.

»Ich bin kein Einfaltspinsel, Poe«, erwiderte er. »Sie sind allein hier, das heißt, der Haftbefehl gegen Sie ist immer noch in Kraft. Ich nehme an, Sie sind hier, um … um was zu tun? Mich dazu bewegen, irgendetwas zu gestehen? Vielleicht nehmen Sie dieses Gespräch ja auf?«

»Ich brauche kein Geständnis, Keaton. Sie wissen genauso gut wie ich, wenn wir diesen Bunker finden – und wir werden ihn finden –, werden wir dort die sterblichen Überreste Ihrer Tochter vorfinden. Und des Mannes, der Ihnen den Bunker gezeigt hat.«

Keaton entspannte sich ein ganz klein wenig. »Ich kenne mich zufällig ein bisschen aus, was aufgelassene ROC-Bunker betrifft. Selbst wenn Sie sich irgendwie eine Liste der Standorte besorgt hätten, würde der, nach dem Sie angeblich suchen, nicht draufstehen.«

»Der sogenannte verschollene Bunker?«

»Sie waren fleißig, Sergeant Poe.«

»Wir finden ihn.«

»Aber meines Wissens werden Sie bald in Polizeigewahrsam sein.«

Poe antwortete nicht. Wahrscheinlich stimmte das.

»Und bis Sie Ihre juristischen Probleme gelöst haben, bin ich von dem Verbrechen freigesprochen worden, das man Ihnen zur Last legen wird: den Mord an Elizabeth.«

»Ich arbeite nicht allein, Keaton. Ich habe ein Analystenteam, auf das ich zurückgreifen kann. Und Doppelverurteilungen sind inzwischen rechtmäßig. Man kann zweimal für dasselbe Verbrechen vor Gericht landen.«

»Wie schön für Sie alle. Aber der verschollene Bunker, von dem Sie reden, steht in keinem Verzeichnis. Die Regierung kann nicht bestätigen, dass er jemals existiert hat, und die Fachleute sind sich sicher, dass es ihn nie gegeben hat. Und selbst wenn Ihr Team weiter danach sucht, das ist ein Betonkasten, der seit siebzig Jahren in der Erde vergraben ist. In einem Land von dieser Größe könnten tausend Mann tausend Jahre danach suchen und ihn trotzdem nicht finden. Finden Sie sich damit ab, Poe, es *gibt* keinen Bunker.«

Poe schwieg einen Moment lang. »Sie könnten recht haben, Keaton. Dieser Bunker könnte niemals gefunden werden.«

Keaton lächelte wie ein Mann, der sämtliche Trümpfe in der Hand hält.

»Aber bei meiner Suche bin ich einem Gentleman begegnet, der beim ROC gedient hat.« Poe nahm sein Weinglas und trank es aus. »Sehr gesprächig und sehr sachkundig. Hat mich alles Mögliche über diese Bunker gelehrt.« Poe hielt kurz inne. »Und er hat auch Les Morris gekannt.«

Keaton versteifte sich.

»Wissen Sie, was er mir erzählt hat?«

Keaton nickte.

»Morris war kein Outdoor-Typ, hat er gesagt. Von Morris' Frau habe ich dasselbe gehört. Und von der Köchin, der er seine Trüffeln zuerst verkaufen wollte, auch.«

Verdruss huschte über Keatons Züge. Poe wusste nicht, ob es daran lag, dass er der Wahrheit allmählich ungemütlich nahekam, oder daran, dass das Bullace & Sloe nicht Morris' erste Wahl gewesen war.

»Also, was können wir daraus schließen?«

»Sagen Sie's mir, Sergeant Poe.«

»Nun, wir können daraus schließen, dass es Dokumente geben *muss*, die einen zu dem verschollenen Bunker führen. Sonst hätte Mr Morris ihn nicht finden können.«

»Ich sage Ihnen doch, es gibt keine ...« Er verstummte. »Ich sehe, was Sie hier vorhaben, Sergeant Poe. Ich werde mich nicht selbst belasten. ›Warum sollte er über ROC-Bunker recherchieren?‹, könnte der Staatsanwalt beim Wiederaufnahmeverfahren fragen.«

»Ihr Vertrauen in die Regierungsbürokratie ist durchaus gerechtfertigt, Keaton. Die wissen in der Tat nichts mehr über diesen Bunker.«

Keaton zuckte die Achseln und lächelte. »Ich hab's Ihnen ja gesagt, Poe, tausend Jahre. So lange würden Sie suchen müssen. Haben Sie tausend Jahre Zeit?«

»Aber was mir der ROC-Gentleman noch erzählt hat, ist, dass die Regierung zwar den Bau der Bunker beaufsichtigt hat, man die eigentlichen Bauaufträge aber an Firmen aus der Umgegend vergeben hat.«

Keatons Lächeln geriet ins Rutschen. Das hatte er eindeutig nicht gewusst.

»Und meiner Meinung nach ist Folgendes passiert«, fuhr Poe fort. »Mr Morris hat in den Archiven der Baufirmen Unterlagen aus den Fünfzigerjahren durchforstet, bis er gefunden hat, was er gesucht hat: die Rechnung für den ›verschollenen Bunker‹.«

Das Unbehagen in Keatons Blick wuchs.

»Und gleich morgen früh werden meine Analysten beim Cumbria County Council's Archive Service einfallen. Die gerichtliche Verfügung haben wir schon. Wenn Mr Morris das Ding auf diese Weise gefunden hat, wissen wir bis morgen Abend, wo es ist.«

Keatons Blick verlor sich im Ungefähren. Er schien seine Optionen zu überdenken. Etwa eine Minute lang sagte keiner etwas.

»Das ist eine interessante Geschichte«, meinte er schließlich. »Aber leider eine, die wir nicht fortsetzen können, fürchte ich. Es sieht so aus, als bekämen wir Gesellschaft.«

Poe fuhr auf seinem Stuhl herum. Rigg und ein Polizist in Uniform standen in der Tür. Er wandte sich wieder zu Keaton um.

»So knapp.« Keaton winkte Rigg herein.

Rigg kam auf den Tisch zu. »Sir, würden Sie bitte mitkommen?«

Poe blickte sich um, suchte nach einem Ausweg. Der Kellner war noch in der Küche bei Keatons Köchin, dort konnte er also nicht hinaus. Der Polizist, der Rigg begleitete, hatte bereits seinen Schlagstock ausgefahren.

»Machen Sie keine Dummheiten, Sir«, sagte Rigg.

»Dafür ist es jetzt zu spät«, knurrte Poe. Er packte eine halb volle Weinflasche am Hals und hielt sie vor sich wie eine Keule. Der Inhalt ergoss sich auf sein noch immer feuchtes Hemd.

Einen Moment lang rührte sich niemand.

»Sie müssen mich das Ganze erklären lassen«, zischte Poe, den Blick starr auf den Schlagstock des uniformierten Cops gerichtet.

»Dafür bekommen Sie morgen Gelegenheit«, erwiderte Rigg.

Der Cop in Uniform trat nach links. Poe folgte seinen Bewegungen mit der Flasche.

Die Küchentür ging auf. Der Kellner kam mit einer Platte mit Austern herein, erblickte die Szene vor sich und ließ die Platte fallen. Eiswürfel schlitterten über den Fliesenboden.

Das war die Ablenkung, die die beiden brauchten. Der Cop setzte unten an, Rigg oben. Der Schlagstock erwischte Poe in den Kniekehlen, und Riggs Schwinger traf ihn genau am Unterkiefer.

Poe ging in die Knie und sackte zu Boden.

Als er wieder zu sich kam, waren ihm die Hände mit Handschellen auf den Rücken gefesselt. Er versuchte, sich zu wehren, doch der uniformierte Cop kniete auf seinem Rücken und drückte seinen Kopf auf den Boden. Die Steinplatten unter seiner Wange fühlten sich kalt an.

Alle außer Keaton atmeten schwer.

Rigg stand über ihm. »Washington Poe, ich verhafte Sie wegen Mordverdachts. Sie brauchen sich nicht zu äußern, aber es könnte sich nachteilig auf Ihre Verteidigung auswirken, wenn Sie etwas verschweigen, worauf Sie sich später vor Gericht berufen wollen. Alles, was Sie sagen, kann als Beweis verwendet werden.«

Keaton erhob sich. Er trank sein Weinglas leer, kam herüber und blickte auf Poe hinab.

»Aber wie …?«

»Ich habe sie angerufen, sobald Sie hier angekommen sind«, antwortete Keaton. »Ich gewinne, Sergeant Poe.«

Poe stöhnte auf und schloss die Augen.

Er konnte es nicht ertragen, Keaton auch nur noch einen Augenblick länger ins Gesicht zu sehen.

62. KAPITEL

Der Cop führte Poe im Polizeigriff zu dem wartenden Streifenwagen und verfrachtete ihn auf den Rücksitz. Dann nahm er auf dem Fahrersitz Platz und wartete auf Rigg, der noch letzte Dinge mit Keaton klärte. Keaton gestikulierte dramatisch, und Rigg tat sein Bestes, den zornigen Koch zu beruhigen.

Dann setzte sich Rigg neben seinen Kollegen ins Auto. Sobald er die Tür geschlossen hatte, fuhren sie los.

Der schlimmste Teil von Hurrikan Wendy war vorbei. Blitze, Donner und Windböen hatten sich ausgetobt. Der Regen fiel senkrecht, nicht mehr waagerecht, und sie kamen schneller voran als auf der Herfahrt.

Nach etwa zwei Kilometern wurde der Streifenwagen langsamer und hielt an. Rigg drehte sich um. »Wir schicken morgen jemanden, um Ihren Rover abzuholen«, sagte er. Dann griff er über die Lehne und öffnete die Handschellen.

Poe rieb sich den Unterkiefer. Der knackte. Er schmeckte Blut. »Mussten Sie so verflucht heftig zuschlagen?«

»Hey, Sie haben doch gesagt, es soll realistisch wirken.«

Poe beugte und streckte die Handgelenke und brachte die Durchblutung wieder in Gang. Dann schaute er zu dem Fahrer hinüber. »Und Sie, was sollte diese Nummer mit dem Schlagstock in die Kniekehlen? Das hat verdammt wehgetan.«

»'tschuldigung, Sarge. Andy hat gesagt, ich soll Ihnen eins verpassen, wenn Sie nach einer Waffe greifen. Das ist doch das übliche Vorgehen.«

»Auch wieder wahr«, räumte Poe ein.

Riggs Lächeln verschwand. »Glauben Sie, er hat's uns abgekauft?«

Poe seufzte. »Ich hab keinen blassen Dunst.«

»Muss echt Spaß machen, Poe zu managen, DI Flynn«, bemerkte Rigg.

Sie standen in dem Wäldchen, das Poe zuerst hatte verwerfen wollen. Der vierte Wald. Das Wäldchen voller Unterholz und Gebüsch mitten im Nirgendwo. Was ihm zuvor falsch vorgekommen war, erschien plötzlich richtig. Er konnte nicht genau sagen, wieso.

Flynn hatte sie nach der fingierten Verhaftung dort erwartet. Eigentlich hatte Poe gewollt, dass sie die vier Wälder unter sich aufteilten, doch eine von Riggs Bedingungen war gewesen, dass er ihn stets im Auge behalten konnte. Wenn die heutige Nacht keine Resultate zeitigte, würde Rigg ihn wirklich verhaften. Poe war nichts anderes übrig geblieben, als einzuwilligen. Und Flynn hatte bei ihm sein wollen, falls es so weit kommen sollte. Sie wollte nicht, dass er das allein durchmachen musste.

Kollegen, denen Rigg vertraute, überwachten die anderen drei Wäldchen.

Vor Stunden hatte die Realität sie eingeholt, nachdem Bradshaw dahintergekommen war, wie die Blutuntersuchung gefälscht worden sein könnte. Sie wussten alles und konnten doch nichts beweisen.

Ihre Optionen waren begrenzt.

Sie konnten zu Wardle gehen. Ihm vorlegen, was sie wussten, und darauf hoffen, dass er seine persönlichen Ambitionen hintanstellte und tat, was richtig war. Diese Option gefiel Poe nicht. An diesem Punkt der Ermittlungen würde Wardle vernünftigen Argumenten gegenüber vollkommen unzugänglich sein. Er hatte zu viel zu verlieren.

Sie könnten Mittel für eine Beschattung beantragen und ohne Wissen der Polizeichefin in Cumbria operieren. Diesmal war es Flynn, der das nicht zusagte. Die Grafschaft hatte schon früher als Trainingsgelände für Terroristen gedient, und die

NCA konnte es sich nicht leisten, die Polizei von Cumbria gegen sich aufzubringen – wie immer waren Kenntnisse der lokalen Gegebenheiten der Schlüssel bei jeder Informationserfassung.

Bradshaw wollte, dass Poe sich bei Victoria versteckte, während Flynn und sie versuchten, den Bunker zu finden, bevor Keaton die Möglichkeit hatte, die Beweise zu vernichten. Diese Idee war Poe am meisten zuwider. Wenn er diese Partie verlor, dann würde er dabei bestimmt nicht in einem Loch kauern wie ein gescheiterter Diktator.

Schön war keine der Optionen.

»Alles ist gegen uns«, meinte Poe. »Bei diesem Spiel können wir nicht gewinnen. Die Karten sind gezinkt.«

Flynns Gesichtsausdruck veränderte sich. Es hatte den Anschein, als lausche sie etwas in ihrem Kopf. Schließlich sagte sie: »Dann ändern wir eben die Regeln. *So* gewinnen wir hier.«

Poe starrte sie an

Die Regeln ändern ...

Natürlich, genau das sollten sie tun. Sie hatten es mit dem unkonventionellsten Verbrecher zu tun, dem sie jemals begegnet waren. Normale Regeln galten hier nicht.

Und sie mussten noch weiter gehen. Einfach nur die Regeln zu ändern, würde nicht genügen. Sie würden trotzdem immer noch Keatons Spiel spielen. Er würde immer noch die Trümpfe in der Hand halten.

Aber wenn sie nun *nicht* Keatons Spiel spielten?

Wenn sie ihr eigenes spielten?

Und wenn ihr Spiel der Wahl heute Nacht Irreführung war?

Also hatte Flynn Rigg angerufen und ihn gebeten, sich im Shap Wells Hotel mit ihr zu treffen. Es würde sich lohnen, hatte sie ihm gesagt. Wardle war in Schottland hinter Poes Black-Berry her, also hatte Rigg allein kommen können.

Als Rigg Poe erblickte, versuchte er, ihn festzunehmen. Poe ließ ihn gewähren.

Poe hatte sich in Rigg nicht getäuscht. Im Laufe der Ermittlungen waren ihm immer mehr Zweifel an Keatons Unschuld gekommen, und auch daran, dass anscheinend niemand sie infrage stellte. Auch Wardles Ermittlungsansatz und seine kategorische Weigerung, irgendwelche anderen Denkweisen zuzulassen, hatten ihm zu schaffen gemacht, so sehr, dass er bereit war, über den Kopf seines Vorgesetzten hinweg zu handeln.

Letzten Endes war er ein zu guter Polizist, um keine eigenen Ideen zu haben.

Also war er bereit gewesen, zuzuhören.

Bradshaw machte den Anfang.

Sie ging den Ablauf der Ereignisse mit ihm durch: das Essen im Bullace & Sloe, das sie zu Jefferson Black geführt hatte. Das fehlende Tattoo. Die Identifikation von Chloe Bloxwich. Die Trüffeln und der Bunker, und schließlich, wie bei der Blutuntersuchung getrickst worden sein könnte.

Rigg gab zu, dass das alles durchaus überzeugend sei. Außerdem bestätigte er, was sie bereits wussten: Ohne Beweise war es bloß eine stimmige Theorie.

»Ich nehme mal an, ich bin hier, weil Sie etwas von mir wollen«, meinte er. »Was?«

»Wird Ihnen nicht gefallen«, brummte Poe.

Er hatte recht.

Es gefiel Rigg überhaupt nicht.

Es war eine ungewöhnliche Observierung. Normalerweise würde ein Verdächtiger von dem Moment an beschattet werden, in dem man ihn als solchen identifiziert hatte, und zwar bis zu seiner Festnahme.

Nichts an Keatons Fall war gewöhnlich. Überwachung aus der Luft – die sicherste Methode, Verdächtigen im ländlichen

Raum zu folgen – kam nicht infrage. Sie hatten keine Genehmigung dafür, und selbst wenn sie eine gehabt hätten: Hurrikan Wendy hatte dafür gesorgt, dass sämtliche Helikopter und Kleinflugzeuge am Boden bleiben mussten.

Vom Boden aus ging es auch nicht. Bei Tageslicht könnte man Autos einsetzen, wenn genug Beschatter verfügbar waren. Doch selbst das war riskant. Landstraßen waren wie Kaninchenbaue. Manche waren gar nicht auf den Karten verzeichnet. Kam man zu nahe, wurde man von der Zielperson gesehen. Hielt man zu viel Abstand, verlor man sie aus den Augen. Nachts war es unmöglich. Mit eingeschalteten Scheinwerfern fiel ein Überwachungsfahrzeug auf wie ein bunter Hund.

Poe hatte gezockt. Hatte sich darauf verlassen, dass Bradshaw alle infrage kommenden Wäldchen gefunden hatte. Obwohl es Hochsommer war und die Tage lang waren, war Hurrikan Wendy ausnahmsweise eine Hilfe. Die wabernden, tief hängenden Wolken waren schwarz und sorgten für unzeitgemäße Dunkelheit.

Riggs Fahrer hatte sie so dicht bei dem Wäldchen abgesetzt, wie es ihm möglich gewesen war, doch sie mussten fast einen Kilometer unwegsames, glitschiges Terrain bewältigen, bevor sie die Anhöhe mit dem kleinen Wald erreichten. Der Wind hatte sich gelegt, und die Silberbirken standen bolzengerade da. Im schwachen Dämmerschein schien ihre Rinde zu leuchten.

Das Wäldchen war nicht groß, wurde jedoch von einem Ring dorniger Ginsterbüsche bewacht. Die Bäume standen in einigem Abstand voneinander, und das Blätterdach ließ genug Sonnenlicht herein, sodass das Unterholz wuchern und gedeihen konnte. Von Weitem hatte es undurchdringlich ausgesehen, doch von Nahem konnte Poe sehen, dass das nicht stimmte. Natürliche Pfade waren durch die Brombeer- und Weißdornbüsche getrampelt worden, wahrscheinlich von Schafen, die im Winter hier Schutz gesucht hatten.

Mit dem geübten Blick des ehemaligen Infanteristen fand

Poe bald eine geeignete Stelle. Sie befand sich mitten in einem Gestrüpp aus dornenlosen Büschen, deren Namen er nicht kannte und die gute Deckung boten. Er machte sich daran, genug Platz zu schaffen, damit sie alle drei dort stehen konnten. Als sie sahen, was er tat, halfen Rigg und Flynn mit.

In weniger als fünf Minuten waren sie fertig.

Jetzt brauchten sie nur noch zu warten.

Die Zeit kroch zähflüssiger dahin als Beton. Unwillkürlich drängte sich ihm ein Sprichwort aus seiner Zeit bei der Armee auf: »Die Hälfte des Lebens wartet der Soldat vergebens.«

Drei Stunden lang standen sie mittlerweile in dem Wäldchen, und abgesehen davon, dass sie völlig durchnässt waren, war nichts passiert. Um Mitternacht hatte das Unwetter sich vollständig gelegt. Es war warm, windstill und schwül. Die Erde war feucht, und die Luft ionisiert. Abgesehen vom Tropfen des Regenwassers von den Blättern und dem gelegentlichen Flattern unsichtbarer Flügel war es unheimlich still. Das Dämmerlicht war so dichter Finsternis gewichen, dass alle Umrisse verschwanden. Es war verwirrend und bedrückend, und die Luftfeuchtigkeit wurde immer unerträglicher. Poe versuchte, sich mit seinem Hemd Luft an den Körper zu fächeln, doch Schweiß und Regenwasser rannen ihm den Rücken hinunter.

»Das ist doch Zeitverschwendung«, flüsterte er. Er war zappelig, und seine Nackenmuskulatur verkrampfte sich allmählich. Hier gab es keinen Spielraum für Irrtümer. Wenn sie den falschen Wald beobachteten oder wenn Keaton die Nerven behielt, war es vorbei.

»Das Einzige, was wir bis jetzt verschwendet haben, ist der Dieseltreibstoff der Queen«, flüsterte Rigg zurück. »Immer mit der Ruhe. Sie wissen doch, so was läuft nie genauso, wie man's geplant hat.«

Eine Stunde später jedoch wurden ihre schlimmsten Befürchtungen wahr.

63. KAPITEL

Riggs Handy vibrierte. Er schirmte das Display mit der Hand ab und meldete sich flüsternd. »Wie bitte?«

Irgendwie wusste Poe, dass es um ihn ging.

Rigg ließ die Hand sinken, und das Licht des Displays fiel auf sein Gesicht. Die Furchen in seiner Stirn waren tiefer geworden. Seine Augen blitzten. Er beendete das Gespräch, und das Wäldchen versank wieder in Finsternis.

»Das war die Zentrale. DCI Wardle ist auf dem Rückweg aus Schottland. Wir hatten zwar damit gerechnet, dass Keaton uns anruft, wenn Sie im Bullace & Sloe aufkreuzen, aber der Mann in der Zentrale war nicht eingeweiht und dachte, das wäre eine echte Festnahme. Also hat er's ins System eingegeben. Einer aus Wardles Team hat Überstunden gemacht, die Meldung bekommen und ihn verständigt.«

Poe schnitt eine Grimasse.

»Und er hat nicht versucht, Sie anzurufen?«, fragte Flynn.

»Wahrscheinlich schon, aber ich habe heute Nacht nur mein Privathandy dabei. Die Nummer von dem hat DCI Wardle nicht, und die gibt ihm auch keiner.«

»Hat Wardle Ihnen etwas ausrichten lassen?«

»Ich soll Sie festsetzen, bis er da ist. Verhaften will er Sie selbst.«

Poe schüttelte den Kopf. Sie waren so nahe dran …

»Es wird noch schlimmer«, knurrte Rigg.

Das konnte Poe sich nicht recht vorstellen. Er wappnete sich trotzdem innerlich.

»Er hat sämtliche Kollegen abgezogen. Außer diesem Wäldchen wird keines von den anderen mehr überwacht.«

FUCK*!*

Am liebsten hätte Poe losgebrüllt, doch er begnügte sich

damit, gegen einen Baum zu dreschen. Stumm lutschte er danach an seinen blutigen Knöcheln. Flynn legte ihm die Hand auf die Schulter.

»Und was haben Sie jetzt vor, DC Rigg?«, wollte sie wissen.

»DCI Wardle ist auf der anderen Seite von Dumfries. Also braucht er mindestens noch eine Stunde. Er will, dass ich Sie festsetze, aber er hat nicht gesagt, wo. Also kann ich das genauso gut hier tun.«

Erleichtert blies Poe die Backen auf.

Sie hatten noch eine Chance.

Poe wartete. Die Zeit, vor dem Anruf noch gletscherhaft langsam, floss jetzt schneller dahin als die angeschwollenen Bäche, die sie auf dem Weg hierher überquert hatten. Wieder sah er auf die Uhr. Zehn Minuten waren vergangen.

Er versuchte, zu schätzen, wo Wardle jetzt sein würde. Bis Rigg ihnen den Sachverhalt zu Ende erklärt hatte, könnte er die Ringstraße erreicht haben, die um Dumfries herumführte. Er sah es vor sich – Wardle, über das Lenkrad geduckt, wie er wütend auf die Straße starrte und immer schneller fuhr, wie sein Hass auf Poe ihn die gefährlichen Straßenverhältnisse ignorieren ließ.

Eine Stunde, hatte Rigg gesagt. Poe hielt das für eher großzügig. Er bezweifelte, dass ihm mehr als vierzig Minuten blieben.

Noch mehr Zeit verging.

Er schaute abermals auf die Uhr.

Wieder waren zehn Minuten verstrichen.

Ihm wurde noch schwerer ums Herz.

Keaton würde gewinnen.

Riggs Handy klingelte erneut. Diesmal machte er sich nicht die Mühe, das Display abzuschirmen, sondern zeigte es ihnen. »Anne« stand dort.

»Rigg.«

Er hörte zu.

»Sagen Sie das noch mal, Anne.« Er gab sich keine Mühe, leise zu sprechen. Dann hielt er das Mikrofon zu und sagte: »DC Anne Hawthorne ist eine der Detectives, die ich für die Überwachung eingeteilt hatte. Außerdem ist sie meine Partnerin, also passen Sie auf, was Sie sagen.« Er nahm die Hand weg. »Anne, können Sie DI Flynn und Sergeant Poe bitte sagen, was Sie mir gerade berichtet haben? Ich stelle Sie auf Lautsprecher.«

Ihre blecherne Stimme hallte laut in der geräuschlosen Welt.

»Ich stehe gerade wie angewiesen vor dem Wohnhaus der Zielperson.«

Poe und Flynn waren einen Moment lang verwirrt.

»Ich dachte, DCI Wardle hat alle Überwacher abgezogen, DC Hawthorne?«, fragte Flynn.

»Wirklich? Hat mir niemand gesagt. Vielleicht stimmt ja irgendwas mit meinem Funkgerät nicht.«

Poe war sich sicher, dass sie gerade breit grinste. Wenn er das hier unbeschadet überstand, schuldete er Anne Hawthorne einen Riesendrink.

»Und außerdem, selbst wenn ich diese Anweisung bekommen hätte – was definitiv nicht der Fall ist –, sobald DCI Wardle die Überstunden für die Beschattung gecancelt hat, hatte ich dienstfrei. Und er hat mir nicht vorzuschreiben, wie ich meine Freizeit verbringe.«

»Könnten Sie wiederholen, was Sie mir gerade berichtet haben?«, bat Rigg.

»Zielperson ist unterwegs. Ist gerade losgefahren, keine dreißig Sekunden bevor ich Sie angerufen habe.«

Schweigend standen die drei da.

Es geschah tatsächlich.

Jetzt, in diesem Moment.

Nur ... nur würde Wardle zuerst da sein.

Flynn meinte, sie würde hierbleiben, während Poe mit Rigg zum Revier in Carlisle fuhr. »Zumindest wird dann die Überwachung nicht kompromittiert.«

Das war eine gute Idee, und das sagte Poe auch.

Rigg pflichtete ihm bei. Mit einer geringfügigen Modifikation. »Könnten Sie in der Zentrale anrufen, Anne?«, sagte er ins Handy. »Sagen Sie denen, ich bringe Poe aufs Revier von Kendal, nicht nach Carlisle. Oh, und dass mein Handy verreckt ist und ich deswegen nicht zu erreichen bin, bis ich dort ankomme.«

»Mit Vergnügen«, antwortete sie und legte auf.

»Das verschafft uns ein bisschen Zeit«, meinte Rigg mit grimmiger Miene. »Ich fahre nirgendwohin – wir stecken jetzt alle zusammen hier drin, auf Gedeih und Verderb.«

Langsam stieß Poe die Luft aus. Genau das war das Problem von Vorgesetzten wie Wardle, die Loyalität einforderten, die sie sich nicht verdient hatten: Sie bekamen immer nur eine oberflächliche Version dieser Loyalität. Die anderen Cops konnten sie nicht leiden, und bei der ersten Gelegenheit, ihnen ans Bein zu pinkeln, taten sie genau das. Dies hier war eine gute Lösung – indem er ihn dazu veranlasste, an Carlisle vorbei und bis nach Kendal hinunterzufahren, hatte Rigg Wardles Fahrzeit um eine weitere Stunde verlängert. Bis der DCI kapierte, dass er reingelegt worden war, würde alles vorbei sein. So oder so.

Entweder hatten sie sich den richtigen Wald ausgesucht, oder eben nicht.

Sie hörten die Autotür zuschlagen.

Poe machte sich bereit. Es gab jede Menge Gründe dafür, dass jemand in dieser Gegend um diese nächtliche Stunde aus einem Auto stieg, bei diesem Wetter. Ein platter Reifen, eine übervolle Blase, ein lauffreudiger Hund.

Alles möglich.

Aber eigentlich doch nicht.

Nicht in diesem Kontext.

Sie wussten, dass das Zuschlagen der Autotür den Anfang vom Ende signalisierte.

Da kam jemand.

Das Geräusch war von dort gekommen, wo sie abgesetzt worden waren. Logisch. Sie hatten die kürzeste Route genommen, die Person dort draußen tat dasselbe.

Die Wiese, über die sie gegangen waren, um das Wäldchen zu erreichen, bestand zum größten Teil aus federndem, von Schafen kurz geweidetem Gras. Und wegen des sintflutartigen Regens konnte man geräuschlos darauf gehen. Zehn Minuten lang hörten sie nichts.

Und dann … ging urplötzlich eine Taschenlampe an. Ganz in der Nähe, blendend hell. Poe spürte, wie Rigg und Flynn sich anspannten. Seine Kopfhaut zog sich zusammen. Er drückte sich tiefer ins Gestrüpp. Die anderen taten es ihm nach.

Die Lampe leuchtete nach links und rechts, suchte einen Weg durch die schützenden Ginsterbüsche.

Dann leuchtete sie in den Wald hinein. Aufgesplitterte Lichtstrahlen schnitten durch die Bäume wie eine Lasershow.

Immer näher.

Nach zwanzig Metern hielt die Lampe an und bewegte sich nicht mehr. Sie war auf irgendetwas abgelegt worden.

Jemand ächzte. Sie konnten nicht sehen, was geschah, doch es hörte sich an, als würden Laub und Schlamm beiseitegeschoben.

Die Luke des Bunkers wurde freigelegt.

»Jetzt?«, flüsterte Rigg.

»Noch nicht«, erwiderte Poe leise. »Warten Sie, bis das Ding offen ist.«

»Okay. Ihre Entscheidung.«

Poe versuchte, abzuschätzen, was gerade keine zwanzig Meter entfernt passierte. Wie viel Erde und Laub verwendet worden waren, um den Eingang des Bunkers zu verbergen. Nicht viel, dachte er. Das wäre auch unnötig. Das Wäldchen war abgelegen und quasi undurchdringlich.

Nach zwei Minuten waren ein metallisches Quietschen und dann ein dumpfer Aufschlag zu hören. Sie fingen einen schwachen Geruch auf. Etwas Fauliges, Unheilvolles.

Jetzt oder nie.

Poe trat aus dem Gestrüpp heraus und schaltete seine Taschenlampe ein. Damit leuchtete er der Gestalt mit dem Benzinkanister aus rotem Plastik in der Hand direkt ins Gesicht. Ein überraschter Aufschrei ertönte. Rigg und Flynn kamen angerannt, die Handschellen einsatzbereit. Sie stießen auf keinerlei Widerstand.

»Ich hätte mich ja *so* gern geirrt«, sagte Poe.

Die Person, die Rigg und Flynn festhielten, war nicht Jared Keaton.

Es war Flick Jakeman, die Polizeiärztin.

EINE WOCHE SPÄTER

64. KAPITEL

Poe, Flynn und Bradshaw sahen sich die Vernehmung von Jared Keaton per Videolink live an. Es war ein Fall der Polizei von Cumbria, daher war es nur recht und billig, dass die Kollegen das Sagen hatten. Sie waren in Durranhill, dem Hauptquartier in Carlisle, zugleich größte Polizeistation von ganz Cumbria. Das Vernehmungszimmer war geräumig und modern.

Die Tür ging auf, und Superintendent Gamble trat ein. Er nickte Poe zu. »Was läuft da gerade?«

»DC Rigg klärt noch die Grundlagen.«

»Keaton hat noch immer nichts gesagt?«

Poe schüttelte den Kopf.

»Besorgt sieht er ja nicht aus.«

Poe antwortete nicht. Es stimmte. Keaton sah nicht besorgt aus.

»Wie hat Wardle Ihre Rückkehr aufgenommen?«

Gamble lächelte. »Schon mal einen Schulleiter gesehen, der gerade herausgefunden hat, dass einer von seinen Lehrern ein Pädophiler ist?«

»Jep.«

»Ungefähr so.«

»Wie geht's Chloe Bloxwich?«

Gambles Miene verfinsterte sich. »Liegt immer noch auf der Intensivstation. Noch drei Stunden, und sie wäre gestorben, sagen die Ärzte. Sie geben uns Bescheid, wenn sie außer Gefahr ist. Wir bitten die Staatsanwaltschaft, eine weitere Anklage gegen Keaton wegen versuchten Mordes in Erwägung zu ziehen.«

Als die Luke geöffnet wurde, nachdem Flick Jakeman verhaftet worden war, hatte Poe sich in den Bunker hinabgelassen, um seinen Verdacht bestätigt zu finden. Dort unten lagen Elizabeths zerstückelte sterbliche Überreste und Les Morris' vertrockneter Leichnam. Außerdem hatte er Chloe Bloxwich gefunden, halb tot und kaum bei Bewusstsein.

Poe sorgte dafür, dass Flick Jakeman warten musste, während Feuerwehrmänner Chloe ins Freie hoben und die Rettungssanitäter ihr Erste Hilfe leisteten. Sie sollte sehen, wobei sie mitgemacht hatte.

Als sie Chloe sah, brach sie schreiend zusammen.

»Hat Chloe schon was gesagt?«, fragte er Gamble.

»Ganz kurz«, antwortete dieser. »Aber sie ist nur ein total verkorkstes junges Ding. Ist völlig entgleist, als ihre Mutter vor ein paar Jahren an Krebs gestorben ist. Ihr Dad hat sie anscheinend geliebt, konnte das aber nicht zeigen. Er wollte, dass sie Buchhalterin wird, aber sie hat rebelliert und ist Schauspielerin geworden. Hat von Almosen ihrer Mutter gelebt. Als die gestorben ist, hat Chloe sich mit irgendeinem Arschloch eingelassen und ist heroinsüchtig geworden. Sie hat weder Elizabeth noch Keaton gekannt. Ist beiden nie begegnet. Hatte nur das Pech, Elizabeth auf einem Foto, das Keaton in der Zelle ihres Dads gefunden hat, ein bisschen ähnlich zu sehen. Sie hat ihre Nummer vor der Kamera abgezogen und war schon in dem Bunker, bevor Sie hier oben angekommen sind.«

War in diesem Bunker *eingesperrt,* verbesserte Poe im Stillen. Die ursprünglich vorgesehene Leiter des Bunkers war nicht an ihrem Platz gewesen – entweder hatten die Leute von der Baufirma sie mitgenommen, oder sie war für irgendetwas anderes beschlagnahmt worden –, also hatte Morris eine Strickleiter benutzt, um in den Bunker hinein- und wieder herauszukommen. Ohne Zweifel hatte er sie an dem Eisenring neben der Luke befestigt, der zu genau diesem Zweck dort eingelassen war. Nachdem Morris Keaton den Bunker gezeigt hatte, nahm Poe an, war dieser wieder herausgeklettert und hatte die Leiter dann an der Unterseite der Luke befestigt. Danach hatte er sie zugemacht und Morris so im Bunker eingesperrt. Dessen eigenes Körpergewicht hatte die Luke geschlossen gehalten, als er hinausklettern wollte. Da er an eben jenem Deckel hing, den er hochstemmen musste, war es unmöglich, die Luke zu öffnen.

Und selbst wenn sein Leichnam entdeckt worden wäre, hätte das Ganze einfach wie ein schrecklicher Fehler ausgesehen. Die Rechtsmedizin hätte, ohne mit der Wimper zu zucken, »Tod durch Unglücksfall« bescheinigt.

Chloe Bloxwich hatte sich in derselben furchtbaren Lage wiedergefunden – lebendig in einem Bunker begraben, ohne eine Möglichkeit, zu entkommen oder Hilfe zu rufen. Wenn sie sich erholt hatte, würde sie wegen Irreführung der Strafverfolgungsbehörden eine Zeit lang im Gefängnis sitzen. Was sie wirklich brauchte, war ein Psychiater. »Hat sie mit ihrem Dad gesprochen?«, wollte Poe wissen.

Gamble runzelte die Stirn. »Ja, das Gefängnis hat eine Ausnahmegenehmigung erteilt. Warum?«

»Nur so«, antwortete Poe. Er wandte sich wieder dem Bildschirm zu.

Rigg zeigte Keaton gerade ein Foto, das in dem Bunker gemacht worden war ...

Es war der komplexeste Tatort, den sie alle jemals erlebt hatten. Nachdem Chloe Bloxwich gerettet worden war, hatte Flynn die Luke wieder geschlossen und gewartet, bis Rigg sämtliche Ressourcen der Polizei von Cumbria angefordert hatte. Bald darauf war das Wäldchen so hell erleuchtet wie Glastonbury zur Festivalzeit.

Der forensische Pathologe war derselbe, der sich schon vor sechs Jahren mit der Menge des Blutes vertan hatte, das in der Küche des Bullace & Sloe vergossen worden war. Rigg wies ihn an, sich vom Acker zu machen.

Schließlich – und um Poe einen Gefallen zu tun – war Estelle Doyle aus Newcastle herübergekommen, um den Tatort zu beaufsichtigen. In Schutzanzüge gehüllt, hatten sie und ihr Team zwei Tage gebraucht, um den Leichnam von Les Morris und die zerstückelten Überreste von Elizabeth Keaton aus dem Höllenloch zu bergen, zu dem der ROC-Bunker geworden war.

Bei Les Morris war der Fall klar gewesen. Also, so klar, wie es in einem unterirdischen Bunker mit zerbröckelnden Betonwänden und gefährlicher biologischer Materie auf sämtlichen Oberflächen eben möglich war, während die Leute von der Spurensicherung alles und jedes fotografieren mussten, was sie anfassten oder woanders hinlegen wollten. Morris war stark verwest, doch seine Haut hielt die Knochen zusammen, und er wurde in einem Stück und ohne Zwischenfälle aus dem Bunker geholt.

Elizabeths Bergung war schwieriger. Sie steckte in dreiundvierzig einzelnen Sous-vide-Beuteln, von denen manche geplatzt waren. Aus anderen trat stinkende Flüssigkeit aus. Estelle handhabte jeden äußerst behutsam, und während andere Teammitglieder würgten und sich übergaben, merkte man ihr weder Ekel noch Abscheu an.

Doyle brachte die beiden Leichen nach Newcastle, um sie zu obduzieren.

Rasch stellte sie fest, dass Les Morris an Dehydrierung gestorben war. Außerdem hatte er eine Knöchelfraktur, mit an Sicherheit grenzender Wahrscheinlichkeit durch einen Sturz aus dem Leiterschacht bei einem vergeblichen Fluchtversuch. Die Autopsie seines Leichnams hatte sechs Stunden gedauert.

Die Autopsie von Elizabeth hatte sich über drei Tage hingezogen.

Estelle Doyle hatte jeden Beutel – der an und für sich einen Tatort darstellte und entsprechend behandelt werden musste – einzeln öffnen müssen, bevor sie feststellen konnte, mit welchem Teil des Leichnams sie es zu tun hatte. Selbst für eine

Expertin in Sachen menschliche Anatomie wäre das Ganze ein kompliziertes Puzzle gewesen. Doch da sich Elizabeths Bindegewebe verflüssigt hatte und Knochen und Knorpel weich und schwammig geworden waren, grenzte es ans Unmögliche. Ein gewöhnlicher Pathologe hätte gar nicht gewusst, wo er anfangen sollte.

Am dritten Tag hatte Estelle Doyle Poe, Flynn, Rigg und den wiedereingesetzten Superintendent Gamble zu sich nach Newcastle in die Pathologie zitiert. Elizabeths sterbliche Überreste hatte sie auf einem Sektionstisch aus Edelstahl ausgelegt.

Eine Stunde lang stand sie hinter der Glasscheibe des Besucherbereichs und erklärte ihnen, was geschehen war.

Elizabeth war an massivem Blutverlust gestorben, verursacht durch eine Stichwunde ins Herz. Mit knapp acht Zentimetern war die Wunde nicht tief, und Doyle glaubte, dass ein kurzes Messer verwendet worden war. Genauso eins wie das, das sie im Bunker gefunden hatten ...

Nachdem sie Todesursache und Tathergang geklärt hatte, schilderte sie, was Keaton als Nächstes getan hatte. Er hatte mit Elizabeths Kopf angefangen, ihn mit einer Metzgersäge entzweigesägt und anschließend mit einem Fleischklopfer – ein Teil der sorgsam verpackten Werkzeugsammlung, die sie gefunden hatten – so lange darauf eingedroschen, bis er flach genug war, um verpackt und vakuumiert zu werden.

Der Rest des Leichnams war zerlegt worden wie ein Schwein beim Metzger. Große, unhandliche Knochen wie Oberschenkel und Schienbein waren in Stücke gesägt worden, damit Keaton sie in die Vakuumier-Maschine hineinbekam. Lange, dünne Knochen wie Oberarme und Wadenbeine hatte er in der Mitte durchgehackt.

Poe hörte sich Estelle Doyles Vortrag an, ohne eine Regung zu zeigen. Erst als sie auf ein Stückchen fauliges Fleisch an der Außenseite von Elizabeths zerschmettertem Becken zeigte, gestattete er sich eine einzige Träne.

Wenn man ganz genau hinsah, waren die Umrisse des Puzzleteil-Tattoos zu erkennen, das Jefferson Black beschrieben hatte – das Puzzleteil, das mit seinem eigenen Tattoo zusammenpasste. Vermutlich hatte Keaton es übersehen, als er seine Tochter zerstückelt hatte. War ja auch schwer zu sehen, so ein rotes Tattoo, mitten in all dem Blut.

Poe lächelte Keaton an, als er auf seinem Stuhl im Vernehmungszimmer Platz nahm. Keaton starrte mit ausdrucksloser Miene zurück. Rigg setzte sich neben Poe. Der Detective Constable hatte eingewilligt, während dieses Teils der Vernehmung zu schweigen.

Als die Formalitäten erledigt waren, versuchte Keatons Anwalt David Collingwood, ein dicker Mann mit Hamsterbacken und Tränensäcken, die Kontrolle zu übernehmen.

»Gentlemen, ich denke, es ist an der Zeit, dass Sie Mr Keaton mitteilen, was für Beweise Sie gegen ihn in der Hand zu haben glauben. Je eher Sie das tun, desto schneller können wir diese Farce beenden.«

Poe legte ein Foto auf den Tisch, mit der Bildseite nach unten. »Ich sage Ihnen jetzt, was unserer Ansicht nach passiert ist, Mr Keaton. Und dann werden Sie mir die wenigen Teile der Geschichte erzählen, mit denen wir uns schwertun.« Er blickte auf und lächelte. »Und ich versichere Ihnen, Sie *werden* es mir erzählen.«

Keatons Gesichtsausdruck wechselte von neutral zu hämisch. Er sagte nichts.

Poe drehte das Foto um. »Les Morris. Er ist vor etwa acht Jahren verdurstet. Sein Leichnam war in den Raum geschafft worden, der für die chemische Toilette des Bunkers vorgesehen war. Möchten Sie mir erzählen, wie Sie ihn dort unten eingesperrt haben?«

Schweigen.

»Dann gestatten Sie mir, fortzufahren.«

Keaton betrachtete seine Fingernägel. Polierte sie an seinem Hemd.

»Genau wie wir gedacht haben, hatte Mr Morris den Bunker gefunden, indem er die Geschäftsunterlagen von Baufirmen aus den Fünfziger- und Sechzigerjahren durchging. Kopien davon lagen bei ihm im Bunker. Wir glauben, dass er gerade dabei war, eine Präsentation zusammenzustellen.«

Keaton sagte nichts.

»Wir können zwar nur raten, aber wir denken, er hat die Schwarzen Sommertrüffeln gefunden, als er auf der Suche nach dem Bunkereingang Erde und Schutt beiseitegeräumt hat.« Poe machte eine Pause, um einen Schluck zu trinken.

»Und eine Zeit lang hat der Deal für sie beide ja auch gut funktioniert. Er hat Geld für sein geheimes Restaurierungsprojekt bekommen und Sie eine teure Zutat weit unter dem handelsüblichen Preis. Aber … Sie sind ein Psychopath, Keaton, und auf Dauer wäre das nie gut gegangen. Sie werden's mir später erzählen, aber meiner Ansicht nach ist Folgendes passiert. Sie haben ihn mit dem guten alten Keaton-Charme bearbeitet und ihn überredet, Ihnen seine Trüffelbäume zu zeigen. Natürlich konnte Morris nicht widerstehen, mit seinem Bunker anzugeben, als Sie dort waren. Der interessiert Sie zwar nicht, aber Sie steigen trotzdem da hinein. Und Ihnen wird klar, dass man Morris niemals finden würde, wenn er dadrin stirbt. Er hat niemandem davon erzählt, und die Einzigen, die vielleicht nach ihm suchen würden, glauben nicht, dass der Bunker überhaupt existiert. Wahrscheinlich war's ein spontaner Entschluss, aber Sie beschließen, hinauszuklettern, ihn da unten einzusperren – und ihn einen grauenhaften Tod sterben zu lassen.«

Die Spur eines Lächelns spielte um Keatons Mundwinkel.

»Wie mache ich mich bisher?«, erkundigte sich Poe.

Nichts.

Er legte ein zweites Foto auf den Tisch. Es zeigte den Unfallwagen, in dem Lauren Keaton ums Leben gekommen war.

Keaton rührte sich auf seinem Stuhl.

Poe legte ein drittes Foto vor ihn hin. Diesmal ein Bild von einem Laptop. Einem zertrümmerten Laptop.

»Das ist Ihr Laptop, Mr Keaton. Sie haben ihn zerstört. Er war in einem Sous-vide-Beutel vakuumverpackt. Wir haben ihn im selben Raum gefunden wie Mr Morris.«

»Wenn er zerstört ist, wie können Sie dann nachweisen, dass er meinem Klienten gehört hat?«, wollte Collingwood wissen. »Das ist doch ein ganz häufiges Modell, das Ding könnte jedem gehören.«

»Ich habe gesagt, zerstört, Mr Collingwood, nicht irreparabel zerstört«, erwiderte Poe. »Sehen Sie, ich arbeite mit einer wirklich unglaublich klugen Frau zusammen. Manchmal macht sie einen wahnsinnig, aber was die nicht über Computer weiß ... Nun, Sie verstehen, was ich meine. Innerhalb einer Stunde hatte sie die Daten von der Festplatte runtergeholt und sie auf ihrem eigenen Laptop gespeichert.«

Zum ersten Mal zeigte sich Furcht in Keatons Augen. Damit hatte er nicht gerechnet.

»Und sieh mal einer an, hatte da doch tatsächlich jemand recherchiert, wie man jemanden mit einem Autounfall umbringen und damit davonkommen kann. Die Website, auf der Sie am längsten waren, hat legitime Gründe aufgelistet, Airbags zu deaktivieren. Und dann war da noch eine, auf der beschrieben wird, wie man den automatischen Reset beim nächsten Starten des Motors verhindert.«

Keaton schnaubte.

»Schämen Sie sich. Sie haben Ihre Frau umgebracht, um einen Michelin-Stern zu behalten«, sagte Poe.

»Das sind doch noch nicht mal Indizienbeweise, Sergeant Poe«, bemerkte Collingwood.

Poe beachtete ihn nicht. »Lange Rede, kurzer Sinn: Die Rechtsmedizin bewertet den Tod Ihrer Frau nicht mehr als Unglücksfall, sondern als Totschlag. Oh, und falls Sie sich nicht sicher sind, Sie *werden* sich des Mordes an ihr schuldig bekennen. Des Mordes an allen dreien, genauer gesagt. Lauren Keaton, Elizabeth Keaton und Les Morris.«

»Drohen Sie meinem Klienten etwa, Sergeant Poe?«

»Haben Sie mich Ihrem Klienten gegenüber Drohungen äußern hören, Mr Collingwood? Nein, nennen wir's einfach ... die Zukunft vorhersagen.«

Keaton verging allmählich das Feixen. Er war verunsichert.

»Nach dem Tod Ihrer Frau hat Elizabeth im Geschäft mehr Verantwortung übernommen. Laut meiner Freundin Tilly hatte Elizabeth auf Ihrem Laptop eine Lohnzahlungsdiskrepanz überprüft, als sie auf dieselben Beweise gestoßen ist wie wir: wie Sie ihre Mutter ermordet haben.«

Poe starrte den Mann an, der vor ihm saß. Keaton wandte sich ab.

»Sie hat Sie mit ihrer Entdeckung konfrontiert, und deswegen haben Sie sie umgebracht.«

65. KAPITEL

Keatons Anwalt bat um eine Pause, und das Polizeigesetz schrieb vor, dass sie ihm zugestanden werden musste. Nachdem alle gegessen hatten und Keaton sich ausgeruht hatte, machte Poe weiter.

»Natürlich hatten Sie dann ein Problem. Begraben konnten Sie Elizabeth nicht: Der Boden war zu hart gefroren, und selbst wenn es nicht so gewesen wäre, hätten Sie die Leiche nicht weit genug vom Bullace & Sloe wegschleppen können, dass sie nicht gefunden werden würde. Und Sie wussten, was DNA-Transfer ist, also war Ihnen klar, dass Sie Ihr Auto nicht benutzen konnten, ohne etwas zu hinterlassen, das wir finden könnten.«

Poe warf einen raschen Blick auf Keaton. Der Mann war geradezu unheimlich ruhig.

»Ich weiß nicht, ob Sie noch mal in dem Bunker gewesen sind, nachdem Sie Les Morris dort eingesperrt hatten, aber Sie wussten, wenn Sie es fertigbringen, Elizabeths Leiche da runterzuschaffen, ohne dass Spuren in Ihrem Auto zurückbleiben, dann würden wir sie niemals finden.«

Er legte den nächsten Satz Fotos auf dem Tisch aus. Keaton sah die Bilder nicht an. Collingwood tat es und hätte beinahe seinen Lunch wieder von sich gegeben.

»Und dann kam das Grauenvollste, womit ich es je zu tun gehabt habe. Sie haben sie zerlegt wie die Tierkadaver, die sich das Bullace & Sloe aus Kostengründen ganz liefern lässt. Sie in dreiundvierzig Stücke geschnitten, zerhackt und zersägt. Die Teile haben Sie in Sous-vide-Beutel verpackt und die dann von außen abgewaschen, um Blut und DNA-Spuren zu entfernen. Dasselbe haben Sie mit den Werkzeugen gemacht, mit denen Sie Ihre Tochter zerstückelt hatten, mit dem Laptop, auf dem der Beweis für den Mord an Ihrer Frau war, und mit den Kleidern, die Sie getragen hatten. Und als alles schön sauber war, haben Sie es zum Bunker gekarrt.«

»Das ist doch absurd«, verwahrte sich Collingwood.

Poe ignorierte ihn. »Aber Sie haben vorausgedacht und ein bisschen von ihrem Blut behalten. Es mit einer kleinen Plastikflasche eingesaugt und die dann unter einem Einbaugefrierschrank in der Experimentierküche versteckt. Wahrscheinlich hatten Sie vor, den Mord Jefferson Black anzuhängen, wenn der richtige Zeitpunkt gekommen war.«

»Ist das alles, was Sie haben, Sergeant Poe?«, erkundigte sich Collingwood. »Das ist nämlich extrem dürftig. Jeder Referendar könnte das vor Gericht abschmettern.«

Poe ignorierte ihn weiterhin.

»Spulen wir mal sechs Jahre vor. Ihr Plan hat nicht funktioniert. Sie sind wegen des Mordes an Elizabeth verurteilt worden und sitzen im HMP Pentonville. In einem anderen Trakt ist ein Aufstand ausgebrochen. Sie werden in die Zelle von jemand anderem gesperrt und schauen sich dadrin ein paar Stunden lang gründlich um.«

Rigg reichte ihm ein Foto. Es war das, das Barbara Stephens in Richard Bloxwichs Zelle gefunden hatte.

»Sie sehen Richards Familienschnappschuss und trauen Ihren Augen nicht. Seine Tochter sieht Ihrer wahnsinnig ähnlich. Sie ist sogar im richtigen Alter.«

Keaton starrte ihn finster an.

»Aber wie könnten Sie sich das zunutze machen? Sie sieht ja vielleicht *aus* wie Elizabeth, aber Sie können nicht *beweisen*, dass sie Elizabeth ist. Irgendwie müssen Sie das Blut als Beweis benutzen. Aber wie?«

Poe wartete, allerdings nur, um Keaton zu ärgern. Er würde reden, aber noch nicht jetzt.

»Und hier betritt jemand Neues die Bühne«, sagte Poe schließlich. »Seit Sie verurteilt worden sind, sagt jeder Aufseher, der jemals für Sie zuständig war, hatten Sie eine Wahnsinnsangst vor Ihren Mithäftlingen. Solche Angst, dass Sie alles getan haben, um im Krankentrakt zu landen. Und dort haben Sie Flick Jakeman kennengelernt. Sie ist Ärztin am University College Hospital in London und macht Dienst im Gefängnis, und Sie haben sie mit dem Keaton-Charme traktiert. Ich nehme an, eher aus Langeweile. Sie überzeugen sie von Ihrer Unschuld. Als Sie erwähnen, was Sie in Richard Bloxwichs Zelle gesehen haben und dass Sie immer noch Blut von Ihrer Tochter beschaffen könnten, erzählt sie Ihnen von einem Mann namens John Schneeberger und wie er es geschafft hat, einen DNA-Test zu fälschen. Es war ein ganz simpler, aber genialer Plan, doch um das durchziehen zu können, müssen Sie eine Zeit lang aus dem Gefängnis raus, damit Sie beide reden können, ohne dass es jemand hört. Also haben Sie sich eine selbst gemachte Stichwaffe in den Bauch gerammt, nachdem Flick Jakeman Ihnen gezeigt hatte, wo. Jetzt haben Sie eine Wunde, die zu ernst ist, um im Krankentrakt des Gefängnisses behandelt zu werden.«

Wieder hielt Poe inne. Sah Keaton in die Augen.

Er reichte den beiden eine schriftliche Aussage.

»Nehmen Sie sich eine Stunde Zeit, Gentlemen«, sagte er. »Es ist wirklich faszinierend, das zu lesen.«

Als Jakeman mit angesehen hatte, wie die halb tote Chloe Bloxwich aus dem verfallenen Bunker geborgen wurde, war sie völlig zusammengebrochen.

»O mein Gott, was habe ich getan?«, hatte sie geschrien.

Sobald sie begriff, dass ihr Handeln fast zu Bloxwichs Tod geführt hätte, und man ihr die Fotos von den Leichen in dem Bunker zeigte, wurde ihr klar, wie sehr Keaton sie ausgenutzt hatte. Obgleich sie manipuliert worden war und – in ihren eigenen Worten – »ein bisschen besessen von ihm war«, gehörte sie nicht zu den Menschen, die nicht glauben wollen, was sie vor sich sehen.

Sie hatte ihnen alles erzählt.

Das sei keine Entschuldigung, hatte sie gesagt, doch sie habe damals Antidepressiva genommen. Ihre Scheidung war sehr viel schlimmer für sie gewesen, als sie Poe bei ihrem Gespräch in ihrer Praxis in Ulverston glauben gemacht hatte. Bevor er sie verlassen hatte, hatte ihr Mann noch in ihrem Namen erhebliche Schulden gemacht, die sie unmöglich abbezahlen konnte.

Keaton hatte sie im Krankentrakt des Gefängnisses kennengelernt. Sie war sehr empfänglich für Happy-End-Versprechen gewesen, und obgleich sie wusste, dass Liebe nur ein chemisches Ungleichgewicht war, das sich unweigerlich wieder einpendelte, und dass das, worum er sie bat, illegal war, war sein Versprechen, ihre finanziellen Probleme zu lösen, doch zu reizvoll. Sie war Ärztin, und das hieß, dass sie praktisch veranlagt war.

Sie wurden sich einig und begannen zu planen.

Zuerst musste Jakeman Chloe Bloxwich rekrutieren. Das war nicht schwer gewesen. Bloxwich war eine ehrgeizige, allerdings noch erfolglose Schauspielerin. Als Jakeman ihr eine Rolle als Keatons Assistentin in der Kochshow versprach, die dieser nach seiner Entlassung plante, hatte sie sich geradezu darum gerissen.

Als Nächstes musste Jakeman nach Cumbria ziehen. Das war nicht weiter schlimm gewesen. Sie war ohnehin kurz davor gewesen, ihr Haus in London zu verlieren, mochte Wanderungen und war mindestens einmal im Jahr im Lake District. Und in der Grafschaft wurden dringend Ärzte gebraucht. Als FME registriert zu werden, war sogar noch einfacher – der Job war nicht gerade hart umkämpft.

Laut Jakeman hatten sie und Keaton fast jeden Abend am Telefon über ihre Fortschritte gesprochen. Die Strafvollzugsbehörden hatten da einiges zu verantworten, dachte Poe bei sich, die mussten in Sachen illegale Handys wirklich mal härter durchgreifen.

Als Nächstes musste das Blut, das Keaton im Bullace & Sloe versteckt hatte, geholt und aufbereitet werden. Er hätte es behalten, hatte er ihr gesagt, um sicherzugehen, dass derjenige, der seine Tochter ermordet hatte, auch wirklich verurteilt wurde. Wenn er dem Täter Beweise unterschieben müsste, hatte er gesagt, dann würde er es tun.

Das Blut war in einer kleinen Plastikflasche, so eine, die man zusammendrückt und dann loslässt, um sie zu füllen. Er habe im Tiefkühlschrank der Experimentierküche Eis losgehackt, hatte er ihr erklärt, die Flasche in der Höhlung versteckt und dann das Eis wieder hineingepackt und mit Wasser besprüht, um es nahtlos zu versiegeln. Keaton hatte ihr gesagt, wo der Zweitschlüssel war, und sie war eines Nachts hingegangen und hatte die Flasche geholt.

Aber sie hatte ein Problem. Man kann Blut nicht einfach so unbehandelt einfrieren. Beim Auftauen beschädigen die Eiskristalle, die sich gebildet haben, die Zellwände der roten Blutkörperchen. Doch Jakeman war Ärztin und wusste, was man da machen konnte. Sie kaufte sich aus zweiter Hand eine jener Zentrifugen, mit denen in Laboren und Kliniken rote und weiße Blutkörperchen sowie Blutplättchen im Blut separiert wurden. Dann taute sie das Blut behutsam auf und entfernte alle geschädigten roten Blutkörperchen. Da diese keine DNA enthalten, brauchte sie die Erythrozyten nur durch ihre eigenen zu ersetzen und ein bisschen Blutverdünner hineinzutun, damit es nicht gerann. Jetzt hatte sie Blut mit Elizabeths DNA.

Und dann kam das wirklich Clevere, das Unmögliche: der Trick, der alle überzeugt hatte, dass Chloe Elizabeth war. Sie deponierte das Blut in Chloes Körper.

Als Poe die fehlenden Abflüsse in den Bunkern erwähnt

hatte, hatte das in Bradshaws Kopf Alarm ausgelöst, und der John-Schneeberger-Fall war in ihrem Gedächtnis aufgeploppt. Er hatte den DNA-Test ausgetrickst, indem er sich einen sogenannten Penrose-Kapillardrain in den Arm geschoben hatte, einen weichen Kunststoffschlauch, der normalerweise dazu benutzt wird, nach Operationen überschüssige Gewebeflüssigkeit abzuleiten. In dem Schlauch war das Blut eines anderen Mannes, und außerdem ein wenig Blutverdünner, damit es nicht gerann. Zweimal hatte er die Labortechnikerin überlistet und sie dazu gebracht, ihm dort Blut abzunehmen, wo der Penrose-Drain unter der Haut lag.

Jakeman hatte Zugang zu moderneren Mitteln und hatte den Prozess verfeinern können. Statt eines Drainageschlauchs hatte sie ein künstliches Blutgefäß verwendet, das an einem Ende zugeklebt war. Das zugeklebte Ende schob sie unter die Haut von Chloes Arm. Nur ein paar Zentimeter, nur so weit, dass man es nicht sah und Jakeman es mit der Kanüle finden konnte. Das andere Ende, das nicht in ihrem Körper steckte, war an einen Schlauch angeschlossen, der sich an der Innenseite von Chloes Arm hinaufzog, wo ein Blutbeutel in ihrer Achselhöhle befestigt worden war.

Als es so weit war, hatte Jakeman die Rollenklemme des Schlauchs geöffnet, und durch die Schwerkraft hatte sich das künstliche Blutgefäß gefüllt. Dann war Chloe das Blut abgenommen worden, obwohl es nie in ihrem Körper gewesen war. Nicht eine Sekunde lang.

Das Ganze war von Anfang bis Ende eine Lowtech-Methode. Ebenso brillant wie simpel. Wären die Proteine der Schwarzen Sommertrüffeln nicht gewesen, die an den weißen Blutkörperchen hafteten, so wären sie mit an Sicherheit grenzender Wahrscheinlichkeit damit durchgekommen.

Nach der Blutentnahme und der Falschaussage hatte Chloe unbedingt verschwinden müssen, bevor irgendjemand, der Elizabeth gekannt hatte, ihr zufällig begegnen konnte. Keaton hatte Jakeman bereits gesagt, wo der Bunker war und dass er dort drinnen eine Strickleiter angebracht hätte, sodass man wieder herausklettern konnte. Jakeman war gar nicht auf die Idee gekommen, das zu hinterfragen. Sie hatte Chloe dort hingefahren und ihr geholfen, hinunterzusteigen, ohne zu realisieren, dass man die Luke nicht von innen öffnen konnte, weil die Strickleiter daran befestigt war. Dann hatte sie etwas Erde und Laub über die Luke gescharrt. Chloe war angewiesen worden, drei Tage zu warten, dann herauszuklettern und sich auf den Heimweg nach Birmingham zu machen. Keaton würde sich bei ihr melden, nachdem er aus dem Gefängnis entlassen worden war.

Außerdem gab Jakeman zu, etwas Blut in Poes Anhänger verschmiert zu haben. Poe würde entlastet werden, nachdem er den wahren Mörder ausfindig gemacht hatte, hatte Keaton ihr versichert, doch zunächst müssten sie Chloes Verschwinden irgendwie erklären. Jakeman war nach Herdwick Croft marschiert, noch bevor Poe in Cumbria ankam, und hatte sich seinen Anhänger ausgesucht, um dort das Beweismaterial zu hinterlassen.

Jetzt wusste sie, dass alles gelogen war. Wusste, dass Chloe ein für alle Mal hatte verschwinden und jemand anderer den Kopf dafür hatte hinhalten müssen. Dass der Polizist, der durch ihr Wiederauftauchen diskreditiert worden war, Keatons Tochter Elizabeth umgebracht hatte, war plausibler, als dass sie auftauchte und dann ohne Erklärung gleich wieder verschwand.

Sie hatte auf Keatons Geheiß dafür gesorgt, dass sich Chloes Mobiltelefon an dem Abend, an dem Poe in Cumbria ankam, in der Nähe von Herdwick Croft befand. Ein Freund von Jakeman bei der Polizei hatte ihr Bescheid gesagt, als Gamble Poe herbeizitiert hatte.

Außerdem hatte sie Keaton angerufen, nachdem Poe sie gefragt hatte, ob an der Hüfte der jungen Frau ein Tattoo gewesen wäre. Als der gesagt hatte, Elizabeth habe kein Tattoo gehabt, hatte sie die Information an Poe weitergegeben.

Inzwischen war Jakeman klar, was Keatons Nulltoleranz-Einstellung jeglichem Risiko gegenüber bedeutete: dass auch sie irgendwann hätte verschwinden müssen. Sie machte sich keinerlei Illusionen darüber, dass sie großes Glück gehabt hatte.

»Sobald uns klar war, wie die Blutprobe gefälscht worden war und dass Dr. Jakeman involviert gewesen sein musste, habe ich beschlossen, mit Ihrem Klienten zu sprechen«, erklärte Poe. »Ich habe ihn davon überzeugt, dass mein Team den Bunker finden könnte, sobald sie an die Archive herankämen.«

Sie saßen wieder im Vernehmungszimmer. Keaton machte noch immer kein besorgtes Gesicht. Poe glaubte zu wissen, warum, doch er war gern bereit, zu warten, bis Collingwood ihn offiziell davon in Kenntnis setzte.

»Wir wussten, dass er nicht selbst zum Bunker fahren würde. Schließlich hätten wir ihn observieren können. Stattdessen hat er Jakeman eingeredet, dass alle Beweise für Chloe Bloxwichs dreitägigen Aufenthalt dort unten vernichtet werden müssten. Sonst wäre alles umsonst gewesen. Jedenfalls hat sie geglaubt, dass sie das mit dem Benzin bewerkstelligen würde. Beweisspuren vernichten. Wozu Sie sie in Wirklichkeit angestiftet haben, war natürlich, *alles* zu vernichten. Die Leichen von Elizabeth und Mr Morris sowie den Leichnam der inzwischen mutmaßlich toten Chloe, den Laptop und die Küchenwerkzeuge, die Sie benutzt haben. Alles, was Sie belasten könnte.«

Keaton starrte ihn mit ausdrucksloser Miene an.

»Also haben wir nicht Sie observiert, sondern Dr. Jakeman. Und sie hat uns geradewegs zu dem Bunker geführt.« Poe wartete auf eine Reaktion. Sah keine. »Und hier sind wir nun also. Zwei Leichen und zwei lebende Zeuginnen. Wir können es kaum erwarten, Ihre Sicht des Ganzen zu hören.«

Collingwood räusperte sich. »Was für eine hübsche Geschichte, Sergeant Poe«, meinte er. »Natürlich ist das alles völliger Unsinn.«

66. KAPITEL

Eine Besonderheit des britischen Rechtssystems verschaffte dem Beschuldigten einen kuriosen Vorteil. Da sämtliche Beweise gegen ihn offengelegt werden mussten, gestattete dies der Verteidigung, sie nachträglich wegzuerklären. Deswegen rieten auch alle Strafverteidiger zu »Kein Kommentar«-Antworten, bis alles auf dem Tisch lag. Dann konnten sie anfangen, sich durch die Fakten zu arbeiten und alternative Theorien zu entwerfen, wo immer es ihnen möglich war.

»Es stimmt, dass mein Klient Dr. Jakeman im Krankentrakt kennengelernt hat und dass sie ihn im Londoner University College Hospital besucht hat, nachdem er mit einer Stichwaffe angegriffen worden war«, verkündete Collingwood. »Es stimmt auch, dass sie für kurze Zeit Freundschaft geschlossen haben, während er dort behandelt wurde. Sie hat ihn täglich besucht und dafür gesorgt, dass seine Behandlung nach Plan verlief.«

Poe schwieg. Damit hatte er gerechnet. Keaton hatte seine Flucht jahrelang geplant, und wie ein Schachgroßmeister dachte er immer zehn Züge voraus. Und nie hatte er ein Problem damit gehabt, seine Bauern zu opfern …

»Ich bin froh, dass Dr. Jakeman zugegeben hat, von meinem Klienten besessen zu sein, aber das reicht weiter zurück, als Ihnen klar ist. Lange bevor sie sich im Gefängnis begegnet sind, lange bevor er niedergestochen wurde, tatsächlich sogar lange bevor er fälschlicherweise wegen des Mordes an seiner Tochter verurteilt wurde. Sie hat Ihnen gesagt, dass sie recht oft im Lake District war, richtig?«

Poe nickte. Das interessierte ihn eigentlich nicht weiter.

»Was sie Ihnen wahrscheinlich nicht erzählt hat, ist, dass sie in seinem Restaurant gegessen hat. Mehrmals sogar. Mein Klient erinnert sich natürlich nicht mehr daran, doch es gibt da einen Koch namens Stuart Scott, der das bereits bestätigt hat.«

Stuart Scott? Fast sicher jener »Scotty«, der nach Jefferson Blacks Überzeugung ihn und seine Tochter an Keaton verraten hatte. Der Mann, den er so verprügelt hatte, dass ihm die Milz entfernt werden musste. Black hatte Scotty als karrieregeil beschrieben. Poe bezweifelte, dass der Mann ein Problem damit hätte, für Keaton zu lügen.

»Bitte fahren Sie fort«, sagte er.

»Nach Abwägung aller Wahrscheinlichkeiten sind wir der Ansicht, dass Dr. Jakeman Elizabeth umgebracht hat.« Collingwood lehnte sich auf seinem Stuhl zurück.

»Dr. Jakeman hat Elizabeth umgebracht?«, wiederholte Poe.

»Warum, werden wir wahrscheinlich niemals erfahren. Es könnte sein, dass sie in ihrer Verblendung geglaubt hat, sie könnte ihn für sich haben, wenn die Tochter nicht mehr da wäre. Des Weiteren denken wir, dass sie ein wenig von Elizabeths Blut behalten und die Abfolge der Ereignisse in Gang gesetzt hat, die Sie letzte Woche oder so untersucht haben. Außerdem glauben wir, dass sie es war, die dafür gesorgt hat, dass Mr Keaton niedergestochen wurde. Wie Sie ja wissen, hat sie viel Zeit im Krankentrakt verbracht – für jemanden, der andere Menschen so zu manipulieren weiß, wäre es nicht schwer gewesen, einen Häftling dazu anzustiften, auf einen anderen loszugehen. Und ganz offensichtlich haben Sie Dr. Jakeman auf frischer Tat dabei ertappt, wie sie versucht hat, die einzige Zeugin zu töten, die ihre Schuld hätte beweisen können.«

»Warum dann sechs Jahre warten?«, fragte Rigg. Er machte ein beklommenes Gesicht, doch er wusste ja auch nicht, was Poe wusste.

»Es ist nicht meine Aufgabe, Ihren Job zu machen, DC Rigg.«

»Und wie hat sie dann Chloe Bloxwich gefunden?«

Collingwood zuckte die Schultern, antwortete jedoch nicht.

»Die Fingerabdrücke Ihres Klienten sind auf jedem einzelnen der Beutel, in die Elizabeths Leichnam verpackt war.«

»Es ist seine Küche, DC Rigg. Ich nehme an, seine Fingerabdrücke sind da auf fast allem.«

»Und der Laptop, mit dem für den Mord an seiner Frau recherchiert wurde?«

»Wer weiß, warum Elizabeth danach gesucht hat? Vielleicht hat sie ja den Airbag deaktiviert. Wahrscheinlich werden wir es nie erfahren.«

»Oh, ich denke doch«, bemerkte Poe. Er erhob sich. »Vernehmung beendet.«

Rigg folgte ihm nach draußen und weiter in den Raum, wo die Zuschauer saßen. Gamble, Flynn und ein Staatsanwalt des Crown Persecution Service erwarteten sie. Bradshaw war an ihrem Laptop zugange.

Gamble machte ein finsteres Gesicht.

»Was ist denn, Sir?«, fragte Rigg. »Sie glauben diesen Quatsch doch nicht etwa?«

»Natürlich nicht«, antwortete Gamble. »Aber dieser Gentleman hier ...« Er deutete auf den Staatsanwalt.

»Ich habe nicht gesagt, dass ich ihm glaube«, entgegnete der Mann, »aber jetzt, wo ich weiß, wie deren Verteidigung aussieht, ganz ehrlich, damit haben die eine gute Chance. Dr. Jakeman hat bereits zugegeben, an der Verschwörung beteiligt gewesen zu sein. Sie hat zugegeben, von Keaton besessen zu sein, und sie hat zugegeben, Kontakt zu Chloe Bloxwich aufgenommen zu haben, um ihr bei einem schweren Betrugsversuch zu helfen.«

»Aber Keaton ...«, setzte Rigg an.

»Abgesehen von seinem Krankenhausaufenthalt gibt es keinen Beweis für eine Verbindung zwischen den beiden. Die Gefängnisakten werden das bestätigen.«

»Ein Handy kriegt man im Knast doch leichter als einen Blowjob!«, brüllte Rigg.

Der Jurist nickte. »Und zweifellos ist das auch so gelaufen. Aber wir können es nicht beweisen. Keatons Anwälte werden sagen, sie habe allein gehandelt, und wir haben nichts, was auf etwas anderes hindeutet.«

»Chloe Bloxwich wird Dr. Jakemans Aussage doch bestätigen.«

»Das hat sie bereits getan. Aber sie hat auch zugegeben, dass sie nie persönlich mit Keaton gesprochen hat. Ihre Instruktionen kamen alle von Jakeman.«

Alle verstummten. Rigg starrte den Mann vom Crown Prosecution Service finster an. Gamble auch.

»Finden Sie sich damit ab, Keaton hat Dr. Jakeman perfekt aufs Glatteis geführt. Es ist fast sicher, dass er wirklich hinter all dem steckt, aber sie wird den Kopf dafür hinhalten müssen.«

Das musste Poe Keaton lassen – gerissen war er. Es war einzig und allein sein mangelndes Interesse am Leben anderer Menschen, das ihn zu Fall bringen würde.

»Sie nehmen das alles ja bemerkenswert gelassen auf, Poe«, stellte Gamble fest.

»Gelassenheit ist mein zweiter Vorname, Sir.«

»Ich dachte, du hast keinen zweiten Vornamen, Poe«, sagte Bradshaw.

Er zwinkerte ihr zu, und es wurde von Neuem still im Raum.

Sein Handy piepste. Er las die SMS. »Ah, gut, sie ist da.«

»*Was* haben Sie vor, Poe?«, wollte Gamble wissen.

Poe beachtete ihn nicht. Er wandte sich an den Mann von der Staatsanwaltschaft.

»Was brauchen Sie?«

»Außer einem umfassenden Geständnis kann ich mir nur schwer vorstellen, wie uns irgendetwas an diesem Punkt weiterhelfen sollte«, antwortete der Gefragte.

Poe lächelte. »Dann also ein umfassendes Geständnis.«

67. KAPITEL

Poe kehrte ins Vernehmungszimmer zurück. Anstelle von Rigg war diesmal eine Frau bei ihm. Beide setzten sich.

»Und wer ist *das*, Poe?«, erkundigte sich Keaton hämisch.

Collingwood sah aus, als wäre er hochzufrieden mit dem heutigen Vormittag. »Wenn Sie keine neuen Beweise haben, Sergeant Poe, sollten wir uns das nächste Mal beim Wiederaufnahmeverfahren meines Klienten unterhalten, denke ich. Wir werden den Geschworenen unsere Version der Ereignisse darlegen – und Sie können Ihre vortragen.«

»Wenn der Fall überhaupt zur Verhandlung kommt«, bemerkte Keaton.

Poe lächelte höflich. »Sie haben recht, Mr Keaton, das hier wird nicht vor Gericht kommen.«

Keatons Lächeln wurde breiter.

»Ich würde gern über jemanden sprechen, den wir bisher kaum erwähnt haben, wenn ich darf?«, begann Poe. »Ich möchte über Chloes Vater Richard sprechen.«

»Der? Was kann der schon dazu beitragen? Ich kannte den Mann kaum.«

»Das, Mr Keaton, ist sonnenklar.«

Keaton setzte eine gleichgültige Miene auf.

»Wir haben Chloe erlaubt, mit ihm zu sprechen. Wussten Sie das?«

Er zuckte die Achseln. »Warum sollte mich das interessieren?«

»Ich habe mich nur gefragt, was Sie von ihm halten. Hier in diesen vier Wänden wissen wir alle, dass Sie versucht haben, seine Tochter umzubringen. In ein paar Jahren ist er wieder draußen. Haben Sie keine Angst, dass er sich rächen könnte?«

Keaton schnaubte abfällig. »Selbst wenn das alles wahr

wäre, und ich gebe hier gar nichts zu, was könnte Richard Bloxwich mir schon anhaben? Er ist ein Schwächling. Ein Buchhalter, ein Federfuchser. Was soll er tun? Mir eins mit einem Taschenrechner verpassen?«

Poe nickte. »Wahrscheinlich haben Sie recht. Wahrscheinlich hat er nicht das Zeug dazu.«

»Gen…«

»Nur frage ich mich ja schon, warum er in einem überfüllten Gefängnis eine Einzelzelle hatte?«

Keatons selbstgefällige Miene bröckelte. Collingwood machte ein nachdenkliches Gesicht.

»Ich sage Ihnen was. Warum kommen wir nicht später drauf zurück? Ich glaube, es wird Zeit, dass ich Sie mit Detective Chief Inspector Barbara Stephens bekannt mache.«

Stephens war eine schlanke, selbstbewusste Frau. Ihr kurzes Haar war schwarz und stachelig, und sie trug eine rote Designerbrille. Sie begrüßte Keaton und Collingwood mit einer knappen Handbewegung. »Hallo.«

Poe wandte sich an Collingwood. »Sie hat ein Foto, das sie Ihnen gern zeigen würde, Mr Collingwood. Nachdem Sie es gesehen haben, werden Sie eine Entscheidung treffen müssen.«

Keaton runzelte die Stirn. »Was soll das, Poe? Was für einen Trick ziehen Sie hier ab?«

»Keine Tricks, Mr Keaton. Es ist nur … Sie sollten nie davon ausgehen, dass *Sie* alles wissen, was *ich* weiß.« Er blickte zu der Kamera empor, die in der Zimmerecke an der Decke angebracht war, und reckte den Daumen hoch. Das kleine grüne Licht an der Kamera wechselte zu Rot. »Wir werden nicht mehr gefilmt, Mr Collingwood. Gleich werden Sie verstehen, warum.« Damit wandte er sich an Stephens. »Sie sind dran, Ma'am.«

Stephens zog ein Hochglanzfoto aus einer Akte. Es war aus größerer Entfernung aufgenommen worden, doch die beiden

Männer darauf waren deutlich zu erkennen. Einer war Richard Bloxwich. Den anderen kannte Poe nur von seinem Ruf her.

»Das da rechts ist Richard Bloxwich. Wissen Sie, wer der Mann links von ihm ist?«

Collingwood betrachtete das Bild und wurde kreidebleich. Sein Atem ging plötzlich rasch und mühsam. Seine blasse Stirn wurde feucht. Er wischte sie mit einem seidenen Taschentuch ab und nickte. »Ja, das weiß ich.«

»Ihre Kanzlei hat die Organisation bereits vertreten, zu der er gehört, nicht wahr?«, fragte Stephens. »Und jetzt hat es den Anschein, als verträten Sie die Gegenseite.«

Der dicke Anwalt konnte den Blick nicht von dem Foto abwenden.

»Wollen Sie weiter als Mr Keatons Rechtsbeistand fungieren?«, erkundigte sich Poe.

Collingwood schüttelte den Kopf wie ein Kind, das sich weigert, Spinat zu essen. Er war völlig verängstigt. Hastig wandte er sich an Keaton. »Sagen Sie ihnen alles, Mr Keaton. Lassen Sie nichts aus. Sofort.«

Keatons Lächeln stürzte so jäh in sich zusammen, dass es aussah, als hätte ihm jemand die Gesichtsmuskeln durchtrennt. »Was geht hier vor, Poe?«, verlangte er zu wissen. Sein aufgesetzter französischer Akzent war verschwunden – jetzt hörte man nur noch pures Carlisle. »Wer ist dieser Mann?«

»Die NCA ist ein weites Feld, Mr Keaton. Mein Job ist es, Leute wie Sie zu schnappen. DCI Stephens arbeitet für die Taskforce ›Transnationales Organisiertes Verbrechen‹.«

»Transnat...«

»Haben Sie schon einmal von einer Organisation namens Entity B gehört?«, schnitt Stephens ihm das Wort ab.

Keaton sah sie verständnislos an.

»Dafür gibt es auch keinen Grund. Aber Ihr Anwalt hat von denen gehört. Möchten Sie es ihm erklären, Mr Collingwood?«

Wieder schüttelte Collingwood den Kopf.

»Nicht? Okay, dann gestatten Sie«, meinte Stephens. »Entity B ist die größte und damit definitionsgemäß die gefährlichste Gruppierung des organisierten Verbrechens, die derzeit in Europa operiert. Menschenhandel, Cyberkriminalität, natürlich Drogen und Waffen, inklusive Schmuggelverkäufe verbotener Waren an Länder, die auf Sanktionslisten stehen – Entity B hat überall die Finger drin.«

In Keatons Unterkiefer begann ein Muskel zu zucken.

»Die meisten Leute glauben nicht, dass diese Gruppe existiert. Leider irren sie sich. Entity B existiert *sehr wohl* und blüht und gedeiht.«

Sie stupste das Foto mit ihrem Stift an. »Und dieser Mann hier, der da gerade mit Ihrem Kumpel Richard zu plaudern scheint, ist einer der führenden Köpfe der Organisation im UK.«

Poe übernahm das Reden. »Sehen Sie, Keaton, die Leute denken, die Macht dieser Organisationen rührt von all den furchtbaren Dingen her, die sie tun, aber ihre wahre Macht entsteht dadurch, dass sie es schafft, das Geld zu behalten, das sie mit all diesen furchtbaren Dingen verdient.«

»Letztes Jahr hat Entity B schätzungsweise mehr als zwei Milliarden Euro Gewinn gemacht«, fügte Stephens hinzu. »Das ist eine Menge Geld, die gewaschen werden muss.«

Allmählich dämmerte es Keaton.

Poe nickte. »Sie verstehen, worauf wir hinauswollen, Keaton? Diese Organisation existiert nur dank jenes anonymen Genies, dank des Geldwäschers. Richard Bloxwich, der ›schwache Buchhalter und Federfuchser‹, wie Sie ihn tituliert haben, sitzt sieben Jahre für so ein Verbrechen ab. Ein kleiner Fisch, aber er hatte Informationen, die für DCI Stephens' Einheit vielleicht hilfreich gewesen wären.«

Poe hielt kurz inne, bevor er weitersprach. »Hat er je geredet, Ma'am?«

»Nein. Nicht mal, als wir ihm einen Deal ohne Haftstrafe angeboten haben. Richard ist ein braver Junge. Seiner Organisation treu ergeben.«

Keaton trommelte einen Rhythmus mit den Fingern. Dann hielt er inne, um sich den Nacken zu reiben. Er gab keinen Laut von sich.

»Chloe hat mit ihrem Dad telefoniert; er weiß also, was passiert ist. Es ist anzunehmen, dass er den Gefallen, den Entity B ihm schuldet, bereits eingefordert hat«, meinte Poe. »So, wie ich es sehe, haben Sie zwei Möglichkeiten. Entweder Sie ziehen diese Nummer hier durch und lassen es draußen darauf ankommen, oder Sie überreichen mir jetzt sofort ein schriftliches Geständnis.«

Keatons Blick war in die Ferne gerichtet. Poe war sich nicht sicher, ob er ihn noch hören konnte.

Collingwood räusperte sich. »Wenn mein Klient Ihnen gibt, was Sie wollen, können Sie dann für seine Sicherheit garantieren?«

Poe schüttelte den Kopf. Stephens folgte seinem Beispiel.

»Alles, was sein Geständnis ihm einbringt, ist derselbe Status, den Häftlinge im Zeugenschutz haben«, antwortete Stephens. »Er bekommt einen neuen Namen und sitzt seine Strafe in einem CSC ab.« Sie wandte sich an Keaton. »CSC steht für Close Supervision Centre. Im Großen und Ganzen ein Gefängnis innerhalb eines Gefängnisses. Dort gelten die allerstrengsten Sicherheitsvorkehrungen. Aber selbst das könnte nicht reichen.«

»Sie lügen«, flüsterte Keaton. Er hatte das gezwungene Lächeln einer Geisel aufgesetzt.

Poe stützte die Fingerknöchel auf den Tisch, beugte sich vor und starrte in diese babyblauen Augen. »Ach ja? Verwetten Sie Ihr Leben darauf?«

68. KAPITEL

Es war früher Abend, als Poe ins Shap Wells Hotel zurückkehrte. Dort holte er sich seine Post, sagte Flynn und Bradshaw Gute Nacht und stieg müde auf sein Quad. Er fühlte sich seltsam leer.

Er hatte nicht gewusst, wie lange die Vernehmung dauern würde, daher hatte Victoria sich bereit erklärt, Edgar zu nehmen. Er würde ihn morgen früh abholen. Flynn und Bradshaw blieben noch, und morgen Abend würden sie alle in Kendal ein Curry essen gehen. Poe hatte vor, Victoria auch einzuladen, als Dankeschön.

Es hatte sechs Stunden gedauert, bis der Mann von der Staatsanwaltschaft Keatons Geständnis als unanfechtbar abgesegnet hatte.

Richard Bloxwich war dem Mann auf dem Foto nie begegnet. Er stand in der Hackordnung viel zu weit unten. Die Bosse von Entity B gaben sich nicht mit niederen Geldwäschern ab. Aber wenn Bradshaw sich mit ihrer Bildbearbeitungssoftware über ein Foto hermachte, sah es so aus, als unterhielten sie sich angeregt. Und weder Poe noch DCI Stephens hatten explizit gesagt, dass die beiden Männer auf dem Foto *wirklich* miteinander sprachen. Sie hatten lediglich die Möglichkeit angedeutet und Keaton die Leerstellen ausfüllen lassen.

Es hatte funktioniert. Keaton hatte alles zugegeben.

Wie er Les Morris getötet hatte. Genau wie Poe es sich gedacht hatte, hatte er die Strickleiter von dem Ring im Mauerwerk gelöst und sie an der Unterseite der Luke befestigt. Morris hatte nicht hinausgekonnt. Drei Monate später war Keaton wiedergekommen, um den Leichnam in den Raum zu packen, wo die chemische Toilette geplant gewesen war.

Er hatte ihnen geschildert, wie er seine Frau umgebracht

hatte, um seinen Michelin-Stern zu retten, und wie er Elizabeth getötet hatte, als sie die Beweise dafür auf seinem Laptop entdeckt hatte. Wie er die Sous-vide-Vakuumbeutel benutzt hatte, um ihren zerstückelten Leichnam zu verpacken, ehe er sie und alles andere zu Morris in denselben Raum im Bunker geschafft hatte.

Das Blut hatte er behalten, um den Mord Jefferson Black anzuhängen.

Der Rest entsprach dem, was sie von Chloe Bloxwich und Flick Jakeman gehört hatten. Er hatte Jakeman im Krankentrakt angeworben und sich dann selbst verletzt, damit sie etwas Zeit hätten, um einen Plan zu schmieden – Gefängnisbedienstete mussten Häftlinge und Ärzte in Krankenstationen außerhalb der Haftanstalt aus Gründen der Vertraulichkeit in Ruhe lassen.

Keaton hatte zugegeben, dass Jakeman nicht gewusst hätte, dass sie Chloe in dem Bunker einsperrte. Und dass sie in jener Nacht gedacht hatte, sie brächte Benzin zum Bunker, um sämtliche Beweise für Chloes Aufenthalt dort unten zu vernichten. Sie hatte keine Ahnung, dass sie Leichen beseitigen sollte.

Flick Jakeman und Chloe Bloxwich würden beide Freiheitsstrafen bekommen. Zwei weitere ruinierte Leben, zusätzlich zu den drei Menschen, die Keaton ermordet hatte.

Keaton würde des Mordes an Les Morris und an seiner Frau angeklagt werden, außerdem des versuchten Mordes an Chloe Bloxwich. Für den Mord an Elizabeth hatte er bereits schriftlich auf schuldig plädiert. Die Staatsanwaltschaft beabsichtigte, eine der seltenen tatsächlich lebenslangen Freiheitsstrafen zu fordern. Keaton würde niemals auf Bewährung freikommen.

Poe hatte gefragt, ob Keaton ihm ein Verbrechen hatte anhängen wollen, weil sein Dad sich geweigert hatte, ihm die Immobilie in Kendal zu verkaufen. Keaton hatte keine Ahnung, wovon er redete. Es war reiner Zufall gewesen, ein Zufall, den Poe ausnahmsweise gern akzeptierte. Keaton hatte ihn einzig und allein ausgewählt, weil er irgendjemanden auswählen musste, und Poe war derjenige, der sich die ganze Zeit geweigert hatte, sich täuschen zu lassen.

Bevor er Carlisle verließ, hatte Poe Rigg und Gamble die Hand geschüttelt. Die beiden hatten sich eingesetzt, und das nicht nur für ihn. Sie hatten auch das richtige Resultat für Elizabeth, Les und Lauren erwirkt. Schnell war die Gerechtigkeit nicht, aber sie hatte gesiegt.

Auf der Fahrt die M6 hinunter hatte er Jefferson Black angerufen und es ihm erzählt. Vielleicht würde der Ex-Fallschirmjäger den Schlussstrich ziehen können, den er so dringend brauchte, wenn er endlich wusste, was Elizabeth zugestoßen war. Poe bezweifelte es, doch es war das Mindeste, was er tun konnte. Es war Jefferson Black gewesen, der, ohne es zu wissen, den Fall ins Rollen gebracht hatte.

Poe kam über den Hügel und erblickte seine Hütte. Er bremste scharf. Da brannte Licht. Nicht alle Lampen, aber mindestens eine. Irgendjemand war dort drinnen. Mit Victoria hatte er bereits telefoniert, und Bradshaw und Flynn hatte er doch gerade erst zurückgelassen.

Sonst kannte er niemanden.

Er holte seinen Feldstecher hervor, konnte jedoch keinerlei Bewegung in der Hütte ausmachen. Sachte gab er Gas und rollte vorsichtig auf sein Zuhause zu, parkte an der üblichen Stelle und stieg ab. Noch immer rührte sich nichts.

Er sah ein Schriftstück, das in einer Plastikhülle an der Tür der Hütte befestigt war. Rasch riss er es ab und las den Aufdruck. Es war von der Gemeinde. Poe nahm an, dass ein ebensolches Dokument in dem Bündel Post steckte, das er gerade abgeholt hatte. Er riss die Plastikhülle mit den Zähnen auf.

Es war die offizielle Anordnung, Haus und Grundstück wieder in den Zustand zu versetzen, in dem er beides vorgefunden hatte.

Diese Schweine. Victoria hatte recht gehabt: Die setzten ihn *tatsächlich* vor die Tür.

Er sah seine Post durch, und ein Brief in einem braunen Umschlag fiel ihm auf. In Blockbuchstaben stand sein Name vorne drauf. Der Umschlag war persönlich im Hotel abgegeben worden. Er öffnete ihn.

Es war ein leeres Antragsformular für eine erneute Baugenehmigung im Lake District National Park. Er drehte das Formular um und las die Botschaft auf der Rückseite. Sie lautete: *Lecken Sie mich am Arsch, Poe.* Darunter war ein »W« gemalt. Wardle, dieser rachsüchtige Drecksack, hatte Poes neue Schwäche gewittert wie eine Ratte einen unbewachten Scheißhaufen.

Aber ... das erklärte immer noch nicht, wer da in seinem Haus war.

Poe drückte die Tür auf und wartete, bis seine Augen sich an das trübe Licht gewöhnt hatten. Ein Mann schlief auf dem Sofa. Das konnte doch nicht ... ganz bestimmt nicht?

Er schaute genau hin.

Doch.

Poe war schockiert, wie sehr er gealtert war.

Er schaltete die Deckenbeleuchtung ein, und der Mann erwachte sofort. Er blinzelte im grellen Licht.

»Du hast mich ganz schön erschreckt«, grummelte er.

Poe ging an ihm vorbei und öffnete den Kühlschrank, um sich ein Bier zu holen. Der Kühlschrank war voller Obst und Wasserflaschen. Er gestattete sich ein schiefes Grinsen. Bradshaw versuchte noch immer, ihn zu umsorgen. Er schnappte sich zwei Bierflaschen, machte sie auf und reichte eine weiter.

»Ich glaube, wir müssen reden, Washington«, sagte der alte Mann, nachdem er einen Schluck getrunken hatte.

»Morgen, Dad«, antwortete Poe. »Wir können morgen reden.«

DANKSAGUNG

Ein ungebildeter Primitivling wie ich braucht unweigerlich ein Team hinter sich, das aus einem zusammenhanglosen, ziellosen Bewusstseinsstrom einen lesbaren Roman macht. Und dieses Team schätzt es unweigerlich, wenn man ihm dankt. Der Größe nach:

Meiner Verlagsleiterin Krystyna Green für ihre unerschütterliche Begeisterung und ihre grenzenlose Energie. Danke, dass Sie es gewagt haben, und danke, dass Sie den Wald sehen, wo ich nichts als die Bäume erkennen kann.

Meinem Lektor Martin Fletcher gilt ganz besonderer Dank für seine Expertise und die guten Ratschläge. Wir haben eine gemeinsame Vision davon, was Poe und Tilly schaffen können. Martin – ich denke, wir sind auf dem richtigen Weg.

Howard Watson, meinem Redakteur, danke ich dafür, dass er meine Worte in die richtige Reihenfolge bringt, und für emsiges Faktenchecken. Howard war derjenige, dem aufgefallen ist, dass Poe auf der Zeitachse, die ich in *Der Zögling* zugrunde gelegt hatte, im zarten Alter von elf Jahren bei der Polizei angefangen hätte …

Joan Deitch, meiner Korrektorin, dafür, dass sie all diese hartnäckigen kleinen Tippfehler zur Strecke bringt.

Sean Garrethy wird hier extra erwähnt, weil er wieder mal ein Killer-Cover produziert hat. Ich dachte, das, was Sie für *Der Zögling* hingekriegt haben, könnten Sie unmöglich toppen, aber mit diesem haben Sie es weit in den Schatten gestellt.

Rebecca Sheppard – mit an Sicherheit grenzender Wahrscheinlichkeit die beste Cheflektorin des Universums – für ihre Fähigkeit, all die oben genannten Flöhe zu hüten. Jedes Team braucht jemanden, der die Ruhe bewahrt, wenn alle anderen wie die Verrückten herumflattern.

Und aus der Constable-Mannschaft danke ich schließlich auch Ben Wright und Brionee Fenlon – ohne Publicity und Marketing würde niemand irgendetwas lesen, das ich geschrieben habe. Das heißt also ... im Grunde genommen ist das alles Ihre Schuld.

Getreu der Tradition habe ich mir die wichtigste Person für die Mitte der Liste aufgehoben. David Headly, mein Agent und Freund, Sie sind eine Naturgewalt. Ich würde mir den Arm abbeißen, wenn ich dafür auch nur halb so viel Energie und Tatendrang bekäme wie Sie – ich habe echt keine Ahnung, wie Sie das machen. Danke, dass Sie mich auf dem rechten Weg halten, danke für Ihre Freundschaft und danke, dass Sie Poe und Tilly das größtmögliche Publikum verschaffen.

Und wenn ich schon mal bei der DHH Literary Agency bin, sollte auch die oft schamlos ausgenutzte Emily Glenister erwähnt werden. Sie bekommt das meiste von meinen Unsicherheiten und Neurosen ab und behält dabei ihre gute Laune. Danke, Em!

Es gibt zwei Menschen, denen ich meine Bücher zum Lesen anvertraue, bevor ich den Mut aufbringe, sie David zu schicken. Meine beiden Beta-Leser Angie Morrison und Stephen Williamson – danke, dass ihr euch die Zeit für aufrichtiges und konstruktives Feedback nehmt. Ihr beide seid ein integraler Bestandteil meines Schaffensprozesses, und ohne euren hochgeschätzten Beitrag wären die Bücher nicht das, was sie sind.

Meine Frau Joanne sollte eigentlich eine eigene Danksagungsseite bekommen. Aber – ich habe nachgefragt – das geht nicht. Also sage ich nur dies: Nichts von all dem wäre ohne dich möglich gewesen, Jo. Dein Zuspruch in den Anfangszeiten, dein professioneller Blick in den späteren, für all das bin ich dir dankbar. So dankbar, dass ich erwäge, dir endlich zu sagen, wo ich immer die Kartoffelchips verstecke.

Es gibt ein paar Leute, die bei den Recherchen für *Der*

Gourmet geholfen haben und denen ich wahrscheinlich danken sollte (sonst beschweren die sich noch).

Stuart Wilson, mein Freund seit über vierzig Jahren und genau wie ich ein Fan traditionellen britischen Biers, dafür, dass er mir geduldig erklärt hat, dass ein Bauer auf den Mittelsmann verzichten und seine Lämmer direkt an den Kunden verkaufen kann.

Harold Archer, 22 Group ROCA, für den unfassbaren Beitrag zu den ROC-Nuklearbunkern – wie sie wirklich waren, wie sie gebaut waren, wie es war, dort Posten zu stehen et cetera. Das hat für einen Grad an Authentizität gesorgt, den ich durchs Surfen im Internet niemals erreicht hätte.

Katie Douglas, meine superkluge Nichte, dafür, dass sie mir geholfen hat, eine Lösung für ein scheinbar unlösbares Problem auszuknobeln. Diese Lösung war in ihrer Genialität geradezu Tilly-haft. Bitte, Katie, beschließ nie, eine geniale Schurkin zu werden – darin wärst du viel zu gut.

Brian Price bekommt ein großes Like für den unschätzbaren wissenschaftlichen Rat.

Meine Polizei-Ratgeber Jude und Greg Kelly. Wie immer haben meine unausgegorenen Fragen für Heiterkeit gesorgt, doch wie immer wurden sie unweigerlich überlegt und vernünftig beantwortet.

Crawford Bunney – dafür, dass du mir erlaubt hast, zu sagen, deine »Affenarme waren blass, haarig und überproportional lang«. Deine Freundschaft war während der letzten zwanzig Jahre eines der Highlights in meinem Leben.

Allen Bloggern, Rezensenten und Lesern – ein Buch ist kein Buch, bis die Worte auf den Seiten in Kopfkino verwandelt worden sind. Macht so weiter, Leute; ich garantiere euch, es gibt keine Schriftsteller und Schriftstellerinnen da draußen, die euch nicht aufrichtig dankbar sind.

Fiona Sharp von Waterstones Durham muss besonders erwähnt werden. Ihr Enthusiasmus für *Der Zögling* war überwältigend. Überall, wo ich letztes Jahr war, haben Autoren und Publizisten von Ihrer Promotion für das Buch gesprochen.

Barbara Stephens bekommt ein Dankeschön für ihre außergewöhnlich großzügige Spende an das Hilfswerk für Opfer von Sexualstraftaten, Safety Net (UK) in Cumbria. Es war mir eine Ehre, eine der Figuren in dem Buch nach Ihnen zu benennen, Barbara.

Meine Schwiegermutter Mary Jackson bekommt ein Dankeschön dafür, dass sie jedes Mal – wirklich *jedes* Mal – ein Exemplar von *Der Zögling* kauft, wenn sie eines in irgendeinem Laden sieht. Inzwischen stehen bei ihr mehr als im Lager von Little, Brown and Company.

Ein Hoch auf die Moffat Crime Writers und die Crime-&-Publishment-Gang für ihre Unterstützung, Freundschaft und Kameradschaft.

Iron Maiden sollte Dank dafür zuteilwerden, dass sie für jede Schreiblaune die passende Playlist haben. Ich bin als Punk aufgewachsen, aber ich werde als Iron-Maiden-Fan sterben! Hoch leben die Irons!

Und schließlich Bracken: meine Version von Edgar. Ohne dein Gebell, das mir verrät, dass fünf Kilometer entfernt jemand gerade seine Haustür aufgemacht hat, hätte ich halb so lange für dieses Buch gebraucht.

Vielen Dank, alle miteinander. Wir müssen das unbedingt irgendwann wieder machen.

Mike

PS: Ich habe echt keinen blassen Schimmer, wie groß ihr alle seid. Bis auf Crawford – der ist absurd lang und schlaksig.

Prähistorische Steinkreise und ein Serienmörder, der Brandopfer darbringt, zwingen Detective Washington Poe und Fallanalytikerin Tilly Bradshaw zu radikalen Maßnahmen

M. W. CRAVEN

DER ZÖGLING

Ein Serienmörder foltert seine Opfer in den uralten Steinkreisen der Grafschaft Cumbria und verbrennt sie bei lebendigem Leibe. Der Täter hinterlässt keinerlei Spuren – bis die scheinbar willkürlichen Foltermale des dritten Opfers bei einer genauen Untersuchung den Namen Washington Poe ergeben. Könnte Detective Poe das nächste Opfer sein? Eilig wird der zurzeit suspendierte Detective zurück in den Dienst beordert und zusammen mit der brillanten, aber sozial inkompatiblen Analystin Tilly Bradshaw auf den Fall angesetzt. Als weitere Opfer und Hinweise entdeckt werden, die sich offenbar gezielt an Poe richten, stoßen die beiden Ermittler auf ein lange gehütetes Geheimnis, das den Morden zugrunde liegen könnte. Je näher Poe dem Täter kommt, desto größer wird der furchtbare Verdacht, dass er den Mann kennt, den die Presse »den Brandopferer« getauft hat ...

Clever und hochspannend, scharfzüngig und voller britischem Wortwitz: »Als Leser merkt man sehr schnell, dass man mit der Poe-Reihe etwas ganz Besonderes in Händen hält.« n-tv.de

Eine ehrgeizige Strafverteidigerin, ein furchtbares Geheimnis und eine unmögliche Entscheidung

JACK JORDAN

DIE SCHLAFWANDLERIN

Neve Harper ist die beste Strafverteidigerin Londons. Sie ist ein echter Glücksfall für den Geschäftsmann Wade Darling, dem vorgeworfen wird, seine Frau und die beiden Kinder im Schlaf ermordet zu haben. Die Indizien sprechen gegen Wade, trotzdem ist die ehrgeizige Anwältin überzeugt, seine Unschuld beweisen zu können. Kurz vor Prozessbeginn erhält Neve jedoch eine unmissverständliche Botschaft: Wenn sie nicht will, dass ihr dunkelstes Geheimnis ans Licht kommt, muss sie Wades Fall verlieren. Für Neve steht bald alles auf dem Spiel – ihre Karriere, ihre Freiheit und die Sicherheit ihrer Stieftochter Hannah. Kann sie ihren Mandanten und ihr berufliches Ethos verraten, einen möglicherweise Unschuldigen ins Gefängnis bringen, um sich und Hannah zu schützen?

»Die Schlafwandlerin« ist ein explosiver, rasanter Thriller vom britischen Meister des moralischen Dilemmas, Jack Jordan.